海平線

遺忘是人的本能。如果不能遺忘，腦海將不是海，而是資訊壅塞的泥沼，痛苦的記憶會讓人發瘋。然而，遺忘又是陷阱。當人自以為擺脫了痛苦折磨的時候，必會因為遺忘而重蹈痛苦的覆轍。

面對這種兩難處境，許多人選擇遺忘。作為優秀文學評論家與小說家的王斌先生則逆勢而動，為了捕獲塵封的往事並把它們押回來，他不惜與遺忘對峙，以驚人的小說家的筆做了搏戰的武器。勇氣令人欽佩，戰果尤為可喜。這厚厚的三部曲是啟示錄，也是紀念碑，以不容遺忘的筆觸鐫刻著不容遺忘的歷史之痕，必將在讀者的心靈那邊得到無盡的呼應。

二〇一八年五月廿六日，夜

劉恆

《秋菊打官司》、《集結號》、《金陵十三釵》知名編劇、小說家

劉恆 不容遺忘推薦

台灣文學獎長篇小說金典獎、金鼎獎作家著作人獎、吳三連文學獎 小說家

巴代 遠山回聲推薦

《幽暗的歲月》三部曲臺灣首版自序

若不是我在美國的好友吉米兄的提醒，恐怕我也不會想到，要為我的三部曲寫一前言，那是因為該說的話，都在《幽暗的歲月》中說了，好像我無須再畫蛇添足。

我一向認為，讓小說自己說話是一作家最好的選擇。現在看來，顯然我錯了，在大陸，某種我們曾經以往熟悉的「現象」又在風雲再起，從而恍若有一種責任在向我高叫：你真的應該說幾句了！

這一套以《幽暗的歲月》命名的三部曲，除了《六六年》在大陸出版過外（我專門為了這次的臺灣版，對《六六年》重新做了一次文字的修訂與增補），其餘的二部在我電腦裡已存放了七八年了，有的是因為「題材敏感」（《海平線》），被最高書刊審查機關束之高閣，且不告訴你任何原因；有的似乎因了一段不可觸碰的中共歷史（《浮橋少年》），而被告知不能出版。《六六年》之所以幸運，得益於七、八年前，大陸的言路相對寬鬆，這才讓它幸運地得以獲得「示人」之身。

我是有意識地將三部曲命名為《幽暗的歲月》，若按這三部小說所涉及的題材內容，它似乎該以「文革三部曲」之謂更顯恰當——畢竟寫的是在大陸發生過的文化大革命，之所以沒這麼做，是我個人認為我的「三部曲」已然超越了一般意義上的「文革小說」，重點寫的乃是「人與命運」，也就是說，當多少年之後，文革歷史在人們的頭腦中逐漸遠去，那些未來的讀者再來讀你的小說時，他們會專門為了文革而來嗎？我想答案一定是否定的，那時他要讀的還是小說作為小說的「故事」和人物，以及人物在故事中所呈現的永恆的人之命運。

我厭倦於文革結束後在大陸文壇上一度時興的「傷痕」文學，我以為它讓小說獨有的使命過多地訴諸於政治控訴了，小說一旦被政治化了，它還能稱得上是一部純粹意義上的小說嗎？小說在本質上是超越政治的，若非要將小說之「敘」，納入一個文化範疇，那麼我個人認為它必當高踞於政治之上，歸屬於人類學的文化範疇。

在過去的文革小說中，我看到的更多乃是被簡單化的壞人作惡、好人受難，而在其中，文革的「參與者們」則缺乏最起碼的反省與懺悔意識，就好像那場席捲大陸的紅色恐怖僅僅是個別人在施惡，而與捲入這場風暴中的每個個體無關似的。

如此一來，文革小說作為一種特殊的中國化的文學類型，便被局隘地限制在了一個狹窄的甬道中了，無以勘破它之所以發生的人性本源乃至其存在本質，也由於此，普通人彷彿都成了在那場運動中的無辜者，只是一個個從這場空前的劫難中走出的「幸運者」，從而得以輕鬆地撇清了自己在這場災難中所應擔負的道義責任。

不，不是這樣的，這場涉及十幾億之民族的曠世災難，絕不僅僅是由個別人所為就能達到的，它之所以能夠在中國這塊土地上發生、發展，最終釀成嚴重後果，乃是因為它首先具備了讓這一切人間罪惡得以橫行無忌地席捲中國大陸的土壤，從這個意義上說，我們每個親歷者其實又都是難逃罪責的。我們不僅僅是這場史無前例之文革之禍的受害者，與此同時，我們也在無形中（或在不知不覺中）成了一名施惡者。當這場運動已成一個並不遙遠的記憶時，撫今追昔，回望在那個歲月中我們共同渡過的慘烈人生，以及在此人生中命運的浮沉，我們顯然不能再以簡單的政治眼光去看待了，那是浮淺的，非文學化的。

文化大革命在我的三部曲中，不僅僅只是對那個年代的一種文學敘述，同時，它也是我對自我的一個冷峻的審視、追問和反思，亦由此，它便自然而然地上升到了一個形而上的關於人之處境的命運高度，從而也就超越了作為特殊性的所謂「文革題材」，成為了具有普適價值的事關人與其命運的小說。

我一直認為，當歲月在無聲無息中悄然流逝之後，文革作為一樁發生在過去的遙遠的歷史「傳說」，存留於世，親歷過那段歷史的一代人，則帶著他們關於那段歷史的真切記憶，早已消失在了浩瀚的時空中，那些未來的讀者，究竟還想從描述那段歷史的小說中看到什麼呢？僅僅是一段殘酷年代的展示？抑或是在那個年代中好人受難、壞人當道？我以為不是的，到那時，那些走在未來之路上的讀者所渴望讀到的，還是在一部小說中所呈現的具有普遍之意義的人性以及人之命運。這才是超越時代的文學，亦由此，這類涉及文革的小說就不再僅僅是在陳述一段特殊性的文革歷史了，而是作為一種鏡鑑過去與未來的提示，警鐘長鳴，從而防止類似的悲劇再度捲土重來，因為它曾讓一個民族為此付出過巨大的血的代價。

歷史，從來就是人類走向未來的一面鏡子，藉由於此，人類得以看清自己這一路走來的曾經以往，由此也讓人類認識且從而盡可能地洗刷掉身上的那一層層被隱蔽著的人性之污垢，並對人性在歷史演化過程中的變異及社會機制的「失陷」，保持足夠的清醒和警覺，以避免人間慘劇的重蹈覆轍。這其中，文學最最重要的使命還是：認識你自己，文學也將由此而進入一個至高、至純、至真的境界。唯當如是，文學才能超越某一特定題材的局限，由特殊走向普適性，從而反觀在我們人性與社會中所存有的徵象。

即使在今天，我們依然還處在某種知或不知的命運劫難中，且無以脫逃，文革「十年浩劫」這一早已被國人定性的歷史共識，卻被暗渡陳倉地修改為「艱辛的探索」，那場波及中華民族的巨大悲劇，就這樣被人輕輕地一筆抹煞了，變成了是因了某個人為走向「正確的道路」所做出的必要的「艱辛探索」，幾代人為此付出的毫無必要的苦難乃至生命代價，就這麼被輕易地遮掩了，以致今天在中國大陸的許許多多年輕人，幾近不知在那個血雨腥風的十年中，他們的上幾代人都曾經歷過怎樣的罄竹難書的人間苦難。

文革的發生，的確具有其歷史的特殊性以及制度性的邏輯必然，但卻絕不可以由此就認為，正是因了其特殊，我們就可以推卸我們自身所應承擔起的歷史責任；在當時嚴酷的政治處境下，發生在我們身上的種種不堪入目的人性「變異」與醜惡，就可以以特殊性為由，為自身的全情投入做出辯護。在一場空前的命運劫難中，個體的道義責任與義務，始終是值得我們去認真拷問和探究的。

文化大革命於今看去，似乎已成在歷史中消散的煙雲，但我們這些親歷者在回望那場慘絕人寰的民族劫難時，還當責無旁貸地捫心自問：在那場悲劇中我們在其中又做了些什麼？我們反抗了嗎？我們僅僅只是一名受害者嗎？究竟是什麼原因，讓我們「放縱」了那些高高在上的人肆無忌憚地任意作惡，以致犯下不可饒恕的滔天罪行？

在那場文革運動中，一代人曾經歷過迷狂、困惑、迷茫及至最後的覺醒，但這個所謂的「覺醒」，又彷彿在隱約地暗示我們，我們似乎無須為這場人道災難承擔任何罪責。若真是如此，那麼我甚至可以說，其實我們並沒有真正地認識那一場波及整個民族之劫難的深重涵義。

文學的存在，其實是上蒼賜予一名作家的天賦與天職，饒是作家可以基於「實在」之真相，架構起一個以虛構之名抵達的人性揭示，而虛構在此的本真之義乃是對我們生存本質的一種直視與穿透。這才是一部好的文學作品存在的根本理由，它所呈現的，皆是具體可感且經梳理與過濾後的真實存在的人生或命運之向度，與此同時，作家深邃的思考與認知，亦巧妙地隱身在此一被描述的諸多繁複「現象」的背後，最終以結構化的敘事形態，完成對命運乃至人生本質的追問、呈現與揭示。

我不知道，我是否已然抵達了我意欲抵達的目的地，我也不知道，《幽暗的歲月》是否如願以償地完成了我最終的心願？但我知道我為之努力了，這就足慰我心了。當有一天，我決意寫下這個事關文革歲月的三部曲時，我曾暗暗地告訴自己，我要寫下可以留給歷史及後人的小說，它將會延續我有限的生命，讓後來者從我的小說中獲得某種人生啟示。

我原以為在我的有生之年，三部曲中之二部將無以見晴空呢，最終我只能以遺囑的形式交代後人，幫我了卻此一夙願。但我萬萬沒想到的是，有一天，一位與我素昧平生的朋友給了我一個伊妹兒郵址，讓我不妨將小說寄去試一試。我一開始還以為這只是一個善意的玩笑。以我在大陸的感受，沒有點兒熟人引薦或背後搞點潛規則，遠在彼岸的臺灣，怎麼可能會有人願意出版我的小說呢？更何況我寫的又不是暢銷小說。我小說的敘事是沉重了，這便決定了它很可能只能是小眾閱讀。

我猶豫了幾天，後決定投去試試，我沒想到沒過半小時，秀威的編輯總監伊庭小姐就及時地給我以回覆，熱情地告我三星期後再告知我最後的審核結果，這讓我多少有些意外。她果然沒失言，臨到三週後的一天，一位名叫徐佑驊的小姐主動聯繫了我，告訴我她將是我小說的編輯，而我的小說她細讀後「非常非常感動」！

坦率地說，我聽了此言後也很是感動，因為這一疊加句式的「非常非常的感動」足見她是認真閱讀了我的小說，且深度地沉浸其間，這才有了如此的「感動」一說。這麼認真的編輯在大陸已然鮮見了。佑驊小姐又說，我在信中道及的《六六年》，是否也能交予她們作為三部曲一併成套出版？這又是我沒想到的，我原本計畫只讓她們出版我在大陸出版不了的《浮橋少年》與《海平線》，若能出版這二本，我已然心滿意足了，我根本沒想到還能作為三部曲成套出版，儘管我確實是將此三部作為一個互有關聯的系列小說來寫的，它們分別展現了大陸文革的不同階段。

我愉快地答應了佑驊小姐的請求。此後，我們之間的溝通始終令我快樂，一切都是那麼地舒暢，沒有絲毫的交流障礙，這令我感到了驚異。我這才覺知，臺灣的讀書人猶在，臺灣的編輯中仍有人在熱愛著她們的職業，她們依然渴望出好書，並將此視為自己職業的一份榮耀，在此，我要向她們致敬。

對我而言，出版社之大小於我一點兒也不顯重要，我個人的所謂名氣也無須一家出版社來幫我獲得提升，況且我也從來不重視那些無聊的浮名。我是經歷過風雨的人。我更關心和重視的，乃是我是否能遇上知音與知己，她們是否真的認識到了我小說的價值和意義。顯然，秀威的伊庭總監與佑驊小姐認識到了，她們正是我在冥冥之中尋找的最好的出版社和編輯。

我期待《幽暗的歲月》三部曲的出版，我渴望看到它們以正體豎排的方式呈現在我的眼前，我始終以為中華漢字唯有以正體示人時，方顯出它的高貴與尊嚴，從此意義上說，我的《幽暗的歲月》能以這麼一種字體形式出版，也讓它們由此而獲得了在我心中的高貴與尊嚴。

再次感謝秀威公司，感謝伊庭總監與徐佑驊小姐，沒有比以書交友更讓人欣慰的了，雖然我們未曾謀面，但我已將你們視為我的朋友。

二〇一八年一月二十二日於北京

目次

《幽暗的歲月》三部曲臺灣首版自序 3
序曲 11
第一章 我要當兵 15
第二章 奇遇 39
第三章 決裂與生死與共 93
第四章 懵懂而惶惑的若若 125
第五章 愛情圈套 151
第六章 姐姐與弟弟 179
第七章 姐姐的愛情 207
第八章 風雲突變 239
第九章 逃亡 273
尾聲 315
後記 往事如煙 345

序曲

「會是這兒嗎，是這嗎？」

崔永明問，目光變得迷茫了起來，四下裡看著，尋找著。

「或許是我們的記錯了，找錯地方了？」若若說。他眯縫著眼，望了望不遠處奔騰不息的大海。大海被清晨冉冉升起的太陽染紅了。他又轉過身來，疑惑地向從海岸邊緣延展開來的一片綠色的叢林地帶望去。這裡的景致讓他陡生出一種奇異的陌生之感，就像無意中闖入了一座迷宮——一座在他的人生旅途中從未涉足過的令人暈眩的迷宮。

「我們再轉轉吧！」崔永明說，「再找找，或許……」他的手臂有力地揮舞了一下。或許只是一個下意識的動作，但若若卻看出了他情緒的沮喪。

「再轉轉吧。」若若說，他知道這句回應的話是沒有任何意義的，他預感到他們的此行將會徒勞無功，但他就是想來看看，走走，即便這裡的一切都已被澈底改變，什麼也沒發現，就像過往的歲月，消失在了這一片陌生的風景中。他們還是想來看看的，依然固執的幻想著能幸運地找到往昔的哪怕一丁點的遺痕。

若若與崔永明幾年前就有了一個約定，由於雜事纏身，直到現在才履行了他們彼此的承諾，正式成行。他們都有一個強烈的願望，人到中年了，往事如夢而讓他們揮之不去，他們都想找一機會重返當年，那個屬於他們的青春歲月，他們渴望沿著當年走過的足跡，再一次地檢測一下自己的人生旅程。

若若是從北京出發的，崔永明則在一天前就從南昌提前到達了榕州，租好車，等著與若若會合，然後正式開始了他們倆約定中的尋找之旅。

他們上了停在一旁的「大眾」轎車。崔永明點燃了引擎，馬達聲轟地一下嘶鳴了起來。

「再去哪？」崔永明問。他沒有偏臉看向若若，目視著前方，顯得有些猶豫。車頭的前方正對著籠罩在淡淡薄霧中的平靜的海平線，能隱約聽到海浪撲上岸沿的波濤聲，嘩啦啦地拍擊著犬牙交錯的海岸。這時的大海亦籠在了一片淡淡的晨霧中，而遼闊的海平線，在旭日的映染下泛起了一道道淺淡的橘紅色。

「那時我們沒事喜歡出來觀海，常能遇見這樣的薄霧，這樣的陽光，對嗎？」若若答非所問地說，神情有些凝重了。

崔永明沒有回答，而是一蹬油門，將汽車開動了起來，接著向右猛打了一把輪，拐向了太陽升起的方向。若若被刺目的陽光扎了一下，眯縫起眼，然後側過臉來搖下了擋風玻璃。

一股強勁的海風吹了進來。風是鹹澀的，裹挾著一股濃烈的海腥味，讓若若一下子彷彿又回到了從前，宛若往昔的記憶經由海風的浸泡，突然間變得膨脹了起來，在急遽地擴張、蔓延，以致將他淹沒了。這種感覺如此強烈，他的身體有點不受自控地顫抖了起來。剛才為什麼就沒有嗅聞到這海風的味道呢？他有些納悶，亦有些恍惚了。

「你怎麼啦？會冷嗎？」崔永明突然問道，搖了搖頭，「這不是一個會讓人感到寒冷的季節，畢竟是春天了！」他臉上浮現出一抹淡淡的微笑。

「沒有。」若若有點尷尬了，「我只是……」

「只是又想起了過去！」崔永明側過臉來瞟了一眼若若，他亦有些感慨了，目光一下子變得銳利了起來。「我們第一天來到這裡時天氣是寒冷的，天空陰森森的，還以為要下雪了呢，還記得嗎？」他緬懷地說。

「可是沒下，我們後來才知道這座城市地處亞熱帶地區，難得見雪！」若若說。

「那時我們還年輕，你像個沒長大的孩子！」崔永明感嘆般地說。

他們沉默了。

汽車在植滿了榕樹、棕櫚樹和玉蘭樹的林蔭道上無聲地滑行著。清潔光滑的柏油馬路曲曲彎彎地通向遠方，泛著刺目的青光，馬路兩旁已然被改造成了園林一般，蔥蘢茂密，茸茸的青草坪，就像一片賞心悅目的綠色地毯。和煦的陽光暖洋洋地潑灑了下來，給這片茂盛的植物鍍上了一道淡淡的金黃色，以致像是披上了泛著金屬光澤的輕薄的鎧甲，而那一望無際的綠意，亦變得更加地生機盎然了。

若若忽然覺得眼前的景物變得模糊了起來，似真非真，他彷彿一下子又踏入了記憶的河流，身不由己地被捲了進去，內心泛起了一股五味雜陳的滋味。

「我們這幾個人裡，你是最小的，那時你多大？」崔永明問。

「十五歲。」若若說，「可我為什麼又覺得那個日子離現在並不遙遠呢？我總會時不時地想起當年的情景，彷彿歷歷在目！」

崔永明意味深長地瞥了若若一眼。

第一章 × 我要當兵

—

若若還能清晰地憶起，當火車汽笛聲響起的時候，他莫名其妙地恍惚了一下。

真的就要離開父母了嗎？真的就要離開家了嗎？這種在恍惚中悄然襲來的念頭一下子攫住了他，心臟激跳了一下，有一種說不上來的感覺。

「媽媽，你回去吧，我得上車了。」若若說，回頭往十五號車廂瞥了一眼，乘務員正在招手催促乘客上車。她好像嘴裡還在嚷嚷著什麼來著。是什麼？周圍的人聲太嘈雜了，將她發出的聲音迅速湮沒了，若若沒聽清。

「去吧！」母親說，心痛地看了一眼兒子，這時才發現兒子是真的長大了，個頭比她還要高出一截，他就要離開她了，不再是那個曾經陪伴在她身邊的那個安靜聽話的小若若了，她心裡明白，這是兒子第一次遠離父母的身邊，出門遠行。想到這，母親的心有些失落了。

若若將手提包拎起，稍稍猶豫了一下，看了看母親。母親微笑地向他擺了擺手。「去吧！」母親說，「如果你現在改變主意了還來得及，就當出趟門幫我們看望一下李叔叔，現在做決定還不遲。」

若若望著母親。母親的目光中流露出一絲期待。他晃了晃腦袋，「我決定了！」他說，「你回去吧，媽媽。」

失望從母親的眸子裡一閃而過，母親這時轉換成了一副慈愛的表情，伸出手，想幫著若若繫上了衣領上鬆開的風紀扣。「天冷，別感冒了，到了就給家裡發個電報。」

「我知道。」若若說著，甩了一下腦袋，避開了母親伸過來手。「我自己來。」他說，又向四周看了一眼。他很不情願讓別人看見母親還在把自己當小孩看。我是大人了！他在心裡嘀咕了一句，將敞開的風紀扣繫上了。

他轉過身，往車廂方向緩步走去，忽然意識到了步履的沉重，而在過去，他一直以為自己屬於健步如飛的人。他心裡仍在遲疑不決，剛才母親的一句詢問——「現在做決定還來得及」，讓他的內心些微地震盪了一下。我真的做出決定了嗎？他在心裡問自己。還是沒有答案。但好像已經沒有回頭路了，只能義無反顧地往前走。

他上了車，將小包擱在了高處的行李架上。這是個硬座車廂，乘客很多，人聲嘈雜，空氣中瀰漫著一股怪兮兮的酸腐味道和嗆人的煙味。一進車廂時就能聽見混沌一片的雜亂之聲了，清一色地方腔調，那嘰嘎之聲在他聽來更像在吵架，急赤白臉的，火爆且急促。

他見母親在車廂下招手，便急忙伸手去提拉車窗的閉鎖。提了幾下，紋絲不動，又使勁地提了一下，車窗略微向上動彈了一點，但還是沉重得從手中垂落了下來。他開始著急了。母親正在向他打著手勢，急切地望向他，嘴唇在上下嚅動著，似乎還在呼喊著什麼。他更急了，卯足了勁兒地往上提拉，可還是無濟於事，他能感覺到裹在厚厚棉衣裡的身體在冒汗。

這時他的身子被人從背後拽了一把，他下意識地退後了一步，那個突然出現的人影兩手緊緊握住了車窗兩邊的按扭，往上輕輕一提拎。車窗開了。一股冷風穿越了進來，他剛才還發燙的臉頰霎時變得有些冰涼了。

先是聽到一聲悠長的汽笛聲，接著聽清了母親在衝著他吶喊著：「若若，火車要開了，你小心別感冒了，快把窗關……」母親的聲音被列車緩衝器的撞擊聲打碎了，後面的話語他沒能聽清。

火車動了，哐啷一聲地劇烈地震顫了一下，若若的身子亦跟著晃了晃。他向母親伸出了手：「媽媽，你走吧，我會照顧好自己的，您放心！」

「別忘了，到了榕州就給家裡發個電報；還有，有空去看一下你姐姐，聽到嗎？」母親跟著緩緩啟動的列車跑了幾步，仍不放心地叮囑著。

「我會的。」若若大聲說。

風聲更緊了。

列車的速度在加快，母親被甩到月臺後面了，他急忙探出了身子，向正在遠去母親拚命地揮手，他看到母親亦在向他招手，似乎還在呼喊著什麼，可他什麼也聽不清了，只有咆哮的風聲和列車發出的哐噹哐噹的轟鳴聲。

母親的身影變得越來越小了，後來就成了一個小小的黑點。若若的目光被莫名地湧上來的淚水模糊了。

他重新坐回座位上，任由強勁的風吹動著他凌亂的頭髮，他這時竟沒有感覺到冷，他只是感覺到了一種奇怪的落寞，一種很少襲上心來的特別的感受。

真的要離開家了嗎？真的要遠離父母了嗎？他覺得自己其實真的還沒完全做好這種心理準備，只是因了一時的任性，和自小就萌發的那一份夢想——我長大要當兵，彷彿是一種肩負的歷史使命。他知道軍隊大院的子弟們大都懷揣著這份夢想，可當夢想就在眼前隱約展現時，他突然又有了一種莫名的落寞之感。

他依稀聽到了有人在罵罵咧咧，甚至聽到了嬰兒大聲的啼哭聲，這一切都和風聲攪和在了一起。他一激靈，知道那是有人在怒聲埋怨車窗大敞。冷冽強勁的寒風猶如一條肆無忌憚的長龍，恣意地灌進了車廂，讓人感到了冰涼刺骨。他回過神來了，準備起身去關上車窗。可有人搶在了他的前頭。

車窗迅疾關上了，剛才還呼呼狂嘯的風聲驀地歇止了，遽然間變成了隱在遠方的吶喊，就如同一個人從敞開的空間中突然一下子被拋進了密封的環境中。車廂出現了短暫的沉寂，只有嬰兒的哭聲顯得格外尖銳刺耳。他掃了一眼窗外，迅速閃過的破舊的樓房、樹影和電線杆，一幀一幀宛若電影畫面般地從他的眼前快速地劃過。

二

一年前，他突然被告知姐姐要當兵了。當時的若若還在高安縣中學上學。當姐姐當兵的消息傳來後，若若記得父親吃了一驚，顯然，在此之前，姐姐對自作主張而悄悄當兵的消息一直祕而不宣。

一九六八年若若陪同母親下放時，姐姐並沒有跟隨家人一塊落戶農村，她那時在共產主義勞動大學當住宿生，學校從省城遷往了一個貧困的縣裡，彼時，全國的所有大學已被宣告解散了。所謂的「共產主義勞動大學」也只是一個徒具虛名的符號。姐姐當時只是一名中學生，一九六七年復課鬧革命後就跟隨著她所屬的學校遷往了這所「大學」，成為了一名半農半讀的中學生。據說，那是文革期間進行的一次必要的教育體制的改革，共產主義勞動大學便是一個試點。姐姐長期遠離父母一人在外，直到初中畢業後，也就是一九六九年底姐姐才回到了父親身邊，那時的若若也結束了在農村陪伴母親的生活，遷往城縣與父親生活在了一起。一家人中只有母親孤身一人還在農村繼續接受勞動改造，那時的母親，頭上還戴著一頂反革命與走資派的帽子。

若若記得，有一天，軍分區政委姜叔叔帶著愛女姜麗莉來高安縣武裝部檢查工作。那是一個陽光燦爛的早晨，碧空如洗，冬天已臨近尾聲，滿院的綠色植物充盈著一抹迷人的綠意，小風輕輕吹來，綠葉在樹丫上來回擺動著，偶爾還有幾隻調皮的小鳥在枝頭歡唱，能感到漸行漸近的盎然春意了。

父親那天引著姜叔叔進了家門，後面跟著昂首挺胸的姜麗莉——一個在若若看來長得嬌豔靚麗卻一臉傲氣的女孩，瓷白色的皮膚使得她看上去就跟是乳酪捏出來的人似的，一雙大眼睛還忽悠忽悠地滴溜溜轉著。若若那時正好在父親房間做作業。父親微笑地向姜叔叔介紹說：「這是我兒子。」

「這是姜叔叔。」父親對若若說。

若若地喊了一聲姜叔叔好。他發現姜叔叔是一位和藹可親的叔叔，一臉慈祥的微笑，向他點著頭。

接下來是介紹姜麗莉了。若若偏過臉來看了她一眼，覺得目光被閃了一下，他沒想到姜麗莉在傲慢地斜眼瞧他，若若忽然感到了不自在，臉上火辣辣的，像燃起了一團烈火。他霎時臉紅了。他趕緊低下頭，假裝收拾放在桌上的作業本，準備儘快逃離。

「你姐姐呢？」父親問。「我去喊她。」若若說。他覺得自己終於找到溜走的藉口了。

「讓你姐來，姜叔叔難得來我們家一次。」父親笑著說。

若若奔向了姐姐的房間。他先是敲了一會兒門，沒見動靜，又喊了一嗓子，裡面終於有了回應。

「什麼事？」

「爸爸讓你去他房間，來客人了。」若若嗄聲嗄氣地說。

自從姐姐從共產主義勞動大學回到高安縣後，若若就覺得跟姐姐有了一種說不上來的心理距離，印象中自己過去跟姐姐挺親的，家裡就他們兩個孩子，雖然文革開始後（那時他四年級了）若若有意與姐姐拉開了距離，那是因為怕同學們譏笑他沒出息地成天跟著姐姐屁股後頭混，但就心理而言，姐姐在若若的心目中一直有一個高大的形象，他從來就覺得姐姐是一個高高在上的人，不僅源於她的聰明與機敏，有主見和擔當，還有她的學習成績在學校始終名列前茅，而且姐姐在同學中間還是一位頗具號召力的領袖級人物；而若若則不然，他是一個膽小怕事的人，尤其在女孩面前他更會顯得手足無措。他一直不明白，為什麼姐姐凡事都能敢做敢為，而自己做什麼事都謹小慎微，生怕招惹出一點麻煩來讓自己狼狽不堪。這種習性是從什麼時候開始的？印象中曾幾何時自己也是膽大包天、無所顧忌的一人，後來在不知不覺中漸漸地變了，變成了現在的這麼一副蔫而巴嘰的德行。

「若若，你究竟是怎麼啦？」有一天，姐姐問。

「什麼怎麼了？」若若說。

姐姐的嘴角浮現出一絲輕蔑，微微地擺了擺頭，「過去你不是這樣的。」姐姐說，「過去你不是挺愛鬧的一人嗎？你的話變得少多了？」就完，姐姐笑著離開了。

望著姐姐的背影，若若無語了。姐姐的這番話對若若是有震動的，過去他還沒有認真地想過自己性格的變化，也沒人這麼對他說起過，他只是覺得自己沒事時喜歡一人待著，或者坐在陽臺上望著藍天白雲，讓自己的思緒隨著輕風飄蕩地游向遠方，甚至會浪漫地遐想出一些自己都會覺得莫名其妙的故事。

這種習慣好像是在農村時不知不覺地養成的。

三

待在農村時，若若總會一大早突然地激靈一下自動醒來。那時天色濛濛亮，東方透出一縷微曛的晨曦，母親早就起了，幫他做好了早飯。他剛一吃完就揹上了書包，沿著曲曲彎彎田間的阡陌小道，溜溜達達地上學去了。學校的駐地挺遠的，在大隊部所在的村落。跟他一起上學的都是些下放幹部的孩子。老師平時教授的無非是讓學生反覆背誦毛主席的「老三篇」，讓他感到有趣的是，一旦在老師的帶領下開始集體朗誦老三篇時，一水的抑揚頓挫的地方口音會讓人有一種啼笑皆非的滑稽感，但他從不敢笑出聲來。有時也會上些數學課程，可在他聽來猶如天書。好在那時也不用再進行什麼可怕的期末考試了，聽不懂時他就大瞪著兩眼瞎聽著，大腦卻在漫無邊際地溜號，那些紛至遝來的想像讓若若挺陶醉的，以致他的算術能力至今還停留在了加減乘除上。

午後他就開始了例行性的翹課生涯，一路小跑，回到村裡把書包放下，再換上一副扁擔、一對籮筐、一把砍刀和一個竹耙，然後上山耙草、砍柴去了。農村做飯時的柴火靠得就是這些最原始的燃料。大山深處總是靜悄悄的，長滿了稀疏的歪歪斜斜的松果樹，從遠處望去，鬱鬱蔥蔥的蔚然成林，順著山勢蜿蜒起伏，顯得頗有些神祕和詭異。沉寂的大山隱沒在了一片綠色的海洋中。

若若一般也會約上幾個同為下放子弟的好夥伴一道進山。村子是一個有著青山綠水的丘陵地帶，長滿了各種叫不上名來的綠色植物，還盛開著五顏六色的野花，經常會有幾隻野山雉因了受到他們腳步的驚嚇，撲楞楞地從茂密的草叢中斜飛出來，扇動著笨拙的翅膀向遠處飛去。一般飛不大遠，就一頭扎進了另一處亂蓬蓬的草叢裡了。有時他會夢想著，有一天會在草叢中意外地逮到一隻色彩斑斕的野山雉。

有一次差點兒就接近這一夢想了。那一天，他沒事在山裡瞎轉悠著，驚擾了附近的一隻野山雉，牠噗哧一聲從他身邊的草叢中躍身飛起，冷不丁地還嚇了他一跳。山雉在空中劃出了一個弧線，在不遠處又落下了。若若突然感到了心跳不止，瞅準了那個方向躡手躡腳地摸索了過去。越來越接近時，他心跳的速度也在跟著加速，就像要從心臟裡蹦跳出來一般。快接近那團蓬亂的草叢時，他匍伏在了地上，小心翼翼地一點點地往前蹭。

草叢中一絲動靜也沒有。這時他居然相信奇蹟就近在眼前了，不由得一陣狂喜。他悄悄地撥開擋在眼前的雜草叢剛一探頭張望，野山雉還是被驚動了。只聽得「噗」的一聲響，就在距離他幾尺遠的地方騰空而起，幾乎是擦著他的臉遠去了。

他一屁股坐在了草叢中，大口大口地喘著粗氣，沮喪不已。然後站起了身，拚命地踢著腳下的那團野草叢，就像在發洩一般。可就在這時，目光忽然被什麼東西吸引了。那是在明媚陽光的映照下發出的一道炫目的白光。他俯下身去定睛觀看，結果大喜過望。

一叢叢由乾枯的雜草編織成的山雉窩赫然出現在了眼前，而在那鳥巢般的山雉窩裡，靜靜地躺著三枚山雉蛋。蛋不大，比家雞蛋小上幾圈，顏色呈灰白色，布滿了密密麻麻的黑色斑點。他激動地大喊了幾聲，將山雉蛋高高地捧了起來。

累了時，他會獨自一人避開夥伴們，找一個陽光直射下的山石，坐下，眯著眼仰躺著，雙手墊在腦後，慵懶得曬著灼熱的陽光。巨大的天穹上，藍天白雲，碧空如洗，身子軟綿綿的，一身的疲勞轉暫態消失了。過了一會兒，他仰起身來，細眯著眼，眺望著沉默的遠山，聆聽著四周傳來的群鳥眾聲喧嘩的啁啾，還有在微風的吹拂下發出的嘩啦啦的松濤聲。那一刻，他的心，一下子就安靜了下來。

真靜，他當時想，就一人這麼待著該多好！他童年乃至少年時代的經歷，如同迷人的電影般一幕幕展現在了他的眼前，不知不覺中，他漸漸地發現很享受這種內心的寧靜，以及伴隨著這份寧靜而來的，綿綿無盡的胡思亂想。

他小時候愛看各種少數民族的神話故事，裡面經常會有一位天仙般的美麗公主落難，落入魔窟，這時會出現了一位英俊瀟灑的勇敢的王子，為了救出公主歷經劫難而出生入死，最終有情人終成眷屬。那些故事在他看來真是美輪美奐，以致有時會在他浪漫的想像中，把自己幻化為那個果敢的王子，義無反顧地前去拯救那位不幸落入魔爪的美麗公主。

天長日久，若若發現自己變得沉默了起來。除了母親，沒人可以與他對話，但即便是母親，也不能真正瞭解他內心深處的那些詩意的浪漫想像，他通過這些虛無的想像，來拯救自己孤寂憂傷的心靈，否則，他會覺得農村的生活太煎熬了，看不到一丁點的希望。

近黃昏時，他坐在灶口前一邊往灶膛裡添著柴火，一邊熬著米飯，有時送進的柴火會有些潮濕，灶火不旺，這時他會順手從地上撿起事先備好的大蒲扇，拚命地往灶口裡搧著風，火苗便像受到了鼓舞似地躍將了上來，火焰從灶口處呼呼地噴射了出來，炙烤著他的臉。他癡癡地看著熊熊烈火下的那些他從山上扒來的茅草，瞬息間便被火舌吞沒了，化及煙色的粉沫和灰燼。彷彿受到了烈焰騰空的啟發，他想像的翅膀又開始了漫天飛舞。

香噴噴的米飯做好後，他將生鐵鍋從灶上取下，放進一個自製的稻草包裡，怕飯涼了。他不會炒菜，他都是等著母親回家後由她來負責熱炒。彼時，他會將小板凳挪到了廳堂的門口，從敞開的大門往對面起伏的綠色丘陵望去。玫瑰色的夕陽這時正在緩緩下墜，大地亦被染成了一抹鮮豔的橘紅色，晚歸的夜鳥盤旋著歸窠了，唧唧喳喳地在樹上鬧個不停。

他就這麼靜靜地端坐著，看著，發著呆，腦海中卻在翩然起舞地幻化出不無浪漫的故事，直到母親從田間歸來。

「若若，餓了吧，媽媽這就給你炒菜去。」

在若若的記憶中，這是母親從田間歸來時總愛說的第一句話。

四

直到有一天，父親忽然來到了農村看望母親和若若。

若若後來聽人說，父親那天穿著一身國防綠的軍裝出現在了午後的陽光下，他健步行走在曲曲彎彎的由田埂壘起的小道上。父親的到來，把村裡的人都驚動了。母親和若若所在的那個村落，實在是一個過於偏僻的小村落，平時難得有解放軍出現在這一帶。農夫們從田間揚起了腰身，張望著這位氣宇軒昂的不速之客，臉上充滿了驚奇。

父親在田間站住了腳。陽光太刺眼了，他手搭涼棚地向水稻田望去，見農夫們都停住了手中的活計，正在好奇地覷著他，父親笑了。

「請問老李在嗎？」

「那個老李？」一老農納悶地問，他們一時還無法想像這位突然出現在眼前的解放軍，居然與若若的母親能聯繫在一起，畢竟母親是作為反革命分子在這裡接受勞動改造。

「就是省裡下放來的李淑生同志。」父親笑著說。

「喲，是找她呀！」一位農村婦女大叫了起來，臉上浮現出一副不可思議的表情，「你為什麼找她？她可是……」她的聲音被另一個年齡大的老農給打斷了，他及時制止了這位婦女的無知和莽撞，放下了手中的秧苗，把手浸在水裡搓了搓：「走，我帶你去找她。」老農踩著噗哧噗哧響的水田，迎著父親走來。

反革命分子老李的丈夫是一名解放軍的消息不脛而走，迅速傳遍了這個偏遠的小小村落，父親的形象亦被傳說得神乎其神，說他濃眉大眼，英姿勃勃，腰眼裡還別了一枝槍什麼的，看上去就像一個威風凜然的英雄好漢。讓他們疑惑的是，為什麼一個需要被當地農村監管的反革命分子，會有一個解放軍的丈夫？而且這位大個子的解放軍還理直氣壯地來到了這裡，一點也不避諱與他的反革命妻子見面？

那一時辰，若若還在山裡砍柴。臨近黃昏時，他聽到了從大山深處傳來的依稀的迴響，在波濤般的山谷裡蕩漾了開來，似乎有一個高亮的嗓門在喊著什麼。他沒太在意，他不可能一下子就想到那個嘹亮的聲音是在召喚他。周而復始的農村生活他已然習慣了，村裡亦少有新鮮事發生，剛下放時還時常能聽到偉大領袖毛主席不斷發表的最新指示，每逢消息從大隊部傳來時一般都會在深更半夜被母親將他從沉睡中搖醒，然後懵裡懵懂地跟著村裡的男女老幼一道敲鑼打鼓地出發了，這一行人提著微亮的煤油燈，沿著崎嶇的泥濘山路走村串戶地宣傳毛主席最新發布的最高指示。若若常常會在路途中睏得丁零噹啷，邊走邊睡，眼皮不受控制地打著架，有一次還險些一個趔趄跌倒在水田裡，好在身後的母親一把抓住了他。

「別睡！」母親說。

最初的這類活動還顯得有些刺激和新鮮感，讓他內心充滿了一種難言的興奮，畢竟農村生活太寂寞了，一成不變的鄉村生活模式讓他感到了無比的枯燥乏味，所以偶有這類歡慶場面總會讓他感到歡欣鼓舞。但天長日久，「最高指示」隔三差五地頻頻傳來讓他感到了麻木和無聊。但他不敢表示出來，他知道這是向偉大領袖表達忠心的關鍵時刻，而且自己的忠誠態度亦會直接影響到母親在農村接受改造的程度。他只能隨波逐流地跟著歡呼雀躍，假裝無比幸福和光榮。

若若瞅見一個小小的人影沿著山溝飛速向他跑來，一邊跑還一邊喊叫著他的名字。他揚起身來，納悶地望著來人。那是常與他一道上山扒柴的夥伴。

夥伴在他面前站住了，大口大口地喘著粗氣，上氣不接下氣，指著山下：「快看，有一個解放軍叔叔來找你了！」

若若當然不可能馬上聯想到，來到山裡尋找他的人竟是父親。他已經太長時間沒見過父親了。當父親站在他的面前，面含微笑地打量著他時，他的眼淚情不自禁地淌了下來。父親沒說話，上前兩步，將他放在地上的扁擔拾起，挑起了裝滿了雜草與松針的籮筐，人步向山下走去。望著父親的背影，一股久違的暖流從若若的心中悄然滑過。

父親在村裡沒住幾天就走了。幾個月後，父親來信讓若若去縣中學上學。那天，若若依依不捨地告別了母親，一人踏上了奔往縣城的山路。這是他自從跟隨母親下放農村後，第一次告別母親獨自上路。

若若到了縣城後才知，父親調到了縣武裝部當政委了，而在此前，母親可一丁點的口風也沒向他透露，母親只是叮囑他說：「你去你爸爸那上學，那裡的條件會比農村好些，這一年來跟著你媽也受苦了，要多聽你爸爸的話，好好讀書，在農村你學不到什麼東西。」

若若還天真地問了一句：「爸爸怎麼會在縣裡？」

母親微笑了一下，說：「你去了縣裡就知道了！」

五

若若記得，姜叔叔離開高安縣的那一天把姐姐也帶走了，他聽姐姐說，是姜叔叔的女兒姜麗莉要求去她家裡玩幾天的。父親當時沒同意，畢竟姜叔叔是父親的上級領導，又是一位身經百戰的老紅軍，父親對他充滿了敬意，他由此而覺得姐姐太不懂禮貌了。讓父親沒有想到的是，其實這是姐姐與姜麗莉私下商量好的一個「陰謀」，這個精心謀畫的安排父親是事後才知曉的，而在當時，父親只是以為姜麗莉太孤單，想有一個同齡的好夥伴一塊玩上幾天呢。

父親經不住姐姐沒完沒了的糾纏，還有姜麗莉在一旁搖旗吶喊，這時的姜叔叔只是坐在一邊看著她們嘿嘿樂著，他喜歡看著自己的愛女在他面前撒嬌，可他又總是在愛女面前顯得束手無策，此次亦然。最後姜叔叔說：「老王，我家的這個丫頭這麼喜歡你女兒，你就讓她們一塊去我那住幾天，放心，到時我一定完璧歸趙。」

父親沒辦法了，其實他心裡也想讓姐姐自由地出去玩幾天，因為父親發現，自從姐姐從共產主義勞動大學轉到縣裡來讀書後，一直悶悶不樂，甚至性格都變得有些怪戾了，動不動就耍點小脾氣，父親知道女兒心性清高，她瞧不起縣城這一彈丸之地，以及這些小地方的人，她的心飛翔在高處。

父親最後還是答應了姐姐的要求。臨了，父親叮囑道：「麗莉，去了要聽話，不要給姜叔叔家添麻煩。」姐姐興高采烈地答應了，一臉喜色，轉過身對姜麗莉說：

「你瞧，我爸多好！」

「謝謝王叔叔。」姜麗莉小嘴甜甜地說。

姜叔叔這時站起了身，大聲道：「老王，你這個寶貝女兒也給我當乾閨女吧，正好我家的小麗莉沒姐妹，我看她們倆就像一對姐妹。」

「而且，我們倆都還叫麗莉。」姜麗莉伶牙俐齒地說。

姜叔叔大笑了起來。

若若那天坐一旁沒吱聲。自從姐姐來到縣城後，這還是第一次見到姐姐這麼快樂，笑得這麼開心。在若若看來，姐姐出現在家裡後像是變了一人，與家人在一起時亦顯得寡言少語，悶悶不樂，總是心思重重地左顧右盼，即便與若若待在一起時也是一副冷漠的樣了，讓若若在心理上覺得與姐姐疏遠了許多，少了一份曾有過的親情，他感到了失落。

是的，姐姐整整二年多沒和家人在一起生活了。若若記得當姐姐在一天的下午出現在他的面前時，他覺得眼前的這個姐姐，竟讓他感到了陌生，她的眼神、表情，還有彷彿長高了許多的身形，不再是當年的那個帶著若若一道出門玩耍的姐姐了。若若尤其受不了姐姐看著他的那副倨傲的神情，居高臨下的目光，就像在看一個她瞧不上眼的鄉巴佬。雖然若若心裡是不高興的，但還是悄然地隱忍了下來。

在一個薄霧繚繞的清晨，姐姐坐上了姜叔叔的吉普車，快快樂樂地走了，若若覺得家裡又恢復了他與父親在一起的生活氛圍，這種生活讓他會有一種寧靜之感。他喜歡這種難得的寧靜，在這份清幽恬適的靜謐中，他又可以展開他想像的翅膀了。

多少年之後，若若終於成為了一名他夢想中的作家了，他知道，他的文學想像力就是在那些苦澀而又孤寂的日子裡不知不覺地培養起來的，為此，他從內心深處感恩生活曾賜予他的那份境遇。

幾天後，父親將若若喚到了身邊：「你姐姐要去當兵了。」父親嚴肅地說。

若若感到有些突然。在他的印象中，姐姐只是去了姜叔叔家做客，怎麼又要去當兵了呢？父親告訴若若，他也是剛剛接到姜叔叔的電話才知曉的，在此之前，姐姐一直對家人瞞著這份實情。

「爸爸同意啦？」若若問。

父親點上了一支煙，看著若若，「只能同意了，招兵辦也已經同意接收了。」

「我也要去當兵！」若若說。

父親怔忡了一下。「你還小，家裡有一個孩子當兵就行了。」父親說。

「那為什麼姐姐就可以呢？」若若反問。

「你姐姐初中已經畢業了，你明年才能畢業，再說，家裡也不能沒有一個孩子呀。」

若若轉身離開了父親的房間。臨了，他還賭氣般地高聲喊了一句：「我也要當兵。」

其實姐姐去姜麗莉家之前，兩人私下裡就商量好了要去軍分區報名當兵，但王麗莉提出她的這一行動計畫要姜麗莉暫時予以保密。

「為什麼？」姜麗莉不解地問。

「我怕爸媽會反對！」王麗莉冷靜地說。

家人事後才知道，她們之間商定的這個祕而不宣的計畫，當時還瞞過了姜叔叔，只是到了姜叔叔家後才被揭開的，因為她們無法再行隱瞞，畢竟姜叔叔是軍分區的政委，未經他的同意，任何招兵辦也不敢對這兩個女孩網開一面。姜叔叔聽了她們的要求後，並沒有表現出多大的意外，只是淡淡地說了一句：「你們先去體檢了再說，這事不能我說了算。」

六

第二天，兩個麗莉手把手興高采烈地出現在了招兵辦，軍分區的一參謀見來人竟是政委的女兒還頗顯得有些意外：「你們來這裡幹什麼？」

「報名參軍。」她們異口同聲地說。

參謀樂了，「你們恐怕沒到十八歲吧？」

她們互相看了一眼，「我們十八了。」這是王麗莉在說，同時輕捏了一下姜麗莉的手掌。那一年，她們兩人還未滿十七歲。

姜麗莉反應了過來，「對，我們正好十八了。」她說。

招兵部隊的那位年輕的軍官搖了搖頭，「你們瞞不了我，你們還不到十八歲，我看得出來。」他嚴肅地說。

王麗莉急眼了，跟他們吵了起來，姜麗莉亦理直氣壯地在一旁跟著幫腔。

「你看怎麼辦，這兩個小丫頭，我拿她們沒辦法了！」招兵部隊的軍官說。

那位軍分區的參謀亦為難了。其實，他滿欣賞這兩個女孩的堅定，但他又無法做出決定，畢竟其中的一人是自己政委的寶貝女兒，他目前尚不知曉老政委的意圖，只好敷衍地說：「這樣吧，你們先去做一個體檢，其他的事以後再說，你們看，這樣行嗎？」

兩個麗莉互想看了一眼，心裡開始發虛，因為她們都知道，她們的眼睛都有些近視，她們來前就知道近視眼是不符合當兵條件的，這是規定。王麗莉這時拽了一下姜麗莉的衣角，無所謂地說：「行，體檢就體檢，有什麼好怕的。」

她們排在體檢的隊伍中。長長的一列隊伍，都是年輕的小夥子，除了她們兩個女孩。她們擠在這群人中間顯得格外瘦弱矮小，引來了眾多注視的眼光，在喧鬧的人群中分外扎眼。她們亦注意到了別人看向她們目光的異樣。沒辦法，她們只能如此這般地暴露在眾目睽睽之下，無從躲避。姜麗莉這時顯得有些慌張，心裡開始了七上八下。其他的體檢都過關了，馬上就要進入眼科的檢測，她知道，這一關她無論如何也不可能再一次地蒙混過關。

「怎麼辦？」姜麗莉著急地問。

「你等一下。」王麗莉說。她離開了排隊的隊伍，一人跑到了前面。姜麗莉望著她在眼科的門前轉悠了一圈，東張西望，又不慌不忙地走了回來。

「行嗎？」姜麗莉焦急地問。

王麗莉詭祕地笑了笑。「沒問題。」她說。

姜麗莉不相信地看著王麗莉，她不明白為什麼轉了一圈回來後，王麗莉會變得胸有成竹。

「到時你聽我的。」王麗莉自信滿滿地說。

姜麗莉卻一籌莫展。她心想，如果這一次不能順利過關，她們精心策畫的計畫就會全功盡棄，她亦知父親其實並不想讓她遠離身邊。她是父親的寶貝心肝，一個能陪伴在他身邊，逗他開懷大笑的女兒。父母是在近四十歲時才生下她的，所以她成了家中的掌上明珠，而且母親在生下她後不久就病故了，這一次其實是父親經不起她的一再糾纏，才讓她前來嘗試一下的，倘若體檢這關沒能順利通過，就將意味著她從此失去了說服父親的理由。

姜莉麗當然不可能馬上想到，接下來發生的一切出乎她的意料，簡單得讓她覺得自己的大腦跟王麗莉比起來真是小巫見大巫了，她甘拜下風，居然沒想出那一套花招來，她心裡更加地佩服王莉麗了。

先是輪到姜麗莉檢查，她忐忑不安地覷了王麗莉一眼，王麗莉調皮地衝著她眨了眨眼，臉上浮現出一絲詭祕的微笑，附她的耳邊悄聲說：「到時看我的手勢，我指上你就說上，我指下你就說下，左右也聽我的，知道嗎？」姜麗莉這才恍然大悟，嘻笑地推了一把王麗莉，嗔怪道，「就你的鬼點子多，我怎麼就沒想到？」

接下來的進行的檢測極其順利，她們彼此輪換地站在對方的側前方，悄然地打著手勢，示意檢測字母表上所標示的方向。末了，大夫拿著體檢表在她們眼前晃了一下，正色道，「你們以為我沒看見你們搞的小動作嗎？」兩位麗莉當即傻了眼，木瞪口呆，一句話都說不出來了，心臟突突突地跳得厲害，臉色煞白，她們都以為這一次可能無法再瞞天過海了。

看著她們的那一副狼狽不堪的樣子，大夫樂了：「你們兩個鬼機靈的小丫頭呀，就這麼想當兵？」她們怯怯地看著大夫，然後點了點頭，不約而同地向大夫發出討好地諂媚的微笑。

大夫的目光在兩個麗莉的臉上分別停留了一會兒，突然嘆了一口氣。「也是。」大夫說，「這年頭沒有別的前途可選擇了，只有當兵這條路算是好的，還是你們命好，你們一定有個好爸爸，對嗎？別人家的孩子可只能去農村了。」說完，伏下身來，在她們的體檢表眼睛一欄中分別打上了一個勾。「去吧，祝你們好運，我能做的就這些了，剩下的事全靠你們自己了。」

兩個麗莉呆了，激動地半晌說不出一句話來，面面相覷，恍然如夢。她們誰都沒有想到，最後的結局竟然會以這種戲劇性的方式了結。

「阿姨，謝謝您！」最後還是王麗莉醒過懵來，率先開了口，向大夫深深地鞠了一躬。姜麗莉這才反應過來，學著王麗莉的樣兒，慌慌張張也鞠上了一躬。

在返回姜麗莉家的途中，王麗莉突然說：「我要改名了。」

「改名？」姜麗莉愣了一下，她一時沒反應過來王麗莉為什麼驀然間冒出這麼一句話。

「我一直覺得王麗莉這個名字太小資產階級了，而且重名的人太多，比如你和我，就都叫麗莉，為什麼不能改個革命一點的名字呢？」王麗莉沉思地說。

姜麗莉「哦」了一聲。她這時才似乎明白了王麗莉要表達的意思。「那你要改什麼呢？」姜麗莉好奇地問。

「我想改一個單名，唸起來鏗鏘有力，現在的名字太風花雪月了，或許我們真能當上兵！姜麗莉，這是我生命的一次重生，我必須從名字改起。」

「哎，你快說，你要改一個什麼名呢？麗莉，你已經說了夠多了，現在我想知道你要改個什麼名？」姜麗莉有點迫不及待了。

王麗莉詭祕地笑笑，沉吟了一會兒，「其實這事我已經想過很久了，只是沒機會讓我痛下定決心，我必須做出一個決定，當兵就是一個機會，我想好了，我改名叫王群，你看這個名字好嗎？」

「王群？」姜麗莉愣了一會兒，嘴裡默唸了一句，一時還沒有反應過來，她現在覺得這個名字顯得有些生硬，實在無法和眼前的這個俏麗漂亮的朋友聯繫起來。「喂，麗莉，為什麼要叫這個名字？」姜麗莉疑惑地問。

「我們應當相信群眾，我們應當相信黨，這是偉大領袖毛主席說的，我們身上有太多的小資產階級風情，麗莉的名字就充分體現了這一點，而改為王群，就意味著我要融入到革命群眾的洪流中去，與他們打成一片，澈底地改造自己的世界觀和人生觀。」

姜麗莉欽佩地望著王麗莉，她注意到，王麗莉滿懷豪情地說出這些話時，瞳仁中放射出一道耀眼的光芒，充滿了一種嚮往和期待。

「太好了！」姜麗莉拍著巴掌說，「我也要改這個名。」

「你，為什麼也要改？」

「不為什麼，就因為我們是好朋友！」姜麗莉自豪地說。「我們應當相信群體，我們應當相信黨。」

七

她們興高采烈地回到了家。當她們正在熱火朝天地議論著下一步該如何說服大人時，外面傳來了姜叔叔嘹亮的大嗓門：「ㄚ頭，你們回來啦。」

兩個麗莉不敢吱聲了，面面相覷，變得緊張了起來。她們這才清醒地意識到，即便剛才有驚無險地渡過了體檢的最後一關，但眼下姜叔叔的態度仍然舉足輕重，他的一句話，就能最終決定她們的走和留。王麗莉惶然地看定姜麗莉。畢竟姜叔叔是她的父親，而自己則愛莫能助，無能為力，但姜麗莉臉上浮現出的表情卻在明白無誤地說明了她的忐忑不安，這就讓王麗莉一下子慌了神。

「怎麼辦？」王麗莉悄聲問。姜麗莉接下來的沉默讓她更加感到了緊張，她覺得，或許她們做出的一切努力最終都將是枉然的，這讓她感到了一絲沮喪。但她還是裝著鎮定自若地對姜麗莉說：「姜麗莉，剩下的就看你的了，記住，你現在叫姜群。」

「對，我們應當相信群眾，我們應當相信黨。」姜麗莉像在鼓舞自己地說。

她們笑了。但很快又收斂起了臉上的笑容，因為彼此迅速地感到了一股無名的從天而降的壓力。

姜叔叔笑眯眯地來到了她們的身邊，先是望了她們倆一眼，笑得更加猛烈了。「你們這是怎麼了，出什麼事了嗎？」姜叔叔佯裝不解地故意問。

「沒有，只是……」姜麗莉忽然變得結巴了起來。她突然間喪失了勇氣，瞥了一眼王麗莉，用胳膊肘捅了捅她，示意讓她先開口說話。

王麗莉向前跨了一步。「姜叔叔，我們……」話音剛一出口，她突然發現竟沒詞了，這讓她感到了尷尬。「是這樣的姜叔叔，我們……哦，姜麗莉，還是你來說吧。」

姜麗莉鼓足了勇氣，嬌滴滴地說：「爸爸，一般我有什麼要求您都會答應的，對吧？」

「是這樣，因為你是我的寶貝女兒嘛。」姜叔叔笑說。

「真的呀，爸爸，您真是太好了！」姜麗莉激動地抱著父親大喊了起來。

「慢點，慢點。」姜叔叔樂呵呵地一邊擺脫女兒的糾纏，一邊說，「但是……」

姜叔叔嘴裡的「但是」剛一出口，兩個小麗莉的心立刻沉了下來，緊張地看著他，不知所措。

「……那還要看是什麼事了，對吧？我不能凡事都同意吧，要看你要求的這事對不對，是這麼個道理嗎？」姜叔叔神色詭祕地說，但臉上始終掛著一副樂呵呵的表情，讓兩個麗莉一時無法揣摩出他的真實意圖。

「如果……如果……我們是想當兵呢？」姜麗莉小心地探問道。

「我就知道你們是為了這事。」姜叔叔停頓了一下，摸了摸腮上的鬍茬兒，像是在認真思考著什麼。

「你們剛才的體檢不是有問題嗎？」

「沒有，我們通過了。」

「你們就不必瞞我了，我知道是怎麼回事，做了小動作吧，你們真以為我這個老頭子什麼都不知道？」

「爸爸，您……」姜麗莉委屈地流下了眼淚。「我就是要當兵，爸爸！」

「瞧我女兒這個沒出息，我還沒說什麼呢，就哭上鼻子了？那以後當兵了怎麼辦，遇上一丁點小事就哭鼻子抹淚的，那時可沒我這麼個好爸爸在一邊寵著你。」姜叔叔笑說。

姜麗莉一下子反應了過來：「爸爸，您是說你同意我們當兵啦？」

姜叔叔大笑了起來：「快去把你眼淚先擦乾淨了，爸爸有話要說。」

「爸爸。您真好！」姜麗莉破涕為笑了，她和王麗莉緊緊地擁抱在了一起。「我們勝利了。」她們歡呼道。

姜麗莉事後才知道，那天眼科醫生之所以對她與王麗莉網開一面，其實是姜叔叔在背後專門交代的。姜叔叔從一開始就沒打算阻止女兒當兵的願望，雖然心有不捨，畢竟這個女兒在他看來還沒到成熟的年齡，而且在家裡嬌生慣養，生就了一個愛撒嬌的脾氣，但他知道，女兒大了，終歸有一天要遠走高飛，終歸要靠她自己一人獨自走向社會，父親不可能永遠在身邊保駕護航，而在當時，人們的前途一片渺茫，除了當兵，還能有更好的出路嗎？姜叔叔覺得讓小女兒離開他出去鍛鍊一下並沒有壞處。

剩下的就是王麗莉的問題了。按常理，王麗莉只是一個被邀請來家做客的孩子，她父親將她託付給他只是出自放心，但王麗莉執意也要去當兵的強烈願望卻讓他為難了。他想跟王麗莉的父親先通上一個電話，將這裡發生的情況告知他。姜叔叔覺得他不能越俎代庖。可是姜麗莉卻一再叮囑父親無論如何不能現在說。

「為什麼？」姜叔叔問。

「王麗莉怕她家裡不同意。」姜麗莉嘟著嘴說。

「可是我們也不能幫著人家家裡做出這個決定吧！」姜叔叔說。

「爸爸。」姜麗莉不高興地望著父親，「您就不能幫幫我們嗎？」

「怎麼幫？」姜叔叔問。

「很簡單，先幫我們保密，然後……」姜麗莉的大眼睛忽搧了一下，聲音戛然而止。

「怎麼不說了？」姜叔叔其實知道女兒又在打什麼鬼主意了，他總是在女兒面前顯得束手無策。

「等我們當上兵了，您再說。」姜麗莉終於說出了她的想法。「爸爸，我知道您想說什麼，您這次就聽我一回吧，我和王麗莉都是大孩子了，我們完全有權利按照自己的願望做出選擇，除了當兵，您覺得我們還會有什麼更好的前途嗎？」姜麗莉問。

姜叔叔嘿嘿地樂了。

「您笑什麼？爸爸。」

「我笑我的女兒成天就會打點小主意。」姜叔叔愉快地說。

「那又怎麼樣？難道我說得不對嗎？」

姜叔叔站起了身，將放在桌上的軍帽重新戴上，轉身就要離開。姜麗莉大叫一聲：「爸爸，您還沒有答應我呢！」

「我還能說什麼，你都說了你們長大了，有權利做出自己的選擇，難道還要我阻止不成？」

「那您的意思是……」姜麗莉不解地看著父親。

「到時我就對王政委說，你的寶貝女兒當兵的事，我一點也不知道，是她們倆孩子瞞著我，自己去報名的，你看這樣行嗎？」姜叔叔逗趣地問。

「爸爸，您真好！」姜麗莉激動地衝上去抱住父親大聲喊了出來。

姜叔叔樂呵呵地拍了拍姜麗莉，「丫頭，你真要走了，爸爸我還真是捨不得你走呀，但我也不能攔著你們呀！去吧，當兵可不是鬧得玩的，沒爸爸在身邊，你要學會管理好自己，記得住嗎？」

「我會記住的，爸爸！」姜麗莉眼中的淚水情不自禁地淌了下來，心中滑過一絲莫名的感傷，她其實也是捨不得離開父親的，但已別無選擇。

八

當若若父親接到招兵辦的電話時，吃了一驚，他沒想到自己的女兒離開家沒幾天，便做出了這麼重大的決定，事先並沒有和家人商量，擅自作主。他當即與姜叔叔通了電話。姜叔叔在電話中朗聲道：「老王，這事我事先也不知道，是她們自己做出的決定，孩子畢竟大了，由不得再由我們來幫她們當家作主了，我看讓她們去吧，何況這兩個小傢伙現在好的像一對親姐妹，到了部隊也能互相照應，你說呢？」

父親沉默了。過後父親說：「看來也只能這樣了，除了當兵，她們的確沒有別的地方可去，只是我要做通她媽媽的工作。」

若若的母親聽到消息後火速趕到了縣城，這次她向農村大隊部請假時沒有受阻。自從若若父親調到縣裡擔任領導後，若若母親的政治待遇顯然獲得了改善，凡事都對她開始網開一面了。

母親趕到時卻得知女兒已隨招兵部隊奔赴了省城集結，整裝待發，母親帶著若若火急火燎趕往了省城，她想在女兒臨走前見上最後一面。可是母親沒想到，當她匆匆趕到時，女兒已接到命令，提前開拔了。母親只好帶著若若快快地回到了縣城，埋怨父親沒能留住剛從勞動大學回到家裡的女兒。父親聽完了母親的絮叨，臉上沒有任何表情，末了撂下一句：「我們得相信女兒的選擇，以後的路還得靠她自己去闖，難道父母還能帶著她走一輩子？」母親沒話說了，儘管心裡，還在為女兒背著父親擅自做出的決定耿耿於懷。

若若在一旁目睹了這一切。長久以來，就在若若內心深處悄然滋長的那個微茫的願望變得強烈了起來。若若從小在在軍隊大院長大成人，從小就聽了不少父輩講述的他們當年浴血奮戰的感人故事；有時，他會跟著軍隊大院一起成長的小夥伴們議論長大了想做些什麼，大家幾乎異口同聲地說：「我長大了要向父輩那樣去當兵，在血染的沙場上衝鋒陷陣，保家衛國。」那些鏗鏘的誓言言猶在耳，但彷彿非常久遠了，遠到了如同蔚藍色的天空中飄逝的一朵孤雲。

一場風雲突變的文革運動讓這一切聲音都悄然遠逝了，天空顯出一片昏暗，若若幾乎難以再想起當年與夥伴們在一起時的海誓山盟。可就在此時此刻，姐姐的選擇又一次喚醒了當年的那個鏗鏘的誓言，那個發自內心的理想與願望。

當若若初中即將畢業時，他毅然決然地選擇了當兵。

那是一九七〇年年底。那一年，國家出臺了一項新政策，七〇屆畢業的中學生可以暫不下放農村了，直接分配到各地所屬的廠礦企業，也就是說，不用去農村接受貧下中農再教育了。這對於七〇屆的畢業生而言，是一個大好的消息。父親對若若說：「你可以在縣城當一名工人嘛，留在父母身邊，難道不好嗎？為什麼非要去當兵呢？」

「那爸爸當年為什麼要去當兵？」若若態度堅決地反問道。

父親怔住了。他明白了，無論他採用何種方式都無法阻止兒子的願望。他開始意識到，站在面前的這個小兒子終於長大了，也要遠走高飛了，這讓父親又喜又憂，喜的是兒子志向高遠，而憂的是在這麼長時間的裡，父親一直以為在自己眼皮低下成長的兒子還是一個不大懂事的孩子。此時此刻，父親的心情變得沉重了起來，他知道無法拒絕兒子的要求，但又知道，兒子這一走，就等於父母身邊的孩子都陸續離開了，他們會由此而感到孤單。

「好吧！」父親說，「我先給你李叔叔寫封信，看看他能不能想辦法接收你，因為你還沒到當兵的年齡，只能走個後門了。」

父親提到的李叔叔是他的一位老戰友，現在榕州軍區擔任軍務部部長，軍務部是專門負責部隊招兵工作的。若若心中一陣狂喜，轉身離開了。在他就要閃出父親的屋門時，突然轉過了身來，看定父親。父親納悶地望著若若：「怎麼，你還有什麼事？」

若若心裡忽然湧起了一股熱淚，他感到了激動，想說的話哽在了喉嚨口，一時難以表述。他向父親深深地鞠了一躬，轉身跑開了，一種無言的感動迴盪在他的胸中。

一個多月後若若被告知，李叔叔已在榕州幫他安排妥了當兵的具體事宜，讓若若迅速趕往榕州。隨後，母親專門從農村趕來送若若，這就有了小說開頭時出現的情景。

火車在原野上急馳，若若忽然覺得心裡有點空落落的，他這才發現，其實他真的有些捨不得離開父母。沒離開時還意志堅定，可一旦與父母揮手告別，心裡便一下子懸空了，沒著沒落一般，讓他有了些糾結。他發現，自己其實並沒有真正做好獨自當兵的心理準備，但這一步既然已邁出，就不可能再有回頭路了，只能勇往直前，義無反顧。

第二章 × 奇遇

一

嬰兒嘹亮的啼哭聲攪擾了沉思中的若若，下意識地轉過臉來，剛一抬眼，瞥見對座斜角上坐著的一個女孩，正望向他，大眼睛忽悠忽悠的閃爍著，射出一道明媚的光澤，還透出一絲俏皮。他們的目光對視了一會兒。若若向她微微點了點頭。

若若知道她就是剛才幫他開窗、關窗的那個女孩。但他當時真沒想到竟會是一個女孩！他一開始並沒有認真地打量這個女孩，那時他的心思在別處，只想著和母親說上幾句話，根本沒顧及周圍的環境和人，然後大腦就處在恍惚中了，直到嬰孩的哭聲將他喚醒。

他認真地打量著這個陌生女孩。她看上去與他的年齡相仿，臉上還掛著難掩的稚氣，顯得有點兒瘦弱單薄，兩條甩在後腦勺上的小辮自然垂落在肩胛上，下頷尖尖的微微上翹，隱約透露出她的那一絲倔強與傲慢。她的眼神明媚清純，蕩漾著泉水一般的清幽淡遠，膚色則顯得略微有些黝黑，靈動機智的目光讓人覺出她眸子裡隱藏著的冰雪聰明。她著一身偏大的男式的服飾，腳上蹬了一雙和他幾乎如出一轍的老頭布鞋。就是這雙鞋，讓若若有了一種莫名地似曾相識之感——在這個瀰漫著寒氣的車廂裡，她的面容，以及她的那身有些特別的打扮，讓他感到了親切。不知為何，他遽然覺得心裡稍稍有了一絲溫暖。

是因為有了這個女孩嗎？若若想。

他想向她打聲招呼，表示一下自己的感激之情，可沒想到那女孩跟他的目光有過一暫態的短暫交流後，就低下了頭，從膝蓋上端起了一本書，認真地讀了起來。因為角度的問題，若若一時還無法看清女孩究竟看的是一本什麼書，只是女孩看書的那種神情讓他心生羨慕。

女孩聚精會神，看得投入，若若很難想像在這麼雜亂的環境中女孩還能安之若素地讀書，這是若若難以做到的，她是怎麼做到的？在他看來像一個奇蹟，心中漸生出對女孩的一份好奇。但他不敢打擾她。

若若只好別過臉去，重新望向窗外。一座座低矮的黛瓦粉牆的農舍從眼前飛快地掠過，還有一排排一閃而過的電線杆和蕭瑟的聳立在鐵軌邊上的一株株枯樹，就像電影中閃過的一幀幀畫面，伴隨著車輪的隆隆聲迅疾劃過、再劃過。近黃昏了，暈染在溟邈中的落日宛如一枚醃製過的蛋黃，斜斜地墜在西邊。大地是荒涼的。寂寥的天空下成片成片空閒的農田，沒見任何農作物，蕭條枯索，亦不見田壟上農夫的身影。若若感到了莫名的惆悵。

晃動的列車猶如搖籃，不知不覺中若若竟靠在板壁上，迷迷糊糊地睡著了。

二

紛沓的腳步和喧鬧的人聲將若若從夢中驚醒了。他揉了揉惺忪的睡眼，發現自己剛才就斜靠在車窗邊迷糊了過去，嘴角還掛著一道流淌的口水，他怔了一下，趕緊抹了一把嘴角，坐正了身子，生怕別人看到他的這副不堪的模樣，尤其怕那個女孩瞅見，這會讓他覺得自己太沒有形象了。

還好，周圍的座椅上沒見一個人。

此時，火車停靠在了一個不知名的小站上，車廂裡的人流蜂擁般地下車透風去了，若若就是被這些雜亂無章的動靜驚醒的。他往窗外張望了一眼，窗外晃動著許多模糊的人影，在昏暗的燈影下顯得朦朦朧朧的，玻璃窗上亦像蒙了一張脆薄模糊的灰色紙片，顯現出的任何影像都是影影綽綽的，甚至有點兒虛幻感。

暮色不知什麼時候就悄然降臨了，月臺上燃起了幾盞黯淡無神的路燈，孤魂鬼影般依稀地照亮了破敗簡陋的月臺。他站起了身，伸了一個懶腰，舒展了一下疲憊的身體，又拽了拽起皺的衣服，向外走去。

他也想出去透口氣。

若若低頭邁下階梯時，感覺到有個人影正往階梯上走，他抬起臉來隨即一怔。迎向他目光的是一雙閃爍的大眼睛，在微亮的光線下顯出了一份神祕，恍若那個神祕的目光，隱在了這一片灰暗的光影中，此時正落在了他的臉上。鑲嵌著這雙媚人眸子的人，正準備重新登上車廂，狹窄的階梯讓他們狹路相逢了。若若側身，想讓女孩先過。

當女孩就要擦身而過時，若若幾近耳語般地唸叨了一句：「謝謝你，剛才……」

若若認出了女孩。她就是坐在若若車廂斜對面，幫助過他的那個女孩，他記住了女孩臉龐上那一對特別的目光，在他看來，那雙動人的大眼睛宛如精靈般地誘人，他其實很想找個機會跟這個女孩說上幾句話的，隨便地聊聊天，只是他有些膽怯和羞澀。

「不用謝。」女孩說，臉上沒有任何表情，只是下意識地別過臉瞥了若若一眼，那眼神在若若看來有點兒犀利。短暫的暫態對視，女孩就從他身邊擦身而過了。

若若感到了一絲落寞，逃也般地快步離去了，無聊的在月臺上轉悠了一會兒。到處都是人，或唧唧喳喳地聊著不著邊際的閒天，或東張西望地四處觀看著，好像這裡藏著什麼稀罕古怪的東西似的。他覺得無趣，又轉回身向車廂走去。

他懶散地回到座位上，忽然感到了窘迫般地尷尬。透過夜幕下車窗玻璃的反光，若若隱約見到女孩坐在椅上了身影，他心動了一下，這才恍然明白，他其實是想在列車啟動前返回車廂和女孩聊上幾句的。車廂裡這時沒見幾個人，尤顯寂寥、空曠，面對面的長條硬椅上只有他們倆。

返回座位前，若若在女孩的長椅邊上站定了一會兒，心裡盼望著女孩能仰臉望向他，那時他會跟她打聲招呼的，這是若若想像中出現的情景，這情景讓他有些激動了。可是女孩沒動，只是埋頭看書，神情專注，彷彿車廂裡根本不存在任何人似的——只有她，和她的書。

若若失落地坐著，心裡卻一直在繃緊著，緊張地做著思想鬥爭——是否要主動和她搭腔，讓她從書中走出來與他聊會兒天？現在周圍沒人，這便給若若增添了一絲膽氣。

「你看的什麼書？」若若終於鼓足勇氣說出了這句話。說完，他彷彿聽到了自己的心臟打鼓般咚咚地激跳了幾下。他盯著女孩看，他擔心女孩會不搭理他，這會讓他無地自容，這時他已然感到臉頰在發燙了。

還好。女孩聞聲抬起了臉，看向他，一副慵懶的神情，嘴角微微彎曲了一下，猶如剛從夢中醒來，居然還透出了一絲淺笑。就是這個不經意的微笑，讓心裡一直在擊鼓的若若，霎時平靜了下來，臉上的熱灼感正在漸漸消褪。

「第一次坐火車吧？」女孩突然問。

若若一怔。他沒想到女孩竟會問出這種話來，有了些狼狽，消褪的紅暈又一次爬上了臉頰，像有許多蚯蚓在蠕動一般。他開始覺得臊得慌，不敢再看向女孩注視他的目光了。她聽到女孩咯咯地笑了起來。笑聲爽朗。

「沒有。」若若說，「小時候坐過一次火車。」

若若想起了六歲時與母親、姐姐一道坐火車回山東老家的情景，雖然記憶模糊得若隱若顯，但他仍能清晰地記得他第一次坐火車時的興奮與激動。他還記得，當火車在一天的破曉時分抵達一個大站停靠時，母親將他從夢中喚起：「若若，快看，外面下大雪呢！」

他迷迷糊糊地睜開了眼，往窗外不經意瞥了一眼，驚喜地大叫了起來，衝了出去。紛紛揚揚的大雪花，像蝴蝶般地漫天飛舞，天地蒼茫，遠處亦是一片在天光下泛著灰白色的朦朧雪景，整個世界，就像銀裝素裹地鋪上了一層耀眼的白練，空氣中瀰漫著清新而又濕潤的味道，腳下傳出的是噗哧噗哧的踩雪聲。雪有二尺多厚的高度，他每走一步都會留下一對深褐色的雪坑。彼時他覺得神奇極了。此前，他還從沒見過紛飛的大雪。他出生在一個海濱城市，那裡的冬天的溫度適中，雪花對他來說只是一個美麗的傳說，只從幼稚園的老師和父母嘴裡聽說過，而此時此刻，神奇且神祕的大雪居然展現在了他的眼前，他震驚了！

第一次坐火車的記憶，就這樣伴隨著那場紛飛的大雪，翩然入夢般地重現在了若若的遙想中，他有些走神了。

「你怎麼啦？」若若彷彿聽到了來自遙遠的聲音，將他一下子召喚了回來，讓他一個激靈從回憶中悄然地走了出來。「沒有，沒什麼。」他尷尬地說。

「你走神了。」女孩說，「你一定想起了什麼。」

若若沉默地瞅著女孩，看著她盯著自己的熱切的目光。「雪。」若若說，「那天我看見了雪！」

「雪？」女孩納悶地看著若若。「你怎麼忽然說起雪來了呢？」女孩搖了搖頭。

「哦。」若若不好意思了，「我想起了小時候媽媽帶我回老家，第一次坐火車時，我看到了雪。」若若說，「那也是我第一次見到雪，好大好大的雪！」

女孩低下了頭，像是被若若的回憶所感染，而沉浸在其中了。時間在無聲無息地悄然流逝著。

「我也喜歡雪！」過了一會兒，女孩抬起了臉來，有些感慨地說。倏忽間她又像想起了什麼似的：「喲，剛才我們說什麼來著？哦，對，我們在說書，對嗎？怎麼說起雪了呢？都怪你，是你引起來的。」女孩的臉上浮現出一絲俏皮的微笑，說。

「唔，對，剛才我在問你看的是什麼書呢。」若若說。這時他覺得與眼前的這位陌生的女孩，因了「雪」的緣故，變得熟稔了起來。距離感在悄然地縮短。

「你自己看吧。」女孩說。

若若一怔，接過書，匆匆掃視了一眼。

兩個黑體的大字躍入了他的眼簾——《牛虻》。封面已然殘缺不全了，甚至還沾染了一些墨色的污跡，破損的地方用牛皮紙黏貼掩飾著，但素描中的那個一望而知的外國人則目光犀利而堅定，臉頰上還殘留著一道顯而易見的蚯蚓般的刀疤。曾幾何時，這個男人的形象深深地楔入在了他的腦海中。

大約在一年前，他偶爾在姐姐的枕頭底下意外地發現了這本書，趁姐姐不在屋裡時偷偷地瞄了幾眼。那一段日子他覺得自己竟象一個怕被人發現的小偷，瞅著姐姐出了門，就會溜進姐姐的屋裡看上一段，只要聽到樓梯響就知姐姐回家了，又趕緊將小說放回枕頭底下溜回自己屋，裝作什麼事也沒發生過。他知道倘若姐姐一旦發現了會怒斥他的。他能判斷出這是一本大毒草，因為裡面涉及了匪夷所思的愛情，他會看著看著自覺心驚肉跳。

在那一段日子裡，他浸沉在《牛虻》的小說中，如癡如醉，小說中描述的愛情讓他百味雜陳，激動不已。

「我看過這本書！」若若說。

「哦，是嗎？」女孩先是詫異地瞥了他一眼，接著目光中閃爍出一道迷人的光澤，若若甚至覺得自己的臉頰被這道驀然射來的目光炙烤了一下。女孩這時挺起了胸，顯得頗為興奮，「你喜歡小說中的誰？」她迫不及待地問。

「這是一本大毒草。」也不知為什麼，若若突然地冒出了這麼一句，語氣透著俏皮，下頜微微上揚。興奮的表情從女孩的臉上轉瞬即逝了，眼神亦黯淡了下來，流露出一絲失望，從若若手上將書一把拿了回來，「算了，不跟你說了！」女孩生氣地說。

「沒有，沒有，我只是說著玩的。」若若抱歉地說。

「你不是說這是大毒草嗎？」女孩不悅地說。

「你還當真啦？」若若說，「我可不這麼認為。」

「那你幹嘛這麼說呀？」女孩的嘴角又嘟嚕上了。

「外國人寫的書不都屬於大毒草嗎？」若若調侃地說。

「我不關心是誰寫的，我關心的是你自己怎麼看？」女孩認真地說。

若若虛眼看著女孩。他從女孩的目光中讀出一絲渴望，彷彿在急於索解一道複雜的數學難題。「我說呀……」若若故意放慢了語速，他現在覺得放鬆多了，他覺出了女孩的天真可愛。他忽然又停住不說了。

「哎，你快說呀。」女孩催促道。

這正是若若期待中的效果，欲擒故縱，他有點小得意了。他沒想到剛才還顯得頗為傲慢的一女孩，現在卻變得像一個不懂事的小丫頭，經不起人逗，這便給他帶來了一絲優越感。「我說。」他四下裡瞧了瞧，壓低了嗓門說道：「我只知道這是一本我特別愛看的書！」

「真的嗎？」女孩問，目光忽悠忽悠地閃爍著，不太相信地看定他。

「你為什麼認為我會撒謊呢？」若若不快地問。

「因為你剛才撒謊了。」女孩不依不饒地說，「我不知道你哪句話是真的！」

「你真是得理不饒人！」若若笑說。

「那是因為你惹了我了。」女孩反唇相譏地說。

「好吧，好吧！」若若輕笑道，「就算我鬥不過你，行了吧？」

「我跟你鬥了嗎？」

「你也太咄咄逼人了！」

「那也是你自找的。」女孩鼻孔朝天地說。

若若語塞了，覺出了女孩的伶牙俐齒，臉膛漲得紅紅的，想要分辨幾句，可一時又找不到合適的詞語了。

「你生氣啦？」女孩小心地問了一句。

「我？哪能呢。」

「那你幹嘛這副樣子，感覺我欺負了你似的。我欺負你了嗎？」

若若忍不住地噗哧一聲樂了。「你……你呀！」

「我怎麼啦？」

「沒怎麼呀。」若若覺得女孩太可愛了。

「我想也是，我也沒怎麼著了你吧。」女孩咧開嘴笑了起來，露出一排整齊的牙齒。

這時從車門處傳來了洶湧澎湃的嘈雜聲，以及雜遝的腳步聲，火車汽笛發出了一聲長長的嘶吼，預示著又要啟動了。旅客紛紛回到了座位上。女孩向若若眨了眨眼，低下頭，又認真地看起了小說，彷彿什麼也沒發生過一般。

三

沒過一會兒，若若迷迷糊糊地又睡過去了。

當他再次從夢中驚醒時，火車到達終點站了。

這一覺睡得真沉，若若想，印象中自己是在火車啟動後不久就睡過去的，晃動的車廂宛如悠然飄蕩的搖籃，使得他迅速地進入了深度睡眠，做了一個夢，夢中的情景記不太清了，只記得似乎母親在交代著什麼。但母親的面孔又迅速換上了另一張臉，是父親嚴肅的面孔，審視著他，他心裡有些發怵；接著又換成了另一張模糊的面影，不很清晰，一道斜斜地射來的月光，透過樹丫照射在那張模糊的臉上，模糊的面部便被罩上了一道浮動的光影，若隱若顯，他只能看見被月光映照的半張臉，無法辨認出是何人。這人顯得頗為沉靜，就這麼靜靜地站著，一動不動，沒有絲毫的表情，只是讓若若覺得這人的眼神滿特別的，皎潔的月光下閃爍著如一枚燃亮的星光。若若想走近一步，他想看清這個人究竟是誰，可是足底像是被什麼東西黏連了一般，動彈不了了。他開始變得著急了起來。就在這時，突然湧出了許多人，扯著嗓門狂呼亂叫，潮水般地將那人淹沒在了湧動的人海中。他看不見這人了，急得想大聲地吶喊一聲……他驚醒了。

車廂裡炸了鍋似地亂哄哄的。座位上的旅客都站起了身，爭先恐後地從行李架上搶奪自己的行李，然後爭先恐後地擠向狹窄的甬道上等候下車。若若攜帶著的行李輕便簡單，就一個小提包，東西不多，裡面塞了幾件平時換洗的衣物，所以他不著急，不像別人似的急不可耐。

他是被嘈雜的聲音吵醒的。大腦這時還是亂糟糟的，雜七雜八的念頭電光石火般地飛速閃過。這是在哪？這是他在懵懂中掠過的第一個念頭。他很快就知道置身何處了。他知道從今以後，他必須孤身一人面對社會了，而在過去，是由父母在身邊為他保駕護航。他有點兒悵然若失。他安靜地坐著沒動，只是覺得有些孤單，雖然周圍湧滿了人。對面座位上站起的人，扛著一大包行李擋住了他的視線。他忽然感覺到一種莫名的孤獨感又一次向他襲來，同時亦覺出了自己的沒出息，心裡暗暗地嘆了一口氣。

人群開始流動了起來，顯然是車門打開了，擋住他視線的人亦趁機擠到了過道上。那人剛一閃開身，他的目光便與一道目光相遇了。

是那個女孩，那個在他沉睡前曾與他愉快地聊過天的女孩。只是此時此刻她的目光變得懶洋洋的，甚至還著含著一絲漠然。她在看著他，沒有表情，就像他們此前根本不認識一樣。若若這才想起了那個夢中見到的陌生人，那個眸子裡閃爍出一道光束的人，他明白了，在夢中一時沒能辨認出的陌生人，就是眼前的這個女孩了。他有些納悶，為什麼在夢裡竟沒認出她來呢？為什麼？而非要等到這一時刻才恍然大悟！

若若正想跟女孩打聲招呼，可是她站起了身，從空蕩蕩的行李架上取下自己的行李，隨著人流向外走去。若若也取出了自己的小提包，跟在她的後面緩慢地向前移動著。

「你也在這下？」若若問。

女孩回過頭來，瞅了他一眼。「這是終點站，不在這下在哪下？」她說，口氣顯得有些衝。若若啞然了。他本想找個藉口跟她搭腔的，結果卻討了個沒趣。他有些沮喪了。

快到門口了，女孩忽然偏過身來：「昨晚我們聊得挺好。」她說。

若若沒想到她竟會說出這句話來，有些受寵若驚。女孩剛才對他的冷漠讓他感到了失落，他還無法理解為什麼聊得好好的一人，間隔了一晚便判若兩人？女孩的這一句話讓一切困惑渙然冰釋了。

「嗯！」若若點了點頭，感覺有許多話想對女孩說，可一時竟找不出合適的語言。他有點恨自己了。

下了車，人海潮水般地向一個方向湧去，若若亦跟著人流走，他知道那裡便是出站的方向了。這時他加快了步伐超過了女孩，往前緊走了幾步後，回身向女孩揮了揮手：「再見！」其實他自己知道還是想多說點什麼的，但他沒有，他甚至沒有勇氣問問這個女孩的名字。他覺得怪怪的，為什麼昨晚聊天時沒問問她叫什麼呢？起碼知道了名字也好為自己留下一個紀念。沒有留下名字的人，就像夢中的那個模糊的身影，很快就會煙消雲散了，化為一股嫋嫋升騰的青煙，不再會留下任何痕跡。

若若剛一走出站口，就見一位身著四個口袋軍裝的年輕軍官高舉著大紙牌，上面寫著名字。他停下腳步辨認了一下。有他的名字。他迎著那人走了過去。

「你是王若若？」

他點了點頭。「是我。」他說。

年輕軍官轉過身，對身邊的那個當兵的人說：「你先帶他去車上等著，這個牌子你拿走，你手上的那個給我，我再等下一個。」說著，年輕軍官人將手中的牌子交給了那個當兵的，彼此交換了一下，若若下意識地瞥了一眼牌子上的名字：賀苗苗，就跟著那當兵的人先走了，上了一輛事先準備好的吉普車。當兵的坐上了司機的位置，轉過頭對若若說：「首長還有一位客人，我們要再稍等一下。」

沒過一會兒，車門被拉開了，一股冷風灌了進來，若若不禁打了一個冷顫。那個若若已然面熟的年輕軍官的面孔晃了進來，看了若若一眼，然後回頭對若若看不見的人說：「你坐他邊上吧，他也是李部長家的客人，你們是坐同一趟車來的。」

很快，一個人鑽進了車內，若若一閃眼「咦」了一聲，與此同時，他亦聽到了從那人口中發出的同一個「咦」聲。

「是你！」又是異口同聲。

「喲，你們認識呀？」年輕軍官這時坐在了副駕駛的位置上，回過頭來笑問。

「認識，一趟車的。」女孩脆聲說，然後轉臉向若若發出一個會心的詭祕微笑。若若也樂了，他覺得車裡的氣氛變得溫暖了起來。

四

吉普車一顛一顛地朝著城內的方向進發。究竟是要帶我們去哪？若若心想。一無所知。下車後才知被拉到了軍區第二招待所。那是一棟五層高的樓房，在平房林立的包圍中顯得滿顯眼的。年輕軍官說，住宿已經安排好了，李部長這幾天要開會，忙過這陣兒會來探望他們的。

若若與賀苗苗在三樓的樓梯口分開了，分手時若若說了聲：「再見，賀苗苗。」賀苗苗愣了一下。「你怎麼會知道我的名字？」她瞪大眼睛，充滿疑惑地問。

「保密。」若若詭祕地笑說。他發現在她面前開始變得輕鬆了，心裡暫態飄過一絲訝異。我這是怎麼啦？接著沒再多想，向賀苗苗一揮手，跟著服務員上了樓。樓梯走到一半時他回過頭張望了賀苗苗一眼，她跟著另一位服務員拐向了另一個方向。若若駐足站定了一會兒，忽然覺得滿希望賀苗苗也能回望他一眼。可是沒有。看著賀苗苗的身影消失在了拐角處。若若心中不免有了些惆悵。

屋裡沒人，但他看得出來，已有兩張床被搶先人占領了，其中的一張床上凌亂不堪，床單皺皺巴巴的，被子亦沒疊好，只是掀開了一角，像一堆亂麻似地趴在床上無精打采。顯然主人晨起後也沒顧上收拾就匆匆離去了；而在另一張床上，則顯得頗為規整，被子疊得整整齊齊，枕頭、床單上的皺褶被拉扯得平展無痕，雖還說不上棱角分明，但亦是講究的，只是床頭櫃上的一個綠色小挎包透露了這張小床已被人占用的資訊，否則，乍一看過去，還真以為這張床沒人睡過呢。

他只能夾在兩張床的中間位置睡下了，這讓他感到了不自在。可又有什麼辦法呢？長這麼大，他還頭一回和陌生人睡在同一個房間裡，這種滋味讓他感覺怪兮兮的。

若若站在自己的床邊有些茫然無措，他忽然覺得不知道現在該做些什麼了，這才遽然意識到一旦離開父母真得有些無依無靠了，始終縈繞在腦海中的那個為什麼要當兵的疑問，又一次盤桓在了他的心頭。他將行李擱置在了床頭櫃上，在床頭坐了下來。

天色灰暗，瀰漫著一層霧幔，房間的正前方有一扇玻璃門。他起身走了過去，輕輕推開，發現這是通往樓層長廊的門。長廊寬約二米，筆直的一長溜穿越所有的房間，淡淡的薄霧還在空氣中飄散著，風聲卻暫時地歇止了，有嘰嘰咕咕的鳥鳴聲不時地從樓下的林中傳來，像是斑鳩在啁啾，還有幾隻喜鵲在枝丫上發出歡快的嘎嘎聲，便平添了院子裡的安詳與靜謐，感覺這裡似乎一個人影都沒有。

小院內栽種著榕樹與芭蕉樹，綠葉扶疏，這讓他感到了一絲欣喜。隆冬季節了，來時的小縣城還是一派蕭瑟與枯索，樹上的綠葉早就掉光了，剩下光禿禿的樹杈在寒風中瑟瑟顫抖，可這裡卻彷彿是一片春天的景象，綠樹成蔭，空氣都變得清新了起來，還飄著一股濕潤的氣息，如果不是因為寒氣逼人，他還恍若置身在了舒適的春天裡。

若若就出生在這座城市，但記憶，卻像被一層深濃的霧靄遮沒了，讓他一時無法憶起小時候生活在這座城市時的情景，那時的冬天是這樣的綠樹成蔭嗎？儘管努力地回憶著，但一無所獲，他覺得有些無奈了，竟然回想不起一絲一毫記憶中曾有過的生活痕跡。離開榕城時幾歲了？哦，想起來了，隨父親離開這座城市時是小學一年級，那就是七歲了。七歲，居然沒有留下任何記憶的遺痕？那可是珍貴的童年記憶啊！他覺得這事變得有些怪異了，但也沒辦法，大腦呈現出的是一片迷霧般的虛無縹緲，就好像他從來沒來過這座城市一般，一切都是陌生而又疏離的。

他想起了姐姐。姐姐在沿海邊的一所野戰醫院，因為路途遙遠所以無法請假來車站接他，這是若若的父母在他臨行前告訴過他的。若若忽然發現有點想念近一年沒再見過的姐姐了，這種感覺也讓若若感到了蹊蹺，是不是身處一個陌生的地方讓他感到了孤單，所以才會驀然間想念起了姐姐？按說這些年來姐姐獨身一人在遠離父母的外地讀書，他那時亦覺與姐姐的感情疏遠了許多，以致當有一天姐姐突然出現在了他的面前時，他竟有一種莫名的陌生之感。姐姐立刻察覺出了從他的目光中流露出的異樣：

「若若，你怎麼用這種眼神看我？」

他隨即恍惚了一下，亦覺尷尬，明白其實是在尋找自己心裡曾經熟悉的那個姐姐，可眼前的這位長高了許多的姐姐，已然不再是那個在往昔的歲月中曾帶著他玩耍的姐姐了，她變得成熟了許多。他便有些感慨了。

什麼時候才能再見姐姐一面呢？若若這時覺得倘若有姐姐站在身邊，心裡會踏實一些。

他在心裡深深地嘆了一口氣，因為他對未來還一無所知，完全不知道李叔叔將會如何安排他去部隊當兵。他就像是被冷冰冰地拋在了一個四處無人的荒漠中，在他原來的設想中，一下火車就會穿上夢寐以求的綠軍裝，颯爽英姿地跟隨著部隊出發前錢，可結果呢，仍就穿著一身土裡土氣的老百姓服裝，一頭扎進了招待所，至於下一步有什麼打算也只能聽天由命了。

那個女孩叫什麼來著？對了，賀苗苗，她也被安排在了招待所，難道她也是來當兵的嗎？應該是的，他想，否則不會同時被安排在這裡。讓若若頗感驚奇的是，這位叫賀苗苗的女孩竟然也是李叔叔家的客人。真是一次奇遇。怎麼會這麼巧？他出神地想。

若若有點後悔在火車上沒跟她多聊幾句，他當時竟然連名字都沒多問一句，他原以為他們之間僅只是一次旅途中的短暫邂逅，一次不期而遇呢。一想起賀苗苗的那張生動活潑還挾帶點俏皮的面孔，若若的心裡，便會泛起一絲溫馨的欣悅，他還記得月臺臨別時，心中湧起的那種綿長的惆悵。

不遠處傳來嘰哩呱啦的說話聲，打破了寂靜，聲音還挺大。若若有些好奇了。他猶疑了一下，決定向傳來聲音的方向走上幾步，假裝漫不經心地散步，湊近去瞅上一眼。這時的他，很想找個人說說話。傳出的聲音越來越響了，調門亦變得越來越高，像是有人在吵架，這讓他更加好奇了。

也就是在那一時刻，若若第一次見到了崔永明與蕭向華。

五

那是一間與若若住的一模一樣的房間，吵鬧聲就是通過從這間屋子傳出的。隔過透明玻璃，能看見兩個坐在床上的背影，而在另一張床上，則坐著一個光頭，他耷拉著腦袋，拚命搖著頭，感覺在痛苦中掙扎。這個時候聲音停止了，只能聽見從院子的樹叢中傳來的喜鵲的啾鳴。似乎什麼事也沒發生過。若若正準備移開目光繼續向前走走，從屋子裡又傳出一聲嚇人的爆喝。若若心裡一凜。

「你老媽的倒是說話呀！」

光頭抬起了臉來。若若發現他一臉愁苦，整張臉亦皺皺巴巴地萎縮成了一團，目光中透出一絲難言的愧疚。他試圖張嘴說話，但剛發出一聲：「我」，就沒再說下去了，與此同時，他的目光忽然停在了若若的臉上，悔恨般地看定若若，彷彿在若若的臉上看到了一絲獲得拯救的希望，若若感到了稀奇。他不明白這個人為什麼會有這麼一種奇怪的眼神。正琢磨著，那兩個背影不約而同地轉過了身來，亦向他看來。若若的心臟驟然一蹦，趕緊想拔腳離去，因為他感覺到了一股不祥的氣息在壓迫著他。

晚了。兩個「背影」中的一人站了起來，大步向他走來，若若想躲都躲不及了，只能呆呆地看著這人走到他的面前。

這人在他面前站定了，一副冷酷的表情，甚而透著一絲顯而易見的傲慢無禮，蠻橫的目光在若若的臉上掃視著。他沒有馬上說話，而是將目光長久地停留在若若的臉上，感覺要從若若的臉上尋找出什麼答案似的。

「你是幹嘛的？」那人終於開口了，口氣顯得極不友好。

「我……」若若感覺到了一絲惶恐。

「來當兵的吧？」那人問，口吻和緩了一些。

若若鬆了一口氣，點了點頭。那人忽然笑了起來：「也是子弟？」

這下子若若有些糊塗了。子弟，什麼是子弟？他一時沒能及時地反應過來。他不明白子弟指的究竟是什麼？他只能愣在那，傻傻地看著來人，半晌說不出話來。那人的臉頰上的肌肉抽動了一下，那是在發出一絲輕蔑地嘲笑。

「你一定是小地方來的吧？」那人嘴角彎曲了一下，從兜裡摸出一支煙，悠然地點上，狠狠地吸了一口，又慢騰騰地吐出一串串長長的煙霧，然後屈身趴在了露臺的扶欄上，細眯著眼睛望著遠方，沒再說話了。

若若感到了尷尬。突然的沉寂讓他不知下一步該做些什麼了。他猶豫了一下，轉身，想就此離去。

「等等。」那人突然說。他沒有轉過頭來看向他，目光依然凝視著遠方。「你還沒有告我你是從哪兒來的呢？」

若若只好站住了，他知道自己有點懼怕這個人，囁嚅地說了一句：「我從縣城來的。」

「嗯，看著像。」那人說，這才偏過臉來掃了他一眼，嘴角掠過一絲譏誚的淺笑。

若若有點窘迫了，亦有些害羞，自卑感湧上心頭。「那你是哪來的？」若若輕聲問了一句，剛一張口就後悔了，他也不知道為什麼突然就冒了這麼一句。

那人冷笑了一下，「喲呵，你也問起我來了？」他瞥了若若一眼，臉上看不出什麼表情了。「你為什麼不回答是不是子弟呢？」

「我不懂你說的子弟是什麼意思？」若若又是一怔，靦腆地說，臉頰在發熱。

「真他媽土。」那人不屑地說。他轉過身來，雙肘倒背著倚靠著露臺上的欄杆，腳尖在地上打著小點，若無其事地審視著若若。直到這時，若若才認真地打量起這個人來。他長著一副瘦瘦高高的個頭，背微駝，臉色顯得有些蒼白，但骨骼峻奇，眉毛疏淡，咄咄逼人的目光裡隱含著一絲高傲。

「子弟就是幹部子弟，這你都不懂？否則你能上這來嗎？所以我說你土麼。」那人嘲笑地望著他，像在打量一個稀有的怪物。

「懂了！」若若點了點頭，掠過一絲慚愧。

「你叫什麼？」那人問。

「王若若。」若若膽怯地說。

「好吧，算認識了，我叫崔永明。」

剛才沉寂下來的屋裡又傳出了吵鬧聲，一個粗暴的聲音驟然響起：「你他媽的說話呀，啞巴啦？嗯，現在蔫了？當年你他媽的不是挺橫的嗎？你說你那時都幹了些什麼吧。」

若若下意思地往屋內的方向掃視了一眼。正對著他的那個男的抬起了臉來，一副痛苦不堪的表情，臉上明顯地流露出懊悔。

「你倒是開口說話呀，啞巴了？我操你媽！」一記響亮的耳光就在這時狠狠地摑在了那個男人的臉上，由於來勢迅猛，打得那人猝不及防，他的那個渾圓的光頭大腦袋往邊上甩了一下，差點倒在了床上，下意識地捂了一下臉。

「知道為什麼打他嗎？」

旁邊傳來崔永明的問話聲，若若側過臉，望著他，百思不解地搖了搖頭，一臉困惑，心臟還在嗵嗵地狂跳著，感覺空氣中都充斥著一股暴力的味道，開始後悔一不小心地來到了這裡。都是因為好奇，他想。

「這小子當年在我們省裡是一造反派頭頭，媽的，我們子弟中的叛徒！」若若注意到，當崔永明的口中冒出「叛徒」二字時加重了一下語氣，甚至有點咬牙切齒了。「他做夢也想不到會在這裡栽在我們手上。」崔永明頗為得意地說。

若若左右為難了。他不知道該如何逃離這個地方，他一向害怕暴力，預感接下來還會有更加激烈的事情發生，那個被打的人顯然在劫難逃了。

「跟我進去，我們不能輕饒了這小子，走。」那人對若若說。

若若愣住了。他不知道該做出什麼樣的選擇，一時間手足無措，他很想拒絕崔永明的「邀請」，可他那副咄咄逼人的神態又讓他進退兩難。

「走呀，反正你閒著沒事，不想進去瞧瞧？」崔永明眯縫著眼說，就好像邀他參與的是一個千載難逢的榮耀，他如果拒絕就是太不識相了。

若若不得不抬起腳，跟著崔永明的屁股後頭顛顛地去了，一顆蹦跳的心蹦得更緊了，他知道他無從選擇。

這時他聽到一個熟悉的聲音：「若若。」

六

若若眼睛一亮，是姐姐，高喊了一聲姐姐向她快步跑去。

若若萬萬也沒想到，姐姐竟會在這麼個節骨眼上及時出現，不禁欣喜若狂，如釋重負。他覺得姐姐來得太是時候了。

姐姐變得讓若若有些認不出了——著一身亮眼的綠軍裝，颯爽英姿，眸子裡蕩漾著見到若若時的欣喜，渾身洋溢出一股朝氣蓬勃的青春氣息。姐姐長長的黑髮不見了，取而代之的是垂在腦後的兩條短辮，若若覺得，這樣一來姐姐比過去顯得更精神了。姐姐的眼中並沒有流露出若若曾熟悉的那一份清高孤傲，那身綠軍裝讓姐姐的形象煥然一新。若若羨慕穿上了軍裝的姐姐，當兵的願望變得更加強烈了。

「你不在房間待著跑這來幹嘛？」姐姐笑問，「我還以為你跑出去玩了呢？」

「沒有，我只是隨便走走。」若若說。

「他是誰，你們一起的？」

若若回過頭，瞥了一眼崔永明。他正好奇地望向他們，目光閃爍，見若若看著他，擠了擠眼。他似乎猶豫了一下，便徑直地快步走來。「我不認識他。」若若趕緊嘀咕了一聲。這時崔永明已來到了他們的身邊。

「哦，這是你弟弟呀！」崔永明說，臉上堆滿了笑容，表情有些怪異，一副討好巴結的樣子，那口氣，就像跟若若有多麼稔熟似的。

「是我弟弟。」姐姐大方地說。

「哦，我叫崔永明。」他說。

「你好，我叫王群。」姐姐說。

若若不禁一怔，這個名字他從沒有聽說過。姐姐改名了？但他沒吱聲，只是心裡納悶著。

「也是來當兵的吧？你弟弟。」

「對呀，你呢，也是來當兵的？」

「那還用說嗎？」崔永明大笑了起來，「不當兵來這幹嘛。」

若若有點糊塗了。崔永明剛才還顯出一副傲慢自負的模樣，怎麼轉臉間就變成了一個挺樂呵和友善的人呢？以致讓他產生了錯覺，剛才結識的只是另外一人，感覺怪怪的。

「你是哪來的？」姐姐問。

「江西南昌。」崔永明說。「你們呢，哪的？」

姐姐樂了。「真巧。」姐姐說，「都是江西老表，我們原來也是南昌的。」

「喲呵，真趕巧了，居然是老鄉！這事兒有點新鮮了。」崔永明笑說。「可我剛才問你弟，他只告我是從小縣城裡來的呀，我還以為這小老弟是從哪個土旮旯裡鑽出來的呢。」

「我弟弟認生，你別介意。」姐姐客氣地說。

「沒有，沒有。」崔永明大幅度地搖晃著腦袋，手舞足蹈，「我們聊得挺好，跟你弟，你說對嗎？」他轉過臉，嘻皮笑臉地衝著若若問道。

若若心裡掠過一絲不快。他覺得崔永明太言過其實了，甚至有點厚臉皮，他們剛才是聊過來著，但絕沒有像他自己說的那樣「挺好」。沒有，有的只是他衝他說話時的咄咄逼人，和一副瞧不起人的神情。他也不知道為什麼轉暫態這人就變了一副面孔，就跟他們有多熟似的。但他只能尷尬地微微點了點頭，算作不得已而做出的回答。

若若就是以這種方式與號稱「老鄉」的崔永明相遇了。讓他還沒有想到的是，這位叫做崔永明的人，居然還跟他住在同一間屋子裡，他原本想著是從今以後和這個人近而遠之，他當時對崔永明的印象一點也不好。可是那天崔永明與姐姐卻相言甚歡，一旦聊起，還發現彼此間有一些共同認識的老朋友，以致崔永明在與姐姐的聊天中，會時不時下意識地拍拍若若的腦袋，以示熱絡。末了，姐姐說：「崔永明，那我弟弟就交給你來照顧了，你比他大，他還從沒有出過遠門呢。」崔永明拍著胸脯，氣壯山河般地說：「交我了，你放心，哪個叫咱都是江西來的老表呢！」說完，崔永明樂顛顛地走人了，走了幾步還沒忘了回頭又招呼一句：「以後你弟弟有什麼事儘管給我說，我會幫他的。」姐姐笑著向他表示了感謝。

七

「我還記得我們第一次見到時的情景。」若若望著遠方，平靜地說。

「哦，那一天好像太遙遠了！」崔永明說。

「我為什麼覺得不遠呢？就像在眼前，那麼近，彷彿伸手就能觸摸到它一樣——那個屬於我渡過的青春歲月。」

「若若，你總是顯得那麼地多愁善感，那都是四十多年前的事了。」

「但我記憶猶新、歷歷在目！」

「對我什麼印象？見到我的那一天。」崔永明忽然問。

「那時的你，就像一臉惡相的壞人。」若若笑了笑說。

崔永明沉默了。他知道若若想起了什麼，心情亦變得沉重了起來。

「這麼多年過去了。」過了一會兒，崔永明說，「那一天就像夢魘般地折騰著我，我當時為什麼要那樣對待他，他是我的同學和朋友呵！為什麼？哦，是的，那時我有我的原因，所以我控制不了自己，經歷過一九六六年的武鬥之後，手打人都打順溜了，那時一點不覺得暴力是一件多麼可恥的事，只求自己痛快，還以為那是時代賦予我們這代人的歷史使命。我們經歷過多麼可怕的年代！」

「人的尊嚴，還有友情、親情、互愛都被打翻在地了，變得面目全非，可在當時，還以為那是一場可以改變中國命運的偉大革命。」

「那時的我們真的都瘋了，但可怕的是，身在其中的我們卻不知那是瘋狂，是罪惡，是一場史無前例的民族災難。」

「那天你真的嚇到我了！」若若說。

「那是留在我心中的一道陰影。」崔永明沉重地說。

「他會原諒你的。」若若輕輕地說。

「可我無法原諒自己。」崔永明說。

「永明，並非每一個人都知道懺悔，追悔當年。」

「或許這一場罕見的歷史悲劇還沒有真正得到澈底的清算。」

「所以它引發的後患依然在今天延續著。」若若說。

「你呀，總是那麼的憂國憂民！」

「那是因為我們就生活在這片土地上，與它相依為命，這就決定了你與這片土地的血肉關係，你可以說這就是我們的宿命。」

「我還記得那一天你姐姐來看望你，當時覺得你姐姐長得真美！沒想到後來有一天，你姐姐竟然成了一個傳奇人物，好像人人都知道她，人人都在議論。」崔永明突然說。

「那可真是一個荒誕的年代！對於我姐姐來說，那不過只是她的初戀，她的愛情，可這個愛情引申出的『故事』，或者如說你所說的『傳奇』，在那個時代又顯得那麼的荒誕不經。」

八

「姐姐，你怎麼突然來看我了，你不是在很遠很遠的地方嗎？」進了屋後，若若問。

「一會兒再說。」姐姐說，「爸爸、媽媽都好嗎？」

「都好。」若若說。

「那就好。」姐姐說。她在若若的床上坐下了。若若則搬了條椅子坐在了姐姐的對面，他覺得彆扭，但又說不出什麼原因來，姐姐身上傳達出的氣息讓他感到了疏離。

姐姐敏感地意識到了，打量著坐著顯得有些拘謹的若若。「你怎麼了？」

「我……沒什麼呀。」若若掩飾地說。

姐姐樂了。「還沒什麼呢，瞧你緊張的，跟姐姐見面也會緊張嗎？」姐姐搖了搖頭說。「若若還是沒出過遠門，時間長了就好了。」接著，姐姐感嘆了一聲。「其實，你不該離開爸媽的，在家照顧他們就好了。」

「我要當兵！」若若不悅地說，「為什麼就你能當，我就不能？」

「你這不是來當兵了嗎？」姐姐笑說，「我不過說說，你也當真？」

「喲，我忘了給家裡發份電報，臨走時媽媽專門交代的。」若若拍了一下腦門說。

「沒事，回醫院的路上我給家裡發一個就是了。」姐姐說。

「回醫院的路上？」若若有些訝然，「你們醫院不是在很遠很遠的海邊嗎？」

「不啦。」姐姐笑笑說，「我剛調到軍區總醫院，還沒來得及告訴爸媽呢。」

「真的？」若若瞪大了眼睛，「那你現在也在榕州市嘍？」

「當然，奇怪嗎？要不我怎麼能來看你？」

若若點了點頭。「我以為要很久以後才能見到姐姐呢！」

那天，姐姐告訴了若若，她一入伍就將名字改成了王群。最初，她隨徵兵部隊來到了靠近海島的一所野戰醫院，經過一段時間的新兵連訓練後分在了醫院食堂，據說是因為她看上去太像一個嬌生慣養的大小姐，需要在更加艱苦的工作環境中鍛鍊一下。

「是有點苦。」姐姐說，「每天需要起早貪黑地幹粗活兒，還不時會受到別人的白眼，因為這是一個伺候人的工作。」

姐姐說她開始時心裡還會有些怨氣，想撩挑子撒手不幹了，從小到大就沒受過這麼大的委屈；更何況，在食堂打雜，弄得渾身上下髒兮兮的。姐姐天生是一個愛整潔衛生的人。與她同時當兵的姜麗莉（她隨著王姐姐一道改名為姜群，以這種方式表示她們間存有的真摯的情誼），則通過家裡的關係安排在了駐紮在榕州市的省軍區醫院，待新兵訓練完成後又被分配到了內科室當護理員，這讓姐姐好生羨慕還萌生了一絲小小的嫉妒。

姐姐說，在那一段時間，與姜群通信成了她苦悶的日子裡最好的解脫方式，因為跟可以向她沒完沒了地傾訴。她們頻繁聯繫，偶爾還會偷偷地通過軍線打一個長途電話聊聊天，姜群在電話中反覆叮囑姐姐說不要著急，過了這一陣她會通過父親戰友的關係設法幫她調到市區來。「那樣的話，我們就可以天天在一起了。」姜群在電話中快樂地說。

從那天起，姐姐就盼著這一天能快快來臨，這成了她勤奮工作的唯一動力，幻想著有那麼一天會突然被召喚，然後整裝出發，奔赴市區裡的部隊醫院，這樣她就能和好朋友姜群時常見個面沒完沒了地聊天了。姐姐說她望穿秋水般地盼著，甚至不斷地催促姜群趕緊幫她這個忙。可姜群卻總在說：「再等等，再等等，部隊要抽調一個人不是那麼容易的，何況你是一個新兵。」時間久了，姐姐覺得那只是一場時常在幻覺中出現的南柯一夢，而現實的殘酷讓她不能不去認真面對。

姐姐說在後來的那一段日子裡，她常常會在晚飯後將杯盤狼藉的食堂收拾乾淨，一個人跑到離醫院不遠的海灘上，靜靜地坐著。鬆軟的泛著海腥味的沙灘讓她感到了稍許的放鬆，她仰頭遙望懸掛在寶石藍般的高天上的那一輪皓月，傾聽著海浪由遠及近的波濤聲，淚水不知不覺地淌了下來。那時她才發現自己特別想念遠在江西的父母親，思念像激浪般地撞擊著她。姐姐說她有時亦會感到奇怪，按說她自一九六八年後，就一人獨闖社會了，遠離父母，孤身一人在共產主義勞動大學亦學亦農，幾乎習慣了沒有父母在身邊的日子，可現在，她覺得內心深處莫名地滋生出了孤寂之感。

「後來呢？」若若好奇地問，他覺得從姐姐嘴裡說出來的故事挺動人的，同時也忽然意識到，他太長的時間沒有和姐姐這麼貼心地交流過了，這讓若若感到了溫馨。他喜歡傾聽姐姐講述的故事，更何況這個故事是在姐姐身邊發生的。來前，他只聽父母說過，姐姐在部隊醫院工作得很好，領導對她很照顧，可他萬萬沒想到，其實姐姐心裡卻是淒苦和掙扎的。

「後來時間長了，慢慢地也就適應了這種艱苦的生活。」姐姐說。

姐姐發現其實誰也幫不了她，命運只能靠自己來改變。她重新振作了起來，故意讓自己精神抖擻地投入到忘我的工作中去。說到這，姐姐忽然掩嘴樂了。

「你笑什麼？」若若有些不解，他不明白語調低沉的姐姐，為什麼會突然間出現這種奇怪的表情？他預感，接下來還會有一個有趣的故事。

果然。

姐姐說她後來知道在部隊必須爭取入黨，只有入了黨才有可能改變命運，甚至可以提幹。「別人不都說我嬌氣麼？」姐姐說，「那好，我就做點不嬌氣的事情讓他們看看。」

姐姐暗暗做了一個決定，她想迅速地讓別人認同她的不畏艱苦，不怕髒，不怕累，於是每當中餐和晚餐收拾狼藉的飯桌時，只要看見落在飯桌上的米粒，就會當著所有人的面用手指拈起，放進嘴裡，把它嚼碎後嚥下肚去。當她在眾目睽睽下這麼做時，自然引來了眾人的驚愕。幾乎所有人都沒想到這麼一個看起來嬌嫩漂亮的女孩，居然會做出如此驚人的舉動。甚至還有人懷疑姐姐是否精神出現了問題。因為姐姐在別人眼中一向是工作態度頗為消極的，怎麼會轉臉就變了一人呢？大家疑惑地望向她。姐姐說她卻不管不顧，面對紛紛投向她的錯愕目光，她感到了從未有過的自豪，甚至覺得這也是她期待出現的戲劇效果。姐姐下決心將行動進行到底。她知道堅持下去就是勝利。

幾天下來，有好事的人開始向她小心地打探：「王群同志，你何必要這麼做呢？你這麼愛乾淨一個人，你吃下去的東西有多髒呵！」當他們說出髒這個字眼時，姐姐確實會在剎那間倒了一下胃口，甚至感到了噁心。但她咬牙隱忍了。她知道自己不能將噁心感過多地暴露出來，否則此前所做過的一切就將全功盡棄。這時她會振振有詞地說道：「偉大領袖毛主席教導我們說，要節約鬧革命。浪費是可恥的！」姐姐剛一說完，大家就開始面面相覷，沒人敢再多說些什麼了，或許被姐姐臉上的那種少見的大義凜然震懾了，一時間啞口無言。很快，食堂裡出現了一張表揚姐姐的大字報，說她是節約模範，值得所有的醫務人員向她學習致敬。

姐姐的努力，終於換來了她所期待的效果。

她被告知院領導要約她談話。那一天，當炊事班長通知姐姐院領導要見她時，姐姐的心臟突突地激跳了起來，預感到她的那一番設計好的舉措終於修來了正果。但姐姐經過了一陣激動之後，又冷靜了下來。她深知這只她個人一廂情願的遐想，究竟何去何去一時還難以預料。姐姐想，倘若還不能如願以償呢？一想到這，她心灰意冷了。

雖然姐姐在眾人面前表現出了一副正氣浩然的模樣，但骨子裡卻已然忍無可忍了。她自知吞嚥殘羹剩飯的過激行為堅持不了多久了。她每天做完了吞食行為之後，都會悄悄地背著人刷牙漱口不止，然後再拿上一把大蒜塞在嘴裡大嚼特嚼，常被辣得上竄下跳地直跺腳，那種火辣辣的感覺，像一團烈火流躥到她的心尖，接著燃遍了她那紅嫩的嘴唇。每當此時，她會捂著小肚蹲在地上，強忍著烈焰般的燒灼感向她陣陣襲來。她當然知道，只有通過這種方式才能將義無反顧吞下的東西進行消毒。她其實非常恐懼會因食物的不潔而染上病菌，一旦染上了什麼不治之症，她會覺得太得不償失了，這樣的想法讓她始終提心吊膽，只是她巧妙地躲過了眾人的目光而已。

九

事後證明，姐姐的擔憂實在是杞人憂天。出現在姐姐面前的人物是一位副院長，他嚴肅的表情讓手足無措的姐姐又一次心跳不止。在副院長的那張嚴峻的表情裡，姐姐捕捉不到一絲一毫期待中的命運的改變。她怯生生地在副院長面前坐下了，心裡卻在惶惶不安，甚至飄過了一絲迷惘。副院長會找我談些什麼呢？倘若事情的發展並沒有按照自已預設的目標實現，那麼接下來還能繼續堅持在食堂裡掃蕩那些殘羹剩飯嗎？

她真的不知道了，她所能知道的，只是自己恐怕堅持不了多久了。

「王群同志，你的節約鬧革命的行為，為全院的醫務人員樹立了一個好的榜樣。浪費是可恥的，所以你的行為是光榮的，我受院黨委的委託，現在正式通知你，院領導經過認真地研究討論，決定讓你參加護理訓練班，結束後會把你分到科室當一名正式的護理人員。」

副院長的這一番話，讓姐姐的心裡開始了翻江倒海，她的眼睛濕潤了，一滴晶亮的淚珠不由自主地淌了下來，以致突然哽咽失聲。副院長望著姐姐，長久地沒有開口說話，他倒顯得不知所措了。過了一會兒，副院長語重心長地說：「這是組織上對你的信任，我們相信你以後會做得更好，不要哭，你是一名軍人了，以後的路還很漫長，要經得起組織對你的進一步考驗。」

姐姐抹了一把淚，從椅子上站了起來，以立正的姿勢筆直地挺立著，然後敬了一個軍禮，大聲說了一句：「是，副院長，我絕不會辜負院領導的信任，請組織上繼續考驗我吧。」說完，姐姐破涕為笑了。剛才還一臉嚴肅的副院長也樂了。「快去整理一下你的行李，明天就去護理訓練班報到。」

就這樣，姐姐順利地離開了早已令她感到生厭的炊事班，來到了護理訓練班，經過幾個月的訓練之後，姐姐分配在了院內的內一科，成為了一名正式的護理員。

「那你怎麼會調到榕州來的呢？」若若好奇地問。

「這事我也覺得挺怪的。」姐姐沉吟了一下，若有所思地說。

姐姐告訴若若，她去內一科報到之後，做下的第一件事是寫了一份入黨申請書，可科領導的答覆是，她還需要繼續接受組織考驗，讓她先安心工作。於是，姐姐進入了日復一日忙碌的護理工作，直到前一段時間，她突然覺得有些事開始變得蹊蹺了。

那一天，院長通知科室，有幾位大軍區來的同志要來考察，通知姐姐必須在場，而恰好那一天是姐姐的輪休日。當科主任敲開響她的房門時，姐姐還正在床上蒙頭大睡呢。

姐姐平時難得有一個完整的時間好好的蒙上一覺，而且護理員做的都是些伺候病人吃喝拉撒睡的繁重工作，為了爭取入黨，姐姐幾乎竭盡全力地投入到了工作中。那幾天，她的一位同事因患重度感冒，暫時離開了工作崗位，科室少了一人，姐姐只好一人硬頂著，沒日沒夜地待在病房裡，護理著幾十個病號，幾天下來，臉都綠了，眼睛亦熬得紅腫，布滿了網狀般的血絲，但她一直咬緊牙關硬挺著。她知道不能倒下，否則，以前的所有的努力將功虧一簣。直到那位同事痊癒後重返崗位，這才將她撤換了下來。「王群，你去好好休息兩天吧，看你累的，小臉都熬瘦了。」科主任通知姐姐可以輪休時，不無憐惜地說。

姐姐有氣無力地答應了一聲，回到了宿舍。一旦卸去了繁重的工作，這才感到了筋疲力竭，似乎體內積攢的所有氣力都耗盡了似的，甚至連走路、洗澡的力氣都快沒了，只想迅速鑽進被窩痛痛快快地大睡一覺。

姐姐是個愛整潔乾淨的人，最終還是掙扎地在公共澡堂沖完了熱水澡。沉重的疲憊感經熱水一沖，稍稍緩解了一些，然後她一頭扎進了冰涼的被窩裡，沒過一會兒就像被催眠了一般，沉沉地進入了香甜的夢鄉。

當敲門聲劇烈響起時，姐姐也只是在沉睡中迷迷糊糊地聽到了一丁點，但那個意外傳來的聲音卻尤顯遙遠，就像浮游在空氣中的細若游絲般的虛幻的聲響。姐姐懵懂了一下，暫態醒來的一剎那，又睡死了過去。可是那個聲音更加激烈地傳來，固執而有力，乒乒乓乓地響個不停，後來幾乎快變成砸門了，一如催命。姐姐被這個聲音攪擾得睡不著了，開始變得煩躁。她覺得有人在故意騷擾她，因為這是一個大白天，宿舍裡的同事都按部就班地上崗了，只是她一人的輪休日，怎麼可能出現這樣的敲門聲呢？她有點上火地衝著大門喊了一聲：「有人在休息，你不要再敲門了好不好？」

「王群同志，快起來，院裡有事找你。」

當姐姐聽到這一熟悉的聲音時，一激靈醒了過來。她聽出是科主任在喊她，這讓她感到了意外。因為正是這位主任，在幾個小時前還通知她可以回宿舍好好地歇兩天。她趕緊翻身下床，穿好了衣服，簡單地梳理了一下頭髮，用冷水抹了一把臉，把房門打開了。

「主任，有什麼事嗎？」

迎接姐姐的是一張和藹可親的笑臉，一改主任平素嚴肅刻板的表情，這讓姐姐心生詫異。「是的，有點事，趕緊拾掇一下，去院裡走一趟。」

姐姐心裡是很不情願的，她覺得自己根本沒睡好，沉睡中的美夢就這麼被主任強行攪擾了，但她不敢違抗，只好回了一句：「我一會兒就去。」

「我知道你還沒有休息好。」主任不無歉意地說，「但確實有事要找你，否則我是不會來叫醒你的。」

「到底有什麼要緊的事？」姐姐問。

主任的臉上掠過了一絲茫然，似乎還認真地想了想，然後搖了搖頭。「我也不知道什麼事，大軍區來了幾個人要求見一些人，其中包括你。」

姐姐的心裡飄過一絲蹊蹺，沒再多問，只是說：「行，我收拾一下，馬上就去。」姐姐剛一說完，主任就顛顛地先走了，走前還笑著撂下一句：「別忘了拾掇得精神點。」

十

姐姐出現在內一科辦公室時，瞪大了一雙疑惑的眼睛，她有一種隱隱的不安，她不明白為什麼主任會忽然跑來找她，這種情況過去從來沒有發生過，而且說是大軍區來人要見自己。我也不認得大軍區的什麼人呀，那會有什麼事呢？姐姐不無納悶地尋思著。

來前，姐姐刻意地修飾梳理了一番，她想讓自己看上出精神一些，但她知道即便如此，還是難掩一臉的憔悴。沒睡好，鏡中的自己眼睛是紅腫的，這副樣子她真不想見人，更何況見的還是陌生人，但又別無選擇。

姐姐是一個特別注意自己形象的人，自轉入內科之後，便一改在炊事班幹活時的那副邋裡邋遢的模樣——那是她故意裝的，她那時不想讓別人總以為是一個看上去嬌生慣養的大小姐，身上沾染了一望而知的小資產階級的習氣。可真要做到這一點還真是不太容易，她必須時時忍受身上沾滿的油污，少換衣服以及頂著一頭蓬鬆散亂的頭髮。姐姐當然知道這一切都帶有表演的性質，是她刻意地做給別人看的。可她又有什麼辦法呢？唯有如此，她才能看起來更像一個在徹底改造思想的女兵，以避免別人在背後對她的說長道短。人言可畏，姐姐那時就是這麼想的。

即使如此，她還是時常注意到了男兵對她投來的異樣的目光，她裝著渾然不覺，其實心裡對這種目光充滿了鄙夷和不屑，她覺得這些目光中隱藏著令她不齒的垂涎。都是因了自己長得漂亮，姐姐想。

那個時候，姐姐每每看見跟她一道入伍卻分在科室的女兵時，總會心生豔羨，而且會讓她從心底深處滋生出強烈的屈辱和自卑感。她知道，她所以做下自毀形象的舉動，都是為了有一天能像她們那樣樣堂而皇之地進入科室，當一名正式的護理員，然後再一步步地踏入護士乃至醫生的行列，那是她為自己設定的奮鬥目標。

姐姐先是在內一科主任辦公室的門前站立了一會兒。門緊閉著，能隱約聽到從裡面傳出的談話聲，是幾個男人在談笑風生。她猶豫著，下意識地摘下軍帽將頭髮捋了捋，順手將兩根粗黑的短辮往肩畔一搭，重新將軍帽戴好，再往後腦勺順勢壓了壓。收拾停當後，姐姐微喘了口氣，然後輕輕地敲了一下門。

屋內的聲音霎時消失了，安靜了下來，但沒人過來開門。姐姐又輕敲了一下，這時聽到了科主任熟悉的聲音：「一定是她。」

門開了。迎向她的是一張熱情的面孔，「哦，來啦，快進來。」主任說。

姐姐站著沒動，怯生生地往屋裡掃視了一圈。除了主任和院裡的教導員在場，還有兩位她從未見過的陌生男人，目光古怪地射向她。姐姐感到了渾身的不自在。她到現在仍沒弄清楚，究竟是出自什麼原因，非要她匆匆趕來，就因了這兩個陌生的男人要見我？為什麼非要見我？我並不認識這兩個人呀！姐姐心想。

「幹嘛站著？坐，快坐下。」教導員笑眯眯地說。

姐姐靦腆地找張椅子坐下了，神情顯得更緊張了，有點兒坐立不安，越發感覺氣氛的怪異。說真的，她並非沒有好奇之心，在科室，她僅是一個位卑言輕的小人物——小小護理員，屬於醫院階層中最低端的一級，她的上頭，還隔著護士與醫生，按照常規，但凡有事，會由護理班長前來通知，但這一次卻一反常態，居然由科主任親自跑來找她，可又不具體交代是因為什麼情況；並且，他們迎向她的蹊蹺表情，又不像是工作狀態。到底發生了什麼？姐姐越琢磨越納悶不解。

教導員親自為姐姐倒了一杯白開水，姐姐受寵若驚地接過，剛想說聲謝謝，就被教導員及時地制止了：「今天叫你來不是談工作，你也不必客氣了啦，小王同志，你好像有點緊張，是不是？沒事沒事，我們只是找你來順便聊聊，他們兩位同志是大軍區下來檢查工作的同志，就是想來瞭解一下你的情況，你如實彙報就好了，明白了嗎？」

姐姐雖然點著頭，但仍是一頭霧水。

兩位大軍區的同志這時嘿嘿地樂了，他們互相對視了一眼，目光意味深長，其中一位開始認真地詢問起了姐姐的出身，從哪裡來的，以及父母的職業務，他問得客氣，但目光閃爍，似乎還隱藏著一些只有他自知的祕密。姐姐一一作答。

那人最後說：「很好，就聊到這吧，聽說王群同志今天是輪休日吧？辛苦你了，讓你專門跑一趟。」意外的談話就以這種方式匆匆結束了。從那天起，姐姐注意到護理班長看向她的目光亦變得古裡古怪，飄忽而閃爍，她很想向她打探這其中的緣由，但終究沒能開口，她覺得自己現在只是一個不起眼的小兵，沒必要去理會那些她弄不大懂的事情。

直到有一天，教導員找到她，通知她整理行裝，五天後趕到軍區總醫院報到。

「總醫院？」姐姐愣了。「有新任務嗎？」

「是的。」教導員嚴肅地說，「上級機關通知，你已被正式調入大軍區總院了。」

「那我們醫院呢？」姐姐傻乎乎地發問，她的大腦一時間還沒能及時地轉過彎來。這一切來得太突然了。「去多久，我還能回我們醫院嗎？」

教導員笑了。「從今天開始，這裡已經不是你的『我們醫院』了，你的『我們醫院』現在是大軍區總醫院，明白了嗎？」

「還有別人嗎？」

「沒有，就你一人。」教導員說。

姐姐澈底懵了。

那一天，姐姐並沒有馬上離開工作崗位，而是認真地值完了一天的班，儘管正式調令已然下達。姐姐的心裡百感交集，這裡有她流下的辛勤汗水，有她不懈的努力，還有她曾經抱有過的遠大志向。她知道自己設定的第一個目標就是爭取入黨，她因此想到了各種可能性，但她就是沒有想到，已然在醫院打下了良好基礎的她，會驀然間被一紙調令召喚到了大軍區的總醫院。那可是一個可望而不及的地方呵，是大軍區最高級別的醫院，她再有想像力，也從不敢奢望有一天居然會成為其中的一員。

姐姐搞不清楚究竟是該高興呢還是擔憂，畢竟那裡於她是陌生的，高高在上，她又要從頭再來了。

姐姐只是覺得有一種一步登天的感覺，這讓她恍然如夢。同事們知道消息後紛紛向她表示祝賀，臉上盈滿了笑容，姐姐卻在那一張張笑臉中，敏感到了笑容背後所隱藏著的另一層內容：羡慕，但夾雜著一絲複雜的嫉妒。她這所醫院駐紮在遠離城市的偏遠海邊，荒涼寂寥，日子單調而又無聊，每天經常承受著海風的侵蝕，以致姐姐白嫩細膩的皮膚都被強勁的風吹得有些粗糙了；而總醫院則座落在榕州市區，那是一座省會城市，調往那裡工作就意味著一個人從此生活在了城市的中心。

姐姐懷著忐忑不安的心情來到了軍區總院報到，當被告知安排在了總院的內三科，也就是醫院的高幹病房工作時，她又是一驚，所有發生的事情在她的眼中都變得迷幻了起來。

「我也是剛到總院上班，還沒來得及告訴爸媽呢。」姐姐最後說。

十一

臨走時，姐姐告訴若若，給家裡的那份電報由她負責發出，順便亦可告知父母她現在的動向。「爸爸媽媽會為我高興的。」姐姐說，「若若，你再耐心等一段時間吧，李叔叔會安排好你當兵的事的。」姐姐說。

「那我會去哪兒當兵？我也想留榕州，離姐姐近點。」若若說。

姐姐笑了。「這能由你自己作主嗎？若若，你要服從安排，你瞧姐姐不是還在海邊待過一段時間嗎？這不是在家裡了，可以任性，你現在是一個準備當兵的人了，你要記住，你就要成為一名軍人了，要服從部隊的組織紀律。」姐姐語重心長地告誡若若。

姐姐起身走了。若若一直將姐姐送到招待所的大門口，臨告別時，若若忽然感到了依依不捨，他覺得姐姐的離去讓他又有了一種無依無靠的感覺。姐姐看出來了，輕嘆了一口氣，站在若若面前沉默良久，最後說：「你會慢慢的習慣離開父母的生活，姐姐也有過你的這種心情，會過去的，相信姐姐！」

姐姐走遠了。若若站在馬路口，看著姐姐的身影漸漸消失在遠方，這才落寞地轉回身，返回大樓。他驀然覺得有一股淚水湧向眼眶。他昂起了頭，拚命抑制著就要流出的熱淚。

招待所的大堂內沒見一個人影，靜悄悄的，靜得讓若若恍惚間覺得不曾有人住過，偌大的空間裡只有他孤零零的一人。他站定了一會，抹了抹濕潤的眼睛，剛才有點迷糊的視線重新變得清亮了起來。我需要振作，他暗暗地告誡自己，我必須振作，他在心裡說。他開始向樓上走去。

若若依稀聽到樓上傳來的嗵嗵的下樓聲，在這個空曠寂靜的大樓內顯得沉悶而響亮，一如空谷足音。他抬臉望了一眼，沒見人影，只是那個聲音自上而下地漸行漸近。他埋下了頭，心事重重地向樓梯上走去。當那個足音越來越近時，若若反而感覺到心情舒展了一些，畢竟這裡還是有人在住的，否則太空曠太寂寞了，若若想。

腳步聲突然戛然而止，若若覺得有點怪，下意識地抬起了頭，一怔。

一個女孩正偏著頭俯視著他，臉上的表情卻是似笑非笑，在若若看來，更像是掛在臉上的一絲隱而不顯的嘲弄。若若心臟劇烈地跳動了一下，想閃開她投射的銳利的目光，可一時又無處躲藏，因為在空空蕩蕩的階梯上，除了她，沒有出現第二個人。他們屬於狹路相逢，而這個人，居然就是若若在火車上認識的那個女孩。

「嘿，幹嘛這種眼神看我，不認識了嗎？」見若若發愣地望著她，女孩調皮地說。

「沒……沒呀，只是沒想到這麼快又見面了！」若若搪塞地說。

「那說明我們有緣唄。」

若若的大腦嗡了一下，一時竟沒接上話，他只是一動不動怔怔地仰臉望著女孩。她站在比他高出幾級的階梯上，正居高臨下的看向他呢。他想尋找著合適的句子回答她，可他失敗了，一時間默然無語。

「你怎麼總是這麼一副表情？」女孩說。

「我？我怎麼啦，我什麼表情？」若若有些緊張了。

「怪怪的。」女孩歪著腦袋打量著他說，嘴角上的那絲譏誚變得更加明顯了。她下了一級臺階，他們彼此間離得更近了。

「哦……我只是感到有點意外。」若若說。太近的距離讓若若感到了窘迫。

「又遇上了，對不？」女孩笑問。過了一會兒，女孩說，「我們也別這麼傻呆呆地站著啦，我想出門透透風，在屋裡待著憋死了，你不覺得嗎？」

若若什麼都沒說，還是傻乎乎地站在那兒，呆望著女孩。

「陪我走走？」女孩又說，腦袋歪斜在一邊，似笑非笑。

若若為難了。他想，一男一女，旁若無人地走在空曠的院子裡，倘若被人瞅見會怎麼想呢？他平時是怯於與女孩打交道的，火車上發生的那一幕是個特例，因為長達幾十個小時的旅行太無趣了，有人陪著聊會天可以消磨時光，更何況火車上也沒熟人。

可現在的情況有所不同，這棟樓裡住了一些似熟非熟的人，環境氛圍一旦發生變化，兩人關係在他們眼中就會變得曖昧。他很怕閒言碎語，這會讓他感到無地自容，可他現在實在無法拒絕，就像被一人逼到了牆角而無路可逃，這就是他目下的處境。

女孩又開始動了，輕快地下著樓梯，當與若若擦肩而過時，還彷彿不經意地瞥了他一眼，閃爍的目光似乎在嘲諷般地說：沒這個膽吧？我早看透你了，你這個膽小鬼！

女孩的腳步聲現在是從背後傳來的。若若仍在猶豫中，站著沒動，最後一咬牙，毅然決然地轉過身跟著女孩下了樓，但沒趕上她的步伐，只是在她背後悄悄地跟著，內心掩飾著一絲緊張，生怕被人撞見。

還好，沒遇見一人。

院子裡的冬青、夾竹桃和綠油油的廣玉蘭，在蕭索的冬日泛出黯淡的青光，還有那一排排高低不一、錯落有致的榕樹（直到那時，他還不知道榕樹的名字）。若若尤覺榕樹形象怪異，垂吊著的虯髯長鬚，在冷風颼颼的冬日裡，一如飽經滄桑的垂垂老翁。讓若若感到奇怪的是，他出身在榕州，一直長到八歲時才跟隨父母遷往了江西南昌，但無論他怎麼搜腸刮肚，亦無法在記憶中追尋榕樹在童年時留下的印記。他對自己有些失望了。

「你在想什麼？」一個清脆的聲音驀然闖入了若若的耳鼓，他一激靈，從回憶中醒轉了過來，這才發現，這個叫賀苗苗的女孩正停下腳步等著他呢。若若尷尬地笑笑：「我小時候在榕州長大的！」若若有些感慨地說。

「那又怎麼了？」賀苗苗問。

「呃，我一直想不起我那時是否見過這種樹，你瞧，它們多像一個個站立著的老人。」若若說。

「這個樹？哦，你不知道這樹叫什麼名嗎？」賀苗苗好奇地問，咯咯地笑了起來，「不會吧，連這個樹名都會不知道？這座城市就是因為它而得名的。」她說。

「是嗎？」若若微怔，汗顏了。「叫什麼？」

「榕樹。」賀苗苗說，「我也是來前在一本書裡查到的，因為書上有彩圖，所以我記住了。」

若若慚愧了。

「每當要去一個陌生的地方，都該先瞭解一下當地的環境。」賀苗苗說。

若若「嗯」了一聲，發現自己無論去哪都是粗心大意的，心裡有些佩服起這個女孩來了。她是一個酷愛學習的人，這一點是他望塵莫及的，心裡有點怵他了。

「這麼大的院子，你看都沒什麼人！」賀苗苗感嘆地說。

「就是，那麼多房間好像都空著。」若若抬眼，望瞭望五層高的大樓，說。

「喂，你好像還沒告我你叫什麼呢，可你已經知道我的名字了。」

「噢，對不起，我叫王若若。」

賀苗苗嘴角劃過一絲詭祕的微笑，定定地看向他。若若被她看得不好意思了起來，「你為什麼這麼看著我？」為了擺脫暫態襲來的尷尬，若若囁嚅地說。

賀苗苗笑了起來。「你說你叫王若若，而我呢，叫賀苗苗，後面都跟著二個連音字，巧！」

若若這才明白賀苗苗剛才為什麼會用那麼一種怪異的眼神望著他了，心裡悄然滑過一絲欣悅。

十二

推開房門時，若若迎面撞見了站在通往陽臺門邊上的崔永明注視他的目光，詭譎而又夾雜著一絲若有若無的嘲諷。他倚在門框上，雙手交叉地疊壓在胸前，一隻前曲的小腿還不斷地抖動著，一副傲慢的架式。若若心一緊，裝作沒在意地轉到了自己的床邊，背向崔永明坐下了。

「你姐走啦？」背後傳來崔永明的聲音。

「嗯。」若若沒敢回頭，他有點害怕他那種特別的眼神。

「你倒挺清閒。」崔永明又說。接著，傳來他的笑聲。這一次若若沒接話，他也不知道該說些什麼，只是呆呆地坐著，一語不發，覺得置身在一個孤立無援的處境中。

「怕我嗎？」

「沒……沒有。」若若心裡抖嗦了一下。

「沒有？那你幹嘛不敢回頭？」背後的聲音變得咄咄逼人了。

若若只好站了起來，轉過身，面對著崔永明，但在對視的一剎那間，若若迴避了他犀利的目光。他忽然覺得崔永明的目光猶如鋒利的刀刃，閃爍著灼人的寒光。崔永明笑了，剛才還繃緊的面孔舒展了開來，魔術般地換了一副表情，有點頑皮，亦有些友善。這讓若若感到了詫異，彷彿有了一種遽然襲來的恍惚感。

「你不必怕我。」崔永明走了過來，拍拍若若的肩說，「我答應了你姐姐，我會保護你的，更何況我們都是江西老表。」剛一說完，他咯咯咯地咧嘴樂開了。「老表，這個對江西老鄉的稱呼也太有意思了！」他大笑著說。

房間裡出現了另一個人。一臉怒容地走了進來。後來若若才知道他叫何江南。他衝著崔永明大喊一聲：「永明，那小子打死不說話，我們怎麼辦？」若若一開始沒懂他們在說些什麼，只見崔永明剛才還在微笑的那張臉，霎時拉了下來，又變得冷峻、犀利，甚至有些兇狠了。他想了想，果斷地一揮手，「去，把那小子給我帶過來！」他說出這些話時，若若感覺到了一種咬牙切齒。氣氛驟然緊張了起來。

沒過一會兒，何江南推著另一人出現在了房間裡，若若強烈地感到了空氣中瀰漫著一股看不見的森冷的殺氣，沉重而壓抑。他又開始緊張了。若若猜出這人是誰了，就是他在露臺上溜達時見過的那個被訓斥的光頭。他雖然還梗著脖子，漲著一張沖血的臉，但眼神中已然透出了一絲不安，猶如大難臨頭，但只能硬挺著。崔永明長久地盯著那人，惡狠狠地盯著，直到那人終於抗不住了，一臉愧疚地躲閃了開來。人也像一下子垮了。

「世上的事還真是巧了，咱們也算是冤家路窄，狹路相逢，對嗎？在這裡又碰上了！」

「我沒做過什麼，你們為什麼要這樣對待我！」那人說，但能明顯感覺到他的身子抖嗦得更厲害了，聲音發顫。

「我操你媽！」剛才還坐著的崔永明，遽然從床上躥起身來，衝上前去迎面給了那人一大嘴巴，打得他猝不及防。他的那張臉，隨著這股突然襲來的力量甩向了一邊，嘴裡發出一聲低嗚。他沒有反抗，緊緊地捂著臉，眸子裡流露著委屈。

「你他媽還敢說不是你領著造反派抄我們家嗎？你他媽還敢說省裡的那幾個老頭兒不是你們造反派迫害致死的？你他媽還敢嘴硬！」崔永明怒吼著，額上的青筋暴起，目光噴火，臉色漲得血紅。「給老子跪下。」崔永明命令道。那人一開始站著一動不動，但人已變得有些呆了，惶惑地站著。

「你聽見了沒有，嗯，聽見了嗎？」崔永明提高了嗓門又怒吼了一聲。見那人還沒動彈，開始連珠炮似地搧起了他的大耳光。「我看你還跪不跪，告訴你，沒錯，老子是來報復的，當年你們當著我的面讓我老爹跪著，現在該輪到你來償還了。給我跪下。」

那人顯然被打得受不了了，身子跟著一軟，噗通一聲跪在了地上，嘴角流出了長長的一道血痕，發出了幾聲乾嚎般的嗚咽：「永明，那時我只是單純地相信了我們是在進行一場偉大的革命，是在保衛毛主席的革命路線！」他帶著哭腔說，「我真不是有意的，對不起！」

站在一邊的何江南上前邁了一步，照著那人的後腦勺猛擊了幾把掌，「這是我替我家老頭兒打的，你記住，是你欠下的債。」

那人垂下腦袋，雙手抱緊頭，躲閃著自空而降的巴掌的擊打，有些嗚咽地說：「你們別打了，我知道錯了，我也對不起我自己的父母。」

崔永明突然一把拽住了何江南揮舞的手臂，臉上暫態飄過令若若不解的恍惚，似乎還隱著一絲難言的痛苦。「行了，江南，既然他承認錯了，就先饒過他吧，我們也不是非要武鬥的人，這是他們這幫混蛋的造反派幹的事，我們只求一份正義。」然後他輕拍了那人的腦袋一下。「起來吧。」他輕說了一句，語氣忽然變得有些頹喪。

彼時，那人跪在地上一動不動。「對不起，其實想起過去的那些事，我的心也是很痛很痛的，真的很痛！」他涕泗橫流地說。

「你說，我們家的老頭兒一輩子為了新中國走南闖北地打天下，身上傷痕累累，那條命，是從戰爭年代撿回來的，是他娘的走資派嗎？瞎了你媽狗眼！你他媽還號稱大義滅親，還跟你家老頭兒決裂，劃清界線，你這個膽小怕事沒點出息的叛徒，還有臉來當兵？你對介紹你當兵的叔叔說過你的這段醜陋的歷史嗎？是不是要我們去告訴那位叔叔？」何江南憤恨不已地說。

那人只是低垂著頭，一聲不吭，淚流不止。

「你做夢也想不到會在這裁在我們手心裡吧？」

那人還在沉默不語，臉色慘白。

「你他媽倒是說話呀，是他媽誰介紹你來當兵的？說！」何江南喝斥道。

「我知道錯了！永明，江南，那時我真的以為我是在響應毛主席他老人家的號召。」他抬起了一張淚臉，愧疚地看向他們，只是那麼一霎時，腦袋又一次低垂了下來，喃喃自語般地說：「雖然我們是當年的同學，但我不再企求你們的原諒。」

「你還認我這個同學？那你當初還帶著造反派抄我家，帶走我父親，那時你怎麼不認得我這個的老同學呢？」崔永明彷彿在那一時刻又想起了什麼，發洩般地咆哮了一聲。

這個可怕的一幕持續了一段時間，看得若若心驚膽戰，但他又不敢起身離去，同時，他還對正在發生的事情懷一份好奇。他不知道在他們之間究竟發生過什麼？只是隱約知曉與一九六六年文革風暴的一樁往事有關，其中還涉及了他們的父輩。但究竟發生了什麼呢？在若若聽來，更像一個懸而未決的故事。

若若仍在一邊恍著神，時而側耳聆聽他們之間的發生的故事，時而又在不自覺地溜號，進入了屬於自己的無邊遐想。當他又一次從自我的想像中返回現實中的情境時，忽然發現剛才劍拔弩張的氣氛變得有些緩和了。就在這時，響起了那個人低沉的聲音，他這時已然站起了身，聲音中透著令若若心悸的痛楚。

「我知道任何解釋都是無用的。」那人緩緩地說，「時光無法倒流，我不是沒有悔恨，但我無法改變我經歷過的歷史。來這裡之前，我終於有了勇氣去五七幹校看望作為走資派下放的父親。那天，望著近二年來沒見過的蒼老憔悴的父親，心如刀絞，一時不知該對他老人家說些什麼了！我們相視無語，沉默了很長時間，顯然，父親並沒有料到我的突然到來。後來是父親打破了難堪的沉默，輕輕地拍拍我的肩膀說：『孩子，那些事都過去了，父親能理解，你也是響應了毛主席的號召，但父親一生都在堅定地跟黨走，從不動搖，沒有做過對不起人民對不起黨的事，這點你要相信。』說著說著，父親的臉上老淚縱橫了。」那人有點說不下去了，眼淚像夏天的急風驟雨，撲簌簌淌了下來，然後嗚咽了幾聲。

若若偷覷了崔永明一眼，見他將腦袋甩向了一邊，沒再看向那人，目光中雖仍含一絲怒意，但似乎又流露出了不易察覺的悲涼，嘴角抿緊著，並有些抽搐，臉頰上的顴骨變得更加突出和醒目了，感覺他在拚命抑制著內心的激盪。

「後來父親說：『孩子，你能來看望爸爸，爸爸就很高興了，真的很高興，爸爸以為見不到你了。這些年來，爸爸其實怪想你的。』」那人又抽噎了幾聲，「永明，你知道，在批鬥會上，我曾經狠狠地搧過父親幾巴掌，我永遠忘不了那一刻父親看向我的目光，我忘不了，那是一種震驚和失望，還有憐憫！這些年來這個目光一直在折磨著我，揪著我的心，我後悔做下的一切，可我回不到過去了，我無法改變我的過去。永明，你能明白嗎？」他停頓了一下，又接著說：「我一開始不願在你們面前承認，是因為我不想再去回憶那些往事，我想忘掉它，讓自己重新開始……我以為我做到了，來當兵，也是我想重新開始的一個步驟，但我萬萬沒想到在這裡會遇見你們……」

「不要再說了……」崔永明突然衝著那人嘶聲吼道。

「永明……」那人衝著他喊了一聲。

「聽到了嗎？你不要再往下說了，停下，停下！」崔永明一反常態地咆哮著，然後背過身去，大口大口地喘著粗氣。

那人突然噗通一聲又跪下了：「我向你們請罪，只要你們能原諒我，讓我做什麼都行，我是真心的，永明。」

房間裡的空氣彷彿剎那間停止了流動，凝結成一團凝重的穿不透的迷霧，讓若若感到了窒息。大家還保持著原有的姿勢一動不動。靜極了，彷彿一枚銀針掉到地上都能清晰地聽到它發出的迴響。若若的心臟突突突地蹦個不停。若若是無意中踏入了這個奇異的場面——觸目驚心的場面，他知道了崔永明和眼前的這個人還是當年的同學！但他還是不大清楚在他們之間究竟發生過什麼可怕的事情。

十三

「起來吧！」沉默了好一會兒，崔永明說，「你這個樣子讓我看著噁心！」

又安靜了下來，安靜得讓人心裡發慌，以致若若有一種隱隱的不安在心底顫動。還會發生什麼？若若心裡問。不知道，若若想，一切都是未知的，他知道自己無法阻止接下來有可能繼續發生的任何事情，他只能是呆呆地站在一旁，束手無策。

可是接下來的變故，還是讓若若目瞪口呆了。

那人掙扎地站起了身，想對崔永明再說些什麼，可崔永明背過身朝向他。他神色悲戚地輕搖了一下頭，像是要甩掉他難耐的痛苦，轉身向通往露臺的門走去。崔永明還是沒有開口說話，也沒有回過頭來，何江南則在一旁納悶地瞅著他，那眼神似乎在問：怎麼，就這麼結束了？

「永明……」何江南終於還是憋不住回身喊了崔永明一聲。崔永明臉色發青地舉起了一隻手臂，示意他不必再往下說了。他像在拚命抑制著彷彿就要奪眶而出的淚水。

與此同時，那人走到了門邊，當他正要一腳跨出時，停了下來。從若若的角度看去，這人靜立的背影，就像在狂嘯的海風中兀立著的礁石。他一動不動地站立了很久，好像在耐心等待屋裡的人還能對他再說上幾句什麼，可是等來的是鴉雀無聲的沉默。他終於失望了，身體微微地顫慄了一下，沒有再回頭，只是低沉地說了一聲：

「永明，我們曾經是好朋友，從小一塊兒長大成人，我知道對不起你，還有你的家人，我接受命運的懲罰，今天我就離開這裡，回到我下放的農村去，或許，那裡才是真正屬於我的地方，如果你還能原諒我，我會永遠感激你的，再見！」

說完，他大步邁出了門。就在此時，崔永明的聲音意外地響起了，就像靜默的天空中驟然響起的一聲炸雷。

「等等。」

那人一下子愣住了，身體還保持著邁出門時的姿勢，呆若木雞，似乎在等待著不祥的命運審判。若若看不見他的臉了，但他相信他的臉上飄過了一絲迷茫。剛才發生的那場激烈衝突還歷歷在目，若若甚至感到了驚恐不安，充滿火藥味的氣氛令他窒息。奇怪的是崔永明的臉上驀然浮現出一絲悵惘，眼神亦迷離了起來。他沒有再開口說話，就像是他遽然地出現了思維障礙，以致忘了想要表達什麼了，只能這麼迷離著，悵惘著。

最後，崔永明無力地揮了揮手，輕聲說了句：「去吧。」語氣變得怪兮兮的了。

那人走了。

當那人的側影從大玻璃窗外穿過時，若若的嗓子眼莫名其妙地有些發癢，眼睛發澀。他覺得這個人其實滿可憐的，他有些同情起他來了。若若呆呆看著窗外，看著那個人低著頭的側影從窗外緩緩滑過、消失，留下的是一片淒清的寂靜。

屋裡只剩下他們三個人了，站在各自的位置上，如泥塑般地一動不動，彷彿只要稍微動彈一下，就會無意中擊碎了什麼東西似的。若若又一次感受到了沉重的窒息。

「這小子還是被我們攆走了！」何江南顯得有點洋洋得意地說。

崔永明沒有說話，似乎還沉浸在某種情緒中，目光呆滯。

「喂，永明，你這是怎麼啦？這小子總算認栽了，我們勝利了，你幹嘛這麼一副樣子？」何江南納悶地問。

在若若看來，崔永明的表情確實會讓人感到奇怪，突然間變成了蔫不拉嘰一人，完全沒有大獲全勝後的喜悅和興奮，倒顯得頗為失落。

「永明……」何江南俯下身衝著他耳邊大喊道，彷彿他在沉睡中，只能通過大聲喊叫才能將他從夢中喚醒。

崔永明霍地站起了身，目光剎那間尖銳了起來，咄咄逼人地吼了一聲：「你他媽的有什麼好高興的！」

何江南顯然被他的這一聲突如其來的怒吼唬住了，愣在一邊，不知所措地望著狂怒的崔永明，嘴唇翕動著，似乎想說幾句什麼，但最終還是訥訥地一句話也沒能說出。

「哦，對不起。」崔永明很快又恢復了常態，口氣變得緩和多了。「我不是有意要對你嚷嚷的，或許我是在對自己……」他的喉結上下滾動了幾下，似乎在反覆斟酌想要表達的準確字眼，可又因為一時沒能找到而變得煩躁了起來。他就這麼在房間裡來回踱著方步，眉心擰成了一個疙瘩，心思重重。

「或許我們太過分了！」崔永明突然說，與其說在對何江南說，不如說更像在詢問自己。何江南瞥了若若一眼，見若若一臉迷茫，便無奈地晃了晃腦袋，那意思彷彿在說，他這是怎麼了？

若若瞅著何江南，也下意識地搖了搖頭。何江南的嘴角擠出一絲苦笑。

「江南，去，幫我一忙，你去告訴蕭向華，叫他別走了。」崔永明突然喪氣地說。

「你瘋啦？他要走就讓他走唄，這是他應該受到的懲罰。」何江南恨恨地說。

若若直到這時才知道，那個人叫蕭向華。

「農村不是人待的地方，你我都知道，我們不能太過分了！」崔永明說。

「那他當年帶人抄我們家時，怎麼就沒想到過分？」何江南憤憤不平地說。

「那都過去了，不必再提從前了，過去了！」崔永明不無痛苦地說。
「過去了……」
「過去了，我們畢竟是曾經的同學，曾經的朋友，你明白嗎？」崔永明提高了嗓門說。
何江南嘟著嘴，一副極不情願的樣子。「我想不通，就這麼輕饒了這小子？有必要這樣嗎！」
「江南，你瞭解我，你知道我從來做事不想太過分，今天也一樣，他剛才已經道過歉了，而且，我從來沒見過他今天的這副樣子……我心裡不好受，我們曾經是那麼要好的朋友，甚至一起長大，我瞭解他，他這樣道歉讓我受不了，真的受不了，或許，過去的，真該讓它過去……去吧，就說我說的，讓他別走了！」崔永明低沉地說，嗓音充滿感情。
何江南一動不動地站了一會兒，似在猶豫，然後向露臺的門走去。
「謝謝你，江南，只有你能幫我做到，有一天你會理解我的。」
「行了，永明，你他媽什麼也別說了，我理解不了，就算是我幫你一回，只有這一回，下一次，只要是這個人的事，你別再來找我，就這一回了。」說完，何江南悻悻地離去了。
「也就這一回了！」崔永明仰起臉來，望著天花板，喃喃低語地說。
當何江南再度出現在門口時，崔永明正用熱切的目光迎接著他，他們彼此對視了很長時間，誰也沒有說話，屋裡氣氛又變得沉悶了，若若開始坐立不安，他明白，何江南的眼神在告訴他們，挽留行動失敗了。

十四

那天發生的事情，在若若的心裡始終是個懸而未決的謎兒。
隨後的幾天，招待所又陸陸續續住進了一些人，年齡參差不齊，口音南腔北調，白天沒事時，大家都會在院子裡漫無目的四處溜達，顯得百無聊賴，但大家很少湊在一塊聊天，好像彼此間藏著一份戒心，只有崔永明一人能遊刃有餘地在這群人中間穿梭不已，顯得頗為活躍。若若從崔永明的口中亦知了這些人的身分與來歷，都是從各個不同的省份跑來當兵的，而且都是在文革中落魄的幹部子弟，通過各種不同的關係投奔軍營，尋求出路。由於來自天南海北，彼此又不熟，便多少顯得有些隔膜了。這讓若若感到了不舒服。他本來就在這群人中間就顯得落落寡合，或許是因了他來自一個不起眼的小地方，內心充滿自卑，所以對周邊的人際關係變得格外敏感，每當看到有的人一副趾高氣揚的架勢，用居高臨下的目光看著他時，若若就會覺得自己更加地落寞了。

自從姐姐那天來看過他之後，就再沒見蹤影了。他也理解，畢竟她剛從野戰醫院調到大軍區總醫院，這個對她而言嶄新而又陌生的環境中，她的一切表現都得從頭再來，言行不能過於的隨便。這期間，姐姐只是來過一個電話，說了幾句就匆匆掛斷了，電話中姐姐說，給父母的電報她那天離開他後就已發出了，讓若若放心，要他耐心等待當兵的消息，並反覆交代他不要惹出什麼是非來。若若心裡想，我怎麼可能會惹出事來呢，來這裡等待當兵的個個都像是有來頭的，他平時連問都不敢多問，只是覺得大家偶爾湊在一起時氣氛有些壓抑，讓他覺得有點喘不過氣來。但他從來沒對人說起過。雖然崔永明對他挺好，時不時地會來關照他一下，這讓若若受寵若驚：「我答應過你姐姐，我會照顧你的，因為我們都是來自江西的老表麼。」崔永明總是這麼對若若說，說這句話時還帶著他特有的一種表情，更像是在炫耀。

為了擺脫在眾人中的尷尬與落寞，若若只好硬著頭皮成天跟在崔永明的身後，他發現崔永明天生具備領袖般的魅力，無論招待所來了一個什麼樣的陌生人，他都會很快地出現在他的房間，樂呵呵的，迅速將這個人的來龍去脈搞得一清二楚。若若一開始也會被他叫上，顛顛地跟在他屁股後面與這些人湊一塊瞎侃，但時間一長，他發現自己每每與這些人在一起時，他都像是一個多餘的人，他們一旦聊起便會興高采烈，完全忽略他的存在，而他則顯得更加地落寞了，就像他這個人根本就不存在似的。

作為一個過於敏感的旁觀者，若若又明顯地感覺到，其實他們之間彼此較著勁呢，只是大家來自五湖四海，在等待從軍的過程中一時閒得無聊，才會呈現出這種表面上看起來其樂也融融的友好。

他們一見面，最喜歡先打聽各自的家世背景，常常一路問下來，父輩基本上都屬文革中被打倒在地並

「靠邊站」的「走資派」，但讓若若驚詫不已的是，父輩的境遇並沒有讓這些人感到過分地悲傷，相反，倒成了他們彼此炫耀的資本，他們之間只須搞清楚文革前父輩的職務是處在哪一個層級就可以了。

在若若的印象中，他們父輩的職務比自己父親高太多了。每當此時，若若最害怕的是被人問及父親的職務，一旦問起，若若就有一種無地自容的自卑感，小臉刷的一下就紅了，一直紅到耳根上，恨不得立馬找一地縫一頭扎進去。這時，崔永明總會及時地站出來擋駕，為他擺脫尷尬。但若若還是注意到了，那些詢問者的臉上立馬浮現出一副已然探知謎底的得意，嘴角劃過一絲優越的微笑。

每當無所事事時，若若非常想找賀苗苗聊聊天，他覺得只有跟她在一起談天說地時自己的心境才是平靜安然的，當然也會有點沒來由的羞澀和緊張，雖然賀苗苗看上去亦有一種幹部子女常會不經意帶出的孤傲，可一旦聊起天來，她會迅疾地轉換成了一個天真浪漫的女孩，目光亦變得柔和沉靜，還有點狡黠般的俏皮，連她的偶爾冒出的刻薄也顯得別有風趣。

為了能碰巧與她照面，就如同一次偶遇，若若有事沒事會下樓一個人到處遛達，他時常會想起在火車上與賀苗苗的邂逅，以及那一天在招待所的意外相逢。在冷風習習的院子裡獨自一人舒適而愜意的漫步，是自打若若來到這座城市後最開心的時刻。

若若當然知道，自己絕無可能明目張膽地去找賀苗苗，那樣一來，必會遭到別人的戲弄和嘲笑，他知道其中的厲害，他完全可以憑藉直覺預見，倘若崔永明知道他在盲目地尋找一個女孩，那張似笑非笑的臉上，定然會浮現出足以讓他難堪的表情。

很不幸，他始終沒再遇見他渴望出現的機緣，想像中的情景更像一個美妙的夢境，變得虛無縹緲了。有那麼幾次他倒真是見到她了——遠遠的，賀苗苗和幾個陌生的女孩結伴而行，嘻嘻哈哈地在院裡談天說地，一副快樂的樣子。若若見了就趕緊躲開了。也不知道這是一種什麼樣的心理在暗中作祟，躲過後隨之而來的又是懊悔不迭。

還有一次，他一人在院子裡瞎轉悠，東張西望，那是一個黃昏時分，天色陰沉，寒風陣陣吹來，但還不那麼地砭入肌骨，當他轉向一個拐角時，愣了一下——迎頭撞見了賀苗苗。他的心臟忽悠一下提到了嗓子眼，突突突地激跳不已。但她並非一個人，旁邊還有幾位隨行者，與她的年齡相仿，邊走邊聊，一副閒散的模樣。若若的目光在她的臉上逗留了一會兒。她沒有任何反應，就像根本不認識他一般，只是匆匆地掃了他一眼。而這一眼更像是一次習以為常的一瞥，如同見一陌生人忽然從拐角處冒了出來，目光漠然，然後又掉過臉繼續與同伴繼續說說笑笑。

她的笑聲還是那麼地脆亮，咯咯咯地宛若一隻美麗的銀雀在枝繁葉茂的樹叢中傳來的鳴囀。寂靜的院落裡迴盪著她爽朗快樂的歡笑聲。若若稍微猶豫了一下，琢磨是否要主動跟她打聲招呼？畢竟狹路相逢。當他還在猶豫不決時，賀苗苗已與他擦肩而過了。就在她走過他的身邊那一暫態，她又側過臉向若若投來稍縱即逝的一瞥。若若沒能從她投射過來的目光中讀出任何內容，彷彿只是一次陌路相逢。

若若感到了沮喪。

就這樣，這個難得一遇的機會如流水般從他身邊匆匆漂走了。他暗暗地詛咒自己，為什麼就不能主動跟她打聲招呼呢？他們之間有過快樂的邂逅——在列車上，在寂靜的小院裡，還有他無數次幻覺中的再度相逢，可當真的不期而遇時，卻好像在他們中間什麼事情也不曾發生過，就如同曾有過的交往只是一個從自己的幻覺中虛構出來的故事，而曾幾何時的愉快聊天，僅在他不無浪漫的想像中存在過，現實中的他們，根本就沒有過可供彼此回味的「故事」。

十五

一天晚上，李叔叔與軍區司令部的首長突然出現在了招待所。

若若他們是在當天晚餐時臨時接到通知的，說是軍務部的首長要來看望大家。他們開始了歡呼雀躍，預感期待以久的那一時刻就要降臨了。

他們這撥摩拳擦掌、躍躍欲試、準備當兵的子弟們，期待這一人生中的偉大時刻委實太久了，儘管掐指算來在招待所不過待了六七天而已，但對於他們來說，時間還是顯得過於的漫長了，幾近度日如年，以致望穿秋水，因為當時誰也無法確知是否能如願以償。一切都是未知的，不確定的，雖然崔永明信誓旦旦地宣稱準保沒問題，他有內部管道被告知，只須耐心等待，軍區首長最終會將他們安排到部隊當兵。可看上去這一美好願望又顯得遙不可及。偶爾會有危言聳聽的傳言陸續傳來，瘟疫般地在他們之間蔓延——說是軍委領導最終否決了榕州軍區的這一膽大妄為且違反常規的招兵舉措，有可能會讓他們這批人打道回府；還有人說，他們中大部分人的父母是被打倒的走資派或反革命，屬於狗崽子，私自跑來當兵，只是為了變相逃避上山下鄉、接受貧下中農的再教育。

當不脛而走的傳言在他們中間擴散開來時，大家開始變得提心吊膽，甚至惶惶不安起來，生怕有一天真的會被宣告，他們盼望已久的期待如同水中撈月般無功而返。若若亦陷入了這一可怕的夢魘，甚至有時會從夢中驚醒，一身冷汗，他無法想像自己從小萌生的幾乎近在咫尺的夢想，會成為一個鏡花水月的泡影，最終狼狽不堪地重返高安縣城。

有一次若若實在憋不住了，悄悄地問看上去還鎮定自若的崔永明：「這會是真的嗎？」

「什麼『真的嗎』？」崔永明狠狠地剜了他一眼，甕聲甕氣地回問道。

若若一時語塞，崔永明那副樣子在他看來有點嚇人了，他瞪著一雙眼睛，怒斥般地看向他，充滿了不屑。

「我們……哦，我們……是不是……當不成兵了？」若若憋了半天，最後還是將想問的話說出來了。

「慌什麼？車到山前必有路，船到橋頭自然直，等著，自然會有一個結果。」

「那會是一個什麼樣的結果呢？」若若不依不饒地繼續問。

崔永明這時有點發怔，呆了一下：「車到山前必有路。」他重複了一句剛剛說過的話。拍了拍若若，沉吟了一會兒，嘆了口氣，語氣沉重：「誰都無法抗拒命運，但你有時候要相信命運是很奇妙，它常常會在人非常絕望的時候，突然地給你指明一個方向，就像一個人在黑夜中行走而迷路，忽然看到前方閃現出一道微茫的光亮。」

若若陷入了沉思。在他聽來，崔永明的這番話過於深奧了，他一時還無法理解，但奇怪的是，他的心裡又開始感到了踏實，不再像剛才那樣心慌意亂了，至於為什麼會平靜了一些？他自己也沒明白。

「別亂想了若若，走，外面轉轉去。」崔永明說。

崔永明的話很快得到了應驗。當天晚餐時，他們突然得到通知，晚上首長要來召集大家開會。食堂頓時亂成了一鍋粥，囂聲四起，大家紛紛上前，拽住那位招待所的幹部，緊張地詢問首長究竟要來說些什麼？那位幹部茫然地搖了搖頭，「我也不知道。」他說，「我只是接到了上級的通知，如實傳達，等首長來了，你們不是就知道了嗎？」

大家開始交頭接耳，各種說法都有，若若在一片鬧哄哄的人群中看見了賀苗苗。她安靜地待在一邊，一聲不吭，旁邊的幾個女孩正在熱烈地議論著什麼，她只是靜靜地聽著，臉上沒有任何表情，就像發生的事情與己無關似的。這讓若若感到了奇怪。但他沒上去跟她說話。在這一段日子裡，若若發現男孩與女孩之間從來沒有過真正的交集，彼此形同陌路，甚至還有些莫名其妙的「敵意」。若若自然受到了這種怪異氣氛的影響，在旁人面前只能裝著與賀苗苗素不相識，儘管腦海中一直飄蕩著賀苗苗的影子。

大家紛紛散去了，不約而同地有了一絲焦慮和不安，等待著命運的最後審判。在此過程中，若若一直悄悄地觀察著崔永明的表情。不知從何時起，崔永明在他的心目中變得高大了起來，他好像比任何人都顯得沉著冷靜，遇事不慌，而且不會輕易地形諸於色。若若後來在聊天中知道了崔永明的來歷，他初中畢業後在生產建設兵團幹過幾年，由於表現出色，甚至還當上了一名排長。

「那你為什麼還要來當兵呢？」若若不解地問。在他看來，建設兵團跟當兵的性質不相上下。

「改變命運。」崔永明神色一凜，斬釘截鐵地說。

若若還是一臉困惑，搖了搖頭。

「你沒在兵團待過，待過了你就知道那是一個什麼地方了，怎麼說呢……呃，這麼形容吧，與其說它有一個軍隊建制，但更像是一個變相的勞改農場，所以我要逃離，要當兵，當一名真正的兵，你明白了嗎？」

「要當一名真正的兵！」從崔永明的口中蹦出時，在若若聽來更像是他咬著牙說出來的，自然有了一股凜然之氣，讓他聽後不禁一震。

就在那次的閒聊中，崔永明告訴若若，一個人必須經受一些命運的坎坷，才能做到堅如磐石。當他說完這句話後，忽然長嘆了一口氣，又自言自語地補充了一句：「其實人最終還是脆弱的，但你卻不能輕易流露，一旦流露了，就會無形中洩露你的性格弱點，這樣你就有可能失去尊嚴，並成為別人掌握和控制你的把柄。」

十六

當天晚上九點來鐘，樓道內驟然響起了招待所服務員的高喊聲：「首長來看望你們了，通知大家都到一樓的大會議室集中，首長要講話。」

服務員的話音剛落，樓道就響起了嘩啦啦一片雜遝的腳步聲，人家紛紛從不同的樓層向樓下奔去，步履匆匆，興奮而急促。

一進入寬敞的會議室，若若抬眼看見了兩位首長模樣的叔叔在臺前，表情嚴肅，其中一位年齡大些的端坐在一張靠背椅上，目視大門，眉心緊鎖，像有什麼心思。他看了一會陸續進入大門的人，又低下頭來看起了擱在桌上的文件；另一位叔叔則始終站著，臉上也沒有任何表情，只是鎮定自若地望著逐漸增多的來人。

大家剛湧進屋時還喊喊喳喳地交頭接耳，首長不動聲色的表情讓大家心中懸起了一塊沉重的大石頭，似乎預感到了命運將有可能發生的不測。

若若又悄悄瞥了一眼站在他邊上的崔永明，見他亦蹙起了眉頭，臉上似浮動著一絲憂慮，若若的心，跟著一緊。再看看四周圍上來的人，個個表情都顯現出一縷憂然之色，心神不定，就在這一瞥中，若若還看到了賀苗苗也夾雜在人群裡，和一撥女孩站在一起，亦憂心忡忡。賀苗苗沒有注意到若若投來的目光，她只是目不轉睛地望著前臺。

嘀咕不已的議論之聲漸漸地沉寂了下來，氣氛又進入了焦躁不安的等待中。

「都來了吧？」站著的叔叔率先開口問道。

「都來了。」大家不約而同地齊聲高喊。

叔叔這時抿嘴樂了，剛才還繃緊的一張嚴峻的面孔轉化為隨和與慈祥，他的微笑讓大家心中的緊繃著的緊張亦鬆弛了下來，就象一縷陽光穿破了密布在雲層中的濃霧。「來了就好。」叔叔說，然後沉默了一會兒，目光又犀利地掃過安靜下來的人群。

「今天，我和司令部的周副參謀長一道來看望大家，我們是受軍區首長的委託來看望你們的。好了，閒話少說，我知道你們不想聽我說些廢話，先讓周副參謀家來跟大家說幾句吧，大家歡迎。」

傳出一片熱烈的掌聲，由於會議室太大，而若若他們人又顯得太少，掌聲聽起來稀稀拉拉的。

這時周副參謀長合上了資料夾，起身站了起來：「孩子們，你們來自祖國的四面八方，今天共同聚集在了這裡，是為了一個共同的理想，當一名光榮的中國人民解放軍戰士，說真的，你們來到這裡，確實給我們大軍區首長找了不少麻煩呀……」說到這時，周副參謀突然停頓了一下，輕咳了一聲，喝了一口水，清了清嗓子。周副參謀長的那一聲「麻煩」剛一脫口，眾人又開始緊張了起來。底下傳來一片嗡嗡的低語聲，宛若自天而降的一群蜜蜂在上空盤旋。

若若感到了天昏地暗。心想，完了，那些所謂的傳言看來還是真的，否則，周副參謀長怎麼會說起「麻煩」來了呢？若若正在暗自揣度著，驀然發現周副參謀長剛才還顯嚴肅的臉上，露出了一絲寬厚的微笑，緊接著，他與站在旁邊的叔叔對視了一眼，那位叔叔也無聲地笑了起來，若若這才覺得，像在茫茫黑夜中隱約看見了遠處的一縷火光。

「孩子們，你們一定等急了吧？我們理解你們的心情，所以今天我與李部長一道來，就是為了向你們這些孩子宣布軍區首長的指示，從明天起，你們就會各自奔赴部隊營地，正式成為一名光榮的革命軍人……」

歡呼聲如同空中的炸雷般轟然響起，所有的人都激動地跳了起來，群情激越，還有人在拚命地鼓掌歡呼，賀苗苗那撥女孩子們則手拉著手，在一邊蹦蹦跳跳。

李部長等了一會兒，微笑地向大家揮了揮手：「孩子們，周副參謀長的話還沒說完呢，你們讓周叔叔把話說完好嗎？」

「好！」

大家都笑了。氣氛開始變得輕鬆了。

又安靜了。

「軍區首長能把這件事辦成很不容易哦，頂了很大的壓力呀！」周副參謀長接著說，「因為你們沒有通過正規的管道來當兵麼。好了，這些就不說了，我是一個上了點年齡的人，從年齡上說是你們的父輩，我只有一句話要告訴你們，江山是你們父輩打下來的，但接班人是你們，從明天開始，你們就要正式接上這個班了，在部隊，不要搞特殊化，不要有優越感，要向工農子弟虛心學習求教，把自己鍛鍊成一個合格的毛主席的接班人。你們能做到嗎？」

「能！」

大家齊聲高喊，歡呼聲又一次滾雷般地響起。只有崔永明一言不發，默默地站著。若若瞥了他一眼，見他的眼角悄然滑下了一滴淚珠。

李部長也不知何時出現在了若若的面前。崔永明率先迎了過去，輕聲喊了一聲：「李叔叔。」李叔叔微笑地上前跟他握了握手。「叔叔一直忙，也沒顧得上來看望你們，你們中間誰是王若若、賀苗苗？」李叔叔關切地問。

「我是王若若。」

直到這時，若若才知道，站在他面前的這位叔叔，就是介紹他當兵的李叔叔，這是他第一次見到他，此前，他只知道李叔叔是父親的戰友，從父親的嘴裡經常能聽到他的名字，你他從未見過這位耳熟能詳的叔叔本人。李叔叔與若若握了一下手，「你爸爸媽媽好嗎？代我向他們問好。」若若點著頭，可一時又不知該說些什麼好，他還處在恍惚般地激動中。

若若忽然想起了什麼，從圍成一圈的人群中擠了出去。剛一突出重圍就一眼瞅見了賀苗苗，他也顧不得那麼多了，大喊了一聲：「賀苗苗，李叔叔在找你呢。」賀苗苗聞聲奔了過來，若若領著她又一頭扎進了人群中。

「李叔叔好！」賀苗苗靦腆地說。

李叔叔微笑地看了她一眼。「喲，這是小苗苗呀，長這麼高啦，上次見你，還是這麼一丁點小個兒呢。」說著，李叔叔用手比劃了一下。若若注意到賀苗苗的臉上，泛起了一片晚霞般的嫣紅。

「明天一早，李叔叔還會來送你們，以後可以上家來玩，讓羅阿姨給你們做點好吃的，好嗎？」

李叔叔與周副參謀長走了，大家簇擁著，一直將兩位叔叔送到汽車旁。

「好了，不用送了，孩子們，都回去休息吧，你們當兵的事了了，叔叔心裡也算踏實了，明天一早把東西整理好，會有車來接你們，你們就將正式成為一名中國人民解放軍，可不能辜負了這一光榮稱號喲。」李叔叔微笑地說。

汽車絕塵遠去了，大家還站在門前的臺階上，戀戀不捨。若若覺得像剛做了一場春秋大夢，儘管來這裡就是為了當兵，可真的被告知明天就要正式成為一名軍人時，他又莫名地迷茫了起來。

十七

遙遠的天際線上剛透出一抹晨曦時，若若就被崔永明從夢中搖醒了。他睡得真沉，一覺到天明。當若若揉了揉了惺忪的睡眼，從床上爬起來時，腦子還是迷迷瞪瞪的，一抬眼，見崔永明與何江南已將衣物整理停當後，如同一道耀眼的閃電，從腦際間快速劃過，一下子反應了過來。對了，今天是一個特別的日子，若若想，心裡湧起了興奮的浪潮。

吃完早餐後，大家不約而同地拎上自帶的行李，站在了冷冽的寒風中，眺望不遠處的大門，目光充滿了期待和熱望。

沒過多久，緩緩地開進了幾輛軍車，後來還跟著一輛綠色的蘇式吉普。軍車在院內停住時，吉普車繞過它們開到了若若他們站立的臺階下戛然而止，李叔叔從吉普車上下來了，後面還跟著一位年輕的參謀。李叔叔表情嚴肅，以致若若見了都沒敢上前打聲招呼。這時參謀招呼大家站好隊形，開始宣布人員名單。

在第一批被宣布的名單中，沒有若若，但若若注意到其中唸到了崔永明。接著，參謀讓被唸到的人上其中的一輛車。隨後唸的是那些女孩的名字，其中就有賀苗苗，她們上了另一輛車。

最後剩下六個人了，其中亦有何江南。若若覺得有點怪，不明白為什麼要將他們這群人分為三撥不同的群體，他的大腦一時還沒能轉過彎來。他是最後一名被參謀唸到的人。

他們六個人上了最後一輛中吉普。若若坐在車裡，見李叔叔繞著三輛車走了一圈，又轉過頭問那位參謀：「都到了嗎？不會落下什麼人吧。」

「好像還差一個。」參謀說。

「哦？」李叔叔眉心微皺，湊過來看了一眼參謀手中的名單。參謀在名單上指著一個名字讓李叔叔看。李叔叔淡淡地笑了一下：「唔，這事我知道，不用管他了，已經安排妥了，他會自己去報到的，可以出發了。」

若若當時還琢磨了一下，李叔叔說到的人會是誰呢？這個盤旋著的疑問在腦海中一閃即逝。進了營區後，若若才恍然知曉李叔叔說到的那人是誰了。

李叔叔衝著車上的大家朗聲說：「孩子們，從今天開始，你們正式成為了一名軍人，一定要在革命大家庭中好好的磨練自己的堅強意志，爭取早日成為一名合格的接班人。」李叔叔說出的話充滿了昂揚的激情，若若覺得自己體內流淌的血液，忽地一下燃燒了起來。這時他聽到了參差不齊的回應聲：

「叔叔放心吧！」

「我們記住了！」

「我們會做到的。」

汽車緩緩啟動了。李叔叔站在一邊，目送大家的離去，若若所坐的中吉普，是最後一輛啟動的車。他們向李叔叔揮手告別。李叔叔也高高地揚起了手臂，向他們揮動著，若若忽然覺得臉頰上有一行熱淚在奔騰。是喜極而泣嗎？他一時沒明白，趕緊抹了一把臉。他覺得自己真是太沒出息了。這時候不能流淚，他已經像父輩一樣，從今天起，正式成為了一名光榮的革命軍人。軍人有淚不輕彈。

若若又一次感到了人生的蒼茫。

第三章

×

決裂與生死與共

——他們在這一帶連續地又轉悠了好幾圈，仍然一無所獲。

「別找了。」崔永明失望地說，「我們住過的那些營房，那些景物，肯定不在了，這裡全變了！」

「我知道。」若若說。

「哦？」崔永明有些怔，「知道了還瞎找什麼？」

「消失的是我們曾有過的生活痕跡，而留下的是我們的記憶，或許一切都被改變了，但不會被歲月改寫的仍然是記憶，你說對嗎？」若若說。

「不愧是作家，說出的話都那麼深奧。」崔永明笑著搖了搖頭。

「其實來時就知道我們什麼也找不到了，就像我們不可能再回到從前。」

「那為什麼……」

「我只是想站在這塊土地上再感受一下，再眺望一眼大海，看看那遙遠的海平線，海天一色的景致，這一切還沒變，還是我記憶中的模樣，這就是大海，不變的大海，它從來沒有改變過。」

「我想起來了。」崔永明興奮地說，「我想起你那一天看著大海時的表情了。那時我還覺得你小子有點犯傻呢。」

若若淡淡地笑笑。透過青翠欲滴的樹隙，他可以望見平滑如鏡的海面了，真的是海天一色，湛藍湛藍的，藍得讓人彷彿要融化在它的奪目的色澤中，就這麼無邊無垠地展現在眼前，在陽光的映照下發出耀眼的光芒。有幾隻銀色的海鷗閃電般地在碧藍的天空中盤旋、然後一個俯衝，貼著海面翩然飛翔；極目遠望，還有星星點點遠去的帆影，點綴著藍色的大海，猶如一幅迷人的油畫。

若若恍然憶起了一九七〇年底的那個冬日，當他第一次來到這裡時的情景。

那天坐在駛往軍營的車上，若若忽然感到吹拂在臉上的風，變得冷冽襲人，他探頭向外張望。沿著馬路的左側是一條蜿蜒曲折的大江，在冬日的映照下散發著一股潮濕的慘白的光亮。奔騰不息的大江，猶如一條盤臥在大地上的巨龍，一望無際，在慘澹的霧靄的籠罩下一派莽蒼。若若在想像中覺得這條沉默的巨龍，會突然間捲起排山倒海的巨浪，騰空而起，將他們席捲而去。他知道這是他的幻覺。他覺出了自己的可笑。但這條浩浩蕩蕩的大江，確實在他的內心深處激起了一種別有滋味的複雜思緒。

後來若若見到大海了。

那是若若入住營房後的一個向晚的黃昏，他被崔永明拉著來到了能近處看海的海灘上。他們是偷偷跑出來的，還生怕班長看見，瞅了一個空檔就溜了出來。「走，看海去。」崔永明說。若若害怕了，他膽小，因為沒有請假。「就一會兒。」崔永明勸說道，「跟著我還怕什麼？如果請假班長一準不會同意，你不是想看海嗎？」

就這樣，他們溜出了營房，來到了海邊。

當時只是覺得海平線的顏色遽然改變了，像是被一隻神祕的巨手蠻橫地劃出了一條顏色鮮明的分界線，一邊是青綠色的，一邊則是蒼茫的蔚藍。若若有些驚異。海平線亦變得遼闊了起來，鋪展到了遙遠的天邊，一望無際。他眯縫著眼，入迷地看著。

「終於見到大海了！」崔永明的聲音在他背後驀然響起了。

「那顏色呢，為什麼是兩種不同的顏色？」若若納悶地問。

「是因為我們營房前能見到的那條大江，在這裡川流入海了，江與海的交接，就是以兩種不同的色彩來劃分的。」

「所以大海是藍色的？」

「大江是綠色的。」

「哦！」若若感嘆了一聲。

「我記得。」若若說，他覺得記憶一下子又回到了從前。「記得那天你還嘲笑我來著，說我一見了大海就像一個丟了魂的傻子。你還記得你說過的這句話嗎？我還記得。哦，真的就像發生在昨天一樣，真的，我也不知道為什麼，記憶會變得這麼清晰。」

「我不記得了。」崔永明說，愣在一邊，有些茫然，像在努力追尋曾經的記憶，但顯然一無所獲。

若若下了車，往前走了幾步，抬頭仰望了一眼藍天白雲，一朵朵棉絮般的流雲，在天穹上緩慢地遊弋著，變幻著各種奇異的形態，就像他腦海中轉瞬即逝的歲月流痕，他發現自己又開始在隱隱的激動了。

「是的。」若若說，「那個黃昏，你還說：『若若，你還像個孩子。』」

二

「若若，你還像個孩子！」崔永明說，屈身撿起了一塊沙灘上的鵝卵石，使勁地扔向大海。沒聽見石子墜入海中的聲響，甚至沒有激起一星半點的浪花。

若若回到了崔永明的身邊坐下了，呆呆地望向奔騰的大海，還有那遼闊的無邊無涯的海平線，他覺得此時此刻自己的心潮亦像這拍擊著沙灘的海浪，一波接一波，前赴後繼地洶湧而來。

就在剛才，若若突然發出了一聲驚呼，甩開崔永明，一個人歡快地向海邊衝去，呼喊聲混雜著海浪的歡唱，很快被海濤的喧嘩吞沒了。崔永明跟在若若的後頭，慢騰騰地走著。

若若衝向了海灘，蹦極般從一塊礁岩，飛快地越上另一塊礁岩，然後像隻小兔子似的，在不同的聳立著的礁岩上來回蹦跳。海浪嘩啦啦一浪接一浪地沖了過來，在礁岩的邊緣堆積成白雪般的泡沫，只停留了那麼一會兒，又像接到了指令無法戀戰地退了下去，稍頃，又一次奔騰地撲了上來。

夕陽在緩緩地沉落，宛若懸掛在西天之上的一枚巨大的橙色的橘子，海平線無遮無擋，一覽無遺，反射出一片金燦燦的霞輝光芒萬丈，猶若仙境。

「若若，你還像個孩子！」崔永明找了一塊高聳的礁岩坐下了，別過臉來微笑地說。若若站立了一會兒，亦坐下了。聽到崔永明在說他，他側臉看了他一眼，抿嘴樂了：「因為我這麼近地見到大海了！」若若說，聲音激動地在發顫。

「你沒見過海嗎？」崔永明問。

「哦，小時候可能見過，但不知為什麼一點也想不起來了，我是在榕州出生的。」

「所以你才會這麼感慨？」

「你剛才說我什麼來的？」

「像個孩子，若若，你真的還像一個孩子。」崔永明說。

若若不好意思了。他把雙膝蜷出起來，雙手環抱，下頷抵著膝蓋骨，目光迷濛地望向大海，覺得自己的意識一片空白，只有遼闊無邊的人海，以及海浪的喧響。

若若沒想到的是，那天的清晨，當他和崔永明在軍區招待所分別上了不同的軍車，奔赴不同的軍營後，竟會在當天夜晚再度重逢，他原以為，從此以後與崔永明就各奔東西了呢；他更沒有想到的是，在他們這撥兵中，居然還會出現蕭向華——那個在招待所被崔永明、何江南暴打的人。

當若若乘坐的軍用中吉普將他們拉到了目的地時，坐在副駕座上，一直沒說話的老兵率先跳下了車，迅速轉到了他們這一頭，厲聲高喊：「下車，排好佇列。」

他們一個個散慢地從車上跳下，稀稀拉拉地排好了隊形。老兵在他們面前來回地踱著步，神色冷峻。若若趁機掃視了一眼周圍的環境，發現這裡只是一個不算太大的小院，圍了一圈用紅磚砌成的院牆，左側方是他們進來時的一道崗亭，一名持槍荷彈的哨兵，在向他們的站著的方向引頸張望，在他的右邊，則矗立著一幢掩映在綠樹叢中的白色樓房。

院子裡寂靜無聲，一絲聲響都沒有，只有風吹樹葉的沙沙聲，這微弱的聲息，讓這個陰沉的天氣變得更為蕭瑟了。冷風吹來，裹挾著一股奇怪的異味，那時若若尚不知那是海風的味道，他還不知道自己已然置身在了大海的邊緣。

「從今天起，我就是你們的班長，凡事都要向我請示彙報，一切行動聽從我的指揮，聽明白了嗎？」

班長的聲音透著駭人的嚴厲，在若若聽來，還顯得不太習慣，他覺得這人的態度太咄咄逼人了。

若若聽到邊上有人在回應：「聽明白了。」而他，只是輕聲地嘀咕一句：「太兇了！」自己都覺得那發出的聲音，小得像一隻蚊子在嗡嗡。

「你，出列。」班長的目光突然像利劍般地射向了他，高聲吼了一嗓子。若若抖嗦了一下：「我嗎？」他傻傻地問。

「出列！」班長開始變得惱怒了，嗓門又提高了八度。

若若感到體內有一股無名的寒氣迅速地躥將了上來，湮沒了他，膽怯地向前邁出了一步。

「我剛才說什麼了？」班長厲聲問。

若若驚恐地看著班長，重複了一遍剛才說過的話。

「那你再大聲地重複一遍。聽明白了嗎？」

「聽明白了。」若若說。

「先給我立正，大聲說。」

若若覺得身體在微微顫慄，兩腳迅速併攏，保持了一個立正的姿勢，然後扯開嗓門高喊了一聲：「聽明白了！」

背後傳來吃吃的笑聲，他的臉騰地紅了。

班長又躥到後頭去訓斥發出笑聲的人了。若若站著一動不動，臉上像有無數的螞蟻在蠕動，他感到了不舒服，但又不敢反抗，只能硬撐著了。這種滋味真不好受。當兵於他只是一個夢想，一個時常在幻覺中出現的情景，那時他僅覺得滿好玩、滿稀罕，新鮮而刺激，唯有到了此時此刻，他才第一次真正領略到了它的嚴酷。

一點也不好玩，他想。

白樓裡閃出了兩個人，若若眼角的餘光覺出他們中的一人穿著軍裝，另一人則穿著便服，他沒敢側過臉去正眼打量一下，只是繼續筆挺地站著，像一個硬梆梆兀立在地上的木樁。他的大腦一直在肆意地溜號，還有點些許的恍惚。我真的當兵了嗎？接下來還會發生什麼呢？他自問。他感到了不適，感到了莫名的張惶。班長繃著的那張嚇人的表情，讓若若實實在在地感覺到了當下的處境。他真的身在軍營了，從此後，他將進入了一個很不一樣的人生。直到此時，若若才恍然意識到，其實還沒有真正的從心理上準備好當上一名合格的軍人。

那個穿軍裝的人走到班長跟前，班長轉身向他行了一個軍禮，那人點了點頭，俯在他耳邊悄聲低語了幾句，班長放下了手臂點著頭，若若仍能感覺到那個穿便裝的人還站在他的側方。班長偏過臉來瞧向那人，若若也趁機覷了一眼，心中一怔。

他沒想到會是他，在招待所若若見過的被崔永明打過的那個人。

「蕭向華。」

「到。」

「入列。」

蕭向華雙臂迅疾提至腰間，一個小跑進入了行列，轉身站定。這時若若聽到後頭有一輕微的嘀咕聲：「操。」若若一聽就知發出聲兒的人是何江南了，他也知道為什麼他會發出這樣的聲音。若若有些迷惑，這個人那天不是獨自一人離開了嗎，怎麼又會在這裡出現？

「誰在說話？」

鴉雀無聲。

「出列！」班長的聲音一下子變得怒不可遏了。

若若的身邊多了一個人——何江南。

三

更讓若若感到意外的是，當天下午崔永明也不期而至地出現在他們的宿舍中，是班長領著他走進來的。「這是你們新來的戰友。」班長只是簡短地介紹了一聲。顯然，他根本不知道此前崔永明和何江南乃及若若已然是熟悉的，他把他當成了一名新來的戰友了。崔永明的目光漠然地向大家掃視了一圈，也沒在若若的臉上多做逗留，就像不認識他一般。若若留意地觀察了一下崔永明是否注意到了蕭向華的在場。但他詫異地發現，崔永明明明看見了蕭向華，卻似乎不為所動。若若感到了蹊蹺。

若若事後才知道，崔永明那天與他們分別登上了不同的汽車後，被直接拉到了大軍區的通訊兵部，而若若這一撥年齡偏小的人，則分配在了駐紮在偏遠郊區的一個神祕的軍營。若若當然不可能想到自己居然進了一家軍隊的保密單位，這一切都是在崔永明出現後他才知曉的。

崔永明很快就知曉了，兵分三路的三撥人不同的去向，他為自己被分在兵部當一名通訊兵而感到了羞恥，倘若那時他根本不知道還有一個技偵支隊也就罷了，可偏偏消息靈通的崔永明打聽到了這一切。至於他的消息管道緣自何處？仍是一個謎。總之他很快獲悉了這一「情報」，於是他刻不容緩地立刻採取了緊急行動。

後來有人說他當即給李叔叔撥通了電話，懇切地要求能將他重新分配到技偵支隊。他的要求讓李叔叔感到了為難，因為這撥「後門兵」各就各位是有名額限定的。但誰也沒想到崔永明卻神通廣大，隨後又聯繫上了軍區的一位副政委，據說是他父親紅軍時期的一位老戰友。

崔永明終於如願以償了。

若若一行被安置在了一個偌大的空曠房間，空蕩蕩的屋裡沒有一張床，地上鋪著木質地板，這在當年並不多見。班長只是宣布這就是大家的臨時住所，支隊將會在近期遷往另一個地方。「是離開榕州嗎？」有一個下巴頦長滿了毛茸茸稀疏鬍鬚的人問，乍一看亦與若若的年齡相差無幾。班長怒視了他一眼，厲聲道：「什麼時候才能改變你們的散慢作風？當兵不是來享受的，軍人以服從命令為天職，更何況我們這是一個保密單位，不該問的一句不問，這是鐵的紀律，聽清了嗎？」

「保密單位？那我們單位是做什麼的？」又有人追問了一句。班長狠狠地剜了他一眼，他這才自知失言，吐了一下舌頭，縮了回去。「到時候你們會知道的，現在不許多問。」班長的口氣稍緩了一些，但還是透著嚴厲。

大家啞然了。或許是懾於班長剛才的那個突如其來的嚴厲，一個個面面相覷地不敢再出聲了。後來若若知道了，最先問話的這個人叫張成峰，來自北京。當時若若還多看了他一眼，以為他會垂頭喪氣，可沒有，他只是偷偷地衝著若若眨巴了一下眼睛，一副無所謂的樣子，這讓若若對他多了一份好奇，他當時就覺得此人的膽子也忒大了。

晚餐後，班長被人叫了出去，走前，讓大家彼此交流一下。「我們來自五湖四海。」班長說，「從今天起就是一個大家庭裡的成員了，是革命戰友，大家一定要團結互助，發揚我軍的光榮傳統。」

班長起身走了。屋裡一開始靜悄悄的，誰也沒有說話，繃著一張嚴肅的面孔，就像誰先開口誰就顯得很沒正形似的。若若還在望穿秋水地琢磨著何時才能穿上軍裝，他原以為一到軍營就會配備軍服呢。他一直在心裡嘀咕著這事兒，覺得怪兮兮的，說是從此以後就是一名革命軍人了，可又不配發軍裝，這算怎麼回事？

正想著，一個聲音驀然地響起了，嚇了若若一跳，抬眼望去竟是一臉怒容的何江南。

「蕭向華，你他媽的還有臉待在這嗎？你不是滾蛋了嗎！」

隨著何江南的怒聲驟起，在座的所有人都一驚不小，顯然，大家還不知這位被叫做蕭向華的人究竟是何許人，也不知為什麼何江南突然發飆。

只有若若知道何江南為什麼這樣。屋裡的氣氛霎時變得緊張了起來，透明的空氣中都像是充滿了沉沉的重物，讓若若的頭皮一陣發緊，心裡掠過一絲驚恐。

「喂，你說誰？怎麼啦？」張成峰茫然地問。

若若悄然觀察著蕭向華臉上的變化。只見他的臉色變得鐵青，沒一會兒工夫又漲得像個紫茄子，若若以為他很快就會爆發了，他甚至在暗中期待著一觸即發的大爆發。可是沒有。蕭向華只是避開了何江南咄咄逼人的攻勢，低頭不語。

「你他媽的說話呀，怕了是嗎？就你這慫樣還有臉來當兵？」

「江南……」蕭向華抬起了臉來，臉上的紫色正在消褪，顯出一臉的誠懇，但他的嘴唇在微微顫抖，似乎有許多難言之痛。

「你媽逼，你他媽給我從這裡滾出去。」話音剛落，何江南一個箭步躥了過去，一把拽住蕭向華的衣領將他猛地摜倒在地，掄起胳膊揮拳而下。只見蕭向華雙手抱緊腦袋，一聲不吭地在地上蜷縮成一團，任由何江南的拳頭暴風驟雨般地飛流直下。突如其來的變故把大家驚呆了，怔忡了好一會兒後才反應過來，紛紛上去拉架。何江南這時像一頭失控的野獸，剛被幾個人拉開，又奮力地掙脫開衝了上去。當他雙手被人使勁地攥住時，他就掙扎著用腳踹，嘴裡還罵聲連連，整個屋子就像炸了鍋似地亂成一團。

「住手！」

就在難解難分之際，一聲爆喝傳來了，聲音之響亮在若若聽來就像空中驟然炸響的一聲霹靂，在這個空曠的屋子裡強烈地迴盪著——班長就是在這個節骨眼上及時出現了，身邊還站著一位不速之客。

這位不速之客就是讓若若倍感意外的崔永明。

可就在大家愣神的工夫，何江南又像一顆子彈般地彈射了過去，與蕭向華扭成了一團，拳頭又一次雨點般地落下。班長的臉色大變。與此同時，只見崔永明將行李袋扔在了地上，轉眼工夫就躥到了何江南的面前，二話沒說將何江南一把拎了起來，將他推向了一邊。

當他彎下身準備扶起蕭向華時，何江南又罵罵咧咧地奔了過來，還沒等他再次撲向蕭向華時，崔永明突然轉身，一把抓住了何江南的衣領，向上提拉了一下，何江南的脖領被勒緊了，一張臉迅速變成了豬肝血。

「冷靜，江南，冷靜！」崔永明大喝一聲。

直到這時，何江南才像遭受電擊一般地抖瑟了一下，與崔永明的目光對視了一會兒，漸漸地冷靜了下來，臉上的血色亦在緩慢褪去。崔永明轉過身來，將仍坐在地上的蕭向華扶了起來。蕭向華的臉上有幾塊青紅的斑跡，眼角亦掛著一處瘀傷。

「對不起。」若若聽到了崔永明發出的低語，不免一怔，感到了迷惑。軍區招待所發生的那一幕他仍歷歷在目。若若的眼前又一次掠過了崔永明那天雷霆震怒的表情，可眼下的他如同換了一人似的，顯得冷靜而自持。咦，這是怎麼回事？若若想，他們不是視若仇敵嗎？在若若看來，這時的崔永明似乎站在了蕭向華的一邊。

若若又向班長看去。他站在一旁冷冷地旁觀著，臉上掛著一絲疑惑。顯然，發生在他眼的這一幕，亦讓他也感到了震驚和詫異。

「崔永明，你怎麼……」何江南喃喃低語地問。

「你不必再問了，過去的事就讓它過去吧，江南，我理解你的心思，但那些記憶畢竟已成往事。」

四

「集合！」班長發出了一聲短促的命令，聲調不高，但透著不可抗拒的威儀。

愣在一邊的大家，沉默地排成了一行。班長站在原地不動。若若覺得班長似乎還在思考該如此處理眼前發生的這場糾紛。他緩慢地走了過來，來來回回地踱著步子，神色凝重。

「我知道，你們都是通過各種關係來到我們支隊的。」班長說，「今天，是你們當兵入伍的第一天，首長交代過要帶好你們，但我沒想到第一天你們就發生了這種事……你們知道這個問題的嚴重性嗎？打架，在部隊內部打架！」班長突然不說了，目光犀利地盯著大家，長嘆了一聲：「是我沒帶好你們，辜負了首長對我的信任，我會做檢討……」

「班長，這事不關你的事，是我們……」蕭向華忽然說。

班長伸手制止了他繼續往下說。「雖然事情發生在你們身上，但當班長的我是有責任的，因為你們從交到我手裡的那一刻起，就是由我負責帶的兵，這就是軍隊的紀律，所以我說我有責任。」班長停頓了一下，想了想又說，「但我還是想知道到底因為什麼？從今天起，你們將要在這個新兵訓練班共同生活一段時間了，以後你們將會從這裡出發，努力地成為一名合格的軍人，所以我想知道到底是因為什麼。」班長來來回回地度著步。「你們誰先說，最好不要讓我點名。」

蕭向華向前邁出了一步：「我來說。」

「我說。」

崔永明亦向前走了一步。他們現在肩並肩地站成了一行，還互相看了一眼，彼此的目光，在剎那間的對視中顯得有些意味深長。

班長盯著他們看了一會兒。

「蕭向華。」

「到。」

「好，你先說。」

「是，班長。這事不能怪別人，是因為我引起的，你可以處分我，不關別人的事。」

大家又一次愣了。所有的人都目睹了事情發生的前因後果，明明是何江南先動手的，而蕭向華則始終一聲不吭地沒還一下手，任其打罵，為什麼他要獨自承擔責任呢？隊伍裡傳出一片細碎的嘀咕聲。

「班長，我知道這事不能責怪蕭向華，還是有我來承擔吧，是由我引起的。」崔永明說。

「哦？」班長不解地看著崔永明。「這事發生時你並不在場呀？」

「這事不能全怪何江南，班長，是因為我……。」

「班長，請允許我將事情的原委說清楚吧。」蕭向華還沒等崔永明說完，搶著說。

「你等等。」班長制止了蕭向華的發言。「好，崔永明，你先說。」

「我們三人來自同一座城市，過去曾有一段……」段恩怨未了，我們曾經是同學和朋友。」崔永明說。

「不對，他不是我們的朋友！」佇列中的何江南突然高喊了一聲。

「江南，你能不能先冷靜？」崔永明回頭望了他一眼，責怪地說。

這時，班長讓大家席地而坐，圍成了一圈，然後讓崔永明接著往下敘說。

就在那一天，若若終於知道了，他們三人之間究竟發生了什麼。

一切都緣自腥風血雨的一九六六年。文革風暴驟然而起，撲天蓋地席捲著祖國大地，隨著運動的深入，原屬同一派系的紅衛兵迅速分裂為兩派對立的組織，蕭向華從一個原先的保皇派，搖身一變成了支持造反派的紅衛兵，由此而成為了與崔永明、何江南勢不兩立的派別。他們之間最初僅只是發生點口角之爭，常常會為一個不同的觀點爭得面紅耳赤，但不久，他們的父輩紛紛被打成了叛徒、內奸、走資派，蕭向華立即當眾宣布要與父親決裂，斷絕父子關係，號稱要堅定地站在毛主席的革命路線一邊，大義滅親，並領頭帶著造反派批鬥了省裡的老幹部，其中就有他們三人的父親。

那是一次聲勢浩大的遊行和批鬥。崔永明和何江南帶領著另一撥保皇派的紅衛兵圍攻了蕭向華為首的造反派，企圖保護和搶救出自己的父輩。雙方由此發生了激烈的衝突，以致大打出手，結果雙方都有多人受傷，損失慘重。那是省城發生的第一次大規模的流血事件，從那以後，武鬥在這座城市全面展開，很快又升級為烽火連天的槍戰，崔永明與蕭向華徹底地分道揚鑣，領著各自的人馬衝擊省軍區，搶奪軍械倉庫。大批的紅衛兵戰友在槍林彈雨中倒下了，血流成河，對立的雙方從此成了不共戴天的仇敵。從那以後，他們之間就再也沒有照過面，直到共同住進了軍區招待所，這才冤家路窄地狹路相逢，於是發生了若若在招待所看到的一幕。

大家聚神會神地聽著，神色凝重。這個驚心動魄的故事把大家吸引了。崔永明在講述時語調深沉凝重，眼眶中盈滿了淚水，他顯然並不自知，目光中還凝結著痛苦的追憶和悲悼，彷彿他又看見了那些死去的戰友和淋漓的鮮血。若若亦想起了那些可怕的日日夜夜，想起了那些令人不寒而慄的往昔，想起了在那一段日子裡所親眼目睹的無辜者的死亡，以及被押上演講臺遭受批鬥和毆打的母親。

若若也是在可怕的一九六六年人生第一次見證了死亡。激烈的槍炮聲，沒日沒夜地在屋外響起，轟隆隆的炮聲與噠噠噠的槍聲擊碎了城市的夜空，他大睜著雙眼，渡過了一個個難熬的恐怖的不眠之夜，他感到了死亡的陰影，就在他的周邊徘徊漫步而揮之不去。

末了，崔永明說，當他在招行所的那個午後，目睹了蕭向華黯然離去，蕭瑟的寒風吹向他，他瑟縮佝僂著的遠去的背影顯得格外的淒涼與孤冷，就在這時，憐憫之心襲上了他的心頭，內心突然發生了巨大的衝突，他在追問自己是否做得太過分了？畢竟文革前他們曾經是生死相依的好朋友，在一個院子裡長大，有過共同的無憂無慮的童年和少年時代，倘若不是因了文革的發生，他們本該是親如手足的好兄弟，可是一場突如其來的政治風暴，將這一切曾有過的美好都摧毀了。他從露臺上向下望去。蕭向華漸行漸遠的身影在強烈地嚙齧著他的心，他忽然感到了無以言表的悲涼。

為什麼竟會變成這樣，為什麼？他在心裡自問道。

在那個午後，崔永明的靈魂深處發出了無盡的吶喊之聲，仇恨的火焰在漸漸消褪，化為一股淡淡的輕煙，而那似乎消失的友情又重新占據了他虛無般的內心。他當然想到了蕭向華去向何處，他知道，他太瞭解這個逐漸遠去的人了——這個他曾經的好朋友，他亦知對往事的悔恨正在吞噬著他，並將他湮沒，如同一場沒頂之災。他顯然一直想逃避噩夢般的一九六六，還有他在那一年的所做所為，但它卻如魔鬼般地纏繞著他，讓他無處逃遁，於是他想到了當兵。他想遠離他生長的那片土地，將那一段不堪回首的記憶徹底埋葬，在一個新的地方重新開啟他的人生之路。可他萬萬沒有料到的是，居然冤家路窄地和崔永明、何江南再度相遇了。

他一定是覺得沒臉再和我們在一起了，彷彿這是他的孽債，他在劫難逃，只能認命了。

他只能選擇離去。

崔永明說。

五

接下來是蕭向華敘述的故事。

蕭向華獨自來到了人煙稀少的火車站，進站前還呆呆地望了一眼灰濛濛的天空，不見一絲雲影，不禁仰天長嘆了一聲。

來到這座城市之前他根本沒想到會遭此一「劫」。他當時只是覺得終於有了一次重新開啟自己的人生了，但這一切都在瞬息之間化為了泡影，煙消雲散了。自己種下的苦果只能由自己來品嘗，蕭向華想，這就是命運，命運任誰也無法抗拒。

直到彼時，他才憶起了與崔永明曾有過的那些快樂的童年與少年的時光，他還記得，當他決定與父親澈底劃清界線時去見了崔永明，他們之間因此有了一次推心置腹的長談，那也是他們的最後一次聊天。記得當崔永明聽到他的那個決定時，突然蹦了起來，大聲地斥責他是個忘恩負義的懦夫。而他則冷靜地回答說，因為要忠於偉大領袖毛主席的革命路線，他才要大義滅親。他們最終還是談崩了，從此各奔東西，投身到了勢不兩立的戰線上。

蕭向華承認，率領著殺氣騰騰的造反派批鬥父輩們時，自己的內心其實非常痛苦、糾結，但那時又依稀覺得這是在捍衛毛主席的革命路線，也是他必須為此付出的情感代價。他義無反顧了。直到有一天，當聽說母親因不堪忍受屈辱而自殺身亡時，他澈底崩潰了，意識到母親的死與自己有著千絲萬縷的關聯，他逃不脫此中的干係，但無處訴說，因為他那時已然眾叛親離，在朋友眼中他是一個不可饒恕的「孽子」和「叛徒」。他堅決退出了造反派組織，心裡對這場聲勢浩大的革命運動有了揮之不去的疑問，但從不敢繼續往下深想。他變得迷惘、彷徨了，像一隻離群的孤雁迷失了方向。身邊不再有真正的朋友，因為對立的雙方都不再視他為同志，而被看作立場不堅定的人。他由此變成了一個沒有歸屬的消遙派。可這一切崔永明並不知道，畢竟他們失去聯繫已很久了。

一九六八年後，文革武鬥的硝煙漸次散去，各省市分別宣告成立了革命委員會，暫時結束了各地的混亂局面，恢復了表面的社會秩序，於是開始清理文革中的武鬥分子，他亦被劃入了被清算的「異類」，下放農場。他這才覺出以往的荒誕，開始質疑一度信奉的「革命理想」。但他一直沒敢去見老父親，雖然他知道，父親從關押的牛棚出來後，即被下放到了「五七」幹校，繼續接受勞動改造。他何有顏面去見老父親呢？那會讓他自感無地自容。但他強烈地思念父親，很想當著父親的面真心懺悔。他有時會想，人，為什麼當他被命運拋棄到了一個孤絕的境地時，才會重新返觀自己的人生而追悔莫及？

終於有一天，他決定去看望老父親了，他覺得他們父子之間必須有一次推心置腹的長談，從而了卻深埋在心中的那份難耐的愧疚和痛苦，儘管他尚不知父親是否會原諒。至於以後呢？他沒敢多想，他只是覺得自己人生變得虛無縹緲，難見一絲曙光。他開始感到了厭世。

他坐上了火車，又轉了幾趟長途汽車，終於抵達了父親所在的五七幹校。那是一個陰晦的早晨，薄霧繚繞，天空還下著毛毛細雨，天氣濕寒而壓抑。進了農場聽到了狗吠聲，還有許多公雞、母雞咯咯叫著在村頭覓食。他逢人就打聽，有一個抱著孩子的婦女，好奇地打量著這個風塵僕僕的不速之客，指了指遠處的一片農田。透過稀薄的霧靄，他依稀見到了霧氣朦朧中的農人在田間耕作的身影。

他走了過去。

田壟彎曲而狹長，是一片片濕漉漉的泥濘土路。他深一腳淺一腳地走著，鞋底漸漸變得沉重了起來，他知道那是因了鞋跟沾滿了黏乎乎的黏土，甩都甩不掉。他乾脆彎身挽起了褲腿，鞋也脫了，用手拎著，繼續沿著坑坑窪窪的田壟尋找父親。

他站住了，突然湧上一股激動和辛酸，心臟亦跳得厲害。就要見到父親了，約莫二年多未見的老父親，他不能不心潮起伏。田間的農夫正在忙著耙地耕田，沒人理會這位遠道而來的客人。

他大瞪著雙眼，努力從勞作的農人中辨識父親的身影，但一無所獲。田間耕作的農夫們穿著一身蓑衣，頭頂斗笠，看上去都是些上了些年齡的老人，在風雨飄搖中艱難地移動著身軀，加上霧氣的籠罩，那些晃動的面孔看上去一片灰濛。

他很想高喊一聲：爸爸，但陡然發現，這個與他久違的稱謂，讓他一時還很難喊出口。只能緘默了。他開始感到了悲涼。父親見到我時會怎樣看待我呢？他揣度著，內心卻有撕裂般的疼痛。

六

正尋思著，一位農夫打扮的人佝僂著腰，蹣跚地向他走來，身上亦披著一襲深褐色的蓑衣，頭上，還低低地壓著一頂竹青色的斗笠，他那時的思維尚在恍惚中，一如風中飄搖的綿綿細雨。那人走近了，將斗笠往上抬了抬：

「來了！」

聲音很輕，輕得如同這聲音傳自大地深處。他像被閃電擊中了一般顫抖了一下，定睛望向來人，眼淚止不住嘩嘩地淌了下來，與飄灑在臉上的雨水混雜在了一起，難分彼此了。心在微微顫慄，嘴唇亦抖嗦不已了。

站在面前的，正是他朝思暮想的父親，那個二年多來沒見過的老父親。一股巨大的、突如其來的愧疚與悔恨，迅速吞沒了他，他感到了天旋地轉。

一路上，父親並沒有再跟他說些什麼，只是默默地領著他向遠處低矮的屋舍走去。他有點緊張，又有些窘迫，幾次想開口又不知道該先說些什麼。走出了幾步，父親忽然將頭頂上的斗笠摘了下來，給他戴上了。他一怔，一時還沒能及時地反應過來，還沉浸在複雜的情緒中。

「不。」他將被父親戴在頭上的斗笠拿了下來，重新給父親戴上，父親掙扎了一下，但被他死死地摁住了，「爸，還是你戴吧，有雨……」他的嗓音突然哽咽了一下，一聲「爸」，讓他的心，忽地熱了一下，他感到了激動。

「衣服都淋濕了，小心感冒。」父親說。

父親在風雨中站住了，眯縫著眼，默默地打量起他來了。這是他們父子分離了兩年多後的一次深情的凝視。他發現父親的目光中蘊含著複雜的內容，有悲傷，亦有欣慰與驚喜，似乎他的出現讓父親的內心五味雜陳了。

「你終於來看你爸了！」父親說，嗓音微微發顫，臉上卻不見了悽楚。說完，父親又自顧自地往前走了。走出幾步，父親忽然抬起了臉來，仰望著天空中飄飛的霏霏細雨。從蕭向華的視點看去。父親的頭就這麼高高地向上仰著，承受著雨水的澆淋。

他木訥地站在原地，目視著父親蒼老了許多的側影，突然有了一種驀然襲來的感動。他似乎能了然父親為什麼要仰面朝天了，胸中竟湧起了一股澎湃的熱淚。

那一次見面，父親從始至終沒有談到他們間曾有過的「決裂」，他們都有意迴避了這一敏感且讓他們刻骨寒心的話題，父親也有意地迴避了母親的死，但父親眼中散發出的慈父的目光，讓蕭向華還是感到了錐心的疼痛，他無言以對了。

幾天後，蕭向華不得不離去了。那又是一個薄霧繚繞的清晨，還下著綿綿細雨。他睜開了眼，驚覺父親坐在了他的床邊，透過窗戶，能見天光的微明，雞鳴之聲此起彼伏地隱隱傳來，他趕緊準備爬起身，但被父親摁住了。

「別動。」父親說，「天還早，孩子，再睡會。」

「不啦。」蕭向華說，「我醒了，該起了。」

說著，他一骨碌地坐了起來，穿上衣服。父親起身站在了地上，默默地望著他，眼中流露著深厚的父愛，又挾著一絲哀傷。

「孩子，爸爸一直擔心你的前途。」父親說，「我寫好了一封信，你帶在身上，你到榕州去找你一位叔叔當兵去吧。」

蕭向華心裡一怔。這是一個他連想都沒敢想過的問題——當兵？曾經是他夢寐以求的夢想，但他從來不敢有此奢望。他那時一直覺得自己罪孽深重，唯有通過沒完沒了的田間勞作來懲罰自己，他的性情亦變得沉默了。休閒時，經常一人跑到山上去發呆，腦子裡空空如也，他就這麼呆呆地遙望著遠方高低起伏的綠色山巒，心生哀痛，但又無以解脫，他感到了人生的虛無，覺得身上沾滿了洗脫不盡的污垢，即使是這次鼓足勇氣來面見父親，亦經過了無數次的內心掙扎與爭鬥，覺得愧對老父親而無顏以對。

所以，當父親提出讓他去當兵時，他感到了自出生以來從未有過的震撼。他發呆地望著父親，難以置信。父親對他輕輕地點了點頭，臉上漾出一絲苦澀的微笑。

「去吧，這是爸爸現在唯一可以為你做的事了。」父親說。「你李叔叔曾經是爸爸的老部下，我們五七幹校的一些老幹部的孩子也去當兵了，爸爸想到了你的前途，孩子，你該有個光明的前程，在農村待一輩子有可能把你毀了，你過去是個愛看書學習的好孩子，如果能當上兵，爸爸也就放心了！」

在那個個寒冷的清晨，蕭向華終於流下了熱淚，鬱積在內心深處的淚水，抑制不住地淌了下來，渾身顫抖地嗚咽了起來，彷彿要將壓抑多年的痛苦，一古腦地傾瀉出來。

迷迷糊糊中覺得父親離開了一會兒，又轉了回來，手裡端著一杯熱水，扶著他的肩。父親蒼老喑啞的聲音在他耳邊驟然響起：

「孩子，你想哭就哭會吧，哭哭就好了。」說完，父親放下熱開水，走了。走時，還沒忘了將他的房門輕輕帶上。

他開始了號啕大哭，哭得昏天黑地，彷彿一肚子的苦水都在噴湧而出。當他停止了哭聲後，才發現自己的心裡輕鬆多了，就像被山澗流淌的清泉從頭到腳地洗濯了一遍似的。他又木木地坐著發了一會兒呆。

他告別了父親，一個人再次踏上了新的人生之旅。

雨歇了，但天空烏雲密布，似乎在預示著下一場的風雨欲來。他獨身一人行走在彎彎曲曲的田埂路上，百感交集，內心裡翻江倒海般地掀起一股股悲愴之情。也不知道這一走，何時還能再見到白髮蒼蒼的老父親了？他想著，淚水濕潤了他的眼眶，但讓他感到了欣慰的是，他知道父親終於原諒了他。

彼時，他當然還不可能想到，抵達軍區招待所的第二天，他竟會冤家路狹地撞上了崔永明與何江南，於是發生了那天若若目睹的那一幕。

七

蕭向華說完後，大家都沉默了，一個個顯得心思重重，都感到了這其中蘊含的一言難盡的悲情，但又不知從何說起，就連班長的臉上都流露出一絲同情和哀傷。

沉默了好久，一個聲音終於響起了：「我來說兩句吧。」一聽聲兒，若若就知道這人是誰了，是崔永明。

他先是低頭思索了一會兒，然後揚起了臉來，環視了大家一眼，又將目光停在了蕭向華的臉上。短暫地對視，彷彿彼此有了一份默契。然後，他語氣悠緩地開口說起了他們之間後來發生的故事。

那天當蕭向華執意離開了招待所，向遠方走去後，崔永明站在樓上的露臺上遙望著他遠去的背影，心情沉重，許多往事亦在此時此刻湧上了他的心頭，接著又有一種莫名的荒蕪的感受，他忽然覺得心裡頭變得沒著沒落了，這讓他感到了驚愕。

蕭向華的離去不正是自己希望出現的結果嗎，可為什麼倏忽間又心有不安，甚至夾雜著一絲莫名的感傷？凜冽的寒風吹向他的面頰，一陣刺骨的冰冷驀然襲來，他抖嗦了一下，想立即返回屋裡，他覺得不能再遙望蕭向華離去的背影了，否則，他內心會有一種承受不了的負重。

崔永明離開了露臺，返身進了屋子，可他立刻覺出這間空蕩蕩的屋子讓他感到了壓抑和窒息，彷彿空氣在這個憋悶的屋子裡都無法自由流動一樣，於是他開始在這個狹小的空間裡他來回踱著步子，腦子裡充滿了碎片般雜亂無章的念頭，沒有一個確定的焦點。

他覺得在這個空無一人的屋裡有點待不下去了，便下意識地向樓下走去，但意識仍處在混亂中，就像迷失了方向的遊魂。他很想抽上一支煙，可從口袋中摸出的卻是一包空煙盒。他惡狠狠地罵了一句髒話，將煙盒使勁地捏成一團，拋在了樓道，還重重地踏上了一腳，並在腳底下打了一個漩兒，就像是唯有如此才能讓他解恨似的。

下了樓，空曠的院子寂靜無聲，只有風吹樹梢的嘩嘩聲，他感到了徹骨的寒意，瑟縮了一下身子，驀然襲來的寒氣還是讓他有了一絲顫慄感。這時他不自覺地開始了小跑，想藉此拋開紛亂的一時還理不出頭緒來的雜念。

他沿著招待所的林蔭道小跑著，就在此刻，那些碎片般的念頭倏忽間聚攏了，過往的歲月如同電影般呈現在了他的眼前，歷歷在目了，他想起了昔日與蕭向華親如手足的友情，想起了他們分屬對立兩派時的勢如水火——為什麼竟會變成這樣呢？心裡不禁升起了一個疑問；亦想起了當他衝著蕭向華怒聲吼叫時，蕭向華看向他的那個憂鬱且充滿著悔恨的目光。他遽然閃過一個念頭，這念頭如同閃電般地擊中了他——將獨自離去的蕭向華再追回來。

曾幾何時，他們是生死與共的好朋友，有過許多共同渡過的美好時光，雖然文革中，他們之間的友情被仇恨所取代，但現在想來，猶如過眼雲煙，此時此刻唯有美好的記憶在纏繞著他，揮之不去，他們真不該就這麼沒完沒了地永遠的視若仇敵。

他知道此時的蕭向華會奔向哪裡了。於是他一陣風似地衝出了招待所大門。那一刻，他忽然覺得自己變得輕鬆了起來，壓在心頭的沉重巨石兀自轟然崩裂，化為粉塵，思緒亦變得清晰了，在他的內心深處，竟驟然升起了一股隱隱的悲壯感。

一如他所料，當他急匆匆地衝進火車站時，在排隊等候進站的人群中他看到了蕭向華。他變得憔悴多了，臉色蒼白，目光呆滯，神情亦是恍惚的。他幾步躥將上去，將他從人群中一把拽了出來。

「你跟我回去！」崔永明吼道。他也不知道為什麼突然間就會這麼地大聲喊叫，連自己都被發出的聲音驚了一跳。

蕭向華的身子趔趄了一下，顯然一時沒反應過來，立足未穩之時下意識地猛推了一把崔永明，額上的青筋暴突，一雙充血的眼睛瞪得大大的，甚至高高舉起了握緊的鐵拳，胸中鬱積著的怨懣終於爆發了。

蕭向華舉起的拳頭在空中驀然停住了，臉色呆了一下，大腦出現了暫態的休克。他原以為是有人突然襲擊了他，可他萬萬沒有料到這個「襲擊者」，竟會是冤家路狹的崔永明。

「怎麼，非要打一架才能了斷我們之間的恩怨嗎？」崔永明冷冷地問。「那好，我們出去找個沒人的地方練練手，看誰能贏。」

「你……你怎麼會在這裡？」蕭向華還處在疑惑中，他無論如何也想像不到崔永明會在這個時候出現，他原以為從今以後，他們將再一次地天各一方、形同陌路呢。

「向華，還記得我們在幼稚園的事嗎？」突然，崔永明輕聲問。

蕭向華目光中泛起了一絲緬懷的憂傷，往事如煙，回憶讓他百感交集了。

這時在他們之間，在這個靜靜的，由戰友們圍成一圈的屋子裡，出現了一個奇異的場面，崔永明與蕭向華變成了一問一答，彷彿在復原火車上出現的情景。也不知為什麼，若若的心裡竟湧起了一絲酸楚。

「記得嗎？那時我們還太小，長大以後許多事都無法再想起了，但奇怪的是，我清晰地記得我們倆有過一次打架的經歷，那是為了什麼？哦，對了，是搶玩具，一把玩具槍，你當時搶不過我，於是急紅眼了……」崔永明停頓了一下，看了蕭向華一眼，微微一笑，只是笑容顯得有些艱澀。「紅了眼，就像火車站你最初見到我時的表情。」

蕭向華想起了那天在火車站，當他認出了站在他面前的人竟是崔永明後，身體不禁顫慄了一下，拳頭悄然地放下了，面有慼色。他想不明白，崔永明究竟想幹什麼？為什麼會跑到這裡來找他？又為什麼對他說起了那個遙遠的往昔？他當然記得，那是在一個烈日炎炎的午後，他們這些孩子因為父母平時工作太忙，都被寄宿在了八一幼稚園。外面的蟬鳴聒噪不已，此起彼伏，他們當時在午睡，被阿姨叫起了床。阿姨隨後有事離開了，但他一眼就看到了那把放在別的孩子床頭的玩具槍，二話沒說就搶了過來。還沒等他開始把玩，身邊就出現了崔永明。

「拿來！我就這麼對你蠻橫地吼著。」崔永明說。

「『不，』我說，「這是我看見的，我不給你。』我是這樣回答你的。對嗎？」蕭向華說。

「於是我怒火萬丈地衝了上去，想從你手上將槍搶過來，我當時就是想要這把槍，想為此和你打上一架。」崔永明說。

「我緊緊地護住了這把玩具槍。你開始拉扯我，我也急紅眼了，照準你的腦袋揮了一拳。」蕭向華說。

「我只覺得腦袋轟了一下，倒退了幾步，但我還是不服氣地衝了上去，我們撕扯在了一起。很快，我們倆兒都滾到了地上。」崔永明說。

「同伴們開始起鬨，整個幼稚園都亂套了，到處是歡呼和吶喊聲。』蕭向華說。

「感覺就像過年一樣。我們這些小朋友在幼稚園太壓抑無聊了，老師管得很嚴，平時蹈矩循規地不敢越雷池一步，生怕受到老師和家長的訓斥。」崔永明說。

「是我們倆的打架，讓他們獲得了一次解放的感覺，所以他們快樂。」

「我們卻打得不可開交。」

「都是為了那把槍。」蕭向華說。

「對，沒錯，為了那把槍！後來老師衝了進來，一邊大聲嚷嚷，一邊將我們倆強行拉開。」崔永明說。

「老師當時說了些什麼？」蕭向華忽然問道。

崔永明被問住了，呆呆地怔仲了一會兒。「不記得了！」他搖著頭說。

「我也記不得了。」蕭向華說，「我只記得他們急赤白臉地跑過來，衝著我們大聲吼叫。」

「我到現在還能記起老師當時的表情。」崔永明笑說。

「我也記得！現在想起來，感覺那一天好像並不遙遠！」蕭向華嚮往地說，臉上竟浮動著一絲感動。

「奇怪的是，從那天以後，我倆竟然成為了好夥伴好朋友。」崔永明說。
「而且因為那次的莽撞，我們倆成了幼稚園孩子們的頭，沒人敢欺負我倆了。」蕭向華說。
「是因為那次的打架嗎？」崔永明問。
「不知道。」蕭向華想了一想，沉吟地說。「也許。那時我們酷愛打架！」

八

是的，從那一天開始，他們竟成了形影不離的好朋友，不瞭解的人還以為他們是兄弟倆呢。他們間的友情從幼稚園一直延續到了初中二年級時「文革」爆發，然後一切都被改變了。決裂，是從一九六六年的「八一八」毛主席接見紅衛兵後開始的。

而在此前，他們一起率先舉起了紅衛兵的造反大旗，成為了當地紅衛兵的領袖人物，他們豪情萬丈地到處張貼大字報、大鬧課堂，領著一群紅衛兵小將，瘋狂地衝到大馬路上去剪女孩子的大辮子和寬褲腳，批鬥老師和地富反壞右，抄家，抓牛鬼蛇神遊街示眾、砸爛「封資修」的封建殘餘。他倆甚至還成了「八一八」出現在天安門廣場，第一批接受偉大領袖毛主席親自檢閱的紅衛兵代表。也就在北京串聯的那一段日子裡，他們知曉了毛主席發表的「我的第一張大字報——炮打司令部」的內容。當聞聽此訊時他們還是懵懂的，甚至有些疑惑，一時還無法領會毛主席在大字報中所道及的「司令部」，劍指何方？

自從那張大字報發表之後，北京紅衛兵開始逐漸分化為兩派，在私下裡紛紛流傳，偉大領袖「炮打」的人是以劉少奇為首的走資本主義道路的當權派，他們最初不信，當他們從北京返回了所在的省城時，文革的滔天巨浪便波及到了他們的家庭，他們父親亦受到了衝擊和揪鬥，甚至被抄家。

命運從來是無法預測的。他們曾經對「地富反壞右」施加的造反行為，風水輪輪轉，奇峰突起般地又轉回到了他們父輩的身上。他們這些人的父親被紛紛地「靠邊站」了。

也就是從那時起，經過了一番激烈思想鬥爭的蕭向華，正式宣布與家庭決裂，斷絕關係，擁護造反派，並聲稱要堅定地站在毛主席的革命路線上，而這一切突發的變故，崔永明是事後才知曉的。

那是一個風雨交加的夜晚，雷聲與閃電轟隆隆地劃過漆黑的長空，發出一聲聲駭人的震天動地的巨響，一場夏季罕見的暴風驟雨無情地襲擊了沸騰起來的城市，幾天沒見的蕭向華突然出現在了崔永明家的門外。

他發出的敲門聲很輕很輕，崔永明最初沒聽見。雷聲太大了，淹沒了一切微弱的聲響。當時的崔永明還不知道蕭向華毅然決然做出的決定，他只是對蕭向華的突然「失蹤」感到了奇怪，他還以為因蕭向華的父親受到了造反派的迫害，心情不好，這段時間有意迴避了他。

後來敲門聲大了起來。崔永明的母親還受到了驚嚇，因為陷入瘋狂的造反派經常會在這樣的夜晚闖進家中把崔永明的父親揪走批鬥。崔永明的母親驚得臉色煞白，喚來了崔永明。

「我們該怎麼辦？」母親顫抖地說。這時被造反派揪鬥了一天的父親已進入了深度睡眠，他們沒敢驚動他。崔永明盯著嘭嘭直響的大門鎮定了一會兒，把母親推進了內屋。

「媽媽，你不要管了，由我來對付他們吧。」崔永明神色凝重地說。

「孩子，千萬不要惹出什麼事來呀，你爸爸已經夠遭罪了，不能再給他惹出麻煩了！」母親不無擔憂地叮囑。

「媽，您放心，我會處理好的。」崔永明說著，順手將紅衛兵袖套從口袋裡掏出，戴在了胳膊上，大步走向了大門。

當他拉開屋門時，天空劃過了一道耀眼的閃電，霎時將黑暗的天空照亮，他看清了黑暗中站著的人竟是蕭向華，心中還掠過一絲驚喜。畢竟他們已有些日子沒再見過面了。

「你怎麼來了，我以為你失蹤了呢？」他鬆了一口氣說。

昏暗光線下的蕭向華臉色蒼白，顯得疲憊而憔悴，進屋後就一直在躲閃著崔永明投來的目光。可這時的崔永明還處在亢奮中，他的出現讓他感到了快樂。

「向華，你爸爸情況還好嗎？」過了一會兒，崔永明問。

蕭向華沒有說話，只是沉默地低垂著腦袋，心思重重。崔永明這才感到了蹊蹺，預感蕭向華可能遇見什麼大事了，心臟不禁激跳了幾下。

「怎麼，出什麼事了嗎？」崔永明試探地問了一聲。

蕭向華搖了搖頭，沉默著。稍頃，他緩緩地抬起了臉來，目光複雜地望著崔永明，欲言又止。

「你到底怎麼啦，今天怪兮兮的，到底出什麼事了？」崔永明催問道，心中卻被一種不祥之感所籠罩，他突然意識到蕭向華有一件重大決定要向他宣布，只是一時還難以開口。會是什麼呢？他想。

「永明，我做了一個決定……」蕭向華的臉色變得沉重了起來，目光卻忽然煥發出一道奇異的光芒，與剛才的他判若兩人。

「什麼決定。」崔永明心頭一震，但沒有流露。

「我決定和父親決裂！」

「你說什麼？」崔永明大吃一驚，霍地一下站起了身，震驚地看向蕭向華。

「我要站到毛主席的革命路線上來，永明，我認為你也應當這樣做，這是關係到黨和國家命運和前途的大是大非問題，我們不能再糊塗下去了。」

「你瘋啦？」崔永明萬萬沒料到，從蕭向華嘴裡冒出的話，竟然是宣布與父親決裂，他不由自主地吼叫了起來。他的聲音驚動了母親，她急慌慌地跑了出來：「怎麼啦，永明，出什麼事啦？」母親惶恐地問。

「哦，沒事，媽媽，你回屋吧，放心，我和向華有些事要商量。」崔永明一邊說著，一邊將母親哄進了屋。

「一定記得別給你爸惹事，聽清了？」母親不放心地嘮叨著。

崔永明將母親的房門關好，重新回到了前廳，在屋子裡來回踱步，竭力控制著隨時要爆發的情緒。他覺得此時自己的胸膛都要炸開了，他真的想大聲吼叫，甚至揮拳擊向蕭向華的臉，在他看來，蕭向華不僅僅是一個膽小鬼，而且是一個不折不扣的臨陣脫逃的叛徒。

那天的激烈爭論自然不會有任何結果，他們只是不斷地怒目相向，甚至差一點大打出手。就是從那天起，這一對從小一塊長大的好友便分道揚鑣了。最讓崔永明想不到的，一天清晨，一群吵吵嚷嚷的造反派突然出現在了他的家裡，領頭的人竟然是蕭向華，他們來是為了帶走他的父親。

崔永明頓時怒火萬丈，不顧一切地衝了上去，試圖揪住蕭向華的衣領大聲質問他為什麼會變成這樣？但被其他的造反派強行拽開了。他們人多勢眾，甚至準備圍毆他，但被蕭向華及時地制止了。

他還記得那天蕭向華看向他的目光，冷冷的，像含著一塊寒冰，甚至帶著一絲嘲弄和藐視，但神情堅定：「需要被打倒的不僅僅是你的父親，還有我的父親，要做一名真正的革命接班人是要付出代價的，要革命就要能做到大義滅親，而不能像你一樣兒女情長，永明，你該覺醒了！」撂下這句話後，蕭向華率領著眾人壓著崔永明的父親揚長而去。

幾天後，造反派在省城組織了一次規模空前的大遊行，崔永明、何江南還有蕭向華自己的父親被押上了卡車遊街示眾。那是得意忘形的造反派向誓死捍衛省委的保皇派的一次宣戰。也就在那一天，崔永明領著保皇派的紅衛兵企圖衝擊造反派的遊行隊伍，搶回被關押的父輩，但慘遭失敗。從那天之後，形勢急轉直下，兩大派系開始衝擊軍區，搶奪軍械武器，徒手的毆鬥變成了越演越烈的槍林彈雨，而每一次，崔永明都會出現在血腥的戰場，衝鋒陷陣，他那時只有一個堅定的信念，抓住蕭向華，並親手斃了他。他曾經祕密尋找過他，但最終一無所獲。他再也沒有見過蕭向華了，也從此沒有了關於這個人的任何消息。

隨後，文革轉入了秩序的重建，先是軍事管制，工宣隊對各個權力機構的接管，接著各省市紛紛宣告成立革命委員會，造反派終於奪得了他們渴望爭奪的最高權力，堂而皇之地登上了政治舞臺，而與造反派不共戴天的保皇派則走向了分崩離析，最終樹倒猢猻散，各謀生路了。

崔永明將母親悄悄安置在了沒有受到衝擊的小姨家，自己一個人走向了亡命之路。那時他的父親還關押在牛棚裡，生死未卜，他孤身一人扒火車去了農場，投奔了同學何江南所在的建設兵團，一待就是二年多，他甚至逐漸適應了日出而作、日落而息的農耕生活，內心卻孤苦無告。

九

一九七〇年底，崔永明和何江南聽說許多幹部子弟通過父輩的關係，紛紛準備當兵，喚醒了他們幾近寂滅的理想。他倆經過一番認真地討論後，決定孤注一擲，直奔榕州軍區，找父親的戰友申請當兵。這是他們那時所能看到的唯一的出路，決心拚死一搏，即使不成，至多不過從此浪跡天涯。他們再也不想重新回到了農場了，這種漫無盡期的煎熬已讓他們忍無可忍。

在一個薄霧繚繞、晨光熹微的清晨，他們悄然上路了，沒有跟任何人打聲招呼。那時他們還不知道等待他們的未來將會是一種什麼樣的命運，但他們已然義無反顧了，即便是一條不歸路，也絕不想再回頭了，大有一種壯士一去不復返的悲情。

但他們萬萬沒有想到的是，居然會在這座海濱城市與蕭向華再度重逢，多少年來積蓄在心頭的怒火與仇恨終於爆發了出來。

可是事後，當他看著蕭向華漸行漸遠的背影時，忽然動了惻隱之心，有了一份自責。他開始後悔了。他現在覺得發生在一九六六年的那個夏天的事件並不能全怪罪蕭向華。我們大家都瘋了，他想，我們那時似乎被一股不可知的力量所驅使，不顧一切地衝鋒陷陣，搖旗吶喊，以此來表達對偉大領袖的赤膽忠心，可為什麼現在回首當年，一切又顯得那麼地荒誕不經呢？

歲月的流逝，似乎可以平復許多夢魘般的前塵往事，一如他與蕭向華曾經發生過的一切，此時此刻，蕭向華遠去的背影，讓他感到了無言的憂傷與悲苦。於是他突然決定放棄前嫌將他追趕回來，他覺得他們之間必須澈底了斷那一段已然隱沒在歲月中的恩怨情仇。

「我們坐在火車站外的馬路沿上聊了很久。」接著，蕭向華接過崔永明的話頭，動情地說：「從我們共同在幼稚園時聊起，一直聊到了我們雙方都不願再去觸碰的一九六六年的那個夏天。」

蕭向華停下不說了，緩緩地環視了一下周圍，發現大家都在屏息靜氣地聆聽，他輕嘆了一口長氣。那是一種怎樣的瘋狂呵！他想，我們那時似乎都失去了理智！只覺得在做一件正確的選擇，以為那樣做才是堅定地捍衛毛主席的革命路線，可是時過境遷，他又感到了困惑與迷惘。

在經歷了幾次烽火連天的槍戰之後，他看到了許多戰友倒下了血泊中，血腥的事實讓他的內心深處突然萌生了一絲疑問——他不明白事情的發展為什麼竟會演變成如此嚴重的可怕程度，過去朝夕相處的同學成了水火不容的仇敵，而許多革命前輩則不堪忍受折磨自殺身亡，有的則是被造反派毆打致死。最終促使他徹底脫離紛紛擾擾是非之爭的原因，是母親的自殺。

那是一個繁星滿天的深夜，他正在郊區準備投入一場兵戈相見的戰鬥，雙方都動用了重型武器，為的是拿下一座被保皇派盤據的郊區重鎮。半夜，他被人緊急叫醒，說他家出大事了。他從來人緊張的臉上看出了一絲不祥之兆，急忙站起，開著一輛搶來的大卡車疾奔省城。等他到達家中時，才知道母親已自縊身亡，而父親，還關押在牛棚中一無所知。他感到了天旋地轉，一時間大腦處在了休克狀態。母親只留下了一張字條，上面寫著：

> 我的孩子，媽媽要走了，媽媽最後想告訴你，你爸爸是個好人，他一輩子都在忠誠於他所信仰的共產主義理想，你要相信你爸爸！
>
> 一定要記住媽媽的話，我的好孩子。

他從簡短的字裡行間，感受到了母親臨死前的怨懣，以及對他的寄望，他突然覺得他所秉持的信仰，正在急速坍塌，化為紛紛墜落的碎片。他開始了號啕大哭。

直到這時，他才意識到了他辜負了父母的養育之恩，他知道母親是因為父親生死未卜、音訊全無，兒子又在這時大義滅親而失去了生活的希望，最終迫使她走上了絕路。那一刻，他感到了母親的死他是負有責任的，甚至覺得是他親手殺死了自己的母親。那天晚上，他亦萌動了一死了之的念頭。

但他想起了父親，心中又湧起了一股巨大的愧疚。他能這麼自私地離去，從此將父親一人孤苦伶仃地拋在世上嗎？父親如果知道了母親的死訊，一定會難以承受這一突如其來的打擊的，他不能再讓父親雪上加霜。但他仍不敢去面見父親，他怕父親一旦問起母親來時將無顏以對。

從那天起，他脫離了造反派的隊伍，同時，他利用了以前的造反派身分偷偷地去看望了一次父親。

那是一個烈日炎炎的下午，他來到了關押父親的牛棚外，看見了父親與許多老人在一起，胸前掛著「叛徒」、「走資派」、「歷史反革命」的大牌子在接受勞動改造。他沒敢太走近，只是遠遠地看著，父親憔悴蒼老的面孔給他留下了至深的印象，他藏在一邊默默地流淚，心中掠過了一絲難言的淒苦。

在火車站外的馬路沿上，蕭向華與崔永明各自述說了他們分別後的經歷，最後蕭向華說：「永明，我現在真的不知道什麼是對，什麼是錯了，為什麼會變成這樣，為什麼？」

而當時的崔永明亦一臉的茫然。

「自從我們決裂後，發生在蕭向華身上的一切是我所不知道的。」崔永明說，「他沒有告訴我們同學中的任何一人，就突然消失了，沒人知道他此後的消息，坦率地說，我曾經有一度以為他會戰死在炮火紛飛的槍林彈雨中，那一段時間發生的槍戰太多了，我們身邊都有許多同學倒下，現在想來我是幸運的，最終還是撿了一條命回來，這才有了我與向華的今天的重逢。」崔永明說。「坐在馬路沿上我們聊了很多，直到天黑了我們還渾然不覺，覺得可以就這麼沒完沒了地聊下去。我們也說起了許多難以忘懷的往事。」最後我說：「向華，或許我們當時都錯了？」

「我們就這麼聊著，忘記了時間，也忘記了我們之間曾發生的痛苦往事，好像橫亙在我們間的那段不堪回首的歲月，突然消隱了，我們如同又回到了從前——從前我們在一起的時候。」蕭向華動情地說。

這時班長帶頭鼓起了掌來，先是單調地啪啪拍了兩下手，一邊拍一邊把腦袋轉向眾人，接著，又使勁地拍了起來，神情激動。大家都受到了崔永明與蕭向華的感染，還沉浸在他們講述的故事中，班長發出的掌聲將大家又帶回了現實中，意識被喚醒了，追隨著班長的掌聲，大家也熱烈地響應了起來。蕭向華淚流滿面，埋下了頭，肩膀不時地抽動著，然後霍地站了起來，伸出手臂抹了一把淚，向大家深深地鞠了一躬。

第四章 × 懵懂而惶惑的若若

「現在想想，那天當兵的感覺真像是做了一個夢！我們一行八人一塊入伍的，你還記得嗎？」崔永明問。

若若的腦海裡還在翻江倒海地回憶著過往的歲月，回憶著他們當兵的那一天，但他什麼也沒說，忽然有些惆悵。他還在靜靜地觀海，那個如同絲綢一般，沿著天際線鋪展開來的遼闊的蔚藍色的大海。

「一晃都到了懷舊的年齡了，真不敢相信時間竟會過得這麼快，我怎麼覺得那些事就像發生在昨天呢？」若若自言自語地說。

「我老了，你還行！」崔永明說，他掏出了一支煙，點上，像是突然想起了什麼，「喏，來一支？」若若怔了一下。從崔永明的煙盒裡摸出了一支煙。崔永明又一次點燃了打火機。若若探過身將煙頭點著了。「我早就戒煙了。」他抽了一口說，「但今天很想抽一支。」他狠狠地吸了一口，結果被嗆了一下，大聲地咳了起來。

「不至於吧，好久沒抽也不至於被嗆到吧？」崔永明樂了，逗趣地說。

若若偏臉看了他一眼。崔永明正微笑地瞅著他。他真是老了！若若想，臉上皺紋密布，頭髮稀疏而蒼然，他努力地想從這張臉上搜尋出崔永明當年的模樣，當年的那個張年輕的面孔。崔永明的臉，倏忽間在他的眼前虛化了起來，開始變得模糊、朦朧，那個當年的年輕的面影躍然欲出了。

「怎麼啦？」崔永明問。

「什麼？」

「你為什麼用這種眼神看著我？」崔永明盯著若若納悶地說。

「唔。」若若輕搖了一下頭，不自然地笑笑。「我在回想你當年的那副模樣。」若若說。

崔永明大笑了起來，驀然間也被嗆了一口，大聲地咳了起來，咳得眼淚都出來了。「別提當年了，好漢不提當年勇。」他說。這時他停止了咳嗽，眼神呆滯了一下，「現在想想那時的我們其實挺傻的，對嗎？做了那麼多傻事渾事！唉，但青春是美好的，也是殘酷的！」他說，有一絲感慨駐留在他的臉上。

「你還記得我們集體向班長請假，要求去市裡拍當張當兵的照片寄回家的事嗎？記得嗎？」若若忽然問。

「記得。」崔永明說，笑了一下，但很快又變得嚴肅了起來，像是沉浸在了回憶中。「你可能忘了，那天晚上請假前，並沒有給我們發軍裝。」

二

若若當然不會忘記，入住軍營幾天了，還沒有穿上軍裝，他們個個望穿秋水。可好些天過去了，仍一點動靜也沒有，只是每天天色還濛濛亮時，被班長的哨聲叫醒，跑步出早操。

第一次出早操時，他們幾個人勉強地睜著一雙滴哩耷拉惺忪的睡眼，在班長的喝斥下夢遊似地列隊站好，但站得東倒西歪。班長怒了，突然伸出有力的手臂，抓住他們幾個人的雙肩猛烈地搖晃。

「你們還像個軍人嗎？連個站相都沒有，給我通通站直了。」

若若被班長搖得渾身一激靈，澈底醒過來了，這才感到了冷，真冷，遠處刮來的海風呼呼地吹著，天沒亮透，東方露出了些微的魚肚白，整個大地還陷在一片沉寂中，難言的孤寂感忽然湧上了他的心頭。他想起了父母，想起了待在他們身邊時的溫暖，可那時他還沒有懂得珍惜這種溫暖，只有在此時，在這樣的一個時刻，他才感受到那種溫暖是多麼地讓他懷念。他心裡又升起了一絲茫然，他對自己草率決定當兵的念頭開始動搖了。

為什麼，為什麼就那麼固執地要離開父母的身邊呢？他又一次想起了母親有一天勸他放棄當兵的念頭時說過的一句話：「有一天你會後悔的，你其實應當留在父母身邊。」他記得他當時理直氣壯地反駁說：「不，我絕不會後悔！」

可他現在真的有些後悔了，這麼早就被人喊起，而且班長的那張兇巴巴的面孔讓他感了緊張，還有他發出的刺耳的聲音都會令他不寒而慄，他感到了惶惑。

當班長依序搖到了站在頭一個的蕭向華時，他下意識伸出的手臂在空中戛然而止，有些發愣。晨光的映照下，一雙炯炯有神的眼睛正盯著他，身子板卻筆直地一動不動，臉上透出一股剛毅。

班長似乎想再說點什麼，但最終放棄了，他返過身邁了幾步，再轉身嚴肅地看向隊伍。「都站好了。」他大聲說。但他萬萬沒有想到的是，他的話音剛剛落下，一個聲音緊跟著響起了，而且中氣十足：「請問，你覺得你現在有資格領導我們嗎？你有什麼權力讓我們聽從你的命令？」

「崔永明，出列。」班長喊道。

若若覺得空氣中霎時充滿了一股濃烈的火藥味，隨時可能發生爆炸，他不知道崔永明為什麼在這個節骨眼上發問。他怎麼了？若若想。

「你剛才說什麼？」班長厲聲問。

崔永明發出一聲冷笑，吊兒郎當地站著沒動，晃著肩，一副無所謂的樣子：「我在說你沒資格命令我們，憑什麼你一大早把我們都喊醒，你不覺得你太過分了嗎？」說完，目光咄咄地射向班長。

「你……你什麼意思？」班長顯然被崔永明突如其來的質問給說懵了，嘴唇發著抖，說話都變得不那麼俐落了。

「就這個意思，你沒聽明白？還要我再重複一遍？」

「我是你們的班長，我可以命令你們執行我的指示。」班長提高嗓門吼了一聲，這時的他，顯然回過味來了，試圖恢復他的權威，將崔永明的囂張氣焰打壓下去。可他很快發現還是失敗了。

「你錯了。」崔永明嘻笑地說，「你還真沒有這個權力。」

「你憑什麼說我沒有？」班長問。

「你在命令誰？」

「誰？當然是你們。」

「你們是誰？」

有人噗哧一聲笑出了聲。

「誰在笑，誰？」

班長惱羞成怒了，他把目光轉向站成一排的隊伍。「誰在笑？」他又吼了一聲，「王若若。」

若若鬆垮的身子立馬挺直了一下，「我在。」他緊張地說，「剛才不是我在笑，班長。」這一下幾乎所有的人都樂了，笑成一片。

「都不准笑。」班長開始大喊大叫。「王若若，你剛才是怎麼回答我的？」

「我？」若若想了想，「我說我在呀。」

「錯了。」班長掃視了隊伍了眼，班長喊你們時，你們必須回答：「到！這是部隊的規矩，記住了嗎？」

「記住了！」大家齊聲說，只有崔永明一人沒有回答，他在一旁發出冷笑。

「王若若。」班長又喊了一聲。

「我在。」若若立即回答，剛一脫口才發現，因為緊張又答錯了，在一片放肆的笑聲中趕緊改口：「到！」

「其實你沒有必要回答他的話，他還沒有權力要求你回答。」崔永明懶洋洋地說。

「你給我站出列。」班長忍無可忍了。

「如果不站出來呢？」崔永明嘻皮笑臉地反問。

「那你說出你的理由。」班長的臉漲得通紅，幾近青紫，拚命控制著情緒而不至於讓自己大光其火。

「我想問問你，在我們這群人中，誰穿了軍裝？」崔永明目光犀利地問。

「我。」班長說。

「那我們穿的是什麼？」

班長啞然了。顯然，他一開始還覺得崔永明提出的問題有點沒頭沒腦，所以回答得挺爽快，可一旦崔永明進一步質問時，他一下子不知該怎麼回答了，他愣神地站在那，一時無語。

「那好，我來告訴你，我們都來了幾天了，可仍然沒穿上軍裝，從這個意義上說，我們還是個普通百姓，你不覺得你現在還沒有權力來要求我們做什麼嗎？我們不是一名正規軍人。所以我說，你沒有這個權力，你有權力命令你自己，因為就你一人穿著軍裝，但沒權力命令我們，你明白了嗎？」崔永明換一副傲慢的微笑說。

「可你們現在已經是軍人了，是軍人就要服從命令。」班長大聲說。

「那是你一人在說，沒穿軍裝，就不能證明我們是軍人，這不是天經地義的嗎？一大早把我們都從夢中喊起出操，還口口聲聲要命令我們，你好意思嗎？」崔永明不依不饒地質問。

班長被澈底問傻了，呆了一會兒，一副理屈詞窮的樣子，又有點氣急敗壞，臉色憋得更加紅了。

「解散。」他突然高喊了一聲。大家哄地發出一聲歡呼，簇擁著崔永明向宿舍走去，覺得此時此刻的他，就像是一位從戰場上凱旋歸來的大英雄，說了大家想說但沒人敢說的話。

三

當天晚上，班長出現在了他們住下的那間空曠的宿舍裡，在此前，一天沒見他的蹤影。進來時他顯得多少有些尷尬和拘謹，與曾經的他判若兩人。大家瞅著他進來沒一人站起，都還盤腳坐在自己的大通鋪上繼續聊天。

「首長來看望大家了。」班長說，口氣是平和的，「全體起立。」

大家坐著沒動，不約而同地將目光投向崔永明，似乎在等待著他發出的命令。崔永明低下頭猶豫了一小會兒，然後抬起臉看了一眼班長，緩緩站起，彼時，他並沒有招呼任何人，可所有的人都不約而同地隨著他站起了身。

從門外閃進了一胖一瘦的兩位首長模樣的人，臉上透著慈祥寬厚的微笑，後面還跟著幾位年輕幹部。班長立正，向他們行了一個軍禮：「首長好！」班長說。兩位首長還了一個軍禮，微微地點了點頭。班長放下了手臂，轉身衝著大夥又喊了聲：「全體立正！」瘦一點的首長抬起雙臂往下壓了壓，說：「不必了，都坐下吧，我們是來看望大家的。」

大家還是站著沒動，等到首長來到他們中間率先坐下後，才跟著一個個圍成一圈地坐下了。緊接著，班長向大家介紹說，瘦點的首長是政委，而胖點的那位是支隊長。

「聽說你們鬧了點小情緒？」政委樂呵呵地先開了口，他輕鬆的態度化解了還瀰漫在空氣中的緊張氣氛，所有人都鬆了一口氣，感到了政委的口氣就像是他們的父輩。政委接著告訴大家，有情緒，有意見，都很正常，「因為你們都是在幹部家庭中長大的，從小就沒經受過這樣的考驗。」政委還說，你們這些不遠萬里來到這裡的孩子都是我們自己的子弟兵，而且是由軍區首長介紹來的，因此我們對於你們的成長更負有一份責任。「鬧點小脾氣沒關係。」政委微笑地說，「慢慢習慣就好了，你說對不對？」說著，政委轉過頭對著班長說。班長尷尬地點了點頭：「是，首長。」

「我們也不都是嬌生慣養長大的，怎麼說也出來闖蕩過一段日子了。」忽然有人說。若若瞥了一眼，是崔永明。

「你叫什麼？」政委問。

「崔永明。」

政委樂了。「我知道你，你是臨時申請跑來的吧，據說不讓你來我們支隊你還鬧了點小脾氣？最後還讓軍區首長出面為你說情，可人來了又鬧出了點故事，還跟班長頂撞過，是這樣嗎？」

「是的，政委，但都是有原因的。」

「我已經大致知道一些了。」政委說，「有些恩怨就讓它過去吧，現在你們是在一個大家庭裡，是朝夕相處的戰友了，要講團結友愛，我相信你能做到。」

「政委，您說我們這些人是戰友了，可您看我們……」崔永明欲言又止。

「『我們』什麼？」政委故意問。

若若當然知道崔永明那句未完的問話指的是什麼。沒說話的戰友，這時神經一下子又繃緊了。

「怎麼，上午還在嚷嚷，到了晚上就沒勇氣再說啦？情況我和支隊長都知道了，這也是我們倆來看望你們的原因。沒穿上軍裝不等於你們不是軍人，從你們進入這座營房開始就代表著你們成為了我們偵察支隊中的一員……」

「偵察支隊？」大家不約而同地發出一聲驚呼。

「是的，你們來之前，可能有人已經知道了我們是一個保密單位，但究竟是什麼性質？恐怕你們並不知道。」

一直沒說話的支隊長開口了，「我們是大軍區情報部的技術偵察支隊，這是部隊的全稱，對外，番號叫一二〇支隊，我們支隊的什麼是負責監聽敵人的情報，但這需要保密，本來這些部隊的工作情況應當在你們新兵訓練結束後再宣布，可你們這些孩子是我們的子弟兵呀，索性就先告訴你們吧，但你們要守口如瓶，這是紀律，軍隊有軍隊的保密守則，你們聽明白了嗎？」

「聽明白了。」大家異口同聲地說，心情激動，他們萬萬沒想到居然當的是這麼一個充滿神祕色彩的兵種，一個個摩拳擦掌，躍躍欲試了。

「至於軍裝的事。」政委嚴肅地掃視了大家一眼，「我和支隊長研究了一下，這個還是由支隊長來向大家宣布吧。」

「支隊黨委經過認真研究，決定給你們這八個人先配發軍裝，你們要知道這可是破了先例的，再過幾天，還有一批從各野戰部隊挑選出的新兵也要來支隊報到了，按說你們是要等到他們來後一起發放軍裝的，但我們考慮到你們的迫切心情，就決定先發你們了。」

大家激動地鼓起了掌來。

政委最後說，「你們還是要先謝謝你們的好班長吧，是他來找我們反映了情況，而且也是他提出要先滿足你們的願望。」

崔永明當即站起了身，走到班長面前，一個標準的立正後，大聲說：「敬禮，班長，戰士崔永明正式向你道歉。」

「你既沒穿軍裝，又沒戴軍帽，這個敬禮算個什麼禮呀？」班長也站起了身，帶著一絲調侃的口氣說。大家都樂了。班長握了握崔永明的手：「好了，上午的事都過去了，我們以後還要朝夕相處地渡過一段時間呢，我得先謝謝你們支援我的工作，以後我還會對你們嚴格要求，但你們要記住，這是為了你們好，一個合格的戰士就是這麼訓練出來的。」

崔永明臉上浮現出一股莊嚴之色，顯得分外激動，他突然轉過身來面對大家：「戰友們，我們集體起立。」

所有人都站了起來，納悶地望向他。

「班長，請你檢閱我們這些新兵。」

在崔永明的招呼下，大家排成了一行，崔永明站在了頭一個。待大家站好後，崔永明向前半步，又高呼一聲：「向班長——敬禮！」大家齊刷刷地敬了一個軍禮。班長的眼睛濕潤了，將一直拿在手中的軍帽戴好，又正了正身上的軍裝，像是在鎮靜激動的情緒，然後一個立正，腰板挺直地回了一個莊嚴的軍禮。

政委和支隊長也站起了身。

班長高喊一聲：「全體立正，敬禮！」

「一會兒會有後勤人員來給你們發放軍裝，明天是星期天了，我和支隊長商量了一下，批准你們放一天假，派個車送你們進城，你們可以去市區照張相，給父母寄去，省得他們掛念。」政委說。

「好，解散。」支隊長忽然幽默般地宣布了一聲。

這下大家像炸了鍋似地歡呼了起來，相互擁抱著，崔永明大步走到蕭向華身邊，在他的肩上使勁地拍了拍，蕭向華熱淚盈眶，緊緊地抱了一下崔永明：「好兄弟，我……」

「別，什麼也別說了，都放在心裡吧，我們重新開始！」說完，崔永明將何江南喚了過來。「江南。」崔永明說，「來，我們三個人擁抱一下，過去的歷史在今天宣告結束，從現在開始，我們已是戰友加同志，把過去的事都忘了吧。」

何江南似乎還在猶豫著，有些彆扭，但被崔永明一把拽了過來，並把他推向了蕭向華。兩人目光對視了一下。蕭向華衝著何江南笑了笑：「你不想認我為戰友嗎？」

一張臉繃得緊緊的何江南變得不好意思了。「不。」他大聲說，將蕭向華一把抱住，並在他的後背使勁地拍了拍。

一言難盡了。

崔永明亦上前與他們倆擁抱在了一起，在場的人被感動了。響起了掌聲。那是班長在鼓掌，若若也跟著拚命鼓了起來，這種場面在他看來是那麼地激動人心，他仍能想起他們三人在招待所裡發生的觸目驚心的一幕，現在一切都煙消雲散了，這讓他感到了喜悅。

「新兵班的全體戰士列隊。」班長高喊一聲。

若若他們迅速重新地排列成行，等待班長發布的命令，表情莊嚴，就像要奔赴炮火紛飛的戰場。班長嚴峻的目光掃視了大家一眼，然後雙拳提至腰間，先是一個立正，再變成小跑，在政委與支隊長面前站定：「新兵班八人列隊完畢，請首長檢閱。」說完，班長向首長敬了一個軍禮。兩位首長點了點頭，這時他們的表情亦是嚴肅的，透出一股軍人的威嚴，緩步來到佇列前面，從他們的臉上一一掃過。

班長又高喊了一聲：「全體士兵立正，向支隊長、政委敬禮！」

四

天剛破曉若若就醒了，腦海中還充滿著昨天記憶的映射。

他基本上一夜未眠，在地鋪上輾轉反側的似睡非睡，濃重的暗夜中他能清晰地聽到，從隔壁的鋪位上傳來的粗重的鼾聲和有人在夢中發出的囈語。

昨晚，首長走後不久，後勤處的幾位助理員就扛來了幾大包軍服，當他們出現在房間時，若若靈敏的鼻子迅速嗅到了從厚重的大包裡散發出的一陣陣特別的味道，這股瀰漫在空氣中的味道，深深地嵌入了他的大腦，凝成了令他欣喜若狂的味蕾，他難以想像幾天之內，就從一個普通的百姓身分，轉化為一名夢寐以求的解放軍戰士，給予了他以一種亦真亦幻的感覺。

這都是真的嗎？為什麼竟像在經歷著一場夢境呢？

在助理員們的招呼下，所有的人都擁了上去，幫著拆解深綠色的大包。包裹被打開了，那種味道，那種令若若陶醉的味道，更強烈地向著他撲面而來。

「你還記得我們第一天穿上軍裝的感覺嗎？」若若問。

「當然記得，你怎麼問起這個來了？」崔永明先是一怔，想了想，笑了：「若若，你是不是又在懷舊啦？」

「沒想到那一天會那麼深刻地楔入我的記憶，而我最能憶起的還是那種味道。」若若說。

「味道？」

他們現在坐在海邊鬆軟的沙灘上，眺望著奔騰不息的海洋，浪花在他們的腳下濺擊開來，發出一陣陣嘩啦啦的喧響，如同一支悅耳動聽的樂曲。

「軍服中散發出的味道。」若若若有所思地說。

「軍服的味道？」崔永明又一次地迷糊了，不解地搖了搖頭，也在記憶中追尋若若所說的那種味道，一無所獲。「我一點印象都沒有。」他說，「沒有，我沒有留下那種記憶，還有你說的那種味道。」

「我有。」若若說，「每當我想起當兵的那一天時，記憶中就會浮現出那種奇異的味道。」

「奇怪的記憶！」

「是的，有點奇怪，記憶有時竟與味覺聯繫在了一起，以致讓我刻骨銘心。」

退下的海浪，又一次捲著浪花，爭先恐後撒著歡，撲了上來，打濕了他們的腳，他們渾然不覺，無聲地沉浸在了久遠的回憶中……

支隊部調派了一輛中吉普，專門為了送他們進城拍照，說是怕他們第一次進城不熟悉地況走失了。事先，班長還讓他們自願組成了兩個分頭行動的小組。崔永明讓若若跟著他，何江南更不用說了，他從來都是步步緊隨崔永明的，只有蕭向華一人孤零零地被撂下了，他沒有加入任何小分隊，默默地坐在一邊，好像這裡發生的事與己無關似的。

「向華。」

「嗯。」聽到崔永明喚他，他抬起了臉，看不出任何表情，顯得有些疏離。他瞅著崔永明。

「跟我們走。」崔永明說。

「我？」

「當然。」崔永明說。說完，他笑了一下，「是我們一起走。」崔永明大大咧咧地又補充了一句。

蕭向華的臉上飄過了一絲迷茫，很快又轉化為感動。他嘴唇抖嗦了一下，似乎努力想說些什麼，但終究沒說出口，只是低下了頭來，微微地搖了搖頭。他的心裡悄然地滑過了一絲悵惘，他一時間還不能適應他與崔永明的重新恢復的友情，畢竟他們疏遠的時間太久了，久得就像上一個來世時發生過的故事，況且他心中還糾結著這麼多的悔恨與愧疚，崔永明表示出的那份真誠，讓他一時還無法承受。

「不用了。」蕭向華說輕聲說，「我就不去了，你們去吧。」

「蕭向華。」突然傳來班長的一聲斷喝。

「到！」蕭向華神色一凜，揚起了臉。

「這是班裡的集體行動，你也必須執行，聽到了嗎？」

「是，班長，我執行命令。」蕭向華提高了嗓門大聲地回應了一句。

班長很快給每支小分隊指派了一名臨時負責人，崔永明自然是若若這支小分隊的頭兒。隨後，班長轉過臉來問蕭向華，「你準備加入哪支小分隊呀？」蕭向華怔仲了一會兒。

「他跟我們走。」崔永明說。現在的他，忽然對蕭向華深懷一份愧疚了，不知為什麼，看著落寞的蕭向華心裡有些難受，但他什麼也沒說，他只是在再一次誠懇地向他發出邀請。

蕭向華點了點頭。

「下午四點正，所有的人，必須在市內南門兜的榕樹下集合，坐車返回營房，任何人都不允許遲到，各小分隊的小組長負責監督執行，聽清楚了嗎？」出發前，班長嚴厲地說。

五

中型吉普沿著彎彎曲曲的，由鵝卵石鋪設的小道一路進發，若若在恍惚中又一次地想起了姐姐。他不知道此時身在榕州軍區總醫院的姐姐的具體位置，也不知道姐姐正在忙些什麼。

自從那天與姐姐揮手告別後，他再也沒有見過姐姐，姐姐也沒和他聯繫過了。姐姐知道我當上兵了嗎？他心裡自問道，如果姐姐知道了一定會為我高興的。可是他卻沒有機會告訴姐姐。

若若望了一眼隨車而行的幾位戰友，青澀的臉頰上浮現著難以遮掩的興奮和激動，那是因了大家終於穿上了草綠色的軍裝，還配戴著耀眼、鮮紅的帽徽和領章。只有蕭向華一人沉著臉，若有所思地坐著，臉上沒有表情，似乎在神遊天外，其他人都在嘰嘰咕咕地聊著閒語碎語，好像在好奇地彼此打聽各自的家世，和當兵前所居住的城市，聽下來大家確實是來自五湖四海。

若若一邊聽著一邊遐想，他們父輩文革前的職務都挺高（大多數沒有獲得「解放」，還處在「靠邊站」或下放的狀態中，關於這一點與若若母親的處境相似），相比之下，若若甚至不敢在他們面前妄稱「子弟」了。他又一次地感到了自慚形穢。

真是一個好天，陽光穿透了雲層，亮出了一張金燦燦的大臉龐，懸掛在遙遠的東方。吉普車在起伏的小路上搖搖晃晃地顛簸著。耀眼明媚的光線，像一道道染了色的油彩，恣意地潑灑在明晃晃的路面上，從遼遠的海岸線上吹來的輕風，猶如海浪般一波波地吹拂在若若的臉上，空氣中還散發著一股鹹腥的味道，這味道喚醒了他儲存的記憶，恍若自己在童年時品嘗過這種奇異的味道，但意識又是朦朦朧朧的，有一種似有若無的恍惚。記憶就像被海風的鹹腥味過濾了一般，一旦欲意追尋，又是徒勞無獲的。

若若的姐姐王群，在那個薄霧繚繞的清晨，往軍區招待所偷偷地打過一個電話找若若，之所以說是「偷偷」，是因了科室的規定：沒有特殊情況，不允許使用醫院內部的軍線撥打私人電話，要打也須向科室領導請示彙報。其實這個規定也並不是那麼的被嚴格執行，只不過她初來乍到，生怕讓人知道了印象不好。作為一名科室的新人，她自知做事還須謹慎一些為好。

所以那天她一大早就趕來上班了。醫生辦公室還沒人，靜悄悄的，她心情緊張地掛通了招待所的電話，可沒想到對方告她住在這裡的那撥人全撤了：「聽說當兵去了。」對方告訴她說。王群心裡感到了驚喜。弟弟一定會高興的，她想，這是她腦海中掠過的第一個念頭。她放下了電話，本想立即給李叔叔再掛一個，表示一下感謝，但時間太早了，她怕影響了李叔叔的休息。她坐著發了一會兒呆，這才想起這裡是醫生辦公室，不能久留，省得被人發現了，便急急地躥出了醫生辦公室，回到了護士室開始打掃衛生。

來到軍區總院有些日子了，她延續了過去在野戰醫院時的工作作風，總是比別人更早地來到班上，將辦公室仔細地清掃一遍，並將每個暖水瓶灌滿開水，然後再提前做好護理工作的準備事項，等待上班的主治醫生帶人查訪病房。

王群所處的科室，是軍區總院所屬的高幹病房，她到總院報到時可沒料到會分配在這麼好的科室，這是她做夢也不可能想到的，而且報到那天居然由院長親自找她談話。她還記得身子有些佝僂、個頭不高、膚色黝黑、臉上滿是皺褶的李院長，操著的那口濃重的膠東口音，這口音讓她感到了親切，因為她的父母也是山東膠東人，口音與院長相似。

「你爸爸媽媽也是我們膠東人？」

這是李院長樂呵呵地招呼她坐下後，開口說出的第一句話。她一怔，覺得有些意外。她首先想到了的是院長怎麼可能知道自己父母的家鄉呢？她感到了蹊蹺，或許是自己臉上的表情無意中洩露了什麼？院長樂了：「你的檔案裡都有呀。」院長說出這句話時還有些頑童式的俏皮，眉心一聳，臉上的褶子像朵花兒似地盛開了。她一下子覺得放鬆了，覺得老院長給予了她一種慈父般的親切和溫暖。

「我知道你父母也是三十一軍出來的，所以說起來我們還是戰友呢？你劉阿姨還和你媽媽在戰爭年代共過事，你媽媽是不是叫李淑生呀。」

「劉阿姨？」王群先是點了點頭，然後訝異地反問了一句。

「哦，就是我們家的那位，以後你會見到她的，沒想到吧？連我都沒想到。」李院長笑眯眯地說。

王群感覺怪怪的，一位在她看來高高在上、令人敬畏的李院長，居然跟她聊起了家常，而且他的愛人還和自己的母親是戰友？這也太過於奇幻了，莫非就是因了這層關係才將她調入了總院？但看上去又不太像。那種夢境般的感覺變得更加強烈了——這一切都是真的嗎？暫態的恍惚，意識便有了些抽離。

「你在想什麼？」李院長忽然問，剛才還在微笑的表情收斂了起來，變得有些嚴肅了。王群發現，院長一旦嚴肅起來還是有點嚇人的。

「對不起李院長，我……」

「沒什麼。」李院長大幅度地擺動了一下手臂，又轉為微笑，「你初來乍到，別緊張，院部研究了一下，決定讓你去內三科。」

當時的王群還不清楚內三科究竟是做什麼的。在她的概念裡，不過是一個內科門類的具體劃分，就像她在野戰醫院那般，只是總醫院看起來專科劃分得更細緻一些而已，以致多出了一個科室。她曾經待過的野戰醫院可沒這麼一個所謂的內三科呢。

「內三科是高幹病房，所以你們的工作要格外認真，能分到這個科室人都要經過院黨委的嚴格審核。」過了一會兒，院長認真地說。

王群又是一凜，忽然感到了不堪承受之重，她沒想到剛來就分到了這麼一個任務艱巨的科室，這讓她太意外了！

「我……我……」

「怎麼，怕擔子重？這才是鍛鍊人呢。」院長笑說，「別擔心，你只要認真工作就好了，院領導相信你。」院長加重了語氣說。

王群接下來不知道該說些什麼了。在她看來，李院長的關心就像自己是一個多麼重要的人物似的，完全不像位高權重的院長與一名普通的小小護理員的談話，更像是一次隨意的談天說地，而且李院長偶爾投向她的目光亦顯得怪兮兮的——有點兒審視，又像是在小心地探究與觀察。

這是怎麼回事？她有些迷糊了。

六

若若一行是在榕州市南門兜的那棵榕樹邊下車的，時針指向上午九點四十分。下了車後，他們一行八人自動分成了兩撥各奔東西。若若按照事先的約定跟隨崔永明、蕭向華與何江南，他們幾人都是來自江西的「子弟」，亦算是老鄉了。

很快就來到了座落在榕州最繁華地段的「光明照相館」。

若若已然記不太清照相館的原貌了，但他印象最深的是崔永明在照相師的招呼下，率先大大咧咧地坐在了白色幕布前方的一張木椅上。坐上時，他還像個喜劇演員似地衝著鏡頭眨巴了幾下眼睛。照相師大聲地嚷嚷了一句什麼，若若沒聽清，崔永明的表情迅速收斂了，還正了正衣襟和軍帽，又一次看向鏡頭，只是這一次的臉上多了份莊嚴感。鎂光燈耀眼地閃了一下，隨即傳出了「啵」的一聲微響。

「好了，再換一人。」照相師一邊從三角架支起的照相機裡取出了一物件，在手中搗弄著，一邊頭也不抬地大聲喊道。

「若若，你去。」蕭向華俯在若若的耳邊輕聲說。

若若沒動。「你先去。」若若說，側臉看向蕭向華。

蕭向華神色凝重，一副心事重重的樣子。「你去吧。」若若又說了一聲，推了推蕭向華，催促著他。

蕭向華呆呆地站著，好像沒有感覺。這時若若彷彿聽到了蕭向華小聲地嘀咕了一句：「可惜媽媽看不到我當兵的照片了！」

若若心跟著一沉。他覺得此時此刻理解與他並肩而立的蕭向華了，感受到了縈繞在他心中的那份苦澀與悔恨，剎那間亦明白了為什麼在蕭向華的臉上總是若隱若顯地浮現著恍惚與凝重。若若想起了前一天蕭向華向大家講述的那個關於他個人經歷的故事。他在懷念逝世的母親，心懷悔恨。

「誰接著來？」傳來崔永明的一聲大喊。若若一驚，從沉思中回過神來，這時何江南回應了一聲：「我來。」

輪到若若坐在照相椅上了時，他感到了一陣彆扭，他注意到戰友們正瞧向他，他甚至覺得崔永明覷著他的眼神有點不懷好意。「帽子，帽子！」他聽到蕭向華在向他喊道，他一時沒反應過來，納悶地瞅著他。蕭向華大步走了過來。若若正想起身。

「別動，坐著別動，我來幫你。」說完，蕭向華伸出手來幫著若若正了正帽簷，又退後了兩步，虛著眼看著他，微微一笑：「好了，若若。」他又大步離開了。

若若注意到，照相師在不遠的暗處，定定地看了他一眼。「別動了。」他高喊了一聲，接著一頭扎進了照相機的黑幕裡。沒過一會兒他的腦袋又出現在了若若的視線中，似乎在思索著什麼，走向側面，從一個白色的瓷盤上操起了一物件，匆匆地快步走來。照相師手裡抄著的是一個鐵夾子，若若不知道這人到底想幹嘛，有些緊張，抬起臉來盯著他看。

「你別動，看照相機。」照相師面無表情地說，閃身轉到了他的背後。若若感到自己的脖領忽然一緊，很快從前方傳來哧哧的笑聲。若若聽得出是崔永明和何江南發出的嘻笑。他有些尷尬了。而蕭向華則鼓起了掌來：「這樣很好，若若，否則你的衣領太大了，吊在脖子上，你就像是一個長頸鹿似的，別緊張，這樣挺好，你爸爸、媽媽看到這張照片一定會為你驕傲的。」蕭向華安慰他說。

若若的臉刷得一下紅了。好在有強烈照射過來的照相燈遮掩了他暫態的臉紅，不會有人真注意到他的臉紅。他知道這身軍裝穿在身上是不合體的，昨晚試穿時，就引來了戰友們的一陣哄堂大笑，他像一傻子似子站在屋子的中央，軍裝套在身上顯得晃晃蕩蕩的，袖口和褲腳還得捲上兩道，哪哪看著都顯得大得出奇，猶顯滑稽。

「對不起，助理員，還能給他換一套更小號的嗎？」當時站在哪正不知所措的若若，聽見蕭向華客氣地問了一句。他有些感動。在場的人中，只有蕭向華一人沒有加入嘲笑他的行列。

「這已經是最小號的了。」發軍裝的助理員為難地攤了攤手說，「支隊以前還真沒來過像他這個年齡的小兵，先湊合著穿吧，以後再調整。」助理員最後說。

就這樣，若若拍下了他脖頸後面帶著一個大夾子的，當兵的第一張照片，但從效果上看，那張照片上的衣領顯得大小合適，緊緊地圍著他細小的脖子轉了一圈，沒顯得那麼地下墜晃悠了。

隨後，他們一行又奔了設在南門兜的一家飯館，這是崔永明提議的，他說來榕州市前就聽人說了，南門兜的魚丸特好吃。

若若記得魚丸一碗二毛錢，他們每人要了二碗。味道鮮美，香味濃烈可口，放進嘴裡嚼著滑溜溜的，略帶著點甜膩的微腥味。一聞到魚丸香味撲鼻的氣味時，若若就感到飢腸轆轆了，他甚至能感到胃液在腸胃裡恣意地奔突，上下折騰，於是胃口大開地一口氣將一碗魚丸迅速消滅了。當他一頭熱汗地抬起臉望向其他幾人時，發現他們跟他的表現一模一樣，一碗魚丸只可憐見的只剩碗底了。崔永明用袖子抹了一把嘴，大讚魚丸的好吃：「果然名不虛傳。」他嘖聲嘆道，「今天這頓飯我請了，諸位儘管吃，不夠咱再要，咱不能顯得太小氣對不對？」他豪邁地說。

「那我還要加一碗。」何江南不失時機地說，說時，還得意地衝著若若扮了一個鬼臉。

若若注意到，不時地有人向他們所在的方向投來驚異的目光，他最初以為不過是羨慕的目光，畢竟中國人民解放軍在那個年代，是一個足以令人感到光榮和驕傲的崇高職業，別人目光中流露出的豔羨也屬正常了。後來他發現不對頭，那些目光多半是撲向自己的，有一絲好奇，又有一份隱約的疑問。我怎麼啦？若若自問，他低下頭，望瞭望這一身嶄新的一塵不染的國防綠軍裝，琢磨著。

「這還不明白？」崔永明觀察著若若，一臉壞笑，「你瞧瞧你自己，像個正經當兵的人嗎？」崔永明一邊說，一邊伸出手，在他垂吊在脖頸上的衣領往下拽了拽，「你的衣領比你脖子要大出了好幾圈，又長了一副天真的孩子樣兒，人家在懷疑你是一個冒名頂替的假兵！」說完，仰頭大笑了起來。

若若的臉紅了，火辣辣的，像燃燒了一團熾烈的炭火。若若感到了無地自容，恨不得找個地縫一頭扎進去。他能想像軍裝罩在身上，在別人看來的滑稽效果，腦海中閃現出了那位一臉嚴肅的照相師，看向他似笑非笑的表情，挾帶著一絲譏嘲。若若感到了不舒服；接下來發生的，就是冷不丁夾住他脖領的大夾子了，以及隨後傳來的嘻笑聲，尤其是崔永明的笑聲，嘹亮得像是吹響的軍號。

「沒事，若若。」蕭向華安慰地說，「永明只是在逗你玩呢，別太認真。你這樣多好呀，小小年齡就當上兵了，大家羨慕還來不及呢，好好珍惜吧。」

崔永明見大家熱火朝天地吃完了，起身去結帳。蕭向華伸手將他拽住了，「坐著，別動。」他瞥了崔永明一眼說，「不用結了，永明，我結過了。」

「不是說好了由我來結嗎？」崔永明不快地說。

「沒事的，還是由我來結吧，我們也好些年沒在一起吃了，應該我來。」

「向華……你！」

「我們是朋友，對嗎！」蕭向華微笑地說。

「敢請我這是占了向華的便宜，我還以為在白吃永明的呢，早知就不多要一碗了。」何江南用手臂抹了抹油膩的嘴角，又吐了一下舌頭，嘀咕了一聲。

「江南……」蕭向華想對何江南說句什麼。

「向華，我們不說了，我很高興我們又能重新在一起了，我剛才是說著玩的，其實……其實我很感動。」何江南說。

幾天後，洗好的照片如期而至，若若當著人面還不敢拆開看。蕭向華見他捂著沒拆信封，笑了，將自己拍下了那張照片先遞給了若若，「這有什麼，你看看我的。」他笑說。

若若瞅了他一眼，接了過來。照片中的蕭向華自有一股沉穩的英武之氣，中正莊嚴的臉上沒見一絲笑容，不知為什麼，在蕭向華不苟言笑的眉宇間隱約飄著一絲憂鬱。只是若若的一個感覺。若若什麼也沒說，隨手還給了蕭向華。「還是你照得好。」若若說。「那我看看你的？」蕭向華說，目光充滿了善意，似乎還隱著一絲安慰的意思。若若遲疑了一下，將照片袋拆封了，「我先看。」若若靦腆地說，「如果不好，不准你看。」

「行，聽你的。」蕭向華笑說，「一定會好看的，若若，要自信。」

若若背過身去，他怕別人先瞧見，他心裡沒底，不知道將要看到的，人生第一張當兵的照片，是否能令自己滿意，他心裡沒把握，便有些緊張了。

結果他忍俊不禁地笑了——照片上的那個人讓若若感到了一絲陌生，羞澀、靦腆，臉上還透著難以掩飾的孩童般的稚氣，瞪著一雙似笑非笑的眼睛，一看就在刻意尋找一種軍人的威儀，可他單純天真的眼神，還是洩露了不成熟和稚嫩。若若特別注意了一下自己的脖領，兀自咧嘴樂了，從照片上看去，軍裝滿貼身的，佩戴的紅色領章的衣領，緊緊地護著他細長的猶如長頸鹿般的脖頸，他心裡開始感激那位照相師了，甚至感恩起了那個冷不丁冒出的，夾住了他脖領的大夾子——要不是它的及時出現，拍出來的照片恐怕會不堪入目。可是要不要給別人看呢？若若想。

還處在猶豫中時，若若感覺到一個高大的身影閃現在他的面前，他沒抬頭，趕緊將照片順進了兜裡，這才仰起了腦袋。

「怎麼了，還不敢讓人看嗎？」崔永明笑說，「別藏著掖著啦，來，讓我們大夥都來瞧瞧。」若若無奈了，不情願地從兜裡摸出了照片遞給了崔永明。崔永明先是嘎嘎地發出了幾聲怪笑，笑得若若心裡直發虛。崔永明認真地看了一眼照片，又斜眼瞥了一下若若，這才讚許地點了點頭。「若若，其實你照得不錯，就是太像一個沒長大的孩子。」說著，將若若的照片又遞給了蕭向華。

「若若，真照得不錯，趕快給家裡寄去吧，讓父母放心。」蕭向華由衷地說。

照片重新回到了若若的手中，他又看了一眼，照片上的那個人表情有些僵硬，努力想發出一絲微笑，但沒成功，就這麼似是而非地定格在了這張照片上，讓他感到了些許的陌生。這是我嗎？他覺得稀奇——這個人，這個照片上的我。若若心想，他的人生，從這張照片開始將被改寫。

七

晚上九點必須熄燈睡覺，這是軍營的紀律。

九點了，燈光準時熄滅了，若若躺在床上翻來覆去地睡不著，腦海中充滿了各種紛至遝來的雜念，這些雜念又讓他猶覺已在夢中。我真的就這麼莫名其妙地當了兵？他想，一開始並沒有下定決心的，只是為了和父母賭口氣，只是覺得當兵值得榮耀，至於當兵的後果一點也沒有過多地思考過。他又想起了臨行前在火車月臺上母親叮囑他的那句話：「若若，如果你改變主意了還來得及。」但他當時表示出的意志堅定而決絕，其實心裡是茫然的。

沒有退路了，若若想，他悄悄地思念起了遠方的父母，在他們身邊時，無論做什麼事都由父母在背後支撐著自己，就像他站在了沉穩堅實的大地上，由此，自己的人生就不會出現意外的塌陷。可現在，他突然感到了沒著沒落，就像一腳踩在了鬆軟的雲層中。只能靠自己往前闖了，他想。他終於明白了在火車站與母親最後告別的那一刻，為什麼驀然間感到了茫然和惆悵，那是他潛意識裡知道了，從此將踏上一條獨自行走的人生之路，不會再有父母在一旁小心地呵護保駕護航。他想，他以後的路將無所依傍。

旁邊的鋪位傳來響亮的鼾聲，聽上去竟像一人在深夜中發出的沉重嘆息，偶爾還會捎帶幾句渾沌的夢囈。若若想起了幾天來的新兵訓練，天濛濛亮就被喚起整理內務衛生，然後出早操，練習一二一地走正步，還有稍息、立正和敬禮，都是些軍人的常規動作，反反覆複地讓他不勝其煩，但又不敢口出怨言，他開始感到了新兵生活的單調乏味。

眼皮有點澀滯了，意識亦變得朦朧了起來，思緒亦像長了翅膀似地發飄，一如斷線的風箏在空中遊弋。我想睡了，若若想，然後在不知不覺中稀哩糊塗地進入了夢鄉。

急促的哨笛聲尖銳刺耳地驟然響起，若若從夢中驀然驚醒，睜開迷糊的睡眼，一時沒明白到底發生了什麼事，只聽見那個催命鬼似的哨聲那異常激越地在空中迴盪。屋內一片漆黑，伸手不見五指，他只能隱約感覺到身邊的人在緊張地行動著，傳來一片鼠類流竄般窸窸窣窣的聲響。他還處在迷糊中，稀哩糊塗地低聲問道：「出什麼事啦？」

話音剛落，若若感到有一陣風向他猛烈地刮了過來，接著身子騰空而起：「快起來，若若，是緊急集合！」一個聲音急促地說，「快醒醒！」那人說，接著，他的臉也被那人輕拍了兩下。

他清醒了。聽出了催促的人是蕭向華。

「快穿上衣服，打背包，若若！」崔永明焦急的聲音穿透了沉沉暗夜的帷幕，向他襲來。

「不許說話！」傳來班長的訓斥聲，「緊急集合。」班長的聲音在黑咕隆咚的黑暗中響起時，顯得有些驚心動魄。若若慌了，一時間六神無主，匆匆地從枕頭旁抓起睡前放置的內衣拚命往頭上套，可怎麼也套不進，他慌得更厲害了。「幫幫我。」他發出一聲求救，一隻大手及時地伸了過來，在他頭上摸了摸，把他止在往頭上套的內衣往下拽了拽了。可還是沒套進。那人輕聲地「咦」了一聲，接著內衣被人從頭上掀起了，他聽到那人小聲嘀咕了一句：「糊塗，這是襯褲，怎麼可能套得進？」若若一驚，聽出了這人還是蕭向華。他也顧不得再說什麼了，又急慌慌地開始尋找內衣。總算套上了。來不及穿棉衣了，就開始俯身打起了背包。

「我先走了，別慌，動作快點。」說完蕭向華一躥身奔走了。若若的耳邊盡是一路小跑的聲音，說明更多的人完成了規定動作，打好了背包跑出門了。

黑暗中的若若手忙腳亂地一通折騰，那根背包帶在他的手裡就是不聽使喚，事先訓練過的規定動作全亂套了，他已明顯地感覺到屋裡再沒別人了，只剩他一人。沒時間了，他想，只好將背包胡亂地綁上幾圈，夾著就衝出了門。

星光下，能看清戰友們早已站成了一排，他大喊了一聲：「報告。」

「入列。」班長吼了一聲。

班長嚴厲的目光從他們臉上一一掃過，然後又退回幾步，上下打量了一圈，突然喊道：「王若若。」

「到。」

「出列。」

若若跨前一步。背後傳來哄然大笑。

「你的軍褲呢？」

若若一愣，低頭看，臉臊紅了。他沒穿軍褲，只穿了一條襯褲就慌慌張張地跑出來了。一定是剛才一緊張忘了穿了。

「還有，你的背包是怎麼打的，平時訓練沒教過你嗎？夾在腋下跟背在肩上是一回事嗎？」

若若沒敢吭氣。

「回答！」班長嗓門提升了八度，吼道。

「報告，學過，但屋裡太黑了，我什麼也看不清，我……。」

「不光你一人不像話，還有其他人，一會兒再做總結。」說完，又喊一聲：「蕭向華。」

「到！」

「出列。」

蕭向華出現在了若若的身邊。他們並肩而立了。

「大家看看蕭向華。他與你們同一天入伍，接受同樣的訓練，可他的這一身裝束，從行裝到背包，完全符合緊急集合的要求。大家立正，現在開始在操場上跟著我跑十圈，不准掉隊，聽清楚了嗎？」

沉沉的夜幕下，這支由八人組成的，奇怪的小型隊伍，出現在了操場上，跟隨著班長一路小跑，剛跑上幾圈，就聽到隊伍中有人傳來的驚呼：「哎喲」，接著是稀哩嘩啦的落地聲。

「誰也不准停下，繼續跑，軍令如山。」黑暗中，傳出班長冷冷的訓斥。

沒人敢停下，只有劈哩啪啦不規則的腳步聲，在黑夜中響著。

沒過一會，若若就氣喘吁吁了，他也聽到了戰友們沉重的喘息聲。「加油，若若，挺過這會兒就好了，堅持！」耳邊驀地傳來熟悉的聲音。還是蕭向華。可若若喘得，連聲感激的話都說不上來了。

腋下挾著的軍用背包越來越沉，胳膊肘亦開始疲疼，在一路的顛簸中不受控制地直往下出溜，終於抗不住地噗通一聲墜落在地，他知道奔跑的腳步不能就此停下，「軍令如山」——班長的訓示這時在他腦海中轟然炸響。由它去吧，他想，繼續跑，比背包重要。

天邊透出了一抹微茫的晨曦，薄霧繚繞，空氣像是被冷霧清洗過了一般。十圈跑下來一個個已然累得不成人樣。

班長不動聲色吼一聲：「立定。」大家站定。潰不成軍的隊伍再次排成了一列。班長犀利的目光從每個人臉上一一掃過，而這支在黑夜中疾走如風的隊伍，已然東倒西歪呼哧帶喘了。

班長先讓蕭向華出列。蕭向華邁前了一步，穩如泰山地佇立著，只是胸脯上下起伏略帶微喘，垂在雙肩後的軍用背包像一塊修飾齊整的岩石，紋絲不動，如同班長曾經為大家示範過的那般。班長讓大家看清楚了，說唯有蕭向華一人，在這次的急行軍中，幾圈下來紋絲不亂，顯示了軍人的應有本色。「再看看你們，都成啥樣了，還像一名正規的軍人嗎？」班長譏諷地問道。

在餘下的幾人中，除了崔永明一人，還堅持著單臂挾背包完成了這次急行軍外，剩下的人基本上都「丟盔棄甲」，狼狽不堪，軍用背包不見了不說，就連軍裝都沒穿得規整——有的人，只穿了一條單褲；有的人，光著膀子外套一件棉服，可扣子又上下錯位地給繫歪了；有的人，竟忘了戴上軍帽；更有甚者，還有一人，只穿著一條短褲就衝了出來，沒站一會兒就凍得上下抖嗦。若若就是其中只穿了一條襯褲就慌裡慌張跑出來的人。熹微的晨光下，能遠遠地看見，他們的急行軍時的裝備，沿途掉落了一溜兒，場面滑稽，但沒人敢笑，而是羞愧難當了。

在若若的記憶中，人生的第一次緊急集合印象深刻，也是從那天起，他才深刻意識到軍旅生活的嚴酷與緊張，每當此時，他總會情不自禁地想起待在家裡時的那份愜意安適，覺出了父母在身邊的好，現在遠離了父母，只有姐姐與他處在同一座城市中，可還是咫尺天涯無法相見。他感到了莫名的孤獨。

自從入伍以後，姐姐好像從地平線上消失了一般，沒了音訊，他只知道姐姐在軍區總院工作，相距並不算太遙遠，但電話號碼究竟是什麼？他都不知道了。他感到了苦悶。作為一名新兵，老兵們常會戲稱他們這頗新來乍到的人為新兵蛋子，他一點也不明白，為什麼會被老兵們喚作新兵蛋子，那個蛋子是什麼意思？好像有點粗鄙，暗含著一點罵人的意思，他想。

姐姐現在好嗎？若若有時會想起與自己同城相處，卻又無法相見的姐姐。

第五章 × 愛情圈套

——

王群怎麼也沒想到，久違的姜群，有一天會突然出現在了她的面前。

彼時，她已然熟悉了這個特殊身分的科室——內三科，而人們私下裡更願意稱它為高幹病房。它顯得頗有些神祕，座落在醫院較為偏僻的一隅，是由兩棟看起來頗具特色的獨立小樓組成，而這兩棟小樓亦是分了不同等級的，軍以上高幹入院時住在最安靜的後樓，那裡是院內偏居一隅的路的盡頭，一般人是無法接近它的；而師級高幹則是另一棟小樓伺候。按照規定，能入住內三科的首長，必須具備師職以上的頭銜，唯有進入了師職的軍階，才能享受高幹的待遇。這就給王群的心理帶來了無形的壓力。她們輪班在這些不同層級的病室穿梭護理，儘管護理員的日常工作她已然輕車熟路了，畢竟在前一所野戰醫院受過的訓練，讓她很快就熟悉了這一職業的所有程式，但現在不一樣了，現在她所要面對的病人是首長的級別，她不能絲毫地掉以輕心。

她依然延續了在野戰醫院養成的習慣，早去晚歸，希望給人留下一個好印象。在野戰醫院時，人們對她嬌滴滴的評價依然讓她刻骨銘心，亦給她的心理籠罩了一抹隱而不顯的陰影，她很不情願在一個新的工作崗位上再給人留下這種不好的看法，而改變這種看法的唯一方式，便是要做得比別人更多更好。

她變得沉默了。

少言寡語成了她現在的風格，以致同事們以為她天生就是一個性格內向的人。她知道其實不然。她的性格向來是開朗且明快的，喜歡在熟人面前滔滔不絕，高調展示自己的與眾不同，是這種特殊的環境，以及她曾經的遭遇，讓她深刻領悟了病從口出和高調示人的危害，她甚至意識到她出眾的形象，很容易為她招惹莫名的是非，她只能裝著低調，凡事溜邊走，儘量不引人注目。她以前一直為自己鶴立雞群的美貌而驕傲，現在卻發現，這個曾讓她引以為傲的形象，太容易為她招來不必要的麻煩了，她只能默默地做好份內的事，給自己悄然地塗抹一層保護色。換了一個新環境的唯一好處是，一切都可以從頭再來，別人並不知道她曾經的歷史，因為別人完全不知道自己的歷史——過去的行事風格以及個性，這便為她精心設計的面具提供了一種可能性。

一段時間以來總算相安無事，同事們對她挺好，尤其是這裡的大夫，多數人對她都十分友善，甚至有時還會跟她開上幾句無關痛癢的玩笑，逗她開心，而她，只是把受到感染後的開心，很好地控制在了內斂的微笑上。後來她發現，她扮演的這個「形象」頗為成功，因為大家都把她當成了一個聽話而又工作態度勤勉、認真的好女孩——那些年齡上亦可稱之為叔叔、阿姨的醫生總會誇讚她，這讓她感到了欣悅。

只是偶爾有個別大夫會有意無意地問上一句：「王群，你認識軍區的什麼人嗎？」她聽後納悶地搖搖頭，表示沒有，雖然她心裡知道其實她認識一個李叔叔。

「我們這裡很少發生像你這樣的情況，突然從下面的醫院調來一人，直接進入內三科。」大夫話裡藏話地說，然後意味深長地瞥她一眼，走了。

王群從這種莫測高深的眼神中捕捉到了一些訊息，這與她發生在內心中的疑問是一致的，當然，還有那天院長親自找她談話，這一切，都讓她感到了非同尋常，只是一時間，她還弄不清楚這其中的緣由而已。她只是知道，她從野戰醫院突然調到軍區總醫院與李叔叔沒有任何關係，因為她曾含蓄地專門詢問過李叔叔，得到的回答是否定的。

但她還是感到了這不像是一次正常的人事調動，她只是一名入伍一年的新兵，一個名不見經傳的小人物，有一天，忽然來了兩個神祕人物和她談了一次話後，緊接著就是一次出乎意料的調動——為什麼？

姜群的出現還是讓她大吃了一驚。她事先根本沒想到她會驀然間冒了出來。雖然她也知道姜群與她同在一座城市，只不過她服役於一所中等規模的省軍區醫院，距離她醫院的位置不算太遠，這也是姜群曾在電話中告訴過她的，而那時的她，對這座城市的風貌還犯著迷糊呢，地理、方位、形態一點也搞不清楚。

她唯一知道的，這座城市是她的出生地，按照身分歸屬，她也算是個當地人了。可她作為當地人對這座城市卻一無所知。畢竟九歲時離開了這座城市。那天乘公車去軍區招待所探望弟弟，一路上觀賞著窗外風景時，就覺得這座城市的一切都讓她感到了新奇，她知道，那是因了小時家教太嚴，平時很少走出過軍隊大院。

她還沒逛過街，除了那次請假去軍區招所看望弟弟，已算是走得比較遠的一次了，也是她來到這所醫院後，第一次步出醫院的大門。隨後的幾次，至多只是跟隨同事晚上在附近一帶偶爾轉轉。她知道了出門不遠就是被命名為「紅湖」的城市公園，園內鬱鬱蔥蔥綠樹成林，空氣新鮮而濕潤。公園四周環繞著碧波蕩漾的湖池。沿著湖畔，是曲裡拐彎繁茂的綠蔭，密密匝匝地掩映著靜謐的湖水。湖岸邊停泊著一排排整齊的遊船，晚間散步時，亦能見到不少年輕人悠閒地在湖心泛舟蕩漾。

她由衷地喜歡上了這座她出生的城市。

二

當護士長通知她有人找時，王群微微地吃了一驚。在這所醫院她並不認識一個人，亦知趣地保持了必要的低調姿態，儘量少說話，少與他人交往，儘量多做一些別人不屑於做的雜活兒，她想在一個新的環境中建立起一種良好的人際關係，並給同事們留下美好印象，過去在野戰醫院的那段經歷讓她刻骨難忘，她不想再重蹈覆轍，她在內心深處感謝那段讓她想起就倍感屈辱的經歷，正是因了那段經歷，才讓她迅速走向成熟。

會是誰找我呢？王群想。

姜群很快像一股輕風似的飄了進來，一進屋就大叫：「王群，你看我是誰，還認識我嗎？」

王群笑了。這是她來到這所醫院後第一次舒展開來的笑容。她沒想到姜群會突然跑來看她。她的出現，一下子反襯出了這一段日子的寂寥與孤單。姜群的那張熱情的笑臉，讓她油然而生了一種由衷的喜悅。

「姜麗莉！呵，你這死丫頭，我能認不出你嗎？你以為穿了一身軍裝就能變樣啦？」她笑說。

「逗你嘛！」姜群說，「你看你還是忘了，我不叫姜麗莉了，我跟著你不是改名了嗎？叫姜群了。」

姜群大笑著說。

「哦，對了，過去叫順嘴了，一下子沒改過來。」王群笑說。

「真沒想到你會來榕州！我都快憋死了，在這沒人能跟我聊一塊，我會常常想起我們在一起時的情景。」姜群動情地說。

「我這不是來了嗎？」王群笑說。

「所以我趕緊抽個空來看你呀！你知道嗎？我昨晚值了一晚上的夜班，一下班就惦著趕來看你了，覺都不想睡了，還是見你最重要。想死你了！王麗莉，不，王群。」姜群上前一步和王群擁抱著，歡快地說。

「瞧你，也叫順嘴了吧？」王群親暱地點了點姜群的額頭說，「你這大嗓門能輕點嗎？這可是高幹病房，不是在家裡，讓別讓人聽見了不好。」王群手指豎在嘴唇上悄聲說。

「那怕什麼？」

「影響不好！」

「喲。」姜群退後了兩步，「真沒看出來，快一年沒見，王群變了一人了！」

「我變了，會嗎？不可能，我還是我呀。」

姜群凝神地看著她，沉默了一會兒，輕輕地搖了下頭，「真的有變化，不像過去的你了。你知道嗎，過去的你渾身上下透著一股子孤傲，讓人望而生畏地不敢接近你。」

「盡胡說，我有那麼孤傲嗎，那你怎麼接近我的？」

「那是我們一見如故，都叫麗莉唄。」姜群調皮地說。「可你不知道，其實我心裡一直挺羨慕你的，我就覺得你有時驕傲得像一個高貴的公主，我呢，就是屁顛顛跟在你身邊的小侍女，雖然身分不同，可我也覺得會有一種自豪感，這是你帶給我的。」姜群快活地說。

「什麼事擱你嘴裡都變得邪乎了！」王群笑說。

她們又聊起了一些分別後的往事，聊起了她們各自在醫院的感受，聊著聊著，姜群忽然停嘴了，以一種異樣的眼神審視著王群，欲言又止。

「你想說什麼？」

姜群驀然射來的閃爍不定的目光讓王群感了詫異，她能覺出姜群很想對她說出一件事，但又有些猶豫。「不願說就別說，但我知道你想說。」王群乾脆採取了激將法。她瞭解姜群，快人快語，經不住她的這番激將。果然，沉默了一會兒，姜群終於開口了。

「你知道我為什麼會來這嗎？」

王群一怔，感到了蹊蹺。「為什麼？」她定睛看向姜群，「你想告我說來到這裡，並不是為了專門來看我嗎？」

姜群抿嘴一樂。「如果我說是，但也不完全是呢？」

「那你就得告訴我那個所謂的『也不是』指的是什麼？」王群眉梢上挑，納悶地說。

姜群又沉默了一會兒，若有所思，眼珠子滴溜溜地轉著，似乎在思忖該如何回答王群的詢問，白皙的臉蛋突然泛起了一抹紅暈。她迅速地低下了頭，彷彿在掩飾著某種祕密。

姜群的神情發生的變化，讓王群迅速地捕捉到了一點什麼，預感到了發生在姜群內心的「故事」，但她並不想馬上揭穿，她知道她只須耐心等待，姜群終究會自己說出來的。她瞭解她的這個好朋友，她是一個在她面前無法隱瞞內心祕密的人。

「我戀愛了！」忸怩了一會兒，姜群嘴裡輕聲地冒出了這句話，臉紅得更厲害了，就像黃昏時分天邊驟現的一抹晚霞。

「我猜到了。」王群說。雖然她事前有了足夠的心理準備，但還是被震驚了一下。畢竟，她想，她們才十七歲。「你能告我你的那一位是誰嗎？」她輕聲地笑問。

姜群定定地望著王群。那不是猶豫，而是在儘量讓自己能平靜下來。

「你跟我來。」姜群悄聲說，然後嘴裡發出了一聲感嘆，就像祕密一旦被說出了口，情感便得到了一次澈底的釋放似的。

「去哪？」王群一怔，納悶地問。「我還要上班呢。」

「你以為到哪？當然在你們科室，還能去哪？」

「我們科室？你不是說是……」

「你跟我來就是了，瞧你大驚小怪的，跟我來。」

好奇心驅動著王群的腳步，她隨著姜群穿過長長的甬道，向內三科的一個病區快步走去，一路上琢磨著姜群究竟要帶她去見誰？感覺中，是要帶她去見姜群所言及的那位神祕的戀人。會是這樣的嗎？可他怎麼會出現在自己的科室呢？這裡是醫院的內三科，是大軍區的高幹病房。這究竟是怎麼回事？姜群臉上浮現的詭祕的微笑，亦讓她浮想聯翩了。

三

姜群在二號醫室門前停下了腳步，返過身來望瞭望王群，見王群一臉困惑，調皮地眨巴了一下眼睛。「你先在門口等我一下，好嗎？」見王群肯定地點了點頭，她笑了：「好，你就在這等著，我一會兒會叫你。」

「到底是怎麼回事？這是要見誰呀？你的那一位嗎，他怎麼會在這裡？」王群忍不住地追問了一句。

「一會兒你就知道了。」姜群賣著關子地說，轉身推門進了病室。

門悄然地關上了。王群隔著門，側耳聽了聽，沒傳出什麼動靜，靜悄悄的，心裡嗔怪地嘀咕了一句：這個姜群，在玩什麼鬼花樣呢？正出神地想著，門開了，姜群一臉喜色地再度出現了。

「來，進來吧。」

姜群一邊說著，一邊倒退地進了那扇敞開的門。王群注意到姜群的眼神在急遽地變化著，抑制不住的興奮在她的臉上忽隱忽顯。

出現在王群眼前的是一位穿著寬鬆的病號服、安然坐在沙發上的老人，和一位面含善意微笑站在老人身邊的年輕軍人——身量不高，背微駝，膚色黧黑，目光溫和而平靜。姜群快步走到了年輕的軍人的身邊，雙手搭在他的肩膀，腦袋也依偎了上去，笑眯眯地說：「你們瞧，她就是我說過的我的好朋友王群。」

年輕軍人客氣地向王群伸出手：「你好。」他說，「一直聽姜群說起你……」

「先說，是不是像我說的那樣？」姜群把臉探到他的面前，開心地問。

年輕軍人笑了，認真地盯著王群看，沒再吭聲，臉上不經意地掠過一絲驚異。

「快說呀！」姜群嬌嗔地輕推了他一下。

「這是哪來的丫頭？」坐在沙發上的老人突然開口問，點燃了一支煙，叼在嘴上，悠閒地吐出一縷煙霧。

「鄧伯伯，她是我的好朋友，我帶她來認識一下東進。」

「這丫頭長得可真俊！」鄧伯伯抽著煙，含混地咕嚕了一句。王群偷偷地覷了鄧伯伯一眼。鄧伯伯說話時臉上幾乎看不出什麼表情，嚴肅的神情讓王群感到了緊張，甚至有些壓抑，因為她知道，能住進獨立小紅樓的老人都是軍職以上的大首長。她很想向姜群打聽一下鄧伯伯的情況，但當著人的面還是沒敢開口。她只能拘謹地站著，手足所措。

「丫頭，別總站著，來，過來坐，你不是小群的好朋友嗎？別客氣，坐。」鄧伯伯說。

王群還是感到了不適，緊張感沒減反增，這裡的氣氛讓她尷尬，她有些後悔跟著姜群稀里糊塗闖到了這裡，也沒問個原委。鄧伯伯的那副不苟言笑的神情，讓她不由自主地心生敬畏。

「我還要上班呢。」她說。也不知道為什麼，她突然冒出了這句話來，剛說出口，自己都驚了一下，覺得有些突兀。我為什麼要這麼說？她想。

鄧伯伯笑了，看上去嚴峻的面孔變得慈祥了起來：「東進。」他說，「你去給護士長說說，就說讓這個小丫頭在我這聊會兒天，你就說是我說的，快去。」

「哦，鄧伯伯，這恐怕不行，我……」

「你就在這待著別動，有我在呢，還怕什麼？」鄧伯伯笑著說，但又透出一股不可抗拒的威嚴。

王群後來才知道，這位被姜群喚作鄧伯伯的老人，是大軍區的副司令員，而在當時，她還納悶，這位老人為什麼竟能作主幫她請假呢。彼時是上班時間，按照慣例她是不能隨意地擅離工作崗位的。

聊天中，王群瞭解到，姜群的父親在炮火紛飛的戰爭年代，是鄧副司令的老部下，因此姜群受父親之託，去軍區大院看望了幾次鄧伯伯，結果一來二往竟與鄧東進聊上了，漸漸發展成了戀愛關係。王群能感覺出姜群還沉浸在愛情中的快樂和幸福，這從她看向鄧東進的目光便能一目了然。

她們聊了會兒閒話，有一搭無一搭的，當姜群問起王群為什麼會突然調到軍區總院時，王群不知道該如何地回答她了，腦子裡飛快閃過那天在野戰醫院找她談話的那兩位陌生來人莫測高深的表情，以及調入總院後，院長與他聊天時的那種特別的眼神。王群直覺這中間一定藏著什麼她所無法知曉的祕密。但究竟是什麼呢？她一無所知。她向姜群隱瞞下這件事的始末，這個讓她疑惑，且倍感蹊蹺的來龍去脈，她覺得現在還不值得向別人去述說，哪怕這個人是自己最好的朋友，即使說了，姜群恐怕也不可能明白，因為連她自己都還處在稀哩糊塗中呢。

那天離開姜群後，她又投入了緊張的護理工作，她也注意到自從自己上崗之後，總會有一些軍區首長，有意無意地找她去病房聊上幾句，而每當這種情況發生時，首長的夫人一般都會陪伺在旁，而看向她的眼神，又一次讓她感到了迷惑——一種審視和觀察的眼神，藏著一絲玄機，首長與夫人，亦會在看上去似乎隨意的聊天中，偶爾交換一下眼神。而過上幾天，她再被叫去時，病房會出現一個年輕的軍人，他總是坐在一邊默不作聲，或故意地湊上前來找她搭幾句訕，王群總能從他們射來的目光中，隱約感覺出一點別樣的意味，這便會讓她心有不安了。但她會裝著渾然不覺。

有一次她與護士長聊及此事，說到了自己每當此時的緊張與不情願，說到了這些一直讓她感到迷惑的現象，她沒想到護士長聽完後嘿嘿嘿地樂了。

「護士長，你為什麼笑？」王群天真地問，她真是覺得護士長的笑聲中似乎也隱藏了什麼，但她不知道那究竟是些什麼。為什麼所有的現象都讓她感到稀奇古怪而又不可思議呢？她不由自主地想。

結果護士長告訴她，她在總院出現後就引起了一片譁然，據她所知，她是由「上面」點名讓總院接收的，至於什麼原因？始終未予告知，這就無形中增加了她來歷的蹊蹺和身分的神祕，她們原以為王群自己是知道的，但現在看來她本人也是一無所知。至於首長頻頻召喚她去自己的病房，在護士長看來那很正常，因為在這家醫院，軍區首長和夫人經常會趁著住院期間，為自己的兒子選兒媳婦，這幾乎成了醫院內的公開祕密，顯然王群的困惑在她看來一點也不奇怪，因為她引人注目的美貌在這所醫院裡太鶴立雞群了。

「院裡的領導找你談過這個問題嗎？」護士長問。

「沒有。」王群說，「只是我來醫院報到時院長找我談過一次話。」

「哦！」護士長沉吟了一下，收斂了笑容，神色嚴肅了起來。「院長對你說了什麼嗎？」

「沒有。」王群回答，腦子裡又一次閃過了院長那天看向她時的那種耐人尋味的眼神，但她沒有告訴護士長。

「這有點怪！」護士長自言自語地說，像是陷入了沉思。

「怎麼怪了？」

「唔，沒什麼。」護士長搖了搖頭，若有所思。「只是有點怪，一般的情況下，軍區首長看中了誰，醫院領導會出面找這個人談話的。」護士長說。

「談什麼？」王群好奇地問。

護士長怔仲了一下，似笑非笑地盯著王群看了一會兒，輕搖了一下頭。「你以後自然會知道的。」她說，「而且我相信過不了多久，也會輪到你的。」

「為什麼，為什麼會輪到我？」

「因為你太漂亮了！」護士勉強地笑笑，嘆息般地說。

四

他們沿著海岸線向著榕城的方向出發了。

若若一路沉默著，發呆地望向窗外，目送著從他身邊飛快掠過的大海。崔永明偶爾會偏過臉來瞥他一眼，若若岩石般的沉默讓他亦變得默然無語了。在他的眼中，若若當下的這種嚴峻是他未曾見過的，他記憶中的若若還是那個帶著少年稚氣的表情，即使嚴肅，在那時的他看來，亦像一個假裝大人的孩子。但他現在則從若若的眼中看到一絲深邃，甚至有了一種哲人般思考的神情。他真的成熟了，他想，不再是當年記憶中的那個小若若了，他成為一名自由作家絕不是一種偶然。

哦，我們這一代人呵！崔永明在心中感嘆著。

車窗搖下了。那是若若下意識的動作。

海風吹了進來，若若不由得心裡跟著一顫，他又聞到了從海一隨風吹來的海腥味了。這是大海的味道，若若想，海的味道此時與他記憶中的往昔歲月奇妙地融合在了一起，內心旋即起伏著一種莫名的澎湃。他有些激動了，他覺得自己追隨著從海上吹來的味道重返了那個如夢如詩的年代，那個他渡過的迷迷糊糊的人生。

他們一路急馳著，漸漸地遠離了廣闊無垠的大海，遠離了海邊的那一叢叢棕櫚與椰林，駛進了喧囂的城市和車水馬龍的街道。人流如織的嘈雜取代了海邊的寧靜。若若還是沒有說話，依然沉浸在他那悠長的回憶中，他只是與崔永明對視了一眼，那是吉普駛進了城市中心時的會心的一瞥。那一瞥中似乎蘊含著彼此間的一種無言的默契。

大眾吉普果然沒有停留，繼續絕塵而去。若若的表情漸漸變得凝重了起來，他知道崔永明此時此刻與他的心情一模一樣，甚至此行的目的地亦在他們彼此的心中形成了一股感召的力量，無須再用語言交流了。

馬路漸漸地由寬變窄，鐵灰色的瀝青路面在午後的陽光下折射出刺目的光芒，沿路的兩旁植滿了垂掛著長鬚的小榕樹，空氣中瀰漫著一股清新的味道。他們離開城市有一段路程了。

「那時的這條路是沙土路，對嗎？」若若忽然問。

「是的，路面不整，還坑坑窪窪的，你都還記得？」崔永明說。

「當然記得。」若若沉吟了一會兒，感嘆地說，「記得太清晰了，我們那時常沿著這條曲曲彎彎的沙土路出發去榕州市遊玩。」他說，「這是我們出門的必經之路，可往事已蒼茫，它已不再是當年的路了，沒想到有一天，它竟成了一條記憶之路，連接著我們曾有過的人生，我們的經歷過的青春歲月！」

「不愧是作家！」

「難道不是嗎？」

「是，只是我找不到你這麼好的形容詞，經你這麼一說，好像記憶都變得明亮了起來。」

「那是因為我們有人生的感嘆，映照在了這條不復往昔的路上，但它已不是當年的模樣了，當年的模樣只存活在我們的記憶中。」若若感慨地說。

「那裡已經不再被叫做『果木園』了，你知道嗎？」崔永明說。

「是嗎？」若若一驚，「改成什麼了？我一點也不知道，你想，我四十多年沒來過了，它只是在我的記中反覆重現。」

「你到了就知道了！」崔永明說，神情沉重。

他們終於抵達了目的地。還是像當年，充滿了繁花似景的園林，各種叫不出名來的繁枝茂葉的林木鬱鬱蔥蔥、星羅棋布地鋪展開來，林間，依稀耳聞百鳥的啾鳴，一幢幢低矮的造型別致的小洋樓，掩映在茂密蔥蘢的綠林中，安詳而神祕。

「完全不再是當年的模樣了」若若發出一聲驚嘆。

「是的，改造成富人的別墅區了！路上我沒說，我怕會影響你的情緒，我想，還是你自己親自來見證一下吧，時代不同了，那個屬於我們的年代一去不復返了。」

「但我還得感謝你把我帶到了這裡，雖然在來時的路上，你並沒有告訴我真相。」若若說。

「我知道你想來，我知道，若若。」

五

若若的記憶中，他們一行八人是在入住了海邊營地的幾天後，隨機關搬遷來到了這個被喚作「果木園」的地方。班長說，從此，這裡就是我們支隊部的所在地了。

「那為什麼以前住的那個地方不是？」路上，蕭向華問。

「那只是一個臨時營地。」班長看了他一眼，說，「支隊剛成立，一直沒找到一個合適的駐地。」

他們沒想到，來到了一個美麗的地方，簡直可以說是鳥語花香，雖然是深冬季節，但那一株株的林木還是綠意盎然、生機勃勃的，到處能聽見百鳥的歌唱，恍若置身在了一個世外桃源，這讓若若感到了驚奇。在他的印象中，冬季的林木是一片蕭瑟的悲涼，不見一片綠葉，只有光禿禿的枝幹，直挺挺地插向灰濛乾澀的天空，與這裡所見有著天壤之別。他後來才知道，這一帶叫人喚作「果木園」，據傳，民國時期由一批當地有影響的文人墨客倡儀建造的，但卻險些毀於文革中的一九六六年。後來是如何被保護了下來，已無人知曉了，只能說它能完好無損地存留下來，在當年可算是罕見的奇蹟。

拐進了「果木園」的正道，沿著沙土路的兩旁均是高大的植物，若若叫不上這些植物的名稱，他只是感受到這裡的風景與空氣驟然有變，心胸亦變得開闊了起來。

一路上人煙稀少，偶爾所見的，是些閒散的穿著打扮有些怪異的荷鋤的園林工人，尤以婦女為多，她們均身著一襲醒目的黑衣，頭髮在腦後盤成一綹髮髻，當大卡車隆隆地從她們身邊駛過，掀起漫天瀰漫的灰塵時，她們會抬起一張疲憊的臉來，投來淡淡的貌似麻木的一瞥，隨即又垂下臉來悄聲地議論著。若若也是在後來才知道她們的來路的。原來，這些著裝奇特的婦女們，文革前夕是附近尼姑庵出家修行的尼姑，文革風暴開始後不久，尼姑庵就被澈底搗毀了，她們亦被紅衛兵小將逼著蓄髮還俗，隨後被安置在這一帶接受革命群眾的監督改造。

幾棟小樓悄然掩映在枝繁葉茂的綠樹叢中，陽光下顯得格外的引人注目。小樓造型別致，精巧而典雅，據說當年屬於國民黨的一個黨部所在地。樓群的周邊是一個花團綿簇的小花園，延伸下來又見由紅磚砌成的一溜兒圍牆，圈成了一個獨立的頗顯寬敞的巨大空間，空間內樓與樓的間距顯得頗為稀疏，彼此互通的小路是由一塊塊青石板鋪設而成的，青石板顯然年深日久，已被路人雜遝的腳步摩擦得光滑而清亮，在冬天蒼白的灰日下泛著迷人的青光。

汽車剛一停穩。若若的耳邊就響起了整齊的吶喊聲，有一群人在高呼：「向老兵學習、向老兵致敬！」若若一愣，定睛望去，見是一群身著嶄新的綠軍裝，但沒有配戴領章帽徽的年輕面孔，他猜想這些人亦屬剛招到支隊來的新兵蛋子。

若若從車上縱身躍下，腳足剛一落地，沒等緩過神來肩上的行李就被人搶走了，若若著實驚了一下，抬臉望，那人正衝著他一臉微笑，很快臉色呆了一下，接著又點頭哈腰地表示起向老兵致敬之類的話語。若若欲回搶他的行李，嘴裡忙不迭地解釋說自己也是一個新兵時，那人咧嘴一樂：「嘿嘿，老兵真謙虛，值得我們學習！」

蕭向華這時出現了，伸手從那個新兵肩上一把將若若的行李拽了下來。由於來勢突兀，等那人想護住行李時，行李已然落在了蕭向華的手中，而且被重新塞回到了若若的懷裡，那人傻呆呆地站在那裡，不知發生了什麼事，大嘴一張一翕。

「他說得對，我們也是新兵。」蕭向華衝著那人嚷嚷了一句，說完大步離去。

「新兵？那為什麼你們都佩戴了領章、帽徽。」那人訝異地問。
「那是因為我們是特殊的兵。」
若若循聲瞥了一眼，喊話的人是崔永明，他的臉上流露出一絲洋洋得意。
從這天起，新兵的人數驟然增加到了三十來人。新來的戰友都是從不同的野戰部隊專門挑選出來的，據說選拔的標準是：祖宗三代沒有複雜的政治背景，本人聰明、機智，還須具備高中以上的文化程度，而若若他們原先的八人亦被打散，分別安插到了不同的班列。讓若若感到高興的是，崔永明與蕭向華依然與他同班。也不知為了什麼，若若覺得與他倆在一起時，自己的心裡會感到踏實，他們像大哥哥默默地保護著他。
新兵連的訓練節奏驟然加快了，幾乎隔三差五就會在暗沉的深夜裡傳來急促的口哨聲，那是在催促緊急集合。若若仍能清晰地憶起支隊搬遷到果木園的當天晚上，經歷的那場緊急集合。
彼時若若正沉浸在酣夢中，感覺被人拿刀瘋狂追逐，他撒腳狂奔，慌不擇路，驀然驚見前面是一條怒濤洶湧的大江，已無路可逃了。背後傳來追逐的腳步聲雷鳴般地驚心動魄，絕望之下，他只好不顧一切地一頭扎進了奔騰的大河中，激流迅速將他席捲而去，緊接著下身跟著一涼，身體禁不住地發出一陣顫慄。
他猛烈地抖嗦了一下，醒了。
尖銳刺耳的哨音在攝人心魄地響著，他趕緊翻身下床，顫抖地打起了背包。可黑燈瞎火的居然摸不著背包帶了，他緊張地哭了起來。響亮的哨聲蓋過了他的泣哭聲。淚眼朦朧中，他見有個黑影出現在了他的身邊。「別哭了，穿上衣服快打背包吧。」那人低沉地說。
是蕭向華。若若委屈地嘀咕了一聲找不著背包帶了。蕭向華二話沒說幫他在黑暗中摸索起背包帶了。
「喲，被子怎麼濕了？」他聽到蕭向華嘴裡發出的一聲疑問。「你怎麼……先別管這些了，快把衣服穿好，來不及了。」蕭向華催促地說。接著傳來窸窸窣窣的聲響。若若知道這是蕭向華在幫他打起了背包。
若若反應了過來，摸索地將棉衣套上。在他笨拙地要穿上棉褲時，才驀然驚覺內褲濕透了，黏黏糊糊地沾在大腿的內側上。他大腦轟地一下炸開了，意識到自己尿床了，一時間羞愧難當，好在有了黑夜的掩護，沒有人看見，但若若的淚水變得更加地滂沱了。

「別哭，把眼淚擦乾。」蕭向華低吼了一聲。「趕緊穿好衣服，出去集合。」話音剛一落下，若若的雙手就多了一個打好的背包。蕭向華的身影在他眼前晃了一下，隱去了。

當若若揹著背包，出現在月光下時，他驚訝地發現，自己居然成了第二個到達集合地點的人。他注意到班長愕然的目光。班長沒說話，只是輕輕地拍了他一下：「好樣的，快在隊伍中站好，一會兒隊長要點名了。」若若木納地站好了。大腿內側的冰涼感，無時無刻不在襲擾著他。晚風吹得緊，他身體在寒風中緊張地抖嗦。他害怕天亮，害怕尿床的事實一旦被發現，自己就沒臉見人了。

那一天緊急集合回來後若若受到了班長的表揚，而蕭向華則受到了點名批評，原因是他集合時落在了最後的幾名。蕭向華沒有辯解。若若羞慚地看向他，心中大愧。他本想開口說出真相的，但被蕭向華嚴厲的目光及時制止了。

當班務會結束後，崔永明找到了他們，開門見山地說，今天這件事讓他感到了蹊蹺，因為蕭向華當兵前是受過訓練的，而且一貫動作敏捷、迅速，向來緊急集合都是出現在頭幾名的名單中；至於若若，從來沒有這麼快地到達過集合地點，這讓他感到了意外：「這裡面一定有什麼情況，究竟發生了什麼？」崔永明咄咄逼人地問道，犀利的目光掃向了若若。

若若驚恐地盯著崔永明，沒敢說話，他覺得自己的心臟都快蹦出來了，那個尿床的事實已然無從隱瞞。蕭向華只是淡然地望了一眼崔永明，沉思了一會兒。

「來，永明，我要跟你談談。」蕭向華說。接著，他輕拍了一下驚恐中的若若，「別擔心，若若，這很正常，沒什麼見不得人的，我跟永明商量一下如何能幫助你，你先別緊張。」

若若點了點頭，清晰地聽到了心腔內傳出的激跳聲。

幾天後，若若第一次接到了姐姐的來信，信中說崔永明給她發來了一封信，告知了若若的近況，讓若若不必再為尿床的事著急。姐姐說，幾天前在醫院，她意外地遇見了金叔叔：「你還記得他嗎？我們家在陸軍學院時，常會和我們開玩笑的那位鄰居金叔叔，當時他是陸軍學院門診部的主任，是領著媽媽走上革命道路的那位金叔叔，一九六七年媽媽被造反派打傷時，他還救過媽媽一命，你還記得他嗎？金叔叔現在是我們院的副院長了。」姐姐在信中說。

「我專門去找了一趟金叔叔，他一聽說是若若尿床的事就樂了，說：『小若若也當兵啦？在我的印象中他還是一個調皮的小男孩呢！現在都長這麼大了？也成為一名軍人了！』叔叔還說，這種尿床例子雖然不多，但在部隊也並不罕見。常見的情況是生活規律突然改變，心理壓力驟然增大，造成生理性的精神紊亂失調，再加上若若年齡尚小，就容易發生這種情況，服幾劑中藥會好了。」

若若當然記得，少年時見過的這位樂呵呵並時常會在下班後跟他開玩笑的金叔叔，他恍然覺得那好像已是久遠的往事了，他還記得一九六七年，金叔叔如何頂著巨大的壓力，將被造反派打成重傷的母親，從死亡線上搶救回來的，如果不是姐姐的這番提醒，那個埋藏在心靈深處的記憶就會默默無聲地消失了，他覺得彷彿又看見了金叔叔的那張親切的笑臉。他感到了溫暖。

姐姐還告訴若若，隨後幾天。她會將金叔叔專門找人配製的中草藥給他寄來，讓他盡可放心，不必太緊張。

幾天後，姐姐如期將配好中藥丸寄到了若若的手中。如同奇蹟，若若服下幾劑中藥後果然見效了。而蕭向華和崔永明恪守了對若若的承諾，沒將他尿床的事情張揚出去，只是悄悄地對班長說了，因為在新兵身上發生的任何事，都必須在事後向他彙報，這是紀律，也是班長負有的責任。

六

那一天，王群從鄧副司令的病房出來後，心裡就不免犯了嘀咕。

她清楚地記得剛才見到的那個陌生男人的面孔。那個面孔最初她並不是那麼地在意，他不過是鄧東進的一個好朋友——起碼鄧東進是這麼向她介紹的。她只是簡單地跟這個人點了點頭，以示禮貌，那人也是面含微笑地跟她握了握手，都是些再正常不過的禮節性的應酬了。但王群還是注意到了姜群在那個暫態向她投來的目光——一種奇異的似乎在小心探究的目光。嘴角還悄然掠過了一絲詭譎。這位她所熟悉的朋友，為什麼會用這麼奇怪的眼神看著她呢？她當時想，但她並沒有更多地往心裡去，這個念頭也只是一閃而過而已。

那天只是應他們之邀，坐下來打了一會兒撲克。

當姜群建議打牌時，王群還緊張地說，「對不起，我不會打牌。」說著，臉上飄起了一朵紅暈。姜群見了還打趣地說：「喲，王群，你臉紅什麼呀？」經她這麼一點穿，王群的臉蛋紅得更加厲害了，一下子紅到了脖頸上。她也不知道自己為什麼突然就會臉紅了，就覺得一股熱浪直衝腦門，然後嘩地一下散開了，瀰漫了她的臉。那一刻，她恨不得找個地縫鑽進去。她知道這個時候臉紅是不應該了，會讓人笑話，但她就是控制不住。

「沒事，我來教你吧。」

一個聲音在她耳畔響起了，隨和而親切，甚至還有些溫柔。她下意識地仰臉看了他一眼。是他，那個陌生男人，就坐在她的對面。他長得一個一米八的大高個兒，皮膚白皙，顯得有些清瘦，眼睛卻大而有神，透著一股聰明的靈性，人亦斯文謙和，臉上總是含著若隱若顯的微笑，似乎隱藏著什麼特別的內容。藏著什麼呢？王群不禁會去猜想一下。她對這個陌生人的印象滿好，雖然言語不多，但就像是一個寬厚體貼的大哥哥似地暗暗地照顧著她，比如，當她正因臉紅而無地自容時，他會悄聲地教她打撲克，那種和藹的語氣多少起到了一種安慰作用，幫她從臉紅的尷尬中獲得了解脫，為此她心存感激，她也因此對這個人有了一個良好的印象，但僅此而已。

「可我真的不會打。」王群說，臉上的紅暈還沒有完全消褪，但正在一點點地散去。

「沒關係。」那人友好地看著她，微笑地說，「我教你，一會兒你就會的。」那人安慰她說。

王群注意到姜群和鄧東進迅速交換了一下眼色，她心裡似乎意識到了點什麼，但很朦朧。她開始感到了彆扭。「不，不用了，我還要上班呢。」她敷衍地說，心裡想的卻是得趕緊脫身，她覺得這裡的氣氛有點不太對勁了，因此亦隱約地明白了自己剛才為什麼會突然臉紅。

「你今天的護理工作是照顧好鄧伯伯，是這樣嗎，鄧伯伯？」姜群故意說。

鄧伯伯這時正一人坐在靠窗的沙發上，抽著煙，眯縫著眼，手裡拿著一臺半導體收音機，貼在耳朵上聽著喇叭裡的廣播。顯然，他沒聽到姜群的問話，還沉浸在廣播中呢。

「爸，姜群在問你呢。」鄧東進轉過身，衝著他父親大聲地嚷嚷了一句。

「什麼，問我嗎？」鄧伯伯將貼在耳邊的收音機挪開了，睜開眼問，有些迷糊。

當他聽清楚了問話的內容後，嘿嘿地樂了。「是這樣，小丫頭。」鄧伯伯說，「哦，我說的是你這個丫頭，不是咱家那個調皮的丫頭。從今天起負責我的護理工作，我跟院裡領導說好了，所以你就放心大膽地在我這裡玩吧，沒事，鄧伯伯會護著你，沒人敢說你，丫頭，是這個意思吧？」

「太是了，鄧伯伯，您真好！」

就這樣，王群留在了鄧伯伯的病房裡，她已然沒有了任何託詞離開這裡了。在那個陌生男人的幫助下，她真的打起了撲克牌。他們打的是最簡單的「爭上游」。

果然好學。沒過一會兒王群就學會了，而陌生男人則在姜群的安排下成為了她的搭檔。王群總是不經意地出錯牌，因為還不熟悉牌技，每次輪到她要出牌時總是顯得手忙腳亂，而那個陌生男人又會在這個時候向他投來鼓勵的目光，示意她不必慌張。她這時才知道陌生人的名字。他叫彭延平。王群從這位叫做彭延平的男人身上，感受到了一種被呵護的溫暖，在他面前，她覺自己就象一個尚不懂事的小妹妹，而他，則像一位年長而懂事的大哥哥。

七

王群當然不可能知道彭延平之所以會出現的原因。當時的她，不可能會知道這些，那還是半年以後彭延平主動告訴她的，那時，她倆已成為了正式的情侶，愛得轟轟烈烈，以致她們的戀愛關係在榕州軍區聲名遠播，在子弟中幾乎無人不曉，這一切都是讓彼時的她所始料不及的。

那一天王群只是感到了些許的蹊蹺，比如為什麼姜群會有那種眼神？為什麼忽然間被專門安排在了鄧伯伯的病房？還有那個叫彭延平的陌生人，他對她無微不至的關心與呵護多少會讓她有點受寵若驚——他為什麼會對自己這麼好？

這是王群出門後，一連竄迅疾盤旋在她腦海中的疑問。

王群當然不可能知道，發生在幕後的那個祕而不宣的「機密行動」。的確，就在王群對自己突然調入大軍區總院還在倍感到納悶之時，那個發生在幕後的行動一直在緊鑼密鼓中進行著。

一如王群的直覺，那天驀然出現在野戰醫院的兩位不速之客，的確來歷不凡，他們來自軍區的某個辦事機構，是一個臨時成立的辦公室，能進入辦公室的工作人員一律進行了嚴格的政治審查，必須在政治上絕對可靠，而且能夠嚴守機密，他們被賦予的任務是在大軍區的範圍內尋找形像姣好的女兵。至於為什麼要尋找，這些辦事人員也是不知具體內情的，但他們隱約感覺到了任務的怪異，因為他們負有的使命同時接受雙重領導：一是大軍區的上級機關，再一個是專線的林彪直屬辦公室，而且林辦主任就是林副統帥的妻子葉群。與此同時他們還發現，葉主任時常親自打電話詢問進展情況，這更使得這項工作人員變得隱祕而又非同小可。他們隱約猜到了肩負的這個所謂的「政治任務」的性質。很快，這個祕而不宣的祕密使命昭然若揭了：他們在為林彪的獨生子林立果「選妃」。

王群作為其中的候選者之一進入候選名單亦屬勢所必然，她的漂亮在當地的野戰部隊遠近聞名，因為她的形像的確是太引人注目了，讓人過目不忘，只是她本人蒙在鼓裡一無所知。那天的兩位不速之客其實是有備而來，並將她的照片及家庭情況迅速向上級做了彙報，於是接下來的就是馬不停蹄的具體運作。

這就是王群被調入大軍區總醫院的背景，而入院後院長的親自談話也是一次面試式的考察，那位張院長當然心知肚明，作為「選妃辦」的編外人員，這項任務亦已成為了他的一項額外的工作。不用說，經過一番考察，王群的個人形像、家庭出身以及工作表現均讓人滿意，符合基本條件。

而彭延平的出現也的確不是一次偶然，甚至可以說是一次事先商量好的預謀。

那一天，這位因患肝炎而在家調養，並計畫從野戰部隊調入大軍區作戰部的彭延平，無所事事地來到了設在他家宅邸對面的「彭辦」時，完全是為了和父親的祕書聊會天，在家休養的這一段日子對於他而言實在是太無聊了。

進入辦公室後，他發現屋裡不見一個人影，還有些納悶，家裡的勤務員告訴他，彭司令一大早就出發了，是去沿海部隊視察工作。於是他按照以往的習慣，從報夾上取下了一份香港《明報》，那上面正在連載金庸的小說《射雕英雄傳》，這部連載小說一直在強烈地吸引著他，跌宕起伏的故事情節每每讓他流連忘返。

很快就一口氣看完了，但他意猶未盡，小說中未竟的故事懸念還在緊緊地揪住他，但沒辦法，每天只是例行性地登載一小段，他只能耐心等待每二天的報紙。他覺得這位叫做金庸的作家委實太厲害了，他從小到大還真沒讀過這麼引人入勝的小說，充滿了一種天高地遠的武俠精神，還頗有點浪漫的情懷，讓他著迷。

這時他起身準備離開這裡了。當他穿過吳祕書的辦公桌時，不經意地瞥見了桌上放著的幾張照片，全是一水的年輕女兵的特寫。

他好奇地停下了腳步，感到了一絲愕然——為什麼這裡會有女孩的照片呢？他感到了詫異，好奇地一張張看了起來。

這些女孩都長得挺漂亮，眉清目秀，目光單純而清澈，就象清晨的曙色明媚而清亮。倏地，他的目光在一張照片上停下了，眼睛也跟著一亮，心裡還情不自禁地「咯噔」了一下。

這是一張在眾多少女的玉照中顯得鶴立雞群的照片，照片上的女孩的眉眼就像畫中人一般，瞪著一雙微笑的宛如滿月的明亮的大眼睛，漆黑的如同抹上去的濃眉鑲嵌在眉骨間，和眼睛搭配得恰到好處，簡直可稱得上是天衣無縫，相得益彰；挺拔的鼻子高高地聳起，在這張美麗的臉上顯得特別有形，微張的嘴唇鮮嫩欲滴。這一暫態他竟有些恍惚了，她臉上洋溢出的絕世之美讓他心中顫動著一種無以言說的心動。

他稍稍猶豫了一下，順手將那張照片揣進了兜裡，他也不知道為什麼竟會做出這樣的反應，他只知道自己還想時不時地看看照片上的這位女孩，這個足以令他心動的女孩，他很想知道這位天姿國色般的女孩究竟是誰，而她的照片為什麼竟會出現在吳祕書的辦公桌上？

他決定等吳祕書回來後打聽一下，與此同時亦感到了心情的迫切。

八

幾天後彭司令從海防前線視察歸來了，彭延平在一個夕陽如畫的傍晚找到了吳祕書，沒寒暄幾句吳祕書就看出了他表情的異常。「哦，你找我好像有什麼事吧？」吳祕書說，臉上掛著微笑。彭延平在家休假的這一段日子裡，他們倆無形中成為了無話不談的朋友。

彭延平遲疑了一下，略有點驚異。我的心事就那麼容易讓他看出來了嗎？他不禁自問。他有些尷尬，一時又不知該如何開口。「你有一件事迫切想從我這裡知道，是這樣嗎？」吳祕書繼續探問，「你從來沒有這樣過。」

「我怎樣了？」彭延平掩飾地笑了一下，裝作無所謂的樣子反問了一句。

「迫切。」吳祕書直截了當地說，「你顯得挺迫切，說明你想瞭解的事情對你還滿重要的。」

「你桌上為什麼有那麼多女孩的照片？」彭延平終於開門見山了。

吳祕書先是一怔，很快又露出了笑容。「這麼說你都看到了嘍？」彭延平點了點頭。「那是『林辦』

的葉主任交代的任務，我們不過是執行而已。」吳祕書說。

「葉阿姨交代的？這算是個什麼任務？」彭延平納悶地問，他一時有些不解。

「這還猜不出來？一定是葉群葉主任在為她獨子林立果選媳婦唄。」吳祕書的臉上劃過了一絲隱祕的微笑，說。

彭延平立刻明白了，忽然覺得這事變得有些滑稽了。這時他的腦海裡又出現了他口袋裡揣著的那個陌生女孩的照片。她的確是陌生的，因為他從未見過她，可幾天下來他幾乎天天會趁著沒人時拿出來瞅上幾眼，感覺中與這個漂亮的女孩已然稔熟了，雖然他知道這僅僅是自己的一個幻覺，但他就是這麼感覺的。

「你是不是看中誰了？」吳祕書不動聲色地問，嘴角卻似笑非笑。

彭延平看著吳祕書，沉吟了一會兒，覺得無須再隱瞞了，便從兜裡掏出了那張照片。「這個女孩是哪選的？」

吳祕書接過來看了一眼，「是哪的我還真不知道，都是負責這事的人送上來讓我們過目的。」然後又嘿嘿一樂，「你還真有眼力，我們幾個祕書還悄悄地議論過幾回，大家都覺得這個女孩更讓人喜歡，我們還將那些照片請你爸爸過目了呢。」吳祕書笑說。

「哦？」彭延平心沉了一下。「我爸爸說什麼了？」

「沒有，彭司令對這事一點興趣都沒有，他只是覺是葉主任沒必要為選一個兒媳這麼的大張旗鼓，所以沒怎麼管，只是交代我們有空關照一下就行了，不必太認真。」

「他看了照片什麼也沒說嗎？」

這時吳祕書笑出了聲。「你們父子倆的眼力還真夠神的，彭司令拿起來一張張看時，只在你說的這個女孩的照片上多停留了一會兒，隨口叨嘮了一句：『這丫頭還行，你們就把這個丫頭讓葉主任過目一下吧，我看她還行。』」

「你們給了嗎？」彭延平急切地問。

吳祕書看著他，嘴角又彎起了一絲意味深長的微笑：「還沒有，本來計畫這兩天辦的，結果跟著彭司令一出發就耽擱了。」

彭延平鬆了一口氣。「這女孩你們就先別給葉阿姨說了。」他說。

「行，聽你的。」吳祕書目光閃爍著，心領神會地點點頭，然後又拍了拍彭延平的肩，想再說點什麼，但沒說，轉身離去了。

彭延平目送著吳祕書的背影，略顯茫然，又凝神看了看照片上的女孩，若有所思。

幾天後的一個午後，鄧東進出現在了彭延平的房間，他倆是從小一塊長大的「發小」，又是同學，所以無話不談，情同手足。讓彭延平頗感意外的，是鄧東進這次身邊多了一個女孩，一個陌生的女孩。彭延平從鄧東進的快樂的臉上當然能看出這是他新交的女朋友。果然，鄧東進向彭延平介紹了姜群，他眉飛色舞地誇讚姜群的好。彭延平聽著皺起了眉心，他覺得鄧東進走火入魔了，像變了一人似的，過去的他挺沉穩持重的呀，不像今天，在他面前顯得這麼的「失態」。不就身邊多了一女孩嗎，何必這麼激動？他想，後來發現其實自己的心裡對鄧東進是懷著一絲妒意的。他又想起了照片上的女孩，在他的感覺中，那個女孩就像夢一般地會時常飄浮在他的腦海中。

「你怎麼了？」鄧東進問，

「什麼怎麼了？」彭延平一怔。

「走神，一副心不在焉的樣子。」鄧東進瞅著他樂著。

「沒有。」彭延平的心境黯然了一下，「我哪走神了！」

「姜群，你說他是不是在走神？」

姜群還是有點羞澀，抿嘴樂著沒說話，眼神一閃一閃的。

他們又隨意地聊了起來。這時姜群忽然趴到鄧東進的耳邊，對他悄聲耳語了幾句。鄧東進一開始斜著腦袋凝神聽著，沒一會兒就樂了，頻頻點頭，目光則意味深長地投向了彭延平。

「說什麼呢？在說我吧。」彭延平問。「那你們倆先自已聊著，我出去轉一圈，等你們的悄悄話說完了我再來。」說完，站起了身，準備離去。

「別走。」鄧東進突然說，「你先坐下。」

彭延平站住了，不解地望向鄧東進。鄧東進的口吻和表情讓他感到了一絲詫異。

九

「你先坐下。」鄧東進又強調一句。

彭延平坐下了，納悶地看著鄧東進，他知道鄧東進有什麼話想對他說，他一時還猜不出鄧東進究竟要說些什麼，他只是感到了奇怪。

「姜群，你來說？」鄧東進側過身來對姜群說，剛才還持重的表情這時掛滿了微笑，像是在向她討好。

姜群靦腆地聳動了一下眉心，正準備開口，又咯咯咯地笑出了聲。「你說，東進，還是你說吧。」

「不，還是你來說，她是你的朋友，你說比我說清楚。」東進溫柔地說。

「那好吧，我來說。」姜群的大眼睛忽搧忽搧地眨動了幾下，剛想說，又樂出了聲。

「喂，你們倆究竟要搞什麼名堂？弄得這麼的神神祕祕的！」彭延平埋怨道。

「你著什麼急呀，肯定是好事，讓姜群說給你聽。」鄧東進輕拍了姜群一下，說，臉上的笑意依然神祕。「姜群，你快說呀。」

姜群終於說了。她提起的那個人就是她的好朋友王群，在她眉飛色舞的描述中，王群的長相天姿絕色，無與倫比。「我們是最好的朋友。」姜群最後說。

「我一見到姜群的這個朋友，就馬上想到了你。」鄧東進眯笑地說。

「盡瞎說，還是我剛才提醒你的？」姜群嗔怪地說。

「好好，就算是你提醒的，這樣好了吧？」鄧東進討好地說。

當時的彭延平還不以為然，他覺得姜群的介紹多少有點過度誇張，臉上流露出一絲不屑，心裡想，有我兜裡照片上的那個女孩漂亮嗎？盡在這裡胡說八道，但礙於朋友的情分他不便當即反駁，只能裝出一副認真聽的樣子，其實心裡是排斥的，還在琢磨等吳祕書瞭解到照片上的女孩是哪的，他要找個機會設法去見一面呢，他現在對其他人一點興趣都沒有，所以也沒打聽姜群提到的這個女孩是哪兒的。

「你見了姜群的這個朋友一定會迷上的，我敢保證。」說完，鄧東進大笑。

「我有這麼淺薄嗎？你們也太小看我了。」彭延平撇了撇嘴，不屑一顧地說。

「那你等著瞧吧！」鄧東進說。

「瞧什麼？你們說的那個女孩嗎？」彭延平反問。

鄧東進與姜群這時不約而地對視了一眼，這一瞥之下似乎迅速達成了一種無言的默契。

「我家老爺子住總院了，他還時常提到你，你不準備去探望一下？」鄧東進微笑地問。

「唔，鄧叔叔住院了？你怎麼不早說呀，正好我今天沒事，我們一會兒就去。」

「那太好了。」說著，鄧東進衝著姜群眨巴了一下眼。她心領神會了。

彭延平當然不可能知道這是鄧東進設置的圈套，他以父親的名義引誘彭延平上鉤。他們家與彭延平家是世交，而且彭延平和他家老爺子也是忘年之交，鄧副司令一向欣賞彭延平，兩人甚至到了無話不聊的程度，所以鄧東進以讓彭延平到醫院探望父親的名義做誘餌，這也是引君入彀再好不過的理由了。

當王群不知所以然地出現在鄧副司令的病房時，彭延平著實吃了一驚，如同做夢一般，他一時不敢相信自己的眼睛了。是這個女孩嗎？這個像夢中走來的女孩，穿著一身白大褂，白色的帽子把烏黑的髮際綰在了帽簷內，一雙天真明亮而又委婉動人的大眼睛閃爍著光芒，消瘦苗條的身段使得她尤顯亭亭玉立，走進門時，宛如旭日東升的晨曦吹來的一股清風，就這麼地飄然而至了。

他竟有些走神，人亦在恍惚中，右手下意識地摸向上衣口袋，那裡珍藏著女孩的照片——他竟想將照片取出當面做個比較。這也太巧了！他想，不可思議，女孩竟以這樣一種意想不到的方式，奇蹟般地出現了。這可能嗎？他真覺得如夢如幻了。

就在這時，他注意到坐在邊上的鄧東進投向他的詭異的目光。鄧東進顯然在不動聲色地觀察著他，他意識到了，自己剛才暫態的失態。他穩了穩身子，把放進口袋裡的那隻手又悄然抽了回來，裝作若無其事樣子。他不想讓鄧東進窺見他心裡藏著的那個隱祕的心事，否則會讓他感到尷尬，儘管他倆是知心好友，但這個心思畢竟是他心中的一個祕密，他還不想與人分享，哪怕這個人是他的好友鄧東進。

他很快就確認了女孩就是照片上的那個讓他心儀的人，他也開始變得鎮定了起來，他知道這時的自己必須沉住氣，在她面前得表現得像個懂事的大哥哥，關懷和呵護著這位尚屬天真、臉上還夾帶著稚氣的小妹妹。他知道在她面前不能顯得操之過急，他深知欲速則不達的古訓。

從那天之後，彭延平時不時地會出現在鄧副司令的病房中，這也讓鄧副司令感到了快樂，住院的日子畢竟閒散而又無趣，他當然歡迎有一個自己喜歡的人能來陪他聊天，他一開始並沒有聯想到彭延平頻頻來訪的目地，其實是衝著王群而來的。

鄧副司令亦很快覺察了彭延平目光的異樣。他們聊得開心時，只要王群出現在病房中時，彭延平的目光便會情不自禁地追隨她而去，人亦顯得心不在焉了，甚至有了暫態的走神。

「你到我這來，不是為了專門來看我吧？」

有一天，一老一少正愉快地聊著，鄧副司令忽然發問，臉上微微地露出一絲詭祕的微笑。

「我是來看望鄧叔叔的呀。」彭延平微怔。鄧叔叔的這句話問得突然，表情亦顯得異乎尋常，好像勘破了他的隱祕心事，他略微有些緊張了。

「跟叔叔說真話，你是不是看上那個丫頭了？」

「哪個丫頭？」彭延平一驚，假裝地問。

「你還要叔叔幫你說出來嗎？」

「哦……沒……沒有。」彭延平掩飾地說，有些慌亂，很快發現自己回答得竟是如此地言不由衷，鄧叔叔射來的目光其實已然洞悉了他的心思，他還需要再隱瞞些什麼嗎？「鄧叔叔……」他想做一些解釋。

「你不用再說了。」鄧叔叔搖了搖頭。「叔叔是過來人，雖然不太看得懂你們這些年輕人，但你喜不喜歡那個丫頭叔叔還是能看出來的。」說完他笑出了聲。

彭延平一時無語了。他沉默地望向鄧叔叔，想著應該如何誠實地回答他的問題，他不想在這位老人面前撒謊，但他又明白，這種事情僅僅是發生在自己內心的一個祕密，還從未向人道及。

那天當他與鄧東進、姜群離開鄧叔叔的病房，出門後不久，鄧東進就開門見山地向他打聽對王群的印象，並問他是不是隆重推薦的這個女孩還不錯時，彭延平只是愣了愣神，微微地點了一下頭說：「嗯，確實長得不錯！」這句話說出來時，他自覺充滿了感嘆。他有點不好意思了。鄧東進打趣地說：「你可別一下子就墜入情網了哦。」姜群聽了，在一旁咯咯咯笑個不停。彭延平臉上便有些發窘了。

「東進，你說什麼吶，我只是隨便評價她一句，這跟情網有什麼關係？」

「你還真別嘴硬，我還能看不出來嗎。」東進不甘示弱地撂下了一句。「姜群，你說呢？」姜群只是掩嘴樂，拚命地搖著頭，就是不答。

「要不要我讓姜群先去試探一下，看看她……」

「以後再說吧。」彭延平恢復了平靜，淡然說。

彭延平想的是另外的策略，他想再多觀察一下女孩，反正鄧叔叔和自己是忘年交，他隨時可以以探望他的名義經常出入病房，從近處多觀察瞭解，多接觸接觸。同時他還有一個心結，自己都二十四歲了，而這個女孩看上去很可能十八歲都沒到，年齡上的差距顯得有些過大。這個女孩長得這麼漂亮，如果我真的展開追求，她會同意嗎？他拿不大準，心裡不免便犯了點嘀咕，他只知道不能操之過急地打草驚蛇，以免全功盡棄。

第六章

×

姐姐與弟弟

一

「瞧，若若，那是北峰，還記得北峰嗎？」

若若抬起了臉，明晃晃的光線有些刺目，他細眯著眼睛仰望了一下彷彿突然從地平線上崛地而起、高聳入雲的峭拔險峻的山峰，它就像一個宏偉壯麗、勢不可擋的巨人，構成了一道橫貫南北、迤邐而行的天然屏障，阻擋了人們投向遠方的視野，而這個被雲遮霧掩的鐵青色的山峰，竟像一把閃爍著寒光的利劍，直插雲霄。他恍惚了一下。歲月之流彷彿在這一暫態凝固了，甚至有了霎時的倒流。他好像被無形的時間之流推動著返回到了當年，他第一次仰望這座山峰時的情景，那時他對這座氣勢壯闊的高山，，充滿了一種敬畏與崇敬，它既顯得遙不可及，又恍若近在眼前，氤氳的霧嵐蒸騰著環繞著它，宛若窈窕仕女腰間拖曳的裙裾，讓那高聳入雲的山峰看上去竟如仙境般莫測神祕。

「記得。」若若說，「我還記得我們是在一個薄霧瀰漫的清晨出發去北峰的。」

二

天濛濛亮時，他們被急促的哨聲喚起，整裝出發了。可那天的集合顯得一反常態。他們從來沒在黎明時分被叫起，那時的天色已然漸亮，晨曦的曙光正露出一縷微明，能清晰地聽到叢林中傳出的百鳥的鳴囀，以及子規「布穀、布穀」的啾鳴，還有遠處隱約傳來的雄雞的報曉，緊急集合按照一般規律當在漆黑一團的深夜裡發生，可這一次的緊急集合則不然。

彼時的若若已然不再是當初的那個手忙腳亂的「新兵蛋子」了，他熟練地打好了背包，整好行裝，按時出現在了操場上。他沒有遲到，他到達時見到了崔永明、蕭向華和零星的幾個人，他們向他讚許地點了點頭。「怎麼天亮了還會被叫醒？」若若不解地小聲嘀咕了一句。

「不知道。」崔永明搖了搖頭，亦有些迷惑。只有蕭向華輕拍了一下若若的肩膀：「快入列吧若若，一定有特殊的任務了，一會兒就知道了。」

若若迅速入列，等待著班長的命令。

沒過一會兒工夫，傳來隆隆的汽車馬達聲，幾輛軍用卡車出現在了視野中，停在了他們面前，沒有熄火，像是也在等待出發的命令。這又是一個反常，緊急集合後接下來的任務都是徒步急行軍，奔赴一個虛擬的軍事地點，可這一次是要坐車嗎？難道我們要出發遠行？若若想。

新兵連的戰士們集體上車後，就出發了，班長自始自終繃著一張臉一語不發，就像是一旦臉上的表情鬆弛了下來，就會有人找他打聽任務的性質似的。

沉默。沒有人吭聲，只能清晰地聽見汽車馬達在行駛中發出的巨大嘶鳴聲。他們穿過了綠樹成陰的果木園，向後山進發了。若若的好奇迅速轉換成了喜悅，因為他發現他們這是在向北峰進發——那座他時常駐足仰視的神祕的山峰。他掃了一眼崔永明和蕭向華。他倆並排地坐在他的對面，也是繃緊了一張嚴峻的面孔。只有他倆知道我喜歡這座高聳的山峰，它神聖而莊嚴，若若想。他腦海中浮現出他向崔光列與蕭向華說起這座神祕的山峰時的情景，他想起了蕭向華聽完他對北峰的感慨之後，說出的那句話：「一個男人就要像這座大山一樣沉默、堅定、頑強。」他聽後心裡震動了一下，看向蕭向華，這時的他，正仰臉望向雲霧繚繞的北峰，這句話既像是在對他說，又像是在自言自語，臉上的表情竟如堅硬的岩石。

天光大亮，玫瑰色的旭日從遙遠的東方冉冉升起，晨曦下籠著淡淡輕霧的大山顯得更沉靜了。卡車在崎嶇不平的盤山道上一路顛簸，高低起伏的路面坑坑窪窪，顯然是順著山勢從山脊上鑿出的一條可以勉強行車的山路，左邊是冰冷的鐵青色的峭壁，而右側，則是懸空的一眼望不見底的萬丈深淵，極目望去的榕州市，竟成了一個宛如浮游在晨霧中的海市蜃樓，若隱若顯。若若不敢再看了，他有恐高症，他暫態產生了暈眩感。

隨著山勢越來越高，風也刮得越來越緊了，呼呼的風嘯聲就像一頭野獸在嚎叫，又像母親忘了餵奶而在任性撒嬌的嬰兒的號啕。臉被風吹得生疼，若若趕緊裹緊了軍大衣，但禁不住地還是有些抖嗦，當他把目光從山谷下收回時，正好撞見了蕭向華凝視他的目光，他凝然不動地坐在若若的對面，向他微微地點了點頭，目光堅定，但透出了一絲暖意。若若定了定神，也向他投去一瞥感激的目光。

汽車馬達不斷發出沉悶的聲嘶力竭的吼叫，在崎嶇狹窄的山路上盤旋而上，行駛了很久很久，峽谷也越來越深了，漸漸地融入了濃煙般的雲霧中，就像飄在了空中，穿行在一個虛幻的世界裡，就連坐在對面的蕭向華的臉若若都看不大清了。「霧真大！」有人嘟囔了一句，若若能聽出發出這聲感嘆的是崔永明。沒有人接他的話，大家還繃著一張臉在沉默著。所有人的臉都籠罩在了這朦朧的迷霧中，模模糊糊的，誰也不知道此行的目的地，也不知道此行的任務究竟是什麼。

午時，到達了臨近山頂的一個低凹的山地。汽車終於停了下來。

若若環視了一圈地勢。光禿禿的大山，荒蕪而寂寥，就象從來沒有過人煙一般，顯得人跡罕至。但在這個山凹稍嫌平坦的地方，卻支起了幾個碩大的綠色帳篷，有幾位一身髒兮兮的老兵聞聲從帳篷裡鑽了出來，站在那，笑眯眯地望著他們。隊長下車後跑過去與他們耳語了幾句，頻頻地點著頭，然後跟著一位四個口袋的幹部大步向一個大鍋般的龐然大物走去，若若一時沒鬧清那是一個什麼東西。他有些好奇。

隨著一聲號令，大家紛紛從身上縱身躍下，沒過一會兒，隊長出現在了隊伍中，告訴他們此行的任務是將這個龐然大物抬運到山頂上去。

「這是什麼東西？」崔永明問。

「天線。」班長冷冷地回答。

「天線？天線還有長成這樣，怎麼我看著像一口大鍋呢？」說完，崔永明笑了。

「嚴肅點。」班長正色道，「這是你們接受的軍事任務，不准在這裡嘻皮笑臉。」接著，班長告訴大家，這也是他們新兵隊將要接受的最後一項任務，從此後，他們將踏上各自的工作崗位，正式地成為一名偵聽支隊的偵察員。

若若還記得，那天的午後吃完飯，他們正將那個龐然大物的天線「嗨喲」一聲集體扛往山頂時，天空逐漸地暗黑了下來，抬眼望去，北方天空的烏雲在恣意地大海奔騰般地翻滾著，黑鴉鴉一片，鬼怪般地向他們撲了過來。緊接著，一陣大風呼嘯而起，驟然襲來，吹得人都難以站穩，一條的閃著亮光的雨線混雜著狂風由遠及近了逼了上來，沒一會兒工夫他們就被捲入了狂風暴雨中。眾人扛起的那個龐然大物，正好形成了一個巨大的逆風的扇面，在狂風驟雨中像風箏似地飄搖了起來。

因為風雨來勢兇猛，幾近迅雷不及掩耳，隊伍中遽然傳出一片驚呼聲，與此同時，扛在眾人肩上的龐然大物，在風雨之中開始搖搖欲墜了。若若恰好處在龐然大物的下位，一旦龐然大物從眾人肩上滑落，處在下位的人將首當其衝地被它壓倒，後果將不堪設想。

這時的若若，大腦一片空白，隨著處在上方的人傳來的一聲聲驚心動魄的尖利的慘叫聲——那定然是處在山體高位的人終於頂不住狂風的襲擾，跌倒在地——他覺得肩扛的巨型天線突然一沉，不堪重負地從他肩上迅疾滑落了，隨即人亦一個冷不丁地癱軟，他一屁股坐在了地上。恍惚中，見邊上的崔永明跟著他一起滑落在地，而那個駭人的龐然大物正伴隨著狂風，追趕似的從山體的高處迅疾下滑，鋪天蓋地地向著他們泰山壓頂般地碾了過來。

在劫難逃了。

若若一下子大腦發懵，迷迷糊糊中彷彿聽到了班長聲嘶力竭的吶喊，焦灼的聲音很快被風聲雨聲湮沒了。風嘯更加淒厲了，處在下位的人已然危在旦夕。

有人發出了一聲撕心裂肺的慘叫——他的一條大腳被脫肩後驀然下滑的天線死死壓在了天線底下，他努力掙扎著想把那條重壓下的腳掙脫出來，可無濟無事，只能徒勞地伸出雙臂在風中狂呼亂叫，面孔扭曲變形。這時沒人可以去援手救他。大家在被突如其來的變故嚇傻了。若若只能眼睜睜地坐在一地上，看著近在眼前的那個人，腦子轟地一下炸開了，呆若木雞。龐然大物這時正勢如破竹般地向他碾壓了過來，千鈞一髮……

就在這萬分危機的緊急時刻，若若忽然覺得身體被一個驀然襲來的重力推搡了一把，冷不防一個趔起，向山坡下翻滾而去，迅速脫離了險境。還沒等他回過神來，聽到了一聲驚天動地的吶喊。

一個高大的身影，在風狂雨驟中泰山般地出現了，手持一根粗大的鐵棍，使勁斜插地杵在了大地上，然後憋足了氣力，仰頭向上，青筋畢露地發出一聲聲巨大的獅吼，那聲音居然蓋過了呼嘯中的風雨。那人用肩膀死死地抵住了那根鐵棍，嘴中發出的陣陣長嘯讓人不寒而慄。

龐然大物停止了下滑。在那一暫態，隊長領著幾個粗壯的漢子出現了，齊聲吶喊地先將龐然大物掀起，把那個被壓住的腳的人從中拖出，然後又一聲吆喝，將龐然大物穩穩放下。它像一個巨大的鍋蓋，倒扣在了茫蒼的大地上。

若若感到暴風雨下得更猛烈了，像鞭子般地斜射著抽打著他的臉，每個人都在大口大口地喘著粗氣，臉上滿是劫後餘生的驚懼。除了風聲、雨聲，隊伍裡沒一人發出任何一絲動靜，就連班長都在一旁沉默無語，面色憂戚，他顯然亦被剛才突發的事變嚇壞了。

一場觸目驚心的戰鬥就這樣結束了，受傷的戰士被及時送往了山下，大家到這時才回過味來，不禁倒抽一口涼氣，覺得剛才發生的那一幕實在是太驚心動魄了，險些鬧出了人命來，若若也算是死裡逃生的其中一人。他是事後才知道，當時一把將他推離險境的人是崔永明，而那個手持鐵棍及時出現的「英雄人物」竟是蕭向華。

三

崔永明將車停在了一片小樹林的邊上，他主張先隨意地在這一帶四處轉轉，笑說我們這是在故地重遊，尋訪當年的生活足跡。可這裡的一切都被今非昔比，不再是當年若若所熟悉的情景了，若若心中便有了些悵然。

他們默默地走著，若若突然說：「永明，那株大榕樹還在嗎？」

崔永明一怔。「大榕樹？哦，應當在吧？」他說，聽上去更像是他的一句自我的詢問，「那可是傳說中有幾百年歷史的老榕樹呵！」

果然，陽光映照下的波光瀲灩的八一湖邊，那株枝繁葉茂的大榕樹依然屹立在它原來的位置上，這讓若若感到了驚喜若狂，這是他此行唯一可以找到並確證的記憶中的當年了。大榕樹還是那麼地茁壯，鬱鬱蔥蔥、蒼虬多筋，濃密豐腴的葉子幾乎蔓生到了河邊，粗大的樹幹扭曲掙扎的斜斜地伸向湛藍的天空，形成了一個蔽陰擋陽的巨大的綠色屏風，枝幹上一如虬髯般垂垂長鬚瀑布似地倒瀉在地上，猙獰般凹凸起伏的蒼勁的樹根，橫七豎八的隆起，肆無忌憚地向四周鋪展開來，一條條暴露在了堅實寬厚的大地上，噴雲吐霧般碩大無朋的樹冠，更像是向空中展開的一隻巨掌，遮蔽了一線天，能感受到在它蔭蔽下的一片陰涼與恬然的愜意。

那時當地還俗的尼姑就悄悄地對若若說過，這株巨大的榕樹在當地曾被視為有靈性的神樹，而尼姑庵當年之所以落址這一帶近百年，也是衝著這株神樹而來的，她們認為有了這株榕樹，這一帶的風水將會是吉祥而安然的。

有天晚上沒事時若若一人悄悄地從營房溜達了出來，他想在月光下散散步，結果無意中撞見了幾位還俗的尼姑聚在了榕樹下，還被從黑暗中突然冒出的他嚇了一大跳，因為她們幾人當時在樹下焚香拜神。她們不約而同地發出了一聲驚呼，若若由此也被唬了一跳，他沒想到會在大樹的背面遇見人。那是一個月華如水的夜晚，大榕樹遮擋了漫射四溢的月光，以致若若走近時，根本沒意識到這裡竟會有人。

後來若若向她們表示了道歉，並與她們聊起了天來。或許是若若的樣子看起來更像是一個天真的少年，或者是那天她們真的想找個人傾訴一下多年來被壓抑的心情，她們告訴了若若這株神樹的來歷——它曾經保佑過來此尋求平安的她們的第一代師祖，讓她從此逢凶化吉，出於感恩，師祖決意在此落髮為尼，化緣建了一座尼姑庵，發誓要守護這株榕樹，讓它能夠蔭庇更多的好人一路平安。

文革開始後不久，尼姑庵被紅衛兵以「破四舊」的名義搗毀了，但這株參天大樹卻在不幸中的萬幸中奇蹟般地保存了下來，只是樹前設立的那個保佑平安、敬拜樹神的神龕被砸爛了，並將她們一行從尼姑庵裡驅趕出來，勒令還俗。

但她們每到一個吉日就會偷偷地跑來拜神。說到這些時，這幾位還了俗的姐妹淚流雨下，泣不成聲。

若若也不知道該如何安慰她們了。那時的他，從內心深處猶覺這是一個可笑的迷信思想。但她們淚水和虔誠還是打動了他，所以他最終什麼都沒說，默默地轉身離去了，但那天晚上目睹的那一幕，還是深深地鐫刻在了他的記憶中。

四

一天，若若忽然接到姐姐約見他的來信，這讓他微微地吃了一驚，因為在太長的時間裡沒有了姐姐的消息。他當然對姐姐與彭延平正在發生的愛情關係一無所知，他們那時還處在密不透風的的狀態下相戀相愛，無人知曉，除了姜群與鄧東進。

姐姐約見若若的具體地點在紅湖賓館。那是一所神祕的賓館，座落在與紅湖公園毗鄰的馬路邊上，就幾棟紅牆灰瓦造型別致的小樓，周邊是一圈戒備森嚴的厚厚堅硬的高聳的圍牆，崗亭由持槍的哨兵守衛。若若進城時經常會途經這所賓館，有傳言說這裡入住的客人經常是一些從外地來的高層官員，若若當時也只是一聽而已，並沒有過於在意，畢竟這和他沒有任何關係。

可當姐姐在信中指明讓他來紅湖賓館相見時，他略微有些訝異。在信中，姐姐並沒有說到具體有什麼事，只是說有事和若若商量，由此，若若還是感受到了姐姐所說的「要商量」那幾個字中所蘊含的分量。這是一種感覺，這種感覺強烈地襲擾了若若，他感到了非同尋常。

因為姐姐難得召喚他。

在太長的一段時間裡，若若每當利用週末進城遊玩時，總會提前通知姐姐，希望能見她一面。他想念姐姐，在遠離父親內心孤寂的日子裡，姐姐是與他同城相處的唯一親人了。可他沒想到了的是，姐姐總是會找各種理由婉拒他，總說太忙，或是要在那一天當班，沒時間見若若，這讓若若感到了失落。

彼時的若若，已是一個入伍大半年的「老兵」了。新兵訓練結束後，大部分戰友分配到了支隊下屬的各個偵聽大隊，而讓若若感到意外的是自己卻被留在了支隊部機關的技術股——一個專門負責修理偵聽器材的機構，與他想當一名偵聽員的光榮夢想毫無關係的部門，報到的第一天他還被部門領導警告，不准打聽其他業務部門的工作情況，也就是說，他所從事的工作是在保密範疇之外的，這便讓若若感到了鬱悶。

崔永明也留在了支隊部，分在了支隊部的一個最重要的部門：一股，在若若看來，那是一個神祕的機構，工作性質從來祕而不宣，平時就像一個被封閉隔絕的獨立單位，辦公地點處在支隊辦公大樓的最頂端，與支隊部的領導居於同一層。支隊還有一項嚴格規定：無關人員一律在一股所在的樓層下止步，未經上級允許不准踏上一步。這就更加增加了這個機構的神祕莫測。若若當然會心生好奇。有一次，若若忍不住地向崔永明打聽「一股」究竟在做些什麼時，崔永明一臉嚴肅地告誡若若，以後不要隨便打探，否則就是破壞保密規則。崔永明當時的那副嚴肅表情，還是把若若嚇到了，從此他倆在一起時從來不聊崔永明的工作情況。天長日久，若若才逐漸瞭解了一點他們的工作性質。原來所謂「一股」，只是一個對外宣稱的代號，其實它的真實名字叫「破譯股」——專門負責破譯由各大隊偵聽員監聽到的敵臺密碼，也是他們偵聽支隊的一個核心部門。

若若這才明白了，為什麼頂層的辦公室永遠通宵達旦地亮著燈，他們必須二十四小時有人輪流值班。

蕭向華與何江南則離開了若若。他們與大多數新兵一起分配在了支隊下屬的偵聽大隊，蕭向華所去的偵聽站，座落在遠離榕州市的一個臨海的荒涼的半島上，擔負的職責是技術偵察。

新兵分配前還發生了一個故事。在宣布新兵的分配名單時，崔永明原是分配在蕭向華所去的那個半島，而蕭向華本人則分配留在了機關一股，也就是破譯股，因為他那一次在北峰的英勇救人的行為引起了領導的重視，自然在工作分配上他占盡優勢。當名單宣布後，崔永明感到了失望與氣餒。他早就渴望留在機關一股了，那個單位的神祕性質令他垂涎，他豐富的人生閱歷讓他隱約猜到了一股的性質，這便讓他心生嚮往，可最終卻未能如願以償。名單公布後不久，他與若若聊起了自己沮喪的心情，而若若在無意中將崔永明的失望告知了蕭向華。若若記得，當蕭向華聽完了若若的講述後，意外地「哦」了一聲，臉色沉了下來，但他什麼也沒多說就轉身離去了。

幾天後，當留在機關的新兵歡送即將踏上征程的戰友時，若若驚愕地發見蕭向華居然上了奔赴海島的軍車，他趕緊奔了過去，拉著蕭向華的手問：「向華，你不是留在機關了嗎，怎麼又要走呢？」蕭向華笑了笑：「這不一樣嗎？」

這時崔永明也走了過來，望著蕭向華竟說不出話來，半晌，他才開口說：「向華，謝謝你，我……我沒想到你會……」

「別說了，這是我的選擇，我更願意到下面去鍛鍊一下自己，你留在機關更能實現你的抱負，對嗎？這樣挺好的，你不覺得嗎？我們這是各得其所。」蕭向華微笑地說。

崔永明有些哽咽了。若若站在一旁聽著，似乎明白了他們之間發生了什麼，心中一熱，劃過一絲感動。

「向華……這是我欠你的……我……」

「別這麼說，永明，是我欠你們的太多，能為你做點事，我很高興，真的，我很高興！」

事後，崔永明告訴若若，是蕭向華通過他父親的戰友，執意要與他做一個分配上的對調，主動申請去海島當一名偵聽員，當時那位級別很高的首長還不明所以，覺得蕭向華太不懂事，一個新兵被分在機關的破譯股是一種榮譽性的嘉獎，為什麼還要主動申請去環境險惡的偵聽大隊呢？而且點著名要與另一名新兵進行對調。崔永明沒有向首長說明原委，只是堅持他的這一個堅定的選擇，於是就有了後續發生的故事——崔永明留下了，而蕭向華走了。若若還問崔永明：「你不是也認識軍區首長嗎，為什麼在分配前不讓首長出面幫你說個話？」崔永明告訴若若，他從通訊兵部轉到偵聽支隊已麻煩了一次首長，他不敢再為這事去打擾叔叔了。

那天與戰友們告別時，若若感到了憂傷，他仰臉望著站在車上的蕭向華，喉頭有些發酸，竟然哽咽得不知該說什麼告別的話了。蕭向華笑笑，向他伸出了大拇指：「若若，好好幹。」在汽車的轟鳴聲中，他還聽到了何江南在向他們高喊再見。

若若流下了熱淚。朝夕相處的訓練營就這麼結束了，從此大家各奔東西，還不知何時還能再見，這讓若若感到了傷感與悵惘。

五

日子就這麼一天天地過去了，讓若若大吃一驚的是，「二股」領導最後給他安排的工作，竟然是負責修理變壓器，這讓他感到了荒謬和啼笑皆非。那是一個極度無聊、無趣的工作，甚至在機關裡是一個被別人瞧不起的工作。那段日子，在今天的若若想來還是讓他感到了詫異，因為自從他接受了這個「使命」，乃至後來他離開「二股」時，居然一臺變壓器也沒修好過，他只是在哪裡渾渾噩噩地混日子，度日如年，而且基本沒人管他，就跟他這個人根本就不存在似的。那段時間他印象最深刻的是，他偷偷地看完了崔永明借給他的，中國古典「四大名著」。

那是有一天他向崔永明抱怨自己成天無事可幹，崔永明則笑他生在福中不知福。「你根本不知道我們的工作壓力有多大！」崔永明感嘆地說，然後他說到了家裡給他寄來的一套「四大名著」。

「據說是毛主席號召黨內高級幹部閱讀的，你沒事不是正好可以看看嗎？我想看還沒時間呢！」崔永明無奈地說。

若若想起了，偶爾聽到股裡的技師聊起《紅樓夢》時，臉上隱約浮現的那種似笑非笑的詭祕表情，言談中，意意思思地暗指著書中有什麼「淫蕩」的色情內容，見若若站在邊上側耳聆聽，還有意地迴避他。若若耳熱心跳，這使他對《紅夢樓》一書充滿了未知的嚮往與好奇，悄然滋生了某種讓他感到了陌生的感覺，像有隻小蟲在他內心深處蠕動，襲擾著他。當崔永明說要借給他看「四大名著」時，他迫不及待問的第一句話是：「有《紅樓夢》？」

崔永明一怔，樂了。「當然會有。」他說，「它還是四大名著之冠呢，毛主席還說它是一本封建社會的百科全書呢。」

「可有人說那本書裡有……」若若害羞得欲言又止。

「我知道你要說什麼。」崔永明瞧著若若的那副樣子，笑了。「我翻了一下……還是你自己先拿去看了再說，可別讓人知道你在看這些書，否則影響不好。」

「為什麼？你不是說毛主席還號稱大家看嗎。」若若不解地問。

「那是要求全黨的高級幹部看，你是嗎？」崔永明樂著說，「你只是一個還沒真正長大的小屁孩。所以，不要讓人知道你在看，看完馬上還我。」

若若平時上班有一間專門的小工作室，美其名曰變壓器修理間，因為這項工作就他一人獨自承擔，故而，平時沒人進來打擾他，但這間小工作間又與「一股」大工作室相通，只是隔著一道門，而且規定門不能關上，必須敞開，而若若的辦公桌還正好衝著那道門。無奈之下，若若只好將《紅樓夢》藏在桌子的抽屜底下，每當想看時，將抽屜拉開一半，就這麼埋下頭來偷看。

為了偽裝，他會在桌面上放上一本假裝正在學習的《變壓器修理手冊》，頁面是攤開的，只要大間傳來風吹草動，或是有人走近的腳步聲，他就會迅速地將抽屜關上，裝模作樣地看起了業務書籍；人一走，他又迅速地拉開抽屜，繼續如飢似渴地讀起了《紅樓夢》。

每當閱讀時，若若的腦海中會浮現出股裡的技師們聊起《紅樓夢》時的那種怪異的眼神和表情，話裡話外亦變得含糊而神祕，似乎那書中藏著什麼「不堪入目」的內容，這就足以吊起了若若的胃口。在那個青春騷動而又壓抑的年代裡，強烈地激發了若若對一個隱祕世界的探究欲望。

讀下來的結果卻並不那麼地盡如人意，甚至讓若若大失所望。

他試圖在書中尋覓從技師的眼神中所預示的隱祕內容，所以閱讀的速度是匆匆的，目的非常明確，就是為了尋找那個字裡行間隱藏的「祕密」。可是一遍掃下來，並沒有多少可以大驚小怪的內容。有那麼一丁點意意思思的情節若若又感到了不知所云。這本書的瑣碎、囉嗦，以及沒完沒了的細節渲染和景物描述都讓若若感到了不勝其煩，他完全不能明白那位叫做曹雪芹的人，究竟想說些什麼，他也絲毫看不出偉大領袖為什麼要盛讚它是一本「封建社會的百科全書」。全他媽是扯蛋，若若忿忿地想，他覺得他上當了。

「一點也不好看。」

若若將《紅樓夢》還給崔永明時，不悅地說。

崔永明的眉宇間掠過一了絲愕然，望著若若，似乎釋然了，笑了起來。「那是你不懂！」崔永明說。

「它到底在說什麼？」

「那要問你希望看到什麼？」

若若的臉刷地一下子紅了，紅到了脖頸。「我不知道。」他喃喃地說，「但我覺得好像……好像……」

「我知道你的意思。」崔永明終於笑出了聲。「賈寶玉夢遊太虛幻境，你沒看出點什麼來嗎？」

「沒呀！」若若瞪大了一雙眼睛，迷糊地瞅著崔永明，他那副嘲笑的表情讓若若感到了狼狽。「那裡面只說了一句什麼：『雲雨之情』，那是在說什麼？什麼叫『雲雨』？」

「若若呵若若。」崔永明大笑了起來，「你還真是一個沒長大的小孩，你明明看到了，卻還不知那裡面說的是什麼！」

「那你告訴我說的是什麼？」

「好了，你不知道也好，說明你太純潔了，不必知道這些東西。」

「那你的意思是……」

「別你的意思我的意思了，等你再長大一點，你自然知道它的意思。」崔永明笑說。

「你問問你姐姐想不想看？我也可以借給她看。」崔永明突然說。

若若猝不及防地怔了一下，他沒想到崔永明會突然說起了姐姐，他不解地看著崔永明。

「沒什麼。」崔永明不自然地撓了撓幾乎剃光了頭髮的腦袋瓜，像是上面沾了什麼異物讓他感到了癢癢，他顯得有些尷尬，又像在掩飾著什麼。「我只是隨便一說，好多人想找《紅樓夢》看呢。」他說，目光閃爍。

若若這才猛然想起，姐姐在太長時間裡沒了消息，他給姐姐發出的幾封信也石沉大海。所以當有一天，若若突然接到姐姐的來信，囑他到紅湖賓館來見她時，若若還是按捺不住心中的喜悅，他太想念久未見到的姐姐了。

若若先在紅湖賓館外轉悠了一圈，這裡戒備森嚴，門口站在兩位持槍的警衛，大門緊閉，靜悄悄的，若若還在心中嘀咕著，自己能就麼堂而皇之地進入嗎？警衛要是盤問起我來我該說什麼呢？正在猶疑時，一名站崗的士兵將眼睛掃向了他，目光在他的臉上停住了，似乎也在猶豫。

「找人嗎？」他問。

若若點了點頭，遲疑地向他走去，心裡還在琢磨著該怎麼向警衛做出解釋，他看得出來，這個戒備森嚴的賓館是不會讓人隨便進入的，所以有些緊張了起來。可沒想到當他說明了來歷，並說來這裡找誰時，警衛立刻換了一副恭敬的表情：「你進吧，已經有人幫你登記過了。」

警衛伸手向他示意。若若怔了一下，他沒想到竟會如此順利，於是鬆了一口氣，向警衛行了一個軍禮，快步走了進去。

六

院內靜悄悄的，幽靜神祕地讓人有點緊張和不適。若若很快就找到了姐姐在信上說過的二號樓。他走了進去，放輕腳步上了樓梯，心裡還在納悶姐姐為什麼會住進了這幢樓裡？好像不是一般人能住進來的。

他在二一二門口停下了腳步，貼著門板聽了聽，沒動靜。姐姐會在裡面嗎？他自問，猶豫地敲了敲門。很快傳來了細碎的腳步聲。

門開了，姐姐出現在了門口。

「快進來，若若。」姐姐說，表情平靜。若若感到了失望。畢竟太長時間沒見過姐姐了，想像中姐姐見到他時一定會激動的，可是這種情景並沒有出現，出現的只是姐姐的一張冷靜的臉。

他進了屋。房間不太大，擺設了一張雙人床，床邊的靠牆處有一個單人沙發；臨窗的位置，安放了一張書桌，一個木椅，桌上還擱著一盞檯燈。檯燈燃亮著，桌面上不規則地堆放著幾本翻開的書本。若若就這麼在屋中央站著，有些不知所措，他也不知道為什麼會這樣，見到的姐姐時竟有一種陌生的拘謹。是因為太長沒見過姐姐了嗎？他不禁在心中問起了自己。

「你站著幹嘛？坐吧。」姐姐說，並指向了沙發。

若若木訥地在沙發上坐了下來，沉默著。姐姐也在床沿上坐下了，看著他。他也看向姐姐。姐姐的眼圈有些發烏，顯得疲憊而憔悴，顯然沒怎麼睡好，同時他敏感地覺察到了，姐姐的性情亦有了些微的變化。究竟變了些什麼呢？他一時還沒能琢磨過來，只是覺得與過去的姐姐相比不大一樣了。

「若若，你還好嗎？」姐姐終於笑了一下，問。笑得勉強。

若若覺得姐姐的心裡好像擱著什麼心思。那會是什麼呢？若若想。「還好。」若若說。他遲疑了一下，又說，「你為什麼會住在這裡呢？」

「複習功課。」姐姐說，從床頭抄起了一本書來，低頭掃了一眼，又拍了拍書的封面。若若趁機向那本書的封面瞟了一眼，是一本《代數》的課本。姐姐將課本擱在了膝蓋上。「挺難的！」姐姐嘆息了一聲。「過去學到的東西都快忘光了，重新撿起來還真有些難。」

「為什麼要複習呢？」

「我可能會去上醫科大學。」

若若怔了一下，恍然地凝視著姐姐。在此之前，姐姐一點口風也沒透過，怎麼突然要去讀大學了呢？姐姐看出了若若的詫異，隨手將膝蓋上的課本重新擱回了床頭，陷入了沉思，幾次望向若若，欲言又止。若若什麼也沒問，他看得出來姐姐有話想對他說，只是還在猶豫。他只能等待了。

「姐姐談戀愛了！」姐姐終於開口了，臉上卻沒有絲毫的變化。

若若心臟激跳了一下，驚得差點從座椅上蹦起來。他愣在那了，半晌說不出一句話來，只是瞪大了一雙眼睛，傻呆呆地直視著姐姐，竟沒能及時地反應過來。他覺得太不可思議了，他還以為姐姐會告訴他一些別的什麼呢。姐姐這個年齡就開始談戀愛了？若若的心裡驀然湧起了一股羞恥感。

「他是誰？」若若終於緩過了一口氣，問道。

「你以後會見到的。」姐姐說，臉上漾出了一絲隱約的微笑，「他人挺好！」

「爸媽知道了嗎？」

姐姐又沉默了，神情變得有些憂鬱了，將目光投向了窗外，幽幽地說：「我準備找個合適的時間告訴爸媽。」

「什麼才是合適的時間？」停頓了一下，若若問。

「我也不知道！」沉默了一會兒，姐姐重重地嘆了一口氣說。

「爸媽知道了一定會反對的。」若若說。

「我知道。」姐姐說。「所以我讓你來，就是為了先告訴你這件事，希望到時你能支持一下姐姐。」

「我……」若若心臟還在蹦蹦跳，一時無語。他現在才知道，姐姐為什麼在過去的一些段日子裡，總是說沒時間見他了，他還以為姐姐工作太忙；顯然不是，而是因為姐姐談戀愛了。若若無論如何也想不到姐姐突然召喚他，竟然僅僅是為了通知他這件事，而不是純粹為了見他一面。這讓他有些失望，他覺得姐姐真的變了。

但他什麼也沒對姐姐說，也不想說，只是在固執地沉默著。

「若若，你好像不高興？」過了一會兒，姐姐問。

若若搖了搖頭。

「你不用否認，我看得出來。」姐姐說，「這件事我也只是通知一下你，到時再告知爸媽。」姐姐說，神情堅定。接著，語調忽然升高了，「無論你們同意還是不同意，我都不會改變！」

「傳出去，影響會不好。」若若說。若若心裡還是認為姐姐肯定走火入魔了，這個年齡是不適合談戀愛的，更何況她還是一名軍人，一旦傳出會是一件令人羞恥的事。

「若若，你還小，你不懂姐姐！」姐姐嘆息般地說了一句，目光定定地凝視著他。「你以後談戀愛了，就知道姐姐為什麼會有這麼大決心了。」

若若不想再說什麼了，他看得出，姐姐在這個問題上的堅定不移，任何人都無法改變她的決定，他只是在隱隱地擔憂，爸媽一旦知道了會不會大發雷霆？那時的姐姐將如何面對？

他和姐姐又聊起了一些別的閒話，不再觸及那個敏感的話題了。姐姐告訴他，如果順利，幾個月後就會去醫科大學讀書了。若若聽了將信將疑，在他看來，姐姐的戀愛一旦被人知曉，必定會影響到她的前途，畢竟她還未滿十八，而這個年齡在軍隊談戀愛是犯大忌的。

「你為什麼會在這裡？」若若問。

「什麼這裡？」

「哦，這裡，紅湖賓館，這裡好像戒備森嚴，一般人進不來，是首長們常來的地方，對嗎？」

「嗯。」姐姐沉吟了一會兒，點了點頭，嘴角漾出一絲隱祕的微笑，那微笑顯得意味深長。「是延平安排我住這的。」姐姐說。

「他是誰？」若若敏感到了，從姐姐嘴裡突然冒出的這個陌生的名字，不禁問道。

「就是我說的那個人呀。」姐姐有點羞澀地說。

「哦。」若若明白了。又問，「那他為什麼能安排你住進這裡來呢？」

「他說這裡安靜，沒人打擾，可以安心複習功課。」

「可這裡像是只有首長才能來的地方……」

「其他的你就不用再問了，姐姐不是告訴過你了嗎，你以後會知道他是誰的，姐姐現在還不想說。他本來今天也想來見見你的，是我讓他別來了。」姐姐說。

「為什麼不能見我？」

「還沒到時候。」姐姐淡淡地說。

姐弟倆只好又聊起了一些別的。若若說起了他對自己在部隊職業的不滿。姐姐反問若若，「那你自己想做什麼？」若若說他想當一名破譯員，而不是坐在機關裡成天無所事事，百無聊賴。姐姐聽了笑笑。若若見姐姐笑得詭祕，便問：「你笑什麼？」姐姐抿著嘴，笑意仍隱在嘴角：「以後讓他來幫你解決吧，這都是些小事情。」若若又是一怔，心想，那位叫做的延平的人究竟是個什麼人？為什麼就能幫我解決？若若一時無論如何也想不明白，只是姐姐臉上的表情，讓他意識到現在問了也是白問，姐姐什麼也不會說，那個叫做延平的人變得更加神祕了。

他究竟會是一個什麼樣的人？若若心想。

若若見姐姐的床頭摞著幾本書，泛黃的起了皺褶的封面上印著一個外國人的頭像，表情淡定而從容，顯出顯而易見的睿智，他抄起了其中的一本，封面上寫著：《莎士比亞戲劇集》。

「他讓我看的。」姐姐瞥了一眼，淡定地說。

若若翻看了幾頁，是話劇劇本，只是他那時還不知道這個名叫莎士比亞的人究竟是誰。他還是人生第一次知道了這個人的名字。「好看嗎？」若若抬著臉來，問。

「滿好的，他是一位英國的大作家。」

「會不會是毒草？」若若說。

「好像凡是翻譯的外國書一律都是毒草吧。」姐姐樂了，說。

「那我看過的《九三年》、《牛虻》都很好看呀？」

「若若，你中毒了！」姐姐笑說。

「好看的書就是毒草？」若若反問。

「姐姐逗你玩呢，過去我還信這些說法，現在我不大信了。」姐姐撇了撇嘴，不屑地說，「但你要裝著在別人面前相信它們是毒草。」

若若想起了什麼，說：「你還記得崔永明嗎，跟我一塊當兵的那個人？」

「怎麼會不記的，你尿床的事還是他寫信告訴我的呢。」

若若不好意思了。「他還託我問你，想不想看《紅樓夢》？」

姐姐的嘴角隨即滑過了一絲不易察覺的譏笑，「替我謝謝他，我看過了，他後來給我寫了好幾封信，你告他，我平時太忙，沒空回他的信。」

若若驚了一下，他沒想到崔永明還給姐姐寫過不少信。從崔永明的嘴中，他從來沒有向若若透露過。若若不想再說這件事了。他拿起《莎士比亞戲劇集》，在手中晃了晃。

「我能拿回去看看嗎？」

「拿去吧，別讓人看見了。」

「是因為它是毒草嗎？」

「你說呢？」看著若若一副天真的模樣，姐姐又樂了。「或許只有毒草，才會讓人看著激動。」姐姐說。

在若若聽來，姐姐的這一番話變得有些意味深長了。

七

從紅湖賓館出來後，若若站在馬路邊上恍惚了一下，空無一人的馬路，看上去就像一個空蕩蕩的大褲襠，他突然感到了茫然。

時間還早，沒必要這時趕回支隊部，那能去哪呢？他不想一人逛街。榕州的街區他已然太熟悉了，再逛，失去了興致。這時他驀然想起了賀苗苗，那個他在火車上認識的女孩。

若若的心裡一直沒忘了她，她始終活躍在他的記憶中，甚至一旦想起她來會有一種詩意的感覺，就像有一隻小蟲從心裡悄然爬過，喚起他的一絲莫名的感傷。他當時還不敢承認那其實是一種戀愛的感覺，他那時才十六歲，這麼小的年齡就想著談戀愛，會讓他心生沉重的犯罪感。若若害怕這種感覺，可它又是不受控制的，時不時地會來騷擾他一下，尤其是在萬籟俱寂的夜晚。

當兵之後，若若再次見到賀苗苗時，是在父親的戰友李叔叔家，那是一個星期天，他與崔永明結伴去看望李叔叔。那也是若若第一次來到李叔叔家。

李叔叔和他的愛人羅阿姨熱情地接待了他們，關切地問起他們在部隊的情況。李叔叔是一個樂觀豁達的人，說起話來總是樂呵呵的，讓本來有些拘謹的若若迅速地放鬆了下來。他只是不大說話。崔永明卻會大大咧咧地回答著叔叔阿姨提出的各種問題，說高興了，還向他們透露了若若尿床的情況，說到這一點時他還忍不住地大笑了起來。若若的臉紅了，他也注意到叔叔阿姨在瞧著他，目光充滿了善意的理解。「沒事的。」羅阿姨安慰他說，「你這麼小當兵，出點狀況也正常呀，別不好意思。」若若臉紅得更厲害了，有點無地自容，心裡怪罪崔永明嘴上沒把門的，什麼事都往外吐嚕，他恨恨地瞪了崔永明一眼。

「你幹嘛這麼瞪著我？」崔永明明知故問，「在李叔叔家說點笑話有什麼呀，我又沒給別人說，瞧你這屁大的人還知道生氣。」

他們又聊起了一些別的，都是些閒話。就在這時，門外傳來唧唧喳喳的聲音，好像有人在高興地喊了一聲什麼，接著是熱烈的說話聲，是嬌嫩的女聲。若若一開始沒太在意，他猜到了李叔叔家又來客人了，可就在這時，他似乎聽到從唧喳中驟然躍出的一個清脆悅耳的聲音，婉轉而圓潤，他的心突地一下激跳了一下。

是她嗎？久違了，這個熟悉的聲音讓他感到那麼地親切。霎時出現的一個反應飛快地從他腦海中快速掠過，讓若若震顫不已——記憶被熟悉的聲音喚醒了，那個在火車上愉快交談時的情景，清晰地浮現在了腦海中，還有彼此在軍區招待所悠閒的漫步和聊天。真的是她嗎，那個叫賀苗苗的女孩？

他有些走神了。

果然是她。當賀苗苗出現在了李叔叔家的客廳裡時，一開始並沒有特別注意到若若的存在，顯然她不是第一次來看望李叔叔與羅阿姨了。她悠然地走了進來，後面跟著李叔叔的大女兒莎莎。她們剛才可能聊得快樂，所以彼此的臉上還掛著餘興未盡的盈盈笑意。若若則尷尬地退居一邊，暗暗觀察著，他發現賀苗苗一亮身，整個屋子的氣氛霎時變得不一樣了，充滿了歡聲笑語，在若若聽來，賀苗苗的嗓音實在是太悅耳了，清亮、甜潤、婉約，他也不清楚究竟是什麼吸引了他，只是覺得心裡會突然冒出的暖流悄然劃過心尖，讓他有些恍惚，有些想入非非了。

當羅阿姨拉著賀苗苗，向若若和崔永明介紹時，若若還處在神思迷離中呢。

「永明，若若，介紹你們認識一下，這也是你李叔叔老戰友的孩子，哦，對了，她也是從江西來的。」

「若若，你好，我們又見面了！」王若若眉眼聳動，笑吟吟地說。

「你們認識？」羅阿姨詫異地問。

「嗯。」賀苗苗發出一串銀鈴般的歡笑聲，「我們是坐同一趟列車來榕州的。」她說。

「哦，差點忘了，還是我安排車接你們倆的。」李叔叔笑說。

那天若若基本沒跟賀苗苗說上幾句話，他只是拘謹地待在邊上聽她們聊天。他呆呆地坐著，耳邊不時響起賀苗苗愉快的如夜鶯般清脆婉轉的聲音，他發現自己竟迷上了賀苗苗的聲音，她的嗓音只要響起，無須看著她，若若的腦海中就會立刻浮現出她的那張笑吟吟的臉，彷彿正斜著腦袋俏皮地望著他，問：若若，你在想什麼呢？

若若覺得身子被人碰了一下，他一愣神從幻覺中醒來了，耳畔再度響起了賀苗苗脆亮的說話聲。他抬起臉，崔永明正狐疑地望著他：

「你怎麼了？」

「我？什麼怎麼了。」若若掩飾地說。

「走神。」崔永明笑說，「想什麼呢？」

「沒。」若若拚命搖頭，心裡發虛，害怕崔永明一眼之下勘破了自己的心思。

若若和崔永明先行告別了李叔叔與羅阿姨。支隊部距離市區較遠，他們必須在下午五點之前返回駐地。賀苗苗還沒走的意思，見若若要離開，大大方方地走了過來，跟他打了聲招呼。

「若若，要走了嗎？也許哪天我們又會不期而遇呢！」說完，發出一串爽朗的笑聲。若若尷尬地點著頭，臉紅了。

「你是不是喜歡那個女孩？」歸隊的路上，崔永明突然發問。

「誰？」若若裝作沒聽懂，支吾了一聲。

「還能有誰？你以為我看不出來呀，你這個小傢伙。」崔永明笑了，笑得詭祕。

「沒有，真的沒有。」若若的臉紅得一塌糊塗了。

「那你臉紅什麼？」崔永明嘲弄般地瞟著他。「你姐姐好嗎？」過了一會兒，崔永明忽然問道。

「哦，還好吧。」若若含糊地說，心裡在慶幸崔永明終於轉移話題了，否則他真的無處可逃。

「什麼時候我陪你去看看你姐姐？」崔永明又說，這時他的表情是嚴肅的，眼神有些閃爍，好像隱藏著什麼特別的內容。

「她總說自己太忙，讓我沒事不要去找她。」若若說，忽然有了一種莫名的失落感，

「哦。」崔永明不說話了，好像陷入了沉思。沉默了一會兒：「我挺想有工夫陪你去看望一下你姐的。」他悵然地說。

若若側過臉，瞅了崔永明一眼，發現他臉上浮動著難得一見的莊嚴。

八

後勤部的辦公大樓靜悄悄的，闃無一人。若若沿著樓梯拾級而上，心臟不受控制地突突直跳。

來時，他在門崗被哨兵攔下了，詢問他找誰。若若的心臟那時就開始狂跳不已了，當他報出要找廣播

站的賀苗苗時，哨兵返身去撥電話，他忽然想轉身就走。他感到了一種無形的壓力，這種壓力來自他內心驟起的羞怯感，他甚至覺得此時此刻，竟像個偷拿了東西被人撞見的小偷。

電話顯然撥通了，哨兵一臉嚴肅地邊看著他，邊在等人接電話。若若突然覺得若湊巧賀苗苗不在就好了。他也不明白為什麼就這麼膽大包天地闖來了，事先也沒告訴賀苗苗一聲，就像不請自來的不速之客。萬一她不願見我呢？若若想。

若若開始後悔了，萌生退意。

「你叫什麼？」哨兵拿著話筒突然問。

「什麼？」若若愣了一下，沒反應過來，還處在恍惚中。

「你不是要找人嗎？對方問你叫什麼？」哨兵不滿地說。

若若報了自己的姓名，那一刻，心臟都快蹦出來了，緊張極了。

「進去吧，正面那個大樓的五樓。」哨兵撂下了話筒衝著大樓指了一下說。

空無一人的樓內，若若能清晰地聽到，他上樓時沉重的腳步聲，空洞而沉悶。他把腳步放輕了，儘量不讓它發出聲響，因為那聲音讓他格外緊張。

若若一邊走，一邊數著樓層，當他終於踏完最後一級階梯時，渾身上下有了一種癱軟感。他在五樓站定了，大喘了幾口氣，越接近賀苗苗所在的位置，他的緊張感便越加強烈，他又一次萌生了趕快轉身逃離的欲望。

等若若稍稍定下神時，聽到了從不遠處傳來的嘩嘩的流水聲，還有物體與水流接觸時的摩擦聲。若若硬著頭皮向著聲音走去，然後一拐彎，通往了一個長長的黑黝黝的甬道，甬道兩邊是緊閉著的辦公室的門，甬道的盡頭，能依稀見到一個人彎著腰的側影，在她的旁邊則是一扇敞亮的大窗，窗外的光線炫目地投射了進來，使得那個人的側影，在光線之下，構成了一個彎曲的模糊的剪影。流水聲與摩擦聲就是從那裡傳來的。

人影彷彿聽到了動靜，直起了腰，水管沒關上，水流仍在嘩啦啦地流淌著。因為逆光，若若無法看清那人的臉。

「是若若嗎？」

聲音脆亮婉轉，在空洞的樓道裡沉悶地響起，還裹挾著嗡嗡的回聲。這聲音是若若熟悉的，熟悉得讓他的心臟剎那間彷彿停止了跳動。逆光中的賀苗苗，臉龐被窗外的射進的光線畫筆般地勾勒了出來，她直腰站立，宛若亭亭玉立的雕像。

若若驚呆了。

「沒想到你會來看我。」賀苗苗一邊說著，一邊麻利地將濯洗過的衣物晾在了細長的鐵絲上。

若若拘謹地站著，手足所措。

「進屋坐呀。」賀苗苗說。

進屋後，若若坐下了。水滴從掛在鐵絲的衣服上滴答滴答地墜落，寂靜中清晰銳耳。賀苗苗就手抄起了兩個小臉盆，擱在了滴水的地上，水粒墜地的滴答聲，轉換成了撞擊金屬的嘭嘭聲，賀苗苗這才轉回身，衝若若嫣然一笑。

「對不起，我的衣服只能這麼晾著。」賀苗苗的抱歉地說。

「沒關係。」若若說。

「你上次在火車上說過，你也看過《牛虻》的小說，對嗎？」

「呃。」若若怔了一下。他沒想到賀苗苗會忽然說起了那本書來，他又回想起了與賀苗苗相遇在火車上的那一幕情景。「是的，我看過。」若若說。

「那你看懂了嗎？」賀苗苗輕聲問道，嘴角滑過一絲迷惑。

若若想了想，搖了搖頭。

「真的呀！」賀苗苗高興地輕呼了一聲。「我還責怪自己呢，覺得我笨，沒看懂那本小說呢。」

「哦。」若若一時間不知道該說什麼。
「那你喜歡那個人嗎？」
「誰？你說喜歡誰？」
「就是小說中那個人呵——牛虻，他的真名叫亞瑟，對嗎？你喜歡他嗎？」
若若沉默了。回味著當年看完那部小說後的真實感覺。
「喜歡。」過了一會兒，若若說。
「為什麼喜歡？」
「他滿勇敢的。」若若說。
「就為了這？」
「當然。還會有別的嗎？」
「噢！」賀苗苗輕嘆了一口氣，目光發虛地望著若若，彷彿陷入了沉思。
「你不喜歡他？」若若小心地探問了一句。
「說不好。」賀苗苗輕晃了一下腦袋說。
「為什麼，為什麼說不好？」
「我有時會想。」賀苗苗若有所思地說，「牛虻在小說中確實是一個勇敢堅定的革命者，還那麼一往情深愛著他初戀時的情人瓊瑪，可為什麼身邊還會有一個情人呢？」
「呃！」若若傻眼了，這個問題他在看小說時也曾困擾過，讓他有些百思不解。
「一個真正的革命者，是不應該有這樣的感情的，對嗎？這是資產階級腐朽沒落的情感，更何況牛虻那麼愛瓊瑪，他就不應該身邊還有一個別的女人，而且那個女人還是個一錢不值的妓女，我覺得他的思想有嚴重問題。你說呢？」
「就因為牛虻的身邊多了一個女人？」

「那還能有什麼?這不就說明問題了嗎。」

「你認為牛虻與瓊瑪不是愛情?」

「你認為是嗎?」

「我?哦……我不知道。」沉默了許久,若若迷惘地說。

「愛情不該是他這樣的,愛情應當是專一的,持之以恆的。」賀苗苗賭氣般地說。

這時,若若感到臉皮有些發燙了。賀苗苗突然說起了小說中的愛情,這讓他尷尬。怎麼就不知不覺間就說起小說中的愛情了呢?他由此又想到了自己。我為什麼要來找賀苗苗?僅僅是為了聊天嗎?若若在心裡問自己。不,他很想見她,可又怕見了會被她勘破連自己都無法解釋的隱祕的心思。悄然萌生的愛情讓他有了強烈的羞恥感,他突然覺得自己有點理解姐姐了。為了不讓賀苗苗發現他的臉紅,他站了起來,步入了窗邊,雙肘倚上窗沿,手托下頷,假裝向窗外望去。

「你怎麼不說話了?」

他沒回應。窗外是一條寬敞的林蔭大道,筆直的馬路兩邊長滿小葉榕樹,路上有稀稀拉拉幾個軍人在行走,再遠處,有一個頗大的藍球場,有人在打球,隱約傳來他們的歡叫聲。他有暫態的走神。

「我還想聽聽你怎麼看?」若若聽到賀苗苗在他身後說。

若若當然清晰地記得《牛虻》中關於牛虻愛情的那些描寫,可以說,那是小說中最讓他心動不已的精彩描述了,吸引他喜歡這部小說的,多半也是來自這一部分的愛情敘述,當時,若若震驚地讀到牛虻所承受的一般人難以忍受的內心煎熬——在經歷了一番生離死別般的重逢後,依然執著地愛著他初戀的情人瓊瑪,癡心不改,但又以難以置信的意志,控制著自己的情感而滴水不漏。與賀苗苗感受相同,也讓若若大惑不解的是,既然牛虻深愛瓊瑪,身邊為什麼卻睡著另一個與他同床異夢的妓女呢?那時的他也在心中自問,這還算是愛情嗎?愛情在他看來應當是忠貞不渝的,忠誠與責任才是他想像中的偉大愛情,可牛虻的行為,似乎背叛了這一愛情定律,他還有什麼資格和權利去愛瓊瑪呢?但奇怪的是,整個閱讀過程讓若若不無迷惘地發現，牛虻與瓊瑪的這種不可思議的愛情，卻又在強烈地感動著他，這便讓他陷入了感受的迷亂。

作為一名堅定革命者的牛虻，在若若的腦海中變得模糊了起來，他既覺得他有點象傳說中的愛情騙子和流氓，又覺得自己被牛虻的那一聞所未聞的愛情故事所深深打動。

「他算是流氓嗎？」若若說。他沒有回頭。

「你說誰？牛虻？」

若若這時轉過了身來，他覺得現在平靜多了。

「那他究竟還算不算是一名堅定的革命者呢？」賀苗苗繼續問。

若若呆了一下，搖了搖頭：「我不知道了，真的不知道了，一個革命者好像不該這樣對待愛情，你說對嗎？」他說。

「我也不知道！」賀苗苗說，眼中飄過一絲淡淡的困惑。

「你能將《牛虻》借我看看嗎？」，走前，若若問賀苗苗。

「可以呀！」賀苗苗微笑地說，「但你別忘了還我。」

「當然，有借有還，再借不難。」若若愉快地說。

第七章

×

姐姐的愛情

——

「電話，王群。」護士長從門外探進頭，衝著正在護理鄧副司令的王群喊道。

誰會在這個時間給我打電話？王群想。

一般說來，這一階段找她的電話只有彭延平，除此之外就是姜群了，而這些來電，一般都會直接打進鄧副司令的病房，只有這樣，才能確保私密性，所以突然打來的電話讓王群頗感蹊蹺，因為它直接打到了護士辦公室。會是誰呢？

她快步奔向護士室，抄起了電話，剛發出一聲「喂」時，對方的聲音就在話筒裡嘹亮地響起了：「是小麗莉嗎？我是金叔叔呀，你來我辦公室一趟好嗎？」金叔叔的聲音聽上去還是一如既往地樂樂呵呵，只是在這種時刻顯得反常的邀請，讓王群感到了些許的不安。

那是一個陽光燦爛的午後。午休時間剛剛結束，所有的人都還處在繁忙的工作中。

金叔叔從來沒有單獨找她談過話，儘管當年金叔叔與父親都供職於同一所軍事學院，兩家同住一個單元，是鄰居，最神奇的是，金叔叔還是母親參加革命的領路人，這三重關係，便使得金叔叔與她們家的友情非同一般了。在王群剛調入總院後，金叔叔時不時地會來到內三科檢查工作，碰上她還會熱情地聊上幾句，噓寒問暖，關懷備至，按金叔叔的話說，當年我把你媽媽領進了革命隊伍，現在你又來到了我的手下，我也要領好你的路，你這是子承母業，我有責任關心你的成長。

有一天，金叔叔又出現在了內三科，趕巧王群一人坐在護理室的角落發呆。那時她剛忙完手頭繁雜的工作，有點累，就趁機歇著了，忽然鬆弛下來的感覺，讓她一時間竟有些恍惚與抽離，金叔叔的忽然出現，讓她感到了驚喜。金叔叔以長輩的身分詢問了一下她這段時間以來的感受，畢竟那時她來內三科工作不久，還處在緩慢的適應中，彭延平在那個時候也還沒有出現在她的生活中。臨了，王群忽然問道：「金叔叔，有一件事我一直想不明白，您能告訴我為什麼會把我一人調到總院來嗎？」

「為什麼問起這個問題來啦？」金叔叔笑眯眯地反問。

「我聽到了一些議論，這讓我不舒服，好像是我們家通過什麼特殊關係把我調來的，您知道我沒有。」王群委屈地說。

「哦。」金叔叔收斂了笑容，沉吟了一下，「議論總是難免的，人在哪都會有是非，只要你自己心中無愧就行了呀，不必在意，小麗莉，哦，你現在叫王群啦，我不能再叫你小麗莉了，你不小了，是個大丫頭了，時間過得真快，一眨眼小麗莉都長成大人了！」金叔叔感嘆地說。

「可我想知道。」王群固執地說。「我也覺得突然調入總院來有點兒奇怪，即使別人不議論我自己也會覺得怪。」

「你聽金叔叔的話，這種事你不要去管了，你也管不了。來到一個陌生的環境還適應嗎？」

「嗯……還好。」王群想說點什麼，但很快地搖了搖頭，欲言又止了。

「你好像有什麼心思？」

「哦……我不知道該怎麼說！」目光有些飄移，嘆息了一聲。

「你可以告訴叔叔呀，你爸媽不在身邊，叔叔有責任照顧你。說吧。」金叔叔微笑地說。

「我有些害怕。」王群終於鼓足勇氣說出了口。

「怕什麼？」金叔叔略有些驚詫，收斂了笑容，問。

「為什麼會有那麼多軍區首長的家屬和孩子會有事沒事地跑來看我，我並不認識他們，她們的目光讓我看著害怕。」王群迷惑地說。

「哦？」金叔叔沒有馬上回答，沉吟了一會兒，想了想說，「小麗莉，你只要把握好自己就行了，其他的你不用管。」

「可我緊張，她們一出現我就會緊張，我不知道她們為什麼要跑來看我！」

「這種事難免，小麗莉，因為你長得太出眾了，這是軍隊，她們也不可能把你怎樣，你已經長大了，應當學會冷靜地處理好這些事情，對嗎小麗莉？別管它了，不是還有你金叔叔在嗎？出不了什麼意外，你只要做好你的本職工作就行啦。」

「那我調到總院，安排在高幹病房跟這些事沒關吧？」

「應該沒關係。」金叔叔遲疑地說。

王群還想接著問，但金叔叔的目光顯然在婉拒她的繼續追問。她有些失望，但知道也只能如此了。

「那好吧！」她說，「反正金叔叔您是知道我沒有通過任何關係跑到這裡來的，對嗎？」

「這個我可以作證。」金叔叔的笑容又浮現在了臉上，「好好工作，其他的就不要再去多想了。」

金叔叔轉身離去了。其實王群出乎意料地調入軍區總院也讓他感到了蹊蹺，這是總院從未有過的先例，除非這個被調入者有著強大的「政治背景」，性質特殊，否則總院絕不可能從外地的野戰醫院，隨便抽調一名普通的護理員，這也就難怪會有人在背後悄悄議論王群了，因為她的調入太惹人注目了，何況她還長得那麼地美麗出眾。

王群調入時他對這件事一無所知，直到有一天，他在上班的路上聽到有人在喊他金叔叔，委實吃了一驚，因為在醫院內部，人們對他的稱謂大都是金副院長或老金，鮮有金叔叔的稱呼。他停下腳步，抬眼望去，見是一個漂亮俊俏的女兵在對面喊他，他一時還沒及時地認出她來，微怔，正想問一問這位漂亮女孩的來歷，她就像隻快樂的百靈鳥似地飛了過來。

「金叔叔，真沒想到會在這裡遇見您！」

女兵的模樣讓他依稀感到了熟悉，但又無法想起在哪見過，他努力搜尋著過往的記憶。

「我是小麗莉呀，您以前不是都這麼叫我的嗎？金叔叔你真的不認識我了？」

記憶被啟動了。他終於認出了興奮地站在他的面前、一臉歡樂的這位女兵，他沒想到當年的那個天真美麗的小丫頭，幾年沒見竟出落得如此的亭亭玉立、芳姿綽約，穿上了軍裝就如同變了一人，可比過去精神多了，儼然一個成熟的大姑娘了。金叔叔的腦海中浮現出王麗莉母親當年跟隨他從軍的映射，可一晃孩子都長大了，亦成為了一名光榮的革命軍人，而且還在他的手下當兵。那一暫態，歲月突然變得恍惚了起來。

那天之後，有一次他順便問了一下李院長，王群是誰點名把她從野戰醫院調入軍區總院的？他清楚地記得李院長在聽了他的詢問後先是一愣，接著目光閃爍，欲言又止。他先是反問金叔叔為什麼會突然問起了王群？「這孩子是我老戰友的女兒。」金叔叔如實回答了李院長的提問。李院長「哦」了一聲，「這麼巧！」他說，又沉思了一會兒，然後含糊地說：「醫院也是配合上級在完成一項任務。」金叔叔聽後吃了一驚。一個新兵能跟什麼樣的「任務」相關聯呢？他覺得不可思議，並感到了其中的蹊蹺。他想繼續追問下去，但被李院長斷然地擋了回去，只是神祕地回應說．「這項任務現在還處在嚴格的保密階段，不讓外傳，而且限制在小範圍內，你就不必再打聽了，雖然這孩子是你戰友的女兒。」

凡事隔牆有耳，金叔叔很快從別處瞭解到了一星半點的所謂「內情」——王群成為了林彪家為林立果祕密備選的「妃子」。他當然知道王群對此一無所知，他感到了憂心忡忡，雖然目前為止僅僅是一個在私下裡祕密流傳的「內情」，但無風不起浪呵，更何況王群的調入的確是反常規的，他覺得自己有責任保護這個老戰友的孩子，儘量讓她免受傷害，所以他會時不時地以檢查工作的名義去看望一下王群，瞭解一下她的近況。

最初什麼事也沒有發生，這讓他鬆了一口氣，可是過了一段時間，又有了一個新的傳聞，說是王群與榕州軍區司令員的大兒子彭延平談起了戀愛。一開始他是不大相信的，以為這又是一起刻意中傷的流言，王群的年齡那麼小，入伍才二年，怎麼可能剛到總院沒多久就談起了戀愛呢？一定是有人故意給她製造是非，畢竟她調入總院後太引人注目了。

為此，他還專門找來了王群的護士長長聊了一次，結果王群與彭延平的熱戀居然得到了進一步的證實，讓他大吃一驚。

經過了一番慎重思考之後，金叔叔決定給王群的父親寫一封信，將這裡發生的情況如實相告，他覺得這種事已然不再適合由他親自出面找王群單聊了，以他的身分找王群面談會讓事情變得過於敏感，畢竟自己不僅僅是看著王群長大的長輩，同時還是這所醫院的一個領導，倘若由他親自出面找王群單談，不僅彼此尷尬，而且會讓談話變得過於的正式了，顯然，這是不合適的。

王群的父親一週後出現在了金叔叔的辦公室，他風風火火地闖了進來，一臉的焦灼。

「老金，這是真的嗎？」父親一進門也顧不得說什麼客套話了，開門見山地問。

「老王，你先坐下，冷靜會兒，先喝口水，我們再商量一下該怎麼辦！」金叔叔說。

二

當王群敲響了金叔叔辦公室的門時，心中懷揣著一絲忐忑，她有一種不祥的預感，一定出現了什麼狀況，否則，金叔叔不會突然打來電話約談，但又一時無法猜出到底發生了什麼。

門開了，露出了金叔叔的一張臉。

「來了，快進來。」金叔叔笑說。但王群很快從金叔叔微笑的臉上覺察出了一絲異樣，略驚，很想馬上搞清楚金叔叔到底為了什麼事找她？但金叔叔的表情阻止了她的進一步探問。王群滿懷狐疑地踏進了金叔叔的辦公室。

她驚呆了。

父親端坐在金叔叔辦公桌側面的一張木椅上，正望向她，眉心緊皺，表情沉重。縱使王群來前預想了很多很多，但也不可能料到，竟會在這裡意外地見到父親。她霎時變得心慌意亂，不知所措了。

「爸爸。」她怯生生地喊了一聲，就不知道接下來還能說什麼了，只是傻傻地看著拉下臉來的父親，沉默不語。她能聽到自己劇烈的心跳聲。

「別站著呀，小麗莉，來，坐這。」金叔叔試圖打破驟然緊張起來的氣氛，面帶笑容地說。王群還是傻呆呆地站著，一動不動，緊張得喘不過氣來，父親的到來令她感到了惶恐。

「老王，你這是幹嘛？你就不能讓孩子先坐下？多長時間沒見小麗莉啦？二年了吧，看著小麗莉都長這麼大了，開始接我們的班啦，你該高興才是，有什麼不高興的話一會兒再說。」

金叔叔樂樂呵呵地張羅著，讓王群在一張木椅上坐下了，又給她端來了一杯熱水。王群木訥地接過，有一種大難臨頭的感覺。從小到大，她還第一次體會到了父親距離她是那麼地遙遠，遙遠得讓她感到了陌生與畏懼。

「你們父女倆先聊著，我出去辦點事。」金叔叔說，「老王，有什麼事也別著急，有話慢慢說。」

「老金，你先別急著走，麗莉現在是你的兵，我們一塊聊聊吧。」父親說。他冷靜多了。正準備離去的金叔叔怔了一下，瞅了一眼王群的父親，又看了看王群，想說點什麼，但終於什麼也沒說地坐下了。

「麗莉，我專門趕來，是聽說你有什麼事沒跟爸爸媽媽說，是這樣嗎？」父親單刀直入地問。

「爸爸，你想讓我說什麼？」王群膽怯地問，竟有些結巴，心跳得更厲害了，甚至感到了無地自容。要是彭延平在就好了，她忽然閃過了這個念頭。

其實，自從上次在紅湖賓館見過若若後不久，王群就給父母寫過一封長信，向父母坦白交代了正在進行中的地下戀情，陳述了自己與彭延平戀愛的心情，寫得她淚流滿面，甚至連她自己都感到了奇怪：我為什麼要流淚呢？

信寫好後，她貼上了郵票，慢悠悠地來到了郵箱邊。當她準備將信件投入綠色的郵箱時，又開始猶豫了。信在她手中反覆掂量了幾下，像是一種下意識地思考動作，驀然間覺得它變得沉甸甸的，重若千鈞，竟壓迫得她有些氣喘。呆了那麼一會兒，她突然失去了發信的勇氣，重新將信揣進衣兜裡，轉身返回了宿舍。

那封寫好的信，仍舊躺在她鎖好的抽屜裡，她幾乎每天都在思索，是否要將它重新發出，但最終還是選擇了放棄，因為她能想像，當父母見到這封信後的激烈反應，尤其是父親，一定會勃然大怒。

但她萬萬沒有想到，有一天，父親竟會不期而至，而且他綳在臉上的慍怒的表情，一清二楚地明瞭已然知道了她正在進行中的地下戀情。那麼我該如何回答父親呢？他一定不能理解，而且肯定會反對到底。王群不禁想到，心臟又是一陣緊張地抽搐。她感到了窒息。

「你知道我在問什麼嗎？」父親嚴肅地說。

「爸爸，我是想告訴您和媽媽的，可是……」

「可是你並沒有告訴我們。」父親的口氣咄咄逼人了。「我和你媽媽聽說了都很意外，你想想你才多大？」

王群覺得她已然無力去解釋這一切了，她感到了孤立無援。她突然想哭。她看得出來，父親無論如何也不可能原諒和理解自己的，而且任何解釋也將無濟於事。她的眼淚在不知不覺中淌了下來。

「小麗莉，別哭了，你爸爸是在為你擔心啊，先喝口水。」金叔叔說，然後向父親轉過身去，「老王，你別逼孩子馬上說，這種事你急了也沒用。」

「我和她媽一直為出門在外的孩子操心，可沒想到還是出了這種事！」父親重重地嘆了口氣，說。

王群終於控制不住地哭出了聲。父親的嚴厲追問，讓她有了一種有口難辯的痛楚，她知道，此時此刻他更加清醒地意識到，自己已然無可救藥地愛上了彭延平，任何力量都不可能阻止萌發在她心中的那份熾熱的愛情，只是現在的她，一時還無從表達。她感到了委屈，眼淚止不住地啪嗒啪嗒地滴落了下來，哭得竟像個淚人。

三

當天晚上，彭延平敲響了父親寄居的招待所的房門。父親一開始並不清楚來人是誰。他望著這位陌生的英俊軍人心生詫異。

就在剛才，他還和老伴通了電話，老伴的態度堅定而執拗，堅決不同意孩子這麼早就開始談戀愛，耽誤自己的大好前程。放下電話後，父親重重地嘆了一口氣，與女兒的談話顯然是不成功的，她的啼哭不止讓他感到了心疼，來時的那股怒火亦因女兒的哭聲而轉化為無奈，他看得出來，女兒是不大可能順從父母的，他感到了此行任務的沉重。

孩子大了！他不無悲涼地想到，父母的話已不再像從前那麼管用了。父親憂心如焚。

就在這時，這位陌生的不速之客意外地來訪了。

「王叔叔，您好！」

彭延平先是向父親行了一個標準的軍禮，然後微笑地說，神情落落大方。父親稍有怔忡，納悶地望著來人，琢磨著這個人有可能會是誰？但他很快就意識到了他的真實身分。

「哦，進來吧。」稍事猶豫，父親說，先自個兒返身向屋裡走去。

彭延平跟著進了屋，返手掩上房門，看著父親坐下後，他也落座了。

「您抽煙。」彭延平從掏出一包香煙，從中抽出一支，殷勤地遞了過去，臉上依然掛著謙恭的微笑。

父親瞄了一眼。那是紅色包裝的「中華牌」香煙，當時國內最頂級的一款香煙。他心裡更有數了，這個人無疑就是傳說中的，女兒的戀愛對象彭延平。但讓父親感到吃驚的是，他竟然對他的第一印象滿好，人顯得彬彬有禮，不卑不亢，頗具修養和禮貌，有點出乎他的意料。在他的想像中，一個那麼高級別幹部的孩子，可能會是一副流裡流氣、剛愎自用的樣子。

「王叔叔，我是彭延平。」他開始了自我介紹，說出這句話時，他顯得頗有些艱難。父親只是簡單地「嗯」了一聲，以示已然猜出了他的身分。接下來該說些什麼？父親又沒了主意，由於彭延平見到他時的那種周到的禮數，讓他的態度無法顯得過於生硬了。

彼此沉默了下來，屋子裡一時間煙霧瀰漫。

「我聽麗莉說王叔叔來了，所以專門來看您。」彭延平率先打破了尷尬的沉默，說。

「你知道麗莉多大嗎？」父親問，態度變得有些嚴厲了。

「知道。」

「她這麼早就開始談戀愛，你覺得合適嗎？」

「我們希望能得到你們的同意。」彭延平答非所問地說。

「可是你們並沒有徵求過我們大人的意見。」

「我們是想以後再說。」

「等事態發展到不可收拾的程度再說？」父親狠狠地吸了一口煙，慍怒地問。

「王叔叔，請您相信我……」

「相信你？讓麗莉這麼小的年齡就開始談戀愛？你知道這會讓人家怎麼議論、怎麼看嗎？以麗莉現在的年齡，她應當先安心工作，而不是談什麼戀愛，她還沒到那個年齡，這個你不會不懂吧？」

「王叔叔，我想說，我們是自由戀愛。」

「我沒有反對你所說的什麼自由戀愛，但也要看在什麼階段來談這個自由戀愛，她太小了，剛滿十八，你覺得合適嗎？」

「王叔叔，我沒有冒犯您的意思，但我想說，合適不合適，應當由王群自己來決定，您看她還小，那是因為孩子在父母眼中永遠是孩子，但王群到了她可以自行決定自己行為能力的時候了。」

「你到我這裡來看我，不就是為了讓我同意你跟麗莉的事嗎？那我可以明確告訴你，我來前跟麗莉媽媽商量過了，我們堅決反對你們倆的事，這個態度是明確的，你也就不必再往下說了。」父親說。

「僅僅因為王群在你們看來年齡還小？」

「不瞞你說，還因為你們家的地位太高，我們家高攀不起。」父親朗聲說。

「王叔叔，您是因為不信任我嗎？」

「是的，我很坦率地告訴你。還有，我聽說你與麗莉的事現在鬧得總院沸沸揚揚的，滿城風雨，你讓她在這個單位還怎麼待？你這是在毀了一個姑娘名譽呀！」父親痛心疾首地說。

父親與彭延平的第一次見面，就以這樣的方式不歡而散了。

四

但讓父親萬萬沒想到的是，第二天一大早又有人敲響了他的房門，當父親拉開門時，見到的是門口站著的一位笑容可掬的軍人，父親的臉上掠過了一絲驚異，正想探問你是誰時，那人先自謙地開了口：「您是王政委吧，您好，我是吳祕書，劉主任來看望您了。」

「劉主任？哪個劉主任！」父親的大腦一時間沒能轉過彎來，試圖在記憶中尋找他認識的人中，有沒有一位劉主任？結果是枉然的，顯然，他並不認識什麼劉主任。

「您等等，我去接一下劉主任，您一會兒就知道了她是誰了。」自稱吳祕書的人說，轉身走了。

沒過一會兒，一位上了點年齡、滿臉微笑的女人出現了，吳祕書小心地跟在她的身後。來人皮膚白皙，幹練而氣度不凡，身著一身綠色的軍裝，沒戴軍帽，見父親還站在門口發怔地望著她時，樂呵呵地先打起了招呼：「哦，你是王政委吧，我來看你了。」

這時吳祕書快步上前，附在父親的耳邊悄聲說了一句：「王政委，這是彭司令的愛人劉慧，劉主任。」

父親這才恍然大悟，霎時顯得不知所措了。以他的判斷，彭延平與女兒的戀愛一定是瞞著家人祕密進行的，不過是一位來自高幹家庭的紈絝子弟與一個天真幼稚的女孩之間的一場愛情遊戲，不可能是認真的，亦絕無可能持久，女兒完全有可能因為天真而上當受騙。父親來前，與母親商量後共同反對的原始基點，正是源自於此；所以，當劉主任出現在他的面前時，讓父親始料不及。

父親當然清楚劉主任此行的來意，但他同時亦意識到，隨著她的出現，使得自己的反對意見變得無所適從了——這麼大一位首長的夫人親自駕到，來看望自己，而且來意明確，他又該如何堅持自己的反對意見呢？父親猶豫著。就其本意而言，截止到目前為止，他的態度仍是明確的：堅持反對女兒過早地戀愛。

劉主任一直在與父親嘻哈地聊著家常，父親甚至從劉主任的言談中知道了她甚至看過了自己的檔案，否則，以她的身分與級別，是不可能知道自己曾在榕州軍區工作過，這讓父親多少有些意外。

「我們家的人都喜歡王群。」劉主任突然話鋒一轉，直奔主題了。

父親一震。雖然他清楚，天南地北的閒聊終歸是一種談話的策略，劉主任來此的真正目的醉翁之意不在酒，但這樣東拉西扯地聊天，讓父親由最初的尷尬與陌生，很快變得熟絡了起來，但他依然懸著一顆心，生怕劉主任會聊到正題上，因為他還沒有充分地準備好應當怎麼應付那個敏感的話題。所以，當劉主任的那一句：「我們家的人都喜歡王群」脫口而出時，他驀然一驚。我該怎麼回答她呢？父親不由得想到。他有些為難了。

「延平昨晚來看過你了吧？」劉主任笑眯眯地問，口氣依然和藹可親。

父親點了點頭。

劉主任笑出了聲。「我知道你們談得不大愉快。」

父親一怔，還是點了點頭。父親從口袋裡摸出了一支香煙，正準備點上，吳祕書搶前了一步，點燃了打火機。父親的手指顫抖了一下，抬眼看了一下吳祕書，稍有猶豫，但還是湊近燃起的火苗，將煙點著了，順勢在吳祕書的手上點了幾點，以示謝意。「不必客氣，王政委。」吳祕書說，他又迅速地退回了原來的位置。

父親狠狠地吸了一口煙，以掩飾自己此時此刻的窘困。

劉主任迅速瞄了一眼父親，接著又笑聲朗朗地說道：「老王，給你說件事吧，你知道嗎，你們家的王群，在跟我兒子談戀愛之前，實際上已作為被林家選中的女孩之一了。」

「什麼林家？」父親一怔，沒反應過來。

「哦，對了，你肯定不會知道，就是林副主席家呀，這都是葉群葉主任替他兒子張羅的好事，想在全國範圍內為她家的寶貝兒子林立果選一個兒媳婦，給我打過電話，讓我們幫忙，彭司令知道了也沒當回事，還說葉群這是在胡搞，可人家葉主任一再來電要求，我也只好讓其他人有空時去張羅一下。結果你知道怎麼回事嗎？」劉主任樂不可支地說。

父親心裡感到了愕然。這件事在他聽來太不可思議了，女兒的事，怎麼又扯上了林副主席的兒子？他萬萬沒想到還有這麼一齣節外生枝的戲碼。他目瞪口呆了。

「有一天，祕書拿來了一堆下面報上來的遴選出的女孩照片，讓彭司令過目，老彭湊上去瞅了一眼，就指著其中的一張說：這丫頭還不錯。說完，就走了。」劉慧說，「老王，你知道彭司令指的人是誰嗎？」

父親心裡已經明白了，只是盯著劉慧一聲不吭。

「說來也巧。本來祕書那幾天準備把照片都寄給林辦，也算是我對葉群託辦的事有個交代，可祕書們一時忙碌也沒顧上這事，就耽擱了下來。可沒想到我家的那個大兒子也見到了那些照片，而且偏偏看上了其中的一個女孩。」說著，劉慧笑得更歡了，「就是你家的那個丫頭王群。你說，如果祕書當時就報上去了，讓葉群看上了，也就沒我們家什麼事了，你說這事巧不巧？後來他們倆究竟是怎麼認識的？我也不清楚了，估計吳祕書知道一些。」說著，他回過頭望了一眼吳祕書。

吳祕書站在劉主任身後，嘿嘿樂著。「這事我也不太清楚，延平是託過我打聽王群是哪兒的，可還沒等我打聽下來，他們就自己認識了，我還納悶呢！我問過延平，但他總是笑而不答。」

「說明他們倆呵，有點緣分，是自由戀愛，所以我們當家長的就不能太干涉他們了，你說呢老王？」

父親啞然了。劉慧敘述的故事讓他覺得匪夷所思，他沒想到在女兒的戀愛背後，居然還隱伏著這麼一齣戲，這讓他感到了驚異，接著又開始了走神——如果女兒沒跟彭延平談戀愛，而是被林家的人看中了呢？那又會是一番怎樣的節目？我們能干預得了嗎？父親覺得事情一下子變得荒唐了起來！

五

父親隨著劉慧步出招待所的大門時，一眼瞥見了在臺階下靜靜守候著的那輛顯眼的臥車——國內最新型的「紅旗」三排座的轎車，車型他過去在新聞電影中見過，第一次亮相是毛主席站在敞篷的車裡，向聚集在天安門廣場上的紅衛兵小將揮手致意，播音員用激昂鏗鏘的語調莊嚴宣告：這是中國汽車工人自主研發的新型轎車，使得這款車名聲大噪。

就在剛才，劉慧忽然提出要父親去家裡坐坐，共進午餐。「老彭正好在，他也說想見見王政委，正在家裡等著見你呢。」

父親委實一驚。彭司令是父親高山仰止的一位聲名顯赫的軍中戰將，亦是父親的頂頭上司，戰爭年代留下的戰無不勝的戰爭「傳奇」聞名遐邇，無人不知他是軍中著名的「旋風司令」，遼瀋戰役中功勳卓著；解放海南島時又曾創下了戰爭史上木帆船擊敗敵軍鐵甲軍艦的奇蹟；而在朝鮮戰爭中，他領導著一支無堅不摧的鐵軍攻占了漢城，一生從未打過一場敗仗，被人們譽為「常勝將軍」。

彭司令要親自接見他讓父親感到了為難。若在平時，這是父親求之不得的一份榮譽，可在目前的這種特殊的情景下，去還是不去？成了一個困難的抉擇？父親一時委決不下。今天劉慧主任的登門造訪已讓他心有不安了，女兒與彭延平的戀愛，讓彭家為此這麼的興師動眾，大大出乎他的意料。

可這畢竟是一次盛情邀請，父親又無法婉拒，只好答應了，但心裡卻始終籠罩著一絲忐忑。

彼時的路上幾乎見為不到什麼車輛，路人亦稀少，「紅旗」一路平滑地行駛，徑直進了榕州軍區司令部的大門，很快就拐上了一個盤旋上升的山坡，再繞過幾道小彎，駛抵了坡頂的平地，一幢在陽光的輝映下矗立的紅磚小樓出現在了父親的眼簾中。車剛停穩，就有幾個年輕戰士跑上前來，殷勤地拉開了車門。還沒等父親下車，吳祕書已然出現在車門外迎候了：「王政委，請下車，我領您去見首長。」

父親發現吳祕書並沒有領他進那幢紅磚小樓，而是走向了與小樓與相對的一幢水泥平房。劉主任走在他的邊上，微笑地說，「這是我們的辦公室。」說完笑了幾聲。

剛踏上一級水泥鋪設的臺階，一個人影從屋裡閃了出來，父親一眼就認出了這人就是彭司令。他以前在軍區召開的大會上見過他。彭司令一身軍裝，沒戴軍帽，短髮，兩鬢染上了斑斑白髮，手撐著一根木質拐杖。他身量不高，身板卻挺得筆直，皮膚略顯黧黑，目光卻炯炯有神，如同睜圓的一雙銳利的豹眼，透著一股不怒自威的軍人的冷峻。此時，他正目視著緩步邁向臺階的父親。

「哦，是王政委吧。」彭司令說，說話時神情沉厚，威風凜凜。

父親快步上了臺階，向彭司令行了一個軍禮：「彭司令！」

彭司令與父親握了握手，臉上開始浮現出一絲淡淡的笑容：「我在等著你來呢，老王，來，我們屋裡坐。」說完，返身先進了屋。

他們在沙發上落座了，父親還顯得有些拘謹，畢竟他面對的是一位聲名顯赫的大人物，亦是他所在大軍區的最高領導人。「吳祕書，把我藏的那個大紅袍拿出來讓王政委嘗嘗。」彭司令有力地揮動了一下手臂，「那可是好東西。」他補充說，順手將手中那根木質拐杖斜靠在了膝蓋上。他們先聊了一些當下的政治形勢，都是些漫無邊際的閒話。父親心裡還在打鼓，他清醒地意識到接下來還會觸及到另一個敏感的話題，這讓父親感到了緊張與不安，他不知道一旦觸及自己將如何表態了。他感到了為難。

熱茶端上來了。「你先嘗嘗，這是我們這裡的名葉哦。」彭司令說，先自抿了一口。父親當然知道這個茶葉的出處。它產自當地的一座名山，據說來自懸崖峭壁上兩株奇異的茶樹，很難採摘，傳說中要確保採摘的茶葉新鮮而又芬香撲鼻，受命採摘者是從村落挑選出的兩個未滿十六歲的少女，由村落輩分最大的長者，用粗大的繩索拴住她們的腰身，將她們一點點順著崖壁放下，然後由她們將在峭壁上橫逸斜出的「大紅袍」。一片片地採摘下。這個神奇的傳說由來以久，以致「大紅袍」成了一則眾口皆傳的「神話」。

父親輕輕地呷了一口，滿口皆香，有一股奇異的味道，濃烈、清雅而又爽口。

「好茶！」父親說。

「喜歡就好。」彭司令說。「聽說你來了，我就讓劉慧把你接家裡來坐坐，說起來我們還是一個軍區的，人來了，我當然得見見嘍。」

「彭司令，您太客氣了，我沒想到還能見到您，您那麼忙，是我們的彭司令，我……」

「王政委。」彭司令伸出一隻手臂打斷了父親的話，「不必見外了，我們今天沒有什麼司令不司令之分，只有客人和主人之別。你來了就是我們家的客人，我們算是主人，一會兒一塊吃個便飯。」

六

當父親隨著彭司令夫婦步入紅樓的小餐廳時，飯菜碗碟都已然布置好了。小方桌不太大，上面鋪著一個黑白相間的桌布，幾個年輕的勤務人員靜立一旁，等著服伺他們一行入坐。見首長們款步進來，上前幾步先將坐椅往後稍稍地挪動了一下，待他們轉到椅前要坐下時，又將座椅輕輕地往裡推送了一下。

聊了一會兒，氣氛變得輕鬆了起來，彭司令顯然是一個平易近人的首長，沒什麼架子，席間談笑風生，父親亦不再顯得拘謹了，他注意到彭延平並沒有在這裡出現。他心想，這可能是彭家的有意安排，以便讓他不至於過於的尷尬。

彭司令又關切地問起了父親所屬省份的文革形勢——那個省份的軍隊系統，若按常規，當歸屬榕州軍區管轄，但那裡的省委省軍區領導卻是由中央直接指派，故而榕州軍區的管轄權變得名存實亡。父親向彭司令打探起了一九六七年在榕州市發生的一件震驚全國的大事，因為傳言甚多，父親一直未能知曉其確切的內情。

那是一九六七年的夏季，當地的造反派計畫組織衝擊榕州軍區，聲稱要生擒彭司令，奪取軍械倉庫的武器彈藥，以鎮壓與其勢不兩立的保皇派，榕州市的上空剎那間充滿了山雨欲來風滿樓的恐怖，到處都在流傳著可怕的傳說，人心惶惶而不可終日。彼時，南方各省的省軍區、軍分區都受到了不同程度的衝擊，軍械庫被搶掠一空，造反派與保皇派的衝突，已白熱化到了以實槍實彈對峙的程度，局面完全失控。當彭司令獲悉了當地造反派的這一動向後，毅然決然地下達了命令，讓所屬的警衛部隊嚴陣以待，在榕州軍區的駐地——位於榕州市區的一座獨立的小山上，架設好輕重機槍，在他斷然下達的命令中，要求全體官兵，如遇造反派膽敢貿然衝擊司令部大院，若勸阻不聽，立即開槍射擊，後果有他一人獨自承當。

軍令如山。榕州軍區駐地的山頭上立時布滿了全副武裝的警衛戰士，枕戈待旦地嚴防造反派衝擊軍區司令部。後來造反派害怕了，他們亦知這位傳說中的「旋風司令」的性格，一旦真的開始行動必將傷亡慘重，且血本無歸，終至放棄了對軍區的衝擊計畫，一場　觸即發的重大危機，就以這樣一種獨特的絕無僅有的方式化解了。

父親問起彭司令，當時他是怎麼想的？就父親所知，那時權焰熏天的中央文革小組，對各地的造反派與保守派的態度尚不明朗，他以這麼一種聳人聽聞的方式大動干戈，完全有可能將自己推入危險的境地。

彭司令眉心聳動，目光亦變得凜然了起來：「我這裡是海防前線，與敵人僅一海之隔，如果連我的指揮部都亂了套，對岸的敵人趁虛而入，誰來指揮打仗保衛祖國？誰又能負得起這個重大責任？造反派這麼幹完全是胡作非為。」

望著激動起來的彭司令，父親心生敬佩，因了他的這一斷然舉措，實際上避免了隨後而來的血腥廝殺。而在父親所屬的地區，正是因為造反派與保守派對各軍械倉庫的瘋狂洗劫，無人阻止，以致戰火四起、硝煙瀰漫，死傷者無數。父親一直不明白，一個好端端的國家，為什麼竟會變得如此不堪？僅僅是因為政治觀念的歧異，就要演變為血腥的衝突和相互的廝殺？他們都是同胞骨肉呵！父親不無感慨地想。

「事後中央對彭司令的這種做法，沒有態度嗎？」父親小心翼翼地詢問。

「我是先斬後奏。」彭司令說，「事後北京來電話問過我，我告訴中央，如果再讓這些人胡鬧下去，亂得不可收拾，局勢失控，老子就要帶人上山打游擊去了，我不管誰在背後支持這幫混帳東西，你膽敢衝擊我前線指揮部，你的行為就是親者痛，仇者快，我就把你當敵人消滅，我是軍人，保衛國防是我的第一使命。」

「彭司令就這性格，他要決定的事，攔都攔不住，當他布防司令部戒嚴，防止造反派衝擊時，我心裡還為他捏了一把冷汗，萬一死了人那可是大事，而且中央對各派的態度又一直模棱兩可，你怎麼知道他們在支援誰？可怎麼攔也攔不住，好在後來沒出事。」劉慧在一旁笑說。

「出事了我也不怕，我是為了保衛國家安全，這才是大事。大不了我這個司令不當了，那又能怎樣？無非回老家種地去，還樂得清閒，槍林彈雨都闖過來了，那時死都不怕，丟個烏紗帽又算得了什麼？只要我問心無愧！」

說出上述這番話時，彭司令的語調並沒有那麼地慷慨激昂，而更像是聊起了一樁過眼雲煙般的陳年舊事。父親聽了心中一凜，腦海中不知為什麼出現了逼真的畫面：司令部所在的山頭上伏滿了荷槍實彈的士兵，嚴陣以待地注視著山下的動向，輕重機槍在刺目的陽光下，閃爍著一道道駭人的寒光。父親這時有點走神了。

「老王，你這次來榕州是出差嗎？」彭司令忽然問。

父親一怔，從恍惚中又轉了回來。「沒有。」父親說，「我是專門來探望孩子的。」說完，父親有些緊張了，他意識到自己無形中觸及了隱藏在心中的那個敏感的區域——倘若彭司令問起女兒與彭延平的戀愛問題，他將如何回答呢？畢竟坐面前的是一位德高望眾的老首長。父親坐立不安了，他完全不知道接下來彭司令還會對自己說些什麼。心，就這麼懸著，七上八下了。

「老王，今天我們不談孩子的事，我只是聽劉主任說你來了，想讓你來家坐坐，你不要有什麼心理負擔噢。」彭司令像是看穿了父親的心思，微笑地說。

彭司令的微笑，讓父親稍稍地鬆了一口氣。

「我聽說，你還有一個兒子也在軍區當兵？」彭司令關切地問。

「哦，是的。」父親說。「好在榕州軍區給孩子們提供了一個可以走後門當兵的便利條件，否則，這些孩子的前途真會是一個大問題！」

「中央內部有些人對我們榕州軍區讓孩子們走『後門』當兵有意見，別人怎麼看我不管，我是看著我的一些老首長、老戰友一個個被打倒，或靠邊站了，他們的孩子在社會上沒著沒落，被人欺負，沒人敢收留他們，心裡有氣。這怎麼行？這麼無所事事地晃蕩下去孩子的前途不就毀了嗎？軍隊是一所革命大學校，讓他們進來鍛鍊鍛鍊有什麼不好？不錯，這是我創下的一個先例，我還是採取了老辦法，先斬後奏，事辦成了，再報請中央軍委審批。還好，上面也沒太為難我，我看現在各大軍區也在學我們招一些老幹部的子弟來當兵。這些在社會上沒人管的孩子總該有個家吧！」彭司令感嘆地說。

父親沒想到在孩子們「走後門」當兵的背後，還隱伏著這麼複雜的政治背景，心中亦有些感慨了，覺得眼前的這位司令員無愧是「旋風司令」，敢做敢當，一意孤行，從軍區內部設防阻止造反派衝擊，到為被打倒、靠邊衝的幹部子弟網開一面地走後門當兵，這在當時都是不可思議的膽大妄為之舉，以致有可能會引火焚身，但他居然就無所畏懼了把這些事辦下了，不得不讓人由衷地欽佩。

飯後，彭司令將父親送到門外，稍稍遲疑了一下，語重心長地對父親說：「王政委，我是不大主張大人介入孩子的事的，其實我也告訴劉慧不要介入，那是他們自己的事，孩子都大了，他們應該知道自己的事該如何處理，葉群幫兒子在全國選兒媳婦的事，我就不讓劉慧插手，這算個什麼事？」

「可葉主任總來電話問，你又是林副主席的老部下，這事能不管嗎？」劉慧微笑地說。

「那也不管，反正我不會管，我不相信林總會參與這種事，我看這肯定是葉群的自作主張。」彭司令眉心緊蹙地說。

彭司令一直將父親送上了車，當汽車啟動緩行時，父親看見那位佇立風中的司令員手撐拐杖，表情冷峻堅毅，目送著他的離去。父親的心裡悄然劃過一絲感動。

七

父親那天出現在他所屬的支隊部時，讓若若感到了意外，而在此前，他一點也不知道父親悄然來到了榕州。父親是在支隊劉政委的陪同下來到他的身邊的，彼時，若若正一如既往地坐在辦公室裡偷看《西遊記》呢，並被其中跌宕起伏的情節所吸引，他完全沉浸在神奇的情節中難以自拔。

當父親與劉政委走進來時，他居然在忘我的閱讀中沒聽到一絲動靜，直到他感到了身後站著兩個人影，這才從恍然中驀然驚醒，手忙腳亂地將拉開的抽屜急煎煎地關上，猛一回頭，見是父親正微笑地看著他，旁邊站著的是同樣面帶微笑的劉政委。他一時慌了神，趕緊起身，倉促中結結巴巴地喊了一聲「爸爸！」接下來便語無倫次了。

「你怎麼了，兒子？」父親問，臉上滿是慈祥的笑意。

「我……爸爸，您……怎麼來了。」慌亂中的若若說，他心裡還想著放在抽屜裡的那本《西遊記》，生怕被父親和政委發現而心跳不止。

「你幹嘛這麼緊張，爸爸只是來看看你。」父親安慰地說。

這時劉政委走近了一步，靠近若若的辦公桌了，還下意識地往桌面上看了一眼。若若的額上沁出了汗珠，緊張地看著劉政委，心跳得更厲害了，心想完了，劉政委一定發現了我在上班時間偷看小說。可是劉政委只是從若若的辦公室上拿起一本翻開的書，看了看書名：《變壓器修理手冊》。「喲，小王挺用功，在看書學習呢！」政委微笑地說。

若若鬆了一下氣，臉紅了，因為他自己明白他正在看的並不是那本書，桌上的書只是他的一個巧妙的遮掩，居然也能幫他瞞天過海了。

「好了，王政委，你們父子倆也好久沒見面了，現在你也看到了，你這個兒子在我們這表現得還不錯，你也該放心了，我有事先走了。」劉政委對父親說。

「謝謝你，劉政委，我這個調皮搗蛋的兒子就交給你們了，你們對他要嚴格一點，這孩子還不大懂事。」

「你放心，王若若是我們自己的子弟兵，我會像對待自己的孩子那樣帶好他的。」說完，劉政委側過臉來，凝神望了一眼若若，「別辜負了爸爸對你的期望，在部隊要好好的鍛鍊自己，你們是革命的接班人，要時刻牢記這一點。」

若若點了點頭，臉上的紅暈還沒消褪。

劉政委與父親握了握手，轉身離去了。

那天，父親先是瞭解了一下若若在部隊的思想情況，然後問：「想家嗎？」

「想。」若若不假思索地回答。

「部隊就是你的家，你要多想想怎麼在軍隊這個大家庭裡磨練自己的意志。」父親說。

若若點頭。父親的臉色嚴肅了起來，看著若若。「你剛才沒在看桌上的書吧？」父親忽然問。

「我……」若若心裡一緊，不知道該如何回答父親，他沒想到眼尖的父親還是發現了他的那個無人知曉的祕密，他有些手足無措了。「你還是要集中精力學習好自己的本職業務，不要三心二意的。」父親說，口氣中透出一絲嚴厲。

再後來，父親忽然問起了若若姐姐的事。

若若微驚，想起了在紅湖賓館見到姐姐時，她說過的那番話，他還記得姐姐專門交代不要對父母說起，讓他暫時保密。他沉吟了一會兒：「哦，姐姐什麼事？」他裝傻充愣地問。

「一看你就在撒謊。」父親含著微笑說，「我都知道了，你見過那個人嗎？」

「哪個人？」

「就是和你姐姐好的那個人。」父親問。

「唔，沒，姐姐沒讓我見。」

「哦？是這樣！」父親若有所思。「我還以為你們姐弟倆聯合起來瞞著我們呢。」沉默了一會兒，父親說。

「沒。」若若拚命搖著頭，「這次我沒騙爸爸。」若若說。

「好了，我知道了，我也是隨便問問。」

「爸爸，你……」若若欲言又止。

「想說什麼？」

「你同意姐姐的事嗎？」若若艱難地問。

「你媽媽堅決反對。」父親說。

「那爸爸呢？」

「我？」父親停頓了一下，想了想，說：「這事恐怕爸爸干預不了了，唉，你們都長大了！」父親感嘆了一聲。

若若後來從姐姐嘴裡才知曉，父親回到家後，向母親彙報了他的榕州之行，其中父親談到了他自己對姐姐這件事的看法，他說他同意彭司令的態度，孩子的事由她們自己處理，大人不應過度干涉，結果母親大發雷霆，說父親這樣做等於慫恿了女兒的行為，母親固執地相信，這場戀愛只是一個紈絝子弟的愛情遊戲，最終的結果必然是女兒被拋棄，自毀前程。

父親與母親就姐姐的愛情發生了一場激烈的衝突，這場衝突導致的直接後果，是母親因此大病一場——一九六七年因受到造反派的殘酷迫害和毆打的母親，身體留下的後遺症復發了，她突然昏厥，被緊急送進了醫院搶救，連續幾天幾夜昏迷不醒。

姐姐很快接到了父親打來的長途電話。父親在電話中嚴厲告誡姐姐必須儘快了斷這段愛情，否則只會加重母親的病情：「以你母親的性格，誰也無法改變她的態度。」父親在電話中沉重地說。姐姐聞迅後心急如焚，木然地放下電話後大哭了一場。當她將家裡發生的情況告知了彭延平後，他的臉色一下子變得凝重了起來。沉思了一會兒，彭延平當機立斷地說：「我們馬上去你家，刻不容緩，我們現在就動身。」

「不。」姐姐大叫了起來，「你不瞭解我媽媽，她的固執誰的話都聽不進，而且媽媽是為我們的事病發的，你去了只會使事態變得更加嚴重。」

「那是因為你媽媽不瞭解我，只有當面見到你媽媽，才會知道我是一個什麼樣的人，我是不是真心愛你，你聽我的，現在沒有別的選擇了。」

姐姐又一次哭了起來，因為她心裡一點數也沒有，她心慌意亂六神無主，不知道此行的結果究竟是禍還是福。

他們出發了。

當母親從昏迷中醒來時，迷濛中地意識到在自己的床邊除了父親與姐姐之外，還晃動著一張陌生的面孔。母親這時還處在迷糊狀態，但能依稀地判定這個人的來歷與身分，一股無名怒火又一次從心中升起，但她實在是沒有力氣說出話了，只是眼巴巴地望著女兒，幾滴淚水從她的眼角悄然滑落。姐姐伏在母親身上大哭起來，她很想對母親說些什麼，可又不知如何開口，這時的她，心如刀絞。她開始後悔，覺得答應和彭延平一道來看母親是犯下了一個不可饒恕的錯誤。母親一定不會答應她們的愛情，想到這，她的淚水變得更加地涕泗滂沱。

但母親的態度最終還是出現了轉機。

在母親的住院期間，彭延平幾乎每天清晨都會出現在母親的病房，對她的照顧可謂無微不至，端水送飯乃至幫母親倒尿壺，每當進餐時，他還會小心地將母親從床頭扶起，親自將飯菜餵進母親的口中。在最初，母親是堅持抗拒的，她在心裡不能原諒這個陌生的年輕男人，覺得他存心勾引和欺騙了自己心愛的女兒，可彭延平同樣固執的堅持，還是讓她最終放棄了抵抗，尤其是彭延平看著她的那種謙和恭敬的表情，以及他流露出的那份真誠與質樸，完全沒有母親事先預想的蠻橫、傲慢與無禮。母親的態度開始出現了些微的鬆動，但她並沒有馬上表現出來，只是她不再抗拒彭延平對自己的服伺了。

姐姐準備返回總院了。她只請了幾天假，時間一到必須立即歸隊。「我還得繼續留下。」彭延平對姐姐說，「你先回吧，你放心。媽媽有我來照顧。」

姐姐目光濕潤地望著彭延平，百感交集：「……你真好！」說著，姐姐忽然喉頭發緊地哽咽了起來。

彭延平笑了，「瞧你，還像個小孩子一樣，這裡的事你就別擔心了，有我在這，你只管回去好好工作，再過一段時間，你還要去上海上大學呢，別輪到要走了，還給同事們留下不好的印象，懂嗎？」說完，他從兜裡掏出手帕，幫姐姐拭去了眼角的淚水。

「嗯，我會的。」說完，姐姐點點頭，破涕為笑了，眼角閃爍著晶瑩的淚光。

姐姐覺得她越來越愛彭延平了，甚至內心充滿了一種幸福的感恩。在她的感覺中，彭延平有時就像一位慈祥的父親，有時又像一個寬厚的大哥哥，當然，更多的時候，是一個可以在他面前任意撒嬌的戀人。

八

王群還記得與彭延平相識後的那一段日子，他幾乎天天出現在鄧副司令的病房中，偶爾會與她搭訕幾句，如果趕上鄧東進與姜群正好也在時，他們還會例行性打上一會兒撲克牌。每當此時，彭延平就會跟她打對家，遇到她猶豫著不知該出什麼牌時，他還會湊過臉來教她出牌，王群那時逐漸地對這個人產生了好感，但也就僅此而已，並沒有多想。

有一次姜群將她拉到一邊，悄聲打探她對彭延平的印象，她只是淡淡的說了句：「這人還不錯。」姜群一臉詭祕地繼續追問，「還有呢？」她立刻嚴肅地瞪了姜群一眼，「還能有什麼？我可不想像你那樣，這麼早就談什麼戀愛。」姜群無語了，只是深深地嘆了一口氣。

後來有一段時間，彭延平突然消失了，一連一個多月沒了身影，也沒有了一絲半點的消息，王群發現自己會在夜深人靜的時候，莫名地想起他來，這種心情讓姐姐感到了陌生與奇怪，她有時希望鄧副司令會無意中說出一點彭延平的消息，但鄧伯伯什麼也沒說，彷彿彭延平的失蹤，是一件再正常不過的事情了。這讓她有些失落，她甚至想向姜群打聽，可一想到姜群的那副詭祕的表情，她又打消了這個念頭，漸漸地她也將這個人淡忘了。

直到一天向晚的黃昏，夕陽如畫，鄧副司令病房的電話鈴聲驟然響起。鄧副司令正在沙發上閉目養神，聽到鈴聲，他微微地睜開眼：「丫頭，你幫我接一個，看看是誰。」王群過去拿起了話筒，剛說出一句：「你好！」就聽到了話筒的另一頭傳來了她熟悉的聲音。

「是王群嗎？我正要找你呢。」

王群愣了，腦子霎時出現了一片空白，半晌沒反應過來，正在淡忘遠去的那種感覺，又一次地漲滿了她的心胸，她突然覺得委屈。究竟委屈什麼？她自己也說不清了。

「你怎麼不說話？」彭延平在電話中催問。

姐姐呆呆地拿著話筒，還是一言沒發。

「好吧！」過了一會兒，彭延平在電話中說，「我晚上九點，準時在你們高幹病房外的小樹林裡等你，你一定要來。」

還沒等王群回答，電話線喀吧一聲掛斷了，接著，傳來的是長長的盲音，王群還處在恍惚中，傻呆呆地拿著話筒。

「誰的電話。」鄧副司令問。

王群這才回過神來。「是彭延平。」姐姐說。

「找我嗎？」

「哦，是……是找……」

「好了，丫頭，別再說了。」鄧副司令眯起眼睛笑了。

九點就要到了，王群突然感到了坐立不安，直到目前為止，她還沒有最後做出決定，是否真要出去赴約。她在猶豫，亦在進行著激烈的思想鬥爭。牆上的鐘，在指標的滴答聲中快速流逝著，很快就指向了九點，她開始坐不住了，心，亦如空懸了一般。

「去吧。」鄧副司令突然說。

她一驚，向鄧副司令看去，發現他正笑眯眯地看向她，一副高深莫測的表情，「那小子約你了，是嗎？」鄧副司令關切地問，「快去吧，還猶豫什麼，鄧伯伯會替你們保密的。」說完，他嘿嘿地樂了，閉上了眼睛。

王群去了病房外的小樹木。黑黝黝的暗影中，遠遠地見到了一個高大的身影，她知道是他，心跳開始加速。她在樹林中站住了，眼看著彭延平向他快步奔來，就在他快要接近她時，突然黑暗中躥出了一隻大狗，冷不防地撲向了她，她發出一聲驚叫，向一旁閃去。她很怕狗，這隻突然冒出來的大狗，讓她一時間嚇得魂飛魄散，與此同時，她覺得被一人一把抱住了，他將姐姐摟在了懷裡，緊緊地抱著，輕聲地安慰說：「別怕，有我在呢！」

多少年後，當王群向若若聊起她戀愛正式開始的那一晚時，臉上充滿了一種對往昔歲月的無限緬懷。「也就是在那一時刻，我忽然覺得，身上披著的那層厚厚的堅硬的鎧甲，正在自動卸去，在太長的時間裡，我把自己繃得太緊了，你想幾乎隔三差五就有軍區首長的家屬和孩子跑來看我，這都讓我感到了無名的驚恐，久而久之，我學會了把自己嚴實地包裹起來，形成一個自我防衛的盾牌，可也不知道為什麼，當延平抱住我的那一暫態，我忽然覺得渾身上下都鬆弛了下來，覺得終於有一個人可以保護我了。」

後來彭延平告訴王群，他之所以突然失蹤了一個多月，其實是為了欲擒故縱，同時，他也覺得需要給姐姐一點時間，來認真考慮他們之間的關係，這是一個一箭雙鵰的計謀，顯然，他成功了，他的這一妙招果然征服了姐姐。

他們進入了戀愛階段，但王群還是保持著矜持般的拘謹，直到一天，彭延平邀請王群去他家玩，她還猶豫了一下，最終靦腆地答應了。

那是一個星期天，當她坐在彭延平的房間時，感到了一種莫名的緊張，因為在這個空間裡只有他倆獨處，而且彭延平看向他的目光，讓她覺得有點不懷好意，她的心提了起來，開始保持警覺。彭延平見狀，也沒在意，只是溫和地笑笑，轉身從放在牆角的一張木椅上，抄起了一架手風琴，然後微笑地說：「我給你拉首曲子聽聽吧。」姐姐趕緊點了點頭，她覺得這下好了，這給了她一個精神放鬆的機會，她覺得彭延平滿懂體貼人的，心裡便有些觸動。

彭延平先是低頭彈出了一串琶音，又抬起頭看了她一眼，嘴角浮起一絲怪異的微笑，接著，他挺胸昂首地拉了起來。耳熟能詳的〈大海航行靠舵手〉。那一時刻，王群的內心感到了溫暖，是手風琴曲喚起的溫暖。她驚訝地望著彭延平，他歪著腦袋拉琴的樣子吸引了姐姐，心中不禁一熱。

「好聽嗎？」拉完曲子後，彭延平微笑地問。

「嗯。」王群不好意思地點了點頭。

「還想聽嗎？」

「呃……」

「那我再給你拉一首，別出去跟人說，有人說這是　首黃色歌曲。」彭延平扮了一個鬼臉，說，顯得有些隱祕。

「別，既然是……」

「你聽聽吧，我並不認為它是黃色歌曲，它是在歌頌美好。」彭延平笑說。

還沒等王群表態，彭延平便自顧自地拉了起來。這是一首聽起來讓王群感到陌生的曲子，但實在是太好聽了，有一種彷彿飄蕩在空氣中的浪漫的詩意，她的心，跟著旋律飛揚了起來，就像在藍天白雲上盡情地翱翔。

王群入神聽著，彭延平拉琴的姿勢讓她一下子迷上他了，這時，忽然響起了彭延平伴著琴聲發出的輕輕地歌唱：

田野小河邊紅莓花兒開，有一位少年真是我心愛。可是我不能對他表白，滿懷的心腹話沒法說出來。

他對這件事情一點不知道，少女為他思戀天天在心焦，河邊紅莓花兒已經凋謝了，少女的思戀一點沒減少。少女為他思戀天天在增長，我是一個姑娘怎麼對他講。沒有勇氣訴說心在彷徨，讓我的心上人自己去猜想。

在王群聽來，彭延平吟唱的歌詞雖然無法完全聽清，但她依稀明白了歌詞的內容，不知是因了歌詞，還是彭延平歌聲的緣故，王群覺得自己的心，伴隨著歌聲在漸漸地融化，最後一層薄薄的裹在內心深處的堅冰，終於被動人的歌聲擊穿了，她忽然湧起一種難以言表的幸福感。她睜大了眼睛，迷戀地望著彭延平，心潮起伏。

一曲終了，房間又復歸了寧靜，王群忽然覺得不自在了起來，眼神便開始有了些迷離，一股熱血湧了上來，臉騰地一下子紅了起來。她感到了羞澀，趕緊低下頭，心臟嗵嗵嗵地跳個不停。她不知所措了。她只記得自己輕輕地說了聲：「我想走了。」

也就在這時，王群突然覺得身子懸空了，一雙有力的臂膀將她抱了起來，她掙扎地反抗了一下，但又顯得那麼地有氣無力。「我要走。」王群呢喃地重複了一句，但她的嘴，很快就會彭延平伸過來的嘴唇給貼緊了，她的身體像觸電般地顫抖了起來。

「哦，不……」她拚命搖著頭，發出一聲微弱的反抗，但身體還在懸空中游走著，就像飄在了空氣中。

「哦，不……」王群的目光變得更加地迷離了，她感到了一陣昏眩。

「我愛你！」

朦朧中，王群聽到了從彭延平的嘴裡發出的聲音，那聲音在她那時聽來就像一首歌，如同她剛才聽到的那首歌，那麼動人，那麼地無法抗拒，她不再掙扎了，只是不停地從口中發出一連串的「不」，但身體已然不再聽從她的使喚了。

她突然不由自主地哭出了聲。她也不知道是因為害怕，還是因了幸福而發出的哭聲。

九

母親最終還是轉變了態度，那是因了彭延平在她住院期間的無微不至的照顧，還有他身上沒有絲毫高幹子弟架子的平易近人，讓母親感到了驚訝，亦備受感動，但她什麼都沒說，只是以她的默許接納了彭延平。

待若若見到彭延平時，姐姐已去上海醫科大學讀書了。他沒想到有一天，會突然接到彭延平打來的電話。當值班室通知他接電話時，他心裡還掠過一絲納悶。他拿起了話筒，剛發出一聲「喂」時，就聽對方在問：「是若若嗎，我是彭延平。」那一暫態他怔住了，半晌沒說出話來，。這也太意外了，他想，這個神祕的人物一直讓他感到好奇，姐姐臨走時並沒有說起彭延平想見他一面，如果不是他打來電話，自己好像已然淡忘了這個人的存在，畢竟好久沒有姐姐和這個人的消息了，父母對他與姐姐的事亦祕而不宣。

若若還記得那一天，天空忽然烏雲密布，很快下起了淅淅瀝瀝的細雨，雨點落在臉上，像是無數的螞蟻在臉頰上蠕動爬行，有點癢癢，若若沒有披上雨具，他覺得在陰晦落雨的天氣中走走滿好的。那是一個星期天的上午，彭延平跟他約好了會派車接他，至於去哪兒彭延平並沒有事先告知，只是說：「我們也該見見了，你姐姐經常提起你。」

按照約定的時間，若若出了支隊機關的大門，剛拐向濃蔭覆蓋的沙石小道，就遠遠地看見了一輛黑色的臥車向他快速駛來。當時若若的身後還跟著三三兩兩好幾個人，顯然亦是週日放假要去榕州玩耍的戰友。若若在路邊站住了，他與彭延平約定的位置的就是在這個林蔭道口的拐角上。彭延平考慮得比較周全，接他的車倘若停在了支隊機關的門口，定然會引起別人的注意，以致會給若若造成不好的影響。

駛來的臥車明顯在減速，向著他緩緩開來，與此同時，若若也看清了這輛臥車的形狀——一輛加長型的紅旗牌臥車，若若在電視上見過，龐大的車體在靜悄悄的林蔭小路上格外顯眼。這是接我的車嗎？若若想。他忽然有些緊張了，下意識地回頭張望了一下。身後的幾位戰友，顯然也注意到了這輛難得一見的臥車，正驚奇地指手劃腳議論著什麼，神情亢奮。

龐大的車身在若若身邊戛然而止，車窗緩緩搖下，從後座的窗口探出一張笑臉來：「若若嗎？」

「是我。」若若說，他站著細雨中不知所措。

「我是彭延平，來，上車吧。」

後車門被推開了。若若上車前還側過臉來向戰友們掃視了一眼，那幾個人已漸漸走近了，停下了腳步，他能清晰地瞅見他們的臉上流露的誇張的驚愕表情。

有一輛神祕的「紅旗牌」臥車將若若接走了，而能擁有這類豪華車型的人只能是大軍區的最高首長——這個消息在支隊機關迅速地不脛而走，等若若傍晚返回支隊時，他驚訝地注意到人們注視他的目光變得有些怪異了。他當時並不清楚為什麼大家對他的態度會急轉直下，變得怪兮兮的，他只是隱約地察覺或許這一切與接他的那輛「紅旗」有關。他感到了一種無形的壓力。

當天晚上崔永明出現在了他的面前，臉上亦透著一絲好奇：「你真的像人們說的被一輛『紅旗』接走啦？」崔永明開門見山地問。

若若愣著，尷尬地點了點頭。

「糊塗，這種事怎麼能讓別人看見！」崔永明說。

若若覺得自己無法解釋了，預感被證實了，他感到了難堪。

「你都認識誰啦，怎麼會有『紅旗』來接你？這可是大首長的專車呵！」崔永明催問，難掩心中的好奇。

若若沒有馬上回答，他只是保持了沉默。他不能說，姐姐與彭延平戀愛的事他一直埋在心裡，不好意思向人道及，可現在，一輛神祕的「紅旗」，將他的行跡澈底暴露在了眾目睽睽之下，他又該如何地向崔永明解釋呢？

就在清晨，當他坐上了那輛神祕的「紅旗」臥車——那輛讓他感到恍惚與驚愕的著名臥車，第一次見到了姐姐一再提及的準姐夫彭延平時，他給予他的印象是隨和親切的，他始終面含微笑，並沒有想像中的傲慢無禮，相反，倒是更像一位寬厚的大哥哥讓他感到了一絲溫暖。他一再說起，姐姐臨行前將若若託付了他，讓他能夠照顧好若若。「『我弟弟不大懂事，你要多關心他。』這是你姐姐交代我的，可我拖了這麼久才來見你，你不會生我的氣吧？」彭延平笑吟吟地問。「不會。」若若搖著頭，說。那時他還處在窘迫般的尷尬中，還不知道該如何與這個陌生的未來的姐夫打交道，他只是覺得有了這次見面，他不會再在心裡反對姐姐的愛情了，他覺得自己悄悄地喜歡上了這位「準姐夫」。

第八章 × 風雲突變

」

「我剛聽到這個消息時，還有點不信呢。」崔永明笑說。

這時，他倆坐在濃密的樹蔭下，夕陽正在緩緩沉落，一輪巨大的橘紅的落日染紅了天際，投下了一抹玫瑰色的光澤，彷彿大地亦被塗抹上一層絢麗奪目的光彩；八一湖的湖面在夕陽的映照下泛起一道道瀲灩的波紋，流光溢彩，輕風微拂，讓人多了幾份愜意。

「所以你跑來問我。」若若說。他掏出煙，遞了一支給崔永明。香煙點燃了，青煙裊裊，在寂靜的空氣中升騰著。「我當時不知怎麼回答你，因為那時我姐姐的年齡還沒到適合談戀愛的時候，那時我們的觀念還很傳統。」若若說。

「我們感到驚奇的，不是你姐姐的年齡，是她戀愛中的那個具體的人——你的姐夫，他可是彭司令的兒子，在當時聽來就像是天方夜談，你那時不就是支隊機關的一個毫不起眼的小兵拉子嗎？可因為這件事卻成了機關裡的著名人物。」

「那時你也與我拉開了距離，我能感覺到。」

「或許是羨慕，或許是一種莫名的嫉妒，沒人願意再走近你，因為從那一天起，你身上開始有了是非，只能躲遠點。」

「為什麼會這樣，為什麼？這事一直讓我感到了納悶，好像我與周圍的人際關係在一夜之間坍塌了，在眾人的眼中，我成了一個被另眼相待的人，戰友們投來的眼神讓我感到了不舒服，這其中也包括你。」

「因為我們都不想有攀附之嫌，你姐姐與彭延平的戀愛，幾乎也讓你在機關一夜之名，在大家的想像中，你有可能藉著這個東風青雲之上，我承認那時會有一些潛在的妒忌，因為我們只能靠自己奮鬥，而你，憑藉這一層突如其來的背景與關係，就可以扶搖直上了，這讓我們感到了不屑。我說了，這種心態的根子還是妒忌。」

「可我並沒有因為姐姐與彭延平家的關係而改變了命運，不是嗎？」

「那是因為隨後發生了『九一三』事件。」崔永明冷靜地說。

他們沉默了。周圍一片寂靜，如同大地亦停止了喧囂，空氣流動的嗞嗞聲清晰可聞，還有樹葉在風中擺動時發出的撲簌簌的微響。若若側過臉來瞥了崔永明一眼，發現他直視著湖面，表情冷峻，就像沉浸在往事的追憶中。若若狠狠地吸了幾口煙，然後將煙蒂使勁地在乾燥的泥巴地上撚滅。煙頭像是不情願似地噴出最後一裊青煙，寂然熄滅了。

「我始終忘不了宣布林彪事件的那一天。」若若說。

「我清楚地記得，是在一個清晨，早餐後不久，我們被召喚列隊出發。」崔永明說。

「對，突然，機關的操場上來了好幾輛大卡車。」若若說。

「各個部門的領導在催促我們趕緊上車，氣氛一下子變得有些異乎尋常，這種不祥之感，是從支隊長和政委嚴峻的表情中透出的，他們緊蹙眉心，顯得有些焦灼，站在吉普車旁，盯著大家上車而又一言不發。」崔永明說。

「一開始我倒是毫無覺察。」

「那是因為你年齡還小，不那麼敏感。」

「嗯，也許！」若若說。

二

那天只留下各科室的值班人員，整個支隊機關傾巢出動，在若若的印象中這種陣勢還是頭一回。他們分乘好幾輛卡車嗚嗚地駛向了一個陌生的地點，車上的戰友們還有說有笑，如同一次例外的郊遊讓大家感到了輕鬆和快樂，彼時已是秋風送爽的十月了，陽光燦爛，天高氣爽。

汽車行駛了約莫二十來分鐘，忽然拐彎，駛向了一座軍營。進入時若若還不經意地向崗亭瞥了一眼，見軍營的哨兵似乎多出了好幾位，且個個荷槍實彈，頭上的鋼盔在刺目的陽光下閃爍著炫目的光斑，見他們來時集體行了一個軍禮，開欄放行。汽車繼續前進，只是速度在放緩，經過林蔭夾道兩旁的宣傳欄時，若若清晰地看見板牆上貼著幾個巨幅畫像，除了偉大領袖毛主席和林副主席的標準照外，毗鄰的是一幅毛主席和他的親密戰友林副統帥的雙人照——他們各自坐在一個單人沙發上，頭部湊得頗近，似乎在認真商討國家大事。這幅畫像若若瞅著眼熟，因為在支隊部的宣傳欄上，也張貼著同一幅一模一樣的畫像。

卡車在禮堂的門口戛然而止，還沒等大家跳下車來，已見支隊長與政委神情嚴肅在站在不遠處盯著大家下車了。當若若跳到地下抬眼張望時，感到這裡氣氛的異乎尋常。

禮堂的正門站滿了全副武裝的士兵，頭上戴著冷冰冰的顯得有些駭人的鋼盔，煞有介事地繃緊了一張透著冷峻肅殺的面孔，如臨大敵。若若感到了詭異。發生什麼大事啦？若若心想。

「一定出事了！」一個聲音在他的耳畔響起，他側臉瞅了一眼——是崔永明，他的神情顯得有些迷惑。「會發生什麼？」若若小聲問。「不知道。」崔永明若有所思地晃了晃頭，一臉的迷茫：「看起來不會太小。」他說，「一會兒就知道了。」

進入了禮堂，寬敞明亮的大禮堂的前排黑鴉鴉地坐滿了人，但鴉雀無聲，空氣亦因此顯得沉悶而陰鬱。若若一行這些新來乍到的隊伍被人安置坐在了後排。受到不祥氣氛的無形感染，沒人再敢發出聲響。靜悄悄的，彷彿這裡空無一人，只有坐下時，凳椅的碰撞發出了刺耳的嘎吱聲，在壓抑的氣氛中聽上去顯得有些瘮人。

傳來一陣整齊的急促的跑步聲，禮堂的兩側通道突然出現了兩列同樣戴著鋼盔持槍的士兵，他們分別在兩邊的巨大的玻璃窗下站定，然後整齊劃一地將窗簾刷地一下拉上了。有暫態的黑暗。還沒等人回過神來，沒過一會兒禮堂的燈光及時地點亮了，宛若置身在了夜晚的光線下。

又過了一會兒，主席臺上出現了幾個領導模樣的軍人，臉上的表情依然詭異而嚴肅，這就更加激發了若若的好奇：到底發生了什麼事？氣氛不太正常了！他想。但他不敢打探，即使打探也沒用，只能耐心等待了。

主持會議的領導開腔了：「現在由軍區政治部的楊副主任宣讀中共中央文件。」

楊副主任先是唸了一下文件的批號，接著嗓門突然拔高了八度，透著一股凌厲與威嚴：「在偉大領袖毛主席的正確領導下，黨中央一舉粉碎了以林彪為首的反黨集團……」

禮堂內立刻傳出一陣低沉的「嗡嗡」聲，像蜂群般地密集撲來，楊副主任停下了文件的宣讀，犀利冷峻的目光掃視了一眼喧聲四起的臺下。低雷似的「嗡嗡」聲迅疾消失了，又恢復了寂靜無聲。若若在那一暫態腦袋像被炸開了一般，完全不能相信自己的耳朵了。是不是聽錯了？這是他所能做出的第一個反應。腦袋裡的那個不受控制的轟鳴聲，還在持續不斷地炸響著，山崩地裂似的，內心深處有個堅硬的東西遽然間發生了傾斜，在一聲巨響中轟然坍塌，身不由己地被一股巨大的聲浪咆哮地席捲而去。他瞪大了難以置信的雙眼，迷迷糊糊地聽到上面在說：「叛黨、叛國……林彪、葉群、林立果……倉皇出逃……乘坐的三叉飛機墜毀在蒙古國溫都爾漢的沙漠上……自取滅亡……」

他們又是怎樣離開了那個寬敞的大禮堂的？又是怎樣坐上了他們來時乘坐的卡車？若若的記憶，終止在了那個楊副主任宣讀中共中央文件的聲調中，剩下的一切都是朦朧而空白的，彷彿記憶駐足在了那一非常時刻。他依稀記得，會議結束後他在恍惚中目睹的那一張張與會者的面孔——呆若木雞，木納、僵硬而震驚，個個像是失了魂的僵屍，在人群中緩慢地蠕動——那是一張張失色蒼白的臉，一如當時的他自己。

三

「從那天起，我心裡那個曾經的堅定不移的信念崩潰了，我開始了懷疑而不再相信。」若若說。

「我也怎麼也忘不了那天的震驚，好像我們熟悉的一切東西都在變味，變得陌生了起來。」

「我的命運也隨之被改變。」若若說。

不知不覺間，暮色四合，天色沉沉地暗了下來，天穹上繁星滿天，一鉤彎月高懸在中天，顯得格外地明亮。風，吹得更緊了，身上便有了些許的微涼，湖面上不時傳來魚兒吧嗒吧嗒的喋水聲，還有草叢中蛐蛐的嘓嘓聲，此起彼伏，聽上去，就像一支悅耳的小夜曲。遠處，一幢幢高聳的樓宇燈火璀璨地閃爍著，更映襯出天地間出奇的寧靜。他們已然沉默太長時間了，彷彿誰都不願意率先開口打破了這裡的沉寂，又像是有太多的感慨，讓他們彼此心照不宣而心潮起伏，可一時間又彷彿無從說起，唯在寂靜中沉默著、思索著，回憶，竟也變得那麼的悠遠而綿長。

「太晚了，若若，我們走吧。」崔永明終於說，他從地上站起了身來，拍了拍身上沾染的塵土。

若若一動不動，仰著臉望向天空，沉默著。

「你怎麼了。還在想啦？」崔永明問。

「哦。」若若的身子動了一下，像是剛從沉思中醒轉過來，尷尬地笑笑，「好，走，總算來過了，是到了該走的時候了！」他感慨地說。

「這就像是我們的人生，書上不是常說人生沒有不散的筵席嗎？」崔永明略帶點調侃地說。

「在形式上，這個筵席是散了，而且一散就是四十多年了，可它在我們的心中散過嗎？好像沒有，即使有時我們會暫且地淡忘了它，可一旦想起，又是那麼地讓人緬懷與感嘆，畢竟，那是我們經歷過的青春歲月！人的一生，唯有青春最難忘！」若若說。他也站起了身，再一次向遠方眺望，有些戀戀不捨，可那裡竟也黑黢黢的一片，其實什麼也看不見了，隱沒在了夜色中。

「走吧，你還能看見什麼？」崔永明笑問。

「我們的人生。」若若說。

「我們的人生？你不可能看見它了，最多在記憶中會想起它。」崔永明說。

「就像這沉沉的夜幕，暫時遮蔽了我們視覺中的可見之物，可它從來沒有真正消失過，而在夜幕下的時空中存在著，頑強固執地存在著，只是我們偶爾的會失憶，會短暫地忘卻，但失憶與忘卻並不等於青春的消失。」若若說。

「你在說什麼？我有些聽不懂了！」

「我在說我們親歷過的人生，真的就消失了嗎？永明，你真的認為它會消失了嗎？就如同我們今天所見到的，不再是當年而變得面目全非的果木園。」若若轉過臉來，目不轉睛地盯著崔永明的眼睛問。

「你真是一個作家，太多情善感了，我可沒你想得那麼多，那只不過是我們的一段人生經歷而已。」崔永明淡淡地說，「一段，只是一段。」他又加重語氣強調了一句。

「或許對於記憶，我們每個人都會有不同的感悟，但那段經歷對於我是那麼地彌足珍貴，因為它促成了我的成長，讓我刻骨銘心。它在我的意識中從沒有消失過，始終存活在我的內心中，我常常會讓記憶重返當年的現場，由此而感慨萬千，永明，因為我們這代人就是這麼一步步走過來的呵！」

「既然是我們走過的路，我們就不能總是回頭張望吧，畢竟那都是些過去的事了！想得太多，有時會讓人傷感，何必呢。」崔永明說。

「回首當年，是為了看清自己來時的路，如果我們不知道自己是怎麼一步步走過來的，如何能知道今天的我們，又是如何被命運塑造的呢？」若若說。

「我可沒有時間想這麼多。」崔永明說，「生存的艱難，已經讓人夠喘不過氣來了，記憶就這麼一點一點地被殘酷的現實抹去了，留下的彷彿只是一片空白——只有現實，現實壓迫得我根本沒有時間再去留戀過去。」

「於是我們變得像一具僵屍，一具在現實喧囂的忙亂中失去歷史的行屍走肉？永明，你不覺得今天我們來到這裡時，就是為了喚醒沉睡的彷彿僵死的過去嗎？它從來就沒有死去，沒有，它始終存活在我們的心中。」若若說。

「我們不是來了嗎？這個我們曾經生活過的地方，可都變了，不再是我們當年所熟悉的那個果木園了！」

「但我們的記憶沒變，所以我們來尋訪當年的記憶，不僅僅是為了重拾被遺忘的歷史，也是為了讓自己看清來時的路，不致迷失。」若若說。

「你還準備去哪看看？」崔永明問。

「小帽山。」若若突然說。

「小帽山？」崔永明一愣。「哦，我明白了，你想去看看你當年待過的地方。」

「還有向華！」說著，若若微微地揚起了臉，望向虛無的天空。「向華還長眠在那座山上，我想去看看他，據說那裡已是一座光禿禿的荒山了，沒有了人煙。他的墳前是否長滿了雜草？我想去掃掃墓，在他的墳頭插上一束鮮花，我想念他！」

崔永明看了若若一眼。暗夜中，若若的眼角有淚光在閃爍，他的心沉了一下。

四

「是若若嗎？」

「呃，我……是若若。」恍惚著，若若剛伸出被凍得僵硬的手，隨即就被熱乎乎的一雙大手緊緊握住了，一股電流般的溫暖霎時流遍了他寒冷的身軀。

站在他面前這個人個頭高高的，裹著厚實的棉大衣，臉上戴了一個大大的口罩，頭上還扣著一頂棉帽，毛茸茸地護耳緊貼著他的臉，一說話，就冒出了一股白煙。他人還騎在摩托車上。這時的若若沒能及時地認出他來，只能注意到從他帽簷下露出的一雙炯炯有神的眼睛，正在熱切地盯著他看。

「怎麼，這麼快就不認識我了？」那人笑說，從三人摩托車上躍身下來。摩托車的發動機還在轟隆隆地響著，排氣孔噴吐著一股嗆人的白色煙霧。天冷極了。那人從頭上一把捋下了棉帽，摘下口罩，大聲說：「嘿，你再仔細瞧瞧我是誰？」

若若的眼睛一亮，難以置信地地高喊了一聲：「呀，蕭向華，是你呀！」

「是我。」

「三年多沒見就不認識我了？你這個小傢伙。」蕭向華大笑地說。他爽朗的笑聲，在勁風中顯得格外地痛快豪邁，嘴中哈出的一股股白煙，被狂風吹得東倒西歪，很快就消失在了凜冽的大氣層中了。

「你把自己護得這麼嚴實，我當然認不出了。」若若不好意思地說。

「逗你玩呢。」蕭向華愉快地說。「來，先把這些厚傢伙給我穿上，別凍到了，把自己裹嚴點，這是我專門為你帶來的。這裡可不是榕州了，是海島，天冷得很吶，若若，你可要有點思想準備。」蕭向華將事先準備好的棉大衣遞給了若若，然後將他頭上單帽取下，給他戴上了棉帽。

「我知道。」若若說，心裡不禁打了一個寒顫，他確實感覺到了刺骨的冷，趕緊將棉大衣穿戴好了。

蕭向華退後了兩步，虛著眼瞅了他一眼，「嗯，現在不像個機關兵了，像我們小帽山的人嘍。」

若若靦腆地笑了笑。

「上車吧，我帶著你上山去。」蕭向華先跨上摩托，讓若若在邊斗上坐好，還不放心地盯了他一眼，遲疑了一下，又將自己身上的棉大衣脫了下來，蓋在了若若的膝蓋上。「我不要，你會冷的。」說著，若若想將棉大衣遞還給了蕭向華，但被他阻止了。「別動，我是這裡的主人，抗凍的呢，你初來乍到，得聽我的，小心感冒，你還要適應一段山上的生活，別動了。」蕭向華一邊說些，一邊下意識地反覆旋轉著摩托車上的把手，腳踏了幾下引擎，發動機隨即發出了陣陣咆哮，從排氣管噴出的濃烈的青煙迅速罩住了他們的臉。很快，摩托啟動了，飛馳而去。

一路上，蕭向華告訴若若，他也是剛聽教導員說起，他要到島上來鍛鍊的，本來是安排通訊員下山接他，是他主動請纓接下了這個任務。「我平時沒事時就愛鼓搗一下這玩意兒，按說這是我們通訊員的交通工具，後來我開熟了，偶爾還會讓我代替一下通訊員的工作。這也挺好，我愛開摩托，威風凜凜的，對嗎？」蕭向華快樂地說。

若若點了點頭，將大衣裹得更緊了。這裡真冷，風是硬的，他想。但若若還是感到了一種說不上來的茫然，宛若籠罩著曲曲彎彎的山路上那一層乳白色的煙霧，渾混沌沌的一片，前方的路只能依稀可辨。為什麼就這麼稀哩糊塗地跑到這裡來了呢？他覺得大腦還處在恍恍惚惚的迷離中，猶如夢境。

一個多月前，若若因胃疼而被緊急送進了醫院，其實本來也沒有什麼大不了的事，只是正好那天晚上彭延平來電話詢問他的情況，他隨口說出了自己的胃疼，彭延平在電話中也沒多表示些什麼，寒暄幾句後電話就掛了。結果第二天，單位領導交代他把手頭的工作收拾一下，馬上去軍區總醫院住院，也就是姐姐曾經工作過的那家醫院。他當時還納悶，不知道究竟發生了什麼，因為他並沒有向任何人說起過，這一段時間以來胃疼的毛病，後來一琢磨，猜出了是彭延平在背後安排的。

果然，近午時一輛北京吉普出現在了支隊部的大門口，司機直接找上他：「首長家讓我來接你。」那人說，「病房已經安排好了，你跟我走。」當若若跟著來人向北京吉普走去時，注意到有許多人從辦公室的窗口，探出腦袋來盯著他看，甚至交頭接耳地在議論些什麼。這讓若若一時間感到了彆扭。

入院的當天晚上，彭延平出現在了若若的病房裡，安慰了他幾句，讓他有什麼情況可以直接電話找他，說完他就走了。第二天早晨醒來時他發現，一夜之間他入院的消息傳遍了軍區總院，有不少女兵出現在他的病房門口，探頭張望。那個年代醫院的年輕護士、護理員大多數來自幹部家庭，年齡都滿小，顯然與他一般無二地屬於「走後門」來的，這也見怪不怪了。若若當然不可能想到，姐姐在這家醫院會這麼的赫赫有名。

那時的姐姐早已去上海醫科大學讀書了。他只是納悶，為什麼會有那麼多人找各種理由來看望他，甚至隔三差五還有人主動給他送來了霜淇淋和水果，笑眯眯地告訴他，我是王群的朋友，聽說她弟弟來住院了，表示一下慰問。

住院的日子讓若若多少有點犯「暈」，但他覺得滿快樂的，無憂無慮，胃疼的毛病在醫生的精心診治下很快消失了，但若若並不想這麼快出院，他想賴上一段時間，好好享受一下這段悠閒的日子。

週末晚上，還常會有車來接他到軍區小禮堂看一場「內部電影」——大都為文革前進口的蘇聯影片。最讓若若印象深刻、難以忘懷的，是一部名叫《船長與大尉》的前蘇聯的愛情電影，讓若若看後愁腸百結、潸然淚下。雖然那一段日子，他也看了不少當時最熱門的內部電影《啊，海軍》、《軍閥》和《日本海大海戰》等日本電影——聲勢浩大，畫面逼真，許多情節讓若若過目難忘，而且戰爭場面驚心動魄，但若若心儀的，還是那部前蘇聯的《船長與大尉》。電影中的很多情節在記憶中已然模糊了，但若若卻記住了那部電影給予他的強烈的心靈震撼，讓他在他的人生中，第一次從電影裡領略了愛情的真摯力量。

後來，每當想起這部電影時，若若的腦海中都會出現白雪皚皚的北極圈——蒼涼、寒冷，悲風呼號，「他」與「她」在經歷了巨大的不可思議的命運捉弄之後，相逢在風雪瀰漫的北極，一時竟相視無語，百感交集，這次的意外邂逅，是彼此間相隔了多年後的再度重逢，天各一方，物是人非，若若欲哭無淚了。

若若心靈受到了巨大的衝擊，回到病房後竟一夜未眠，腦海裡充滿了電影中的一些催人淚下的情境與畫面，那時的他還不懂愛情，愛情之於當時的若若，不過是內心深處偶爾迴盪的一種晦澀般的懵懂，還略帶點浪漫的詩情，可《船長與大尉》中的愛情故事，觸電般地喚起了他心底蟄伏的一種別樣的滋味。

那是什麼呢？黑暗中，若若瞪大了一雙眼睛，仰望著窗外高懸的一鉤彎月，輾轉反側地在心裡反覆地自問。

天快破曉時，他竟迷迷糊糊地睡著了。睡夢中感到有個人在喊他，他以為只是一個夢呢。他沒睜開眼，翻了一個身想繼續沉睡，結果被人猛推了一把。他從夢中驚醒了。

賀苗苗笑吟吟地站在他的床前。

「真能睡，都幾點了？」她大大咧咧地說。

若若翻身坐起，揉了揉惺忪的睡眼。

「哦，昨晚沒睡好，補覺呢。」他沒好氣地說。

「為什麼沒睡好？是在想誰吧。」賀苗苗壞笑地說。

「盡瞎說，我還能想誰？」

若若說，鎮定了一下自己，睡意正在一點點地消失。

「那你就不能說想我嗎？」賀苗苗說，大笑了一聲。

「噢。」若若一震，呆了。

「我在跟你開玩笑呢。」賀苗苗爽快地說。「我問你，醫院離我們後勤部這麼近，你為什麼也不來看看我？上次我沒請你來，你還來看過我呢。」

「呃……」若若語塞了。他是想過找一天去看望一下賀苗苗的，但一想起要見她，心裡便會莫名地緊張起來，他也不知道為什麼會這樣。有時他也還會自問，有什麼好緊張的？但一想到真要去見她時又會莫名地緊張起來，所以他遲遲未能成行，但沒想到倒是賀苗苗竟然先跑來見他了。

「你怎麼會知道我住院了？」若若納悶地問。

「好像誰都知道王群的弟弟來住院了。」賀苗苗揶揄地說。

「我姐姐為什麼會這麼有名？」若若臉紅了。

「那你得先問問你姐姐在跟誰談戀愛。」賀苗苗怪笑地說。

「就因為這個就該有名？」若若問。

「那是因為人們更願意聽故事，而且是一個讓人感到傳奇的故事，更何況你姐那麼漂亮，還加上了關於林立果選妃的傳說，這個故事沒人感興趣才怪呢。」賀苗苗調皮地說。

「那你呢，你也因為有了這個故事，才會跑來來看我的嗎？」若若瞪大眼睛反問道。

「你以為你是誰？你是那個傳奇嗎？」

「不，我是若若。」

「所以我來看的不是『傳奇』，是若若。」賀苗苗說。

「那我得謝謝你了。」若若說。

「就因為我來看你了？」

「是啊，那還能為什麼？」

「那你還是先謝謝你自己吧。」

「謝我？為什麼？」

「你把自己弄成了一病號，我來看望一個病號順理成章吧，你還不該感謝你自己嗎？」賀苗苗目光閃爍，調侃地說。

「你的嘴真能說，我說不過你。」若若不好意思地笑了，心裡卻有一種莫名的快樂。

那天，他們天南地北地聊了許久，若若也趁機跟她聊了看完《船長與大尉》後的感受，他說得眉飛色舞，賀苗苗只是靜靜地聽著，一直沒吱聲。

「聽上去，比《牛虻》的小說更感人。」末了，賀苗苗說。

「不一樣的感覺。」若若興奮地說，「《牛虻》的愛情是讓人一時難以理解，會感到糊塗，因為牛虻與瓊瑪之間還插了一個妓女；而這個電影不一樣，他們之間的愛情有一種堅守，只是由於一個奸滑的小人在從中作梗，有了些彼此的誤會，以致讓他們天隔一方，但愛情之火從未熄滅過，熾熱地燃燒在他們的心中，所以你能懂，所以你能感動，但一時還難以表達出來，就是看著心裡難受，你想，他們在莫斯科的中學時代就彼此相戀，後被壞人從中挑撥離間，久別重逢後又失散多年，還經歷了一場反法西斯戰爭，終於有一天在遙遠的冰天雪地的北極意外重逢了，兩人百感交集，就如同經歷了一次生離死別後的昇華與重生，你會覺得，在那個生死相隔般遼闊的時空中，有那麼多讓人感嘆的歲月流年，裡面隱藏著讓人嚮往的堅貞不渝的愛情。」

說到愛情，若若的臉忽然一熱，泛起了紅潮。他趕緊低下頭，怕賀苗苗覷見了會讓他無地自容。他轉過臉，掩飾地點燃了一支煙，故意磨蹭了一會兒，才重新掉過臉來——賀苗苗正一語不發，呆呆地盯著他看，眼神忽閃忽閃的，變得有些特別，若若的心臟激跳了一下。

他們又聊了一些無關痛癢的閒話，談在了彼此軍旅生涯中的趣事。因了剛才賀苗苗的那個驀然襲來的眼神，讓若若感到了一絲緊張，他們間的話題，有意地避開關於《船長與大尉》，還有《牛虻》中所涉及的愛情，彷彿那個話題一時間悄然地成為了他們間需要小心迴避的東西了。

「對了，《牛虻》你還沒還我呢。」賀苗苗說。

「哦，我放部隊了，沒帶身上，下次見面我一定還你。」

「還會有下次嗎？你覺得我們還會再見面嗎？」賀苗苗挑逗般地望著他，笑眯眯地說。

「你不想再見我了嗎？」

「瞧你急的，我這不是在逗你玩麼，會再見的，你還欠我一本書呢，為了它，我們也得見呀。」

若若笑了。

近午時，賀苗苗才起身離去，若若將她送到病房門口。

「別再送了。」賀苗苗說，「就到這吧，就到這。」

「我再送送你，送到醫院大門口。」若若真誠地說。

「不行，讓人看見又要傳是非了，你別忘了，你是『傳奇』的王群的弟弟，你太引人注目了，我可不想成為別人議論的角色。」賀苗苗笑說，但她此時發出的微笑顯得有些不大自然了。

若若停下了腳步，似乎還想對賀苗苗說些什麼，但沒說，大腦有暫態飄過的空白。

「我走了，你好好養病。」說完，賀苗苗向樓道走去，「你還會來看我嗎？」若若衝著她的背影，突然喊了一聲。

「看情況吧。」她徑直地走了，在拐角處消失時，也沒回頭看若若一眼。若若的心裡有一種怪怪的感覺。

五

幾天後，若若緊急離開了醫院，事先他並不知道為什麼要這麼「緊急」。

他是在彭延平的嚴厲要求下離開的。

那是一個炎熱的午後，彭延平突然來到醫院找他，而在此前，他多次來電話催促若若儘快出院，當時他沒說出自什麼原因，只是說他需要回到支隊工作了。若若則顯得漫不經心。他覺得在醫院裡待著滿好，無憂無慮，也沒有單位裡的那些複雜的令人頭疼的人事糾葛，他隨時可以四處走走，東張西望，還經常會有一些女兵跑來找他，自稱是姐姐的朋友，給他送水果，或請他出去玩——一塊逛街，吃冰棒，還一起去旁邊的紅湖公園划船，唧唧喳喳地盡說些不著邊際的話。若若有時覺得她們太能說了，而他又不知該說些什麼。她們看向他的眼神有時會顯得挺特別，這時，總是會讓若若感到了窘迫。每當此時，若若便會將目光掉轉開來，假裝地看向別處，顯出心不在焉的樣子，他知道自己在掩飾，因為在這個時候腦海中總會浮現出賀苗苗的身影。如果我身邊是她該多好！他總會這麼想。但若若還是不敢去找她，他很怕在她面前暴露自己的心事，這會讓他無地自容。

金副院長偶爾也會來病房看望一下若若。見他時樂呵呵地說：「喲，若若也當兵啦？還會哭鼻子嗎？」若若臉紅了，他想起了小時候因調皮挨父親的揍，金叔叔將他「拯救」出來的情景，所以他對金叔叔一直心存感恩，那是他少年記憶中難以忘懷的一幕。而他當兵後發生的「尿床」事件，也是因了金叔叔找人配的藥，他才得以及時「康復」。

悠閒的日子，讓若若對在部隊時的那段緊張生活，產生了一種疏離感——變得遙遠而陌生，亦有了一種強烈的畏懼感，所以當醫生幾次暗示他已然可以出院時，他總是裝傻。能多賴一天算一天，那是若若當時的想法，他覺得這種悠閒自在日子過得快樂而愜意。

彭延平的催促讓他感到了一絲詫異，他最初不以為然，直到那天的午後。

「你必須出院了。」那個午後，彭延平匆匆來到他的病房，一臉嚴肅地說。

「一定要出院嗎？」若若反問。

「是的，必須。」

若若還是有些不情願，心裡卻在抗拒著。

「有些情況現在還不能告訴你，以後你會知道的，但現在你必須聽我的，立即出院，就在今天。」彭延平最後說。

若若悶悶不樂地收拾好東西離開了總院，直到就要邁出病房門時，他才驀然發現竟然如此留戀這一段快樂的日子。他本來還念著去和賀苗苗打聲招呼的，畢竟她所在的後勤部離總院並不太遠，可這一切都結束得過於匆忙了。送他回部隊的車已在樓下候著了，他也只能匆匆地不辭而別。他開始後悔——為什麼在那些輕閒的日子裡沒有主動找賀苗苗聊天呢？他覺得自己住院期間都玩糊塗了，總覺得時間有得是，終究可以再找個寬鬆的時間去看望賀苗苗，誰能想到出院竟會變得突如其來？

若若當然不可能想到，等待他的是一場晴天霹靂般的沉重打擊，讓他猝不及防地幾近崩潰。

若若當時只是覺得，已然不大適應曾經熟悉的軍營生活了，心裡還在依依不捨地懷戀著住院期間的無憂無慮。當他放下行李，匆匆地再度走進久違的辦公室時，見到技師們好像正在交頭接耳地談論些什麼，見他推門進來，先是愣了一下，隨即停止了談論，彼此還悄悄地交換了一下會心的眼神，對他似笑非笑地微微點了點頭，算是打了一個招呼，那態度，多少顯出了點陰陽怪氣。接著，他們不約而同地低下了頭，假裝修理器材而沉默不語，令若若感到了氣氛的詭異。

這是怎麼了？一定發生了什麼事，而且這件事情肯定與我有關。若若想。

若若的直覺很快被證實了。

當天晚上崔永明急匆匆地找到了若若，劈頭蓋臉地問：「若若，你知道發生了什麼事嗎？」崔永明的表情亦在明白無誤地告訴若若出狀況了。

「我不知道，我剛回來，我什麼都不知道。」若若說，心裡開始發怵。

崔永明無奈地搖了搖頭。「支隊機關都傳遍了，你還稀哩糊塗的！」崔永明恨鐵不成鋼地說。

「到底發生什麼事了？」若若心慌得厲害，盤旋在腦海中的預感越來越強烈了。

「發生了什麼？你失去了一個機會！」崔永明大聲說。

「機會？什麼機會？」

「你真的一點也不知道？」

「真不知道。」若若迷惘地搖了搖頭，說。

「唉，你們呀，事兒沒弄成，反倒搞得滿城風雨！」崔永明埋怨地說。

若若當然不可能想到，彭延平催促他儘快出院的那些天，是因為他獲悉了軍區情報部向若若所屬的支隊下達了二名上大學的指標，指標下達時，還含蓄地暗示其中的一個名額最好能考慮王若若。

可那時，正好社會上盛行反對「走後門」之風，而此風緣起於一位叫做鍾志明的幹部子弟，與若若一樣亦來自江西，也是通過「後門」的內部關係入伍當兵，並隨後上了大學，有一天他忽然幡然悔悟，決意徹底告別「特殊化」的「走後門」待遇，主動要求退學，並申請退出軍界，直接到農村去接受貧下中農的再教育，洗心革面，將自己改造成名副其實的社會主義新人。

鍾志明的選擇，在全國範圍內引發了一場軒然大波，中央各大報刊均做了醒目的報導，從而驚動了中央最高層，於是下發了一系列文件，要求各地警惕資產階級法權思想的回流，反對特殊化，禁止在幹部階層逐漸蔓延的「走後門」等不正之風，並重新規定，上大學的人選，由原來的上級領導內定，改為由基層群眾集體推薦表決。

若若因此而名落孫山。

崔永明告訴若若，其實幾天前，機關就在紛紛議論上級機關給支隊下達的大學指標中，指名道姓地希望支隊領導能考慮王若若。但那時的若若對此一無所知，還賴在醫院裡不願歸隊呢。就在若若被逼無奈地返回支隊機關的頭一天，他所屬的技術股討論了關於讓他上學的問題，結果可想而知，集體否決了他的推薦資格，理由是王若若當兵就是「走後門」，現在還要通過「走後門」的方式上大學，有違中央精神，嚴重助長了社會上的不正之風，必須堅決抵制。

崔永明還告訴若若，人走茶涼，倘若那天若若能提前一天出院，討論上大學名額時本人在場，局勢還不至於會這麼糟糕，畢竟還要顧及一些情面，而若若還偏偏不在場。「你失去了一次多好的機會呵！」崔永明發出一聲長長的嘆息。

若若感到了山崩地裂。他萬萬也沒料到，僅僅是自己的一念之差，錯失了良機。一切都變得無可挽回了，僅僅是一天之差，他就失去了一次機會，悔之晚矣。他終於明白彭延平催促他歸隊時為什麼會一臉嚴肅了。

若若做出了一個激進的抉擇，向領導申請解甲歸田，像鍾志明那樣下放農村接受勞動鍛鍊。申請自然被否決。彭延平知道了很快打來電話對他進行了一番訓斥，說他的決定太衝動，完全是一個不懂事的小孩子在耍小脾氣：「遇事要冷靜，人生遭遇各種挫折是正常的，正好可以磨練自己的意志。」若若當時衝動地說：「那我就申請去最前線當一名偵聽員。」

彭延平在電話中沉默了，過了一會兒問：「那可是在海島上，會很苦，你受得了嗎？在做出決定之前，還要三思而後行。」

「我就是想讓自己吃點苦，這個鬼地方我待不下去了，我不想再看到機關裡的那些人看著我的那種幸災樂禍的眼神。」若若賭氣地說。

彭延平不再說什麼了，他也覺得若若的這個決定不失為一種選擇，他的確需要暫時離開這個環境。自從推薦上大學被他的同事們否決後，若若所面對的人際關係會變得更加複雜，他也確實沒法繼續在這裡待下去了。彭延平想。若若可能真的需要在一個艱苦而陌生的環境中磨練一下自己意志。

「那好嗎。」彭延平說，「如果你想好了，我支持你！」

若若去前線的申請，很快獲得了支隊領導的批准。臨行前，支隊政委、副政委還專門找他單獨談了一次話，在勉勵和誇獎了若若的選擇後，含蓄地暗示支隊領導會始終關心他的成長，等他在海島上鍛鍊了一段時間後，會考慮對他有更好的安排，讓他到了新的崗位後安心工作。

就這樣，若若來到了小帽山報到，但讓他沒想到的是，第一個見到的人，居然會是蕭向華，這讓他感到了激動，畢竟他們分別的時間太長了，再見時，竟讓若若有了一種天地蒼茫的感慨。

六

海島上的生活艱苦而寂寞，荒禿禿的山頭上沒幾個人，加上他，統共算下來也才十八人，所以蕭向華在介紹分隊情況時，還打趣地對若若說，「我們小帽山上原來只有十七人，你一來正好湊齊十八個，《沙家濱》裡說他們是十八棵青松，那麼從你來開始，我們就是駐紮在島上的十八棵土人參了！」說完，蕭向華發出一陣豪邁的大笑。

若若當時也想跟著笑笑，但他笑不出聲來。嚴冬的日子，屋外狂風呼嘯，鬼哭狼嚎一般，嗚嗚地橫掃著荒原般淒寒的海島，人若站在室外，就像被勁風吹跑了似地身體會不由自主地顫抖，如同一片風中飄零的枯葉，以致若若看見的每一個人，臉色都是粗糙的，紅紅的，甚至還殘留著一塊塊顯眼的深淺不一的青斑。一開始若若還不明白，納悶地問過蕭向華，因為他的臉色亦如是，結果蕭向華笑說：「那是風吹的，若若，你要有思想準備，再過些日子，你也會變成一個紅臉膛，它是我們小帽山人的典型標誌。」

營房建造在山上的一個凹下去的地段，是由一塊塊石頭築造的平房，前後共二棟，平行排開，除卻島上的高領導——教導員外，餘下的人二人共處一間。島上沒有自來水，只在兩排並列的平房中間，鑿了一口深井，井壁、井臺與井沿，用一塊塊的堅硬的岩石嚴絲合縫地砌好，當大家用井水洗漱、洗衣服時，必須採用吊桶撈水。正是隆冬時節，地上結滿了一層發亮的薄冰，走路時還得小心翼翼，否則一不留神就會翻個大跟斗。若若聽蕭向華說過，跟他們那撥人一起入島的一個新兵，沒來幾天，就因為打水時四仰八叉地摔倒在地，骨頭斷裂，作為傷殘人員被返送回老家了。所以若若每天早晨來這裡打水洗臉時都會心驚膽顫，生怕一個不小心也會栽一跟斗。

若若發現，島上的人對他的態度頗顯曖昧，瞅他的眼神亦有點怪兮兮的——有些不屑，亦含著一絲冷嘲熱諷，還莫名地摻雜著幸災樂禍。與他同屋的小組長，平時亦少與他搭腔，每當若若向他打聽點什麼時，他也僅是從鼻孔裡發出幾聲哼哼，乜斜著眼看著他，算作回答；沒事時他會找別人來屋裡下象棋，就像這屋裡從來沒他這人似的。他有些不大明白，可又無法開口探問。憋了好些日子，他才向蕭向華小心地打探。蕭向華聽了，埋下頭沉思了一會兒，臉上浮現出一絲為難，末了，他只是淡淡地說了一句：「若若，等過些天，我們再好好聊聊這個問題，好嗎？」

有一天，終於輪到蕭向華與若若一道上山值班了。

小帽山的偵聽站座落在海島上的山頂上，山上有一塊巨大的光溜溜寸草不生的岩石，看上去宛如一枚史前的巨型恐龍蛋，又恍若一隻龐大的匍匐在地的烏龜。巨石的邊緣，深深地鑿進了一個垂直的刀削斧砍般的峭壁，然後順著山勢的起伏，築造了一個規模不算太大的偵聽站。

偵聽站朝向大海的一面，正好被巨石恰到好處地遮擋了，由敵軍駐守的，隔海相望的馬祖列島觀察哨，亦因巨岩的遮掩，而無法被對方觀測到，只有燈籠形狀的柵格式的天線，因無法隱藏而暴露在了岩石頂上。這也是沒辦法的事，只有這樣，才能毫無遮擋地監聽敵方的無線電信號。

偵聽站亦由石塊壘砌而成，靜靜地趴伏在岩壁下，約莫六十平方米的面積，方方正正的一座石屋，屋內並排擺放著兩條長條形的原木案臺，輪到值班的人，會面對面伏案而坐，每人值守著兩臺監聽機——監聽敵方從不同島嶼發出的無線電信號——這就意味著，偵聽員一旦上崗值班，佩戴耳機的左右兩耳，將分控著不同的信號源，他們將全神貫注地處在高密度的戒備狀態中。

小帽山的偵聽員們將監聽工作戲稱為「磨豆腐」——之所以如此稱謂，乃在於但凡監聽敵方的無線電信號，都是通過監聽器材上的一個大轉盤似的旋扭進行搜索的，三百六十度無縫旋轉，一旦出現了可疑信號，耳機裡將會傳出雜波般的「嗶吧」聲，這時，偵聽員會及時地將機器的頻道暫時固定在這個可疑的信號源上，另一臺機器則仍處在不停地旋轉與搜索中，以防遺漏了其他的敵情信號，與此同時，偵聽員還要及時地用答錄機或以筆錄的形式錄下敵方的談話內容，再綜合其他的資訊來源予以分析、判斷敵情動向。

那天狂風驟起，海上掀起了排天倒海的大浪，呼嘯地撲向海岸，天空烏雲密布，灰暗而陰沉，驟然下起了暴雨，小帽山籠罩在了一片密集的雨霧中，在這樣的極端氣候下，一般來說海上不會出現突發性的敵情——偵聽站的主要任務，是嚴防小股特務藉著夜幕的掩護悄然出海，潛入大陸沿岸，搜集我方的情報。但在這樣的惡劣天氣下，乘載小股特務的船隻根本出不了海，所以值夜班的人可以喘口氣，不必一根筋地趴在機器上死盯了。

進入午夜了。蕭向華從耳朵上摘下耳朵。「若若，你先搜著，我做飯，想吃什麼，速食麵還是烙餅？」蕭向華問道。

「烙餅吧！」若若說，「我想吃烙餅。」

「那好。」蕭向華說。他先將盆裡的麵團使勁地揉了幾下，然後在一案板上攤成幾個小麵餅，又隨手將電絲爐的電源插頭接上，擱上一小鍋，鍋熱後小心地倒上幾滴油。「嗞」的一聲，一股青煙騰空而起。沒過一會兒，鍋上烙著的麵餅便發出了一股焦糊的香味，刺激著若若的味蕾。「真香！」若若說。「哦，我真餓了。」

「別急，一會就好。」蕭向華說。他沉默了一會兒，又說：「你上次問的問題，我始終沒回答你，對嗎？」

「嗯。」

若若心裡一凜，將擱在耳朵上的耳機，往耳輪邊上虛了虛，騰出空隙來諦聽蕭向華接下來會說什麼。他有點緊張，掠過一絲不安，腦海中不時地閃現出戰友們看著他的那種怪異的表情。

「若若，我本來不準備告訴你的，我怕會進一步加深戰友彼此間的矛盾，但你既然問了，我想了很久，出於對你負責我考慮還是誠實地告訴你吧，但你得有足夠的思想準備，你做好準備了嗎？」

「嗯。」若若說。

蕭向華並沒有馬上說，只是將目光在若若的臉上逗留了一會兒，似在觀察若若，探究他是否真的做好了精神準備。他終於感覺踏實了一點，便緩緩開口了：

「你來小帽山之前，教導員就和大家打過招呼了，那天他說起你時我還感到了納悶，心想，若若怎麼會主動要求來山裡呢，這地兒這麼苦，他受得了嗎？後來教導員又說了些你來山裡鍛鍊的動機和來龍去脈，我才明白了怎麼回事，可是我覺得他不該向大家透露你的背景和來這裡的目的。」蕭向華欲言又止，似乎在考慮他該不該繼續往下說。

「說吧，向華，沒關係，其實我也沒特別的動機，我只是賭氣。」若若說，他覺得現在冷靜多了。

「你在支隊機關時的那點事兒，我們這兒早有耳聞，小帽山的生活內容枯燥乏味，沒事時，上山值班的人會以彙報敵情的名義與機關的戰友在電話中聊聊天，扯點趣聞軼事。自從那輛神祕的紅旗牌轎車接你進城之後，你就成了大家紛紛議論的中心了，這也不能怪別人，人是有嫉妒心的，這是我們人性的弱點，在別人看來，你一個不起眼的小兵，突然高攀上了大軍區的最高首長，這就意味著很快就能捷足先登地一步登天了，可是讓小帽山的戰友們沒想到的是，就你這麼一個風雲人物，有一天，居然會來到了我們這個不起眼的小帽山！」

「其實本來也沒有什麼大不了的，但是他們明白你來小帽山不是一時的心血來潮，而是來這裡象徵性地鍍下金，很快就能憑藉這段經歷作為你晉升的資本而獲得提幹，然後再離開這座荒涼的誰也不願來的孤島，繼續奔向你的光輝前程。但你要明白，提拔一個幹部在軍隊是有指標限制的，這就意味著當你獲得了提升，別人自然就少了一次機會。他們這些人拚命努力不就是為了入黨提幹改變命運嗎？而且在他們看來，你並不是憑著自身的真才實學爭取到的這個待遇，而是來自你的那個特殊背景。」

「所以若若，你聽我的，要改變別人的看法一時半會兒不大容易，但你要學會小心地低調做人，遇事謹慎，三思而後行，不要遇點事就感到委屈，你過去有些事做得是不大對，多反省一下自己，只要做到問心無愧就好了，這是我的忠告，我本來可以不告訴你這些的，既然你問了，作為朋友，又比你年長幾歲，經歷的事比你多，我覺得有責任告訴你。」

蕭向華的一番話，讓若若的心情一下子變得如同灰暗的天空，並感到了一股驟然襲來的壓力，眼角不知不覺地滑下了一滴淚水，就像一隻蚯蚓在他的臉上緩慢地蠕動。他沒顧得伸手去擦，似乎也沒有意識到它的存在。他又一次感到了天地間的縹緲，只是這次的渺茫，是因為一時間無法看清前方的路了。他甚至懷有一份愧疚，因為前一段在榕州時的精神狀態真是讓他有點兒忘乎所以了，這就為他帶來了難以避免的後果。他感到了自責，後悔莫及。

「沒什麼。」蕭向華見他一副頹喪的樣子，笑笑說，「人都要有些經歷後才能成熟，我也是這麼一步步走過來的，青春固然是美好的，但青春也是要付出代價的，振作起來，我相信若若會是好樣的。」

「謝謝你，向華。」悄悄地抹去了他眼角的淚水。

七

讓若若沒有想到的是，命運很快發生一次逆轉，讓他又一次地感到了茫然。

一天，與若若同屋的小組長通知他說，教導員要找他談話，一開始他也沒太當一回事，就匆匆去了教導員的房間。起風了，風聲在天地間呼嘯著，像一頭怪獸在嘶吼，若若剛一出門就被狂風吹得一個趔趄，趕緊曲下身，將身上的棉大衣裹緊，佝僂著身子逆風而行，向著教導員的宿舍快步跑去。

屋門緊閉著，他在門前站立了一會兒，鎮定了一下情緒，輕敲了幾下門。「進來。」傳來教導員沙啞的聲音。

他推門進去了。教導員背對門伏在案頭看一份文件。他微笑地向教導員打了聲招呼：「教導員，您找我？」教導員從座椅上轉過了身，看向他。他很快感覺到氣氛似乎不大對。他怔了怔，這才注意到教導員看他的目光有些異樣，藏著什麼讓他捉摸不透的內容。

「坐吧。」教導員說，口氣有些冷淡。若若感到了彆扭。他坐下了。

「王若若，你聽說了什麼嗎？」教導員不動聲色地問。

「沒呀！」若若一驚，有些驚詫。他沒想到教導員一上來就問起了這句話，心繃得更緊了，有種不祥的預感。

「哦。」教導員沉吟了一下，頗有意味著又瞥了若若一眼，似乎在沉思接下來該怎麼說。但他最終還是什麼也沒說，只是淡淡地告訴若若，一會兒要集體開個會，傳達一下中央和軍委的文件。若若覺得蹊蹺，要傳達的文件和我有什麼關係？為什麼教導員要專門找我來談話，卻又什麼也沒說？

「哦，你要有點思想準備。」教導員話中有話地說。

「是什麼事？」

「開會時再說吧，你可以走了。」

若若悶悶不樂地離開了，心裡七上八下，預感教導員所說的那個什麼文件與自己有關，可那個文件又能是什麼內容呢？畢竟是中央的文件，能跟我一個小兵扯上什麼關係？各種雜念如狂風一般地將他湮沒了。

當天下午開會後，若若才明白了教導員為什麼要專門找他，為什麼看向他的目光會變得那麼地讓人捉摸不透。

教導員以抑揚頓挫的口吻宣讀了中共中央和中央軍委下達的文件，內容是關於各大軍區司令的調動，彭司令名列其中，他將與另一位大軍區的司令進行互調，也就是說，彭司令從此不再擔任榕州軍區司令了。

文件宣讀完後，教導員揚起臉來亢奮地向在場的人掃視了一圈，他的目光在若若的臉上停留了片刻，嘴角浮出一絲詭祕的不易覺察的譏諷，又似幸災樂禍。若若的心臟劇烈地激跳了一下，不祥的預感終於被證實了。

會議結束了，若若茫然地向宿舍匆匆走去，被證實的預感仍在他腦海中盤旋，甚至能覺察到了接下來還將發生點什麼，他一時間忘不了剛才教導員看向他的那種特別的眼神，以及浮現在他嘴角上的隱祕的怪笑。

這時，他聽到了背後傳來的急促的腳步聲，他沒回頭。他的心情亂糟糟的，他想讓自己儘快地安靜下來。

「若若！」一聲喊叫，是蕭向華。他停下了腳步，但沒轉身，只是那麼定定地站著。眼前快速閃過戰友們的面孔，在似笑非笑地望著他，他感到了沉重，心裡沒著沒落了。蕭向華過來拍了拍：「一塊走走，若若。」他們向宿舍的方向走去。

「風真大！」蕭向華說。

「嗯。」

「適應小帽山的生活了吧？」

「還行。」若若說，側過臉來掃了一眼蕭向華，能明顯地感覺到這並不是他真正想要說的，只是一個開場白而已，但他的目光中充滿對他的關切與擔憂，這時候見到這種目光讓若若有些感動。他抬臉望了望天。陰沉沉，烏雲翻滾，像是要下暴雨了。

「沒什麼。」蕭向華突然說，「無論發生什麼都不要感到奇怪。」。

若若心震了一下，下意識地放緩了腳步。

「中學時讀過一句古詩，說：山雨欲來風滿樓，也許一場風暴又要來了。」蕭向華不無憂慮地說。

「向華。」

「嗯，你想說什麼？」

「沒什麼。」

若若也不知道該說什麼了。

「我知道你心裡很亂。」他停頓了一下說，「如果我沒有經歷過六六、六七年，我可能也會不經事，也會遇事不知所措，但經歷過那一切之後我對發生什麼都不再感到奇怪了，重要的是自己能否把握住自己，保持冷靜，什麼事都會慢慢過去的，若若。」蕭向華又沉默了一會，「說別的都沒用，若若，我只想說一句，你要好好的，會過去的。」

預感很快被進一步證實了。

接下批林批孔運動開始了，狠批林彪所尊奉的，孔夫子「悠悠萬事、唯此唯大」的所謂「克己復禮」，聲勢浩大，火藥味越來越濃，透出了一股森冷凜冽的殺氣，中央文件一個接一個地傳達，調門也變得越來越高，後來又下達了一個九號文件，劍鋒所指要揪出當地的最大的孔老二，一開始人們還紛紛猜測，這個未曾在文件中被指名道姓的，本地區最大的孔老二，會是誰呢？後來有點隱隱地了然了，除了彭司令還能是誰？

果然，有消息傳來，榕州市內出現了鋪天蓋地的大字報，說彭司令就是省內最大的孔老二（因為在調離前，還身兼省委第一書記），是林彪反黨集團的的死黨，與此同時，他的一個個「罪狀」也被相繼揭露，其中就有若若的姐姐王群走後門上大學之「罪」，還說彭司令當年為了拍林彪馬屁，專門成立了一個辦事機構為林彪兒子林立果選妃，王群便是事先選中的妃子之一，後被彭家的大公子彭延平看中，據為己有。一時間，流言像長了翅膀似地四處流傳，在那個沉悶而又無聊的年代，僅此一條頗具刺激性的「八卦新聞」就足以激發和釋放人們被壓抑的激情，若若的姐姐王群，成了當地人人皆知的臭名昭著的「名人」。

「王若若，在這樣一個大事大非的問題，你要站穩革命立場，忠不忠於黨中央、毛主席就看你的實際行動了，現在全省各地都在紛紛揭發彭楚元的政治問題。」

教導員站在若若面前，亢奮的大幅度地揮動著手臂說，臉上放著光。若若注意到教導員在說到彭司令時，不再說他的職務了，而是用名字作為他的稱謂。

「他過去的一些所做所為，已經激起了省內人民群眾的義憤，組織上知道你與彭楚元家有些瓜葛，應當會瞭解一些他的情況，比如你的姐姐和他們家……哦，當然啦，我們相信她也是一個不明真相而受到蒙蔽的青年，希望你能儘快地覺悟過來，及時向比組織揭發彭楚元的問題，接受組織上對你的考驗。」教導員繼續說。

那一天會後不久，教導員又一次將若若找來談話，表情嚴肅一如嚴肅的法官，甚至還帶著點沾沾自喜。他給自己點燃了一支煙，目光中掩藏一絲鄙夷，就彷彿在說，瞧瞧，現在輪到你倒楣了吧，老老實實地向組織交代吧。若若感到了壓抑，同時，心中隱著一絲惶恐。他不知道能說些什麼。在若若的記憶中，他見過的彭司令是一個一點架子也沒有的老人，顯得精神抖擻、英氣勃勃，一眼望去就是位身經百戰而百折不撓的軍人，每次見他來了總是說：「小傢伙又來了？怎麼還是這麼瘦？多吃點，當兵的人可不能這麼瘦，要不然怎麼上戰場？一陣風不就吹跑了嗎。」

他能向組織交代些什麼呢？若若想，即使說出瞭解的這些細節，他亦知也是組織上不需要的，他們需要的是所謂的「罪狀」，可他對此卻一無所知，他只是覺得自己對這位不怒自威的老人充滿了敬意，因為他沒有架子，更像一位慈祥的令人敬畏與仰慕的戰將。

若若抬起臉來望向教導員，發現教導員的目光閃爍了一下，似乎對他充滿了期待，就像一隻獵犬突然發現了獵物，變得高度興奮。

「你說，你說，沒關係，組織上會為你保密，只要你說出來就行，我們信任你，你說吧。」教導員迫不及待地說，他那眯縫的眼睛突然瞪大了，放著光，就像眼前的這隻獵物已然唾手可得。

「我什麼都不知道。」若若搖了搖頭，惶恐地說。也不知為什麼，當若若說出這句話來時，心裡掠過了一絲抱憾。是因為辜負了教導員的期待嗎？他有些糊塗，不禁在心中默然地自問，但他沒有結論，他只是覺得有一絲慚愧在內心遊動。

教導員的臉上地霎時籠罩了一層失望的陰影，流露出一絲怨尤，剛才還大瞪的雙眼黯淡了下來，又開始眯縫上了，似乎在一陣亢奮之後陷入了極度的疲倦。

「你再想想，別急著說你什麼都不知道，這樣對你不好，組織上是信任你的，否則我也不會專門找你談話，再想想。」教導員顯然非常失望地說。

那一天若若什麼也沒說，因為他確實什麼也不知道，他只是覺得不能撒謊，同時，內心深處，一點也不相信他曾見過的那位老人會是一位反黨分子。

八

沒過幾天，教導員再一次找上了他，這一次臉上明顯的隱著一絲成竹在胸的洋洋得意，好像手裡掌握了什麼重大證據似的，兩眼放著掩飾不住的光亮，盯緊了若若，就像已將他一眼看穿了似的。

「你真的什麼也不知道？」他欲擒故縱地問，身子前傾，臉部幾乎貼在若若的臉上了。

若若一抖嗦，緊張地搖了搖頭。教導員的口氣與表情讓他感到了恐懼。

教導員滿意地將身子重新坐正，從桌上拿起了一包煙，從中抽出一支，然後抹了一把嘴角。

「這就是對了，說吧。」

「說什麼？」若若納悶地說。

「說什麼？」教導正準備叼上取出的煙，拿煙的手卻停在了半空中。「說什麼？那還能說什麼。」他困惑地說。

「我不知道說什麼。」若若誠實地說。

「不知道？那你剛才搖什麼頭？」教導員惡狠狠地來了一句，他的臉又一次地逼近了他。

「哦……那是因為想說，哦……想說我什麼也不知道。」若若嘀咕地說，下意識地將臉往邊上挪開了一些。他嗅到了從教導員嘴裡發出的一股嗆人的臭氣。

「那你知道些什麼？」教導員的嘴角滑過了一絲狡黠，將手中的煙點燃，不甘心地追問。

若若還是有些糊塗，呆若木雞地望著教導員。

教導員又盯著若若看了一會兒，這時的表情就像是貓抓老鼠，見若若沉默著，轉過身去從桌上抄起了一張紙。那是一份鉛印的材料。他將那份材料在手中使勁地抖了抖，紙片在空氣中發出嚓嚓嚓嚓的脆響，每響一下，若若的心臟都會跟著激跳一下。

「你自己先看看吧。」他不屑地將材料拋給了若若，得意地說。

若若匆匆掃了一眼，心一緊。那份材料上說，王若若曾經說過經常會去軍區小禮堂看反動的蘇聯電影，接受修正主義的腐朽思想，不但如此，還向人炫耀那些電影是好電影。若若遽然一驚，再細看底下揭發人的落款。天旋地轉。落款人居然是賀苗苗。他的大腦暫態嗡地一下炸開了，懵了，他萬萬沒料到會發生這種事，賀苗苗竟然會向組織祕密地揭發他？他回憶起了那天與賀苗苗坐在一起時的情景，那只不過是一次兩人間的私密聊天，他當時只是想跟賀苗苗探討一些令他興奮，又有些困惑的人生與愛情問題，而且他一點也沒覺得那部電影腐朽反動，恰恰相反，那部蘇聯電影還相當地感人肺腑，直抵人心。這到底是怎麼回事，賀苗苗什麼要這樣做？他糊塗了！

「有這事嗎？」教導員開始變得咄咄逼人。

若若的意識還在恍惚中，像在做一場噩夢，心跳不止。

「嗯。」若若愣了一下，點了點頭說。

「那你上次為什麼沒向組織老實交代？你知道這是什麼性質的問題嗎？」

「我看過的幾次電影彭司令並不在場。」若若辯解說。

「彭楚元，他不再是彭司令了。」教導員瞪了他一眼，大聲說。「你想過沒有，這些反動電影，這些大毒草，一般人能看到的嗎？」

若若啞然，無言以對。

「這就足夠說明問題了。你為什麼能看？嗯？是因為你與彭家的那個特殊關係，難道這會跟彭楚元本人沒有關係嗎？沒有他的批准一般人能看嗎？這就是彭楚元的嚴重問題了，他企圖通過這些腐朽的反動電影灌輸給下一代封資修的思想和生活方式，難道這不是一個極其嚴肅的政治問題嗎？」

若若沒敢吭聲。

「還有，你的那個姐姐本來是林彪家備選的一個妃子——哦，這個妃子的形容詞可能不大好，但大家都這麼說，我也沒有更好的詞——後來成了彭家的人，這也說明了彭楚元與林彪反黨集團的親密關係，你姐姐見過林立果嗎？一定見過，這個問題你為什麼不交代？」

「我不知道，一點也不知道，哦，不，我姐姐不可能見過。」若若一驚，反駁說。

「沒見過嗎？」教導員一臉懷疑地問，輕輕地搖了一下腦袋，「那你覺得我說得不對？」

「哦……我……對。」若若囁嚅地說，聲音開始顫抖。

「對什麼？」

「我不該看那些電影。」

「是反動電影。就這些？」

若若無語了，驚恐地望著張牙舞爪瞪著他的教導員。

「還有你姐姐的嚴重問題，除了選妃，還有她走後門上大學的問題，這些難道不是問題嗎？如果你姐姐與彭家沒有那層特殊關係，她能走後門上大學嗎？」

「哦……不能，我……」

「這就對了，不能。工農子弟上個大學多麼不容易，可你姐姐就憑藉這層關係輕鬆地上了大學，這難道不是不正之風嗎？中央最近三番五次地反對幹部子弟特殊化、走後門，反的就是你姐姐這樣的典型，你連這個都不知道？你的政治覺悟哪去了！」教導員激昂地說，手臂在空中飛舞。

說到這，教導員停頓了一下，似乎在進一步地思索著接下來該說些什麼。他斟酌了一下，又說：「關於你姐姐與林立果選妃的事情你知道多少？」

「教導員，這個我一點也不知道，真的不知道，我也是聽別人說才知道有這事的。」若若趕緊地搖了搖頭，心虛地說。

「呃，聽別人說的？」教導員懷疑地望著他，目光炯然，如同眼前這個獵物，在他的手中已然無從逃脫一般。隨後輕蔑地笑了笑。「從別人口裡知道的？你要對組織誠實。」

「我沒撒謊。」若若低下頭，說，他不敢正視教導員的眼睛了，心慌得厲害。

「嗯？」教導員沉吟了一下，「你知道多少就揭發多少嘛，這可是一個立場問題。」教導員在說到「立場」二字時加重了一下語氣，彷彿在提醒若若注意這二字所包含的分量。「你年輕幼稚，容易上當受騙，這不能怪你，是那些引你受騙上當的人才是背後的罪魁禍首。你再想想，這幾天寫一個揭發材料報上來，你要清醒地認清當前的政治形勢，不能再糊塗了。」教導員貌似語重心長地說。

回到宿舍，若若感到了一股排山倒海般的壓力，他欲哭無淚，伏案匆匆地將「揭發」材料寫完，只是陳述了一下事實，同時檢討了自己看了電影後受到的影響，但內心深處卻非常糾結，因為他始終不認為那些看過的電影是有「毒」的，相反，電影中所反映出的人性與情感是他所羨慕的，但他也意識到了，這將是他人生中的一劫，無論他如何看待那些電影，他都必須做出「深刻」的揭發和檢討，通過這種方式讓自己解脫，否則他將在劫難逃。

可是他無法理解賀苗苗的「揭發」行為，她這樣做，無疑是從背後冷不防地捅了他一刀，這讓他感到心在流血——一個讓他暗中迷戀的女孩，一個在他看來天真浪漫而又可愛的女孩，一個他一直覺得可以信賴並無話不談的人，卻會在他遭殃時落井下石，如果不是看到那份材料，他是不可能相信的，但這是一個鐵打的事實，正是因了這一可怕的事實，讓他感到了苦楚。

至於姐姐的情況，他也只是寫到了在紅湖賓館與她的那次見面，他說當時只是知道姐姐在複習功課，準備考大學，其餘的一概不知，他們姐弟倆那天也僅是匆匆一見。他有意隱瞞了在姐姐那裡看到的《莎士比劇戲劇集》，直覺告訴他，那也是犯忌的「大毒草」，雖然他從姐姐那借來後如飢似渴地讀完了其中的幾本——很巧，若若讀過的正好都是莎士比亞的經典悲劇《哈姆雷特》、《李爾王》、《奧瑟羅》與《暴風雨》，還有《雅典的泰門》，若若仍能強烈地記得，讀後所感受到了那種天高地曠的悲愴感，還有一種讓人久久難以釋懷的蒼涼，就像行走在大霧瀰漫的風雪天，天地間籠罩著一片渾沌的莽蒼，他感受到了狂風襲來、刺骨入心的冷顫，但脈管中有一股熱血在沸騰，激揚起了內心深處無名的感動，但這種感動讓他一時無語，熱淚在心中默默地湧流，他只是覺得這種感動是如此地遼闊邈遠，難望盡頭，竟也是博大而又幽深的，這是他過去看書時從未有過的刻骨銘心。他感到了神奇。這種奇異的悲涼的感受，伴隨著他長達幾個月之久，難以釋懷，他覺得自己被罩在了一股強大的悲劇氛圍中難以走出，心中雖有悲苦縈繞，但又非常地享受，由此，他默默記住了這個於他當時還感到陌生的名字：莎士比亞。

若若在他以後的人生歲月中，當他成為了一名作家後，每每會在自己寫作時，回憶起當年，他捧讀莎士比亞時的那種強烈感受，那種感受隨著他的年齡的成熟，轉化成了一種悠長曠遠的人生啟示，他由此明白了，為什麼會喜歡書寫悲劇，都是因了那次閱讀的啟蒙。悲劇才是人世的真相，那當然是在他以後的歲月中才感悟到的真理，而在上世紀的七〇年代，他還不可能完全理解的這一人生中無法迴避的真諦，他只是真切地感受到了一種無以言表的蒼涼之嘆。

這些都不能在揭發材料裡說。若若知道，一旦說出去肯定會對姐姐與自己不利。寫下所謂的「揭發」材料時若若的心情複雜而糾結，他沒想到有一天會輪到自己，大義滅親地「揭發」起了姐姐的所謂問題，雖然他並沒有在其中編造什麼情節，但還是讓他感到了無以名狀的愧疚。

材料寫好後，他又想了想，隨手給父母、賀苗苗分別寫了一封信。在給父親的信中，他只是小心地探問了一下，彭司令是否真的屬於林彪的死黨，被打倒了？究竟發生了什麼事？他說他為此而感到了困惑和迷茫，同時，他也向父母打聽一下姐姐的近況，他說他在太長的時間裡已失去了姐姐的消息，發出的信也不回，她還好嗎？他沒敢向父母彙報他眼下面臨的困境，一者怕他們知道了不放心，二者不知道該怎麼說，才能說清自己此時的心情；在給賀苗苗的信中，他只是不解地質問她，為什麼要在背後告發他？他覺得這一切是不該發生的，那不過是他們私人間的一次聊天，她不該予以公開，把他逼到了一個尷尬且痛苦的境地，他說他無法理解。

讓若若措手不及的是，「揭發」材料剛遞交上去沒多久，就接到小組長的口頭通知，說是教導員讓他暫時停止工作。他問小組長：「為什麼？」「我也不清楚，我只是負責傳達，你可以直接去問教導員。」小組長面有難色地說。

災難終於降臨到了，若若想，我應該事先就知道會有這麼一天。他萬念俱灰了。

他感到了委屈，但又哭訴無門。那天的晚飯後，他找了蕭向華，當蕭向華從若若的口中知道了這一消息時，也大吃一驚：「怎麼會發生這種事？」蕭向華困惑地說，「你只是一個根本不知內情的人，要允許人犯錯誤，何況這也不是你的錯，檢討一下就行了，何必呢？」

他們坐在一個山窪上。風，從不遠的一個埡口吹拂了過來，帶著一股尖銳的哨音，墨藍色的天空繁星滿天，一鉤彎月在雲隙間緩緩飄移，一會兒又沒入了雲層中，沒過了一會兒又會露出了一張楚楚動人的臉龐。

「我怎麼辦？」若若六神無主地說。

「若若。」沉默了一會，蕭向華說，「我在文革武鬥的後期也曾經多次問過自己：『我怎麼辦？』那時為了革命，跟我父親劃清了界線，到頭來我自己也成了挨批挨整的對象，我同樣感到了絕望和無助。」

「那後來呢？」

「命運常會把人身不由己地逼入孤立無援的境地，這時沒人能拯救你，能救你的還是孤獨的自己，這是我後來明白的道理，當我明白這個道理後，就刻意地開始了自我煎熬。我承認，熬得很苦，很痛，也很孤單，因為沒有人能真正地理解你，理解你犯下的錯，以及你的追悔莫及，但我終歸還是熬過來了，那時我就相信了，人生其實沒有熬不過來的艱難歲月。」

蕭向華轉過臉看著沉默中的若若：「我說的這些你能明白嗎？」

「嗯。」若若點了點頭，心裡還是飄過了一絲迷茫。真懂了嗎？他不禁在心裡自問了一句。

「不，你現在還不可能懂。」蕭向華笑笑，笑得有些艱澀，「真正的懂，是當人渡過了難以忍受的痛苦，內心變得強大起來之後；那時，你才能明白什麼都是可以安然渡過的，只要你擁有了一份足夠的信心和意志。」

「我能渡過嗎？」若若茫然地問。

「這個問題不能問別人，若若，還得問你自己。」蕭向華說，「我說了，沒人真的可以幫你渡過，人生的路從來只能靠自己一步步走出來，別人看到的只是你曾經走過的腳印，只有你自己知道，這一步步留下的足跡所蘊含的艱辛與不易。你現在才真正開始進入了屬於你的人生。人生從來都是苦澀的，你才剛剛開始品嘗，若若，相信自己，終究會挺過來的，我只能對你說這些了。」

若若望著蕭向華岩石般的面孔，內心還在痛苦中掙扎，他感到了山雨欲來的沉重。我能渡過嗎？他在心裡悄然地問著自己，他又一次地感到漫漫長路的悠遠與蒼茫。

那天晚上他輾轉反側地難以入睡，按照偵聽站的輪班程序，本來當晚該輪到他下半夜上崗值班了，每當此時，他都會早早地上床休息，省得值班時大腦懵裡懵懂的稀哩糊塗，這已然成了他自打上了小帽山以來的生活習慣，可這一切都在一夜之間被突如其來的變故改變了。

第九章 × 逃亡

——

王群坐在醫科大學的課堂裡，心神不定，這幾天學校開展的轟轟烈烈的批林批孔運動讓她感到了莫名的焦慮，她也耳聞了榕州軍區已將批判的矛頭指向了彭司令，甚而大街小巷貼出的大字報已然指名道姓地點了她的名，罪狀依然是揭露她曾經是林彪家選中的妃子，後被彭家人私自據為己有，隨後又走後門上了大學，這些風言風語不脛而走，亦開始在校園內廣泛流傳，她發現其他班級的同學會時不時地來到她的宿舍，探個腦袋，或者以找別人的名義來瞅上她一眼，那些頻頻射來的目光就像在盯視一隻稀有的動物，這便讓她感到了不舒服，同時亦感到了苦悶和壓抑。她將心中的這份怨懣與惶恐寫信告知了彭延平，她說她擔心有人會因此而找她的麻煩，她說她不知道現在該怎麼辦了。

「彭伯伯真的被打倒了嗎？你對我說實話，彭伯伯是不是林彪反黨集團的成員？還有，為什麼榕州的大字報還要將我扯上？」

這是王群向她的戀人彭延平發出的一連串的質問。在等待回信的那些日子裡，她內心有種沒著沒落的感覺，甚至處在一種困惑與忐忑不安中，她很怕彭延平的回信最終證實了傳說中的這一切——彭伯伯真是一個曾經上了林彪的賊船而漏網的死黨。可能嗎，為什麼他人一走，緊跟著就會迎來聲勢浩大的揭批運動？而且榕州地區居然毫不掩飾地指名道姓了，這是一反常態的，沒有來自中央內部的暗示，似乎不大可能發生這種事，也就是說事出有因。那麼我又該怎麼辦呢？王群知道自己不會因為這一飛來的橫禍而離開彭延平，她愛他，死心塌地地愛著，甚至願意為這份至死不渝的愛情犧牲自己的一切，但她現在所要面臨的問題，不再僅僅是愛情的忠貞與否了，而是她那麼無辜地與林彪家的所謂的選妃事件聯繫在了一起，這讓她有口難辯，她由此而感到了憤怒、痛苦和委屈。

彭延平終於回信了，信中的口氣語重心長，耐心地告訴她發生的這一切都會是暫時的，原因是他父親在調離了榕州軍區之後，一些過去的對他不滿的人在伺機報復，「這只是又一次路線鬥爭，一定要沉住氣。」彭延平在信中說，並讓她不必大驚小怪，「要相信黨中央，相信毛主席，爸爸身經百戰，為新中國屢立戰功，不會有什麼事的。」彭延平最後說。

彭延平的來信讓王群多少獲得了一些慰安，她感到踏實一點了，心裡多少也有了一些底氣，但她顯然忽略了一點——彭延平如今仍置身在榕州軍區內，在這樣的一場突如其來的運動中，他將會面臨怎樣的境遇？她真的忽略了。或許就因為彭延平在信中對他自己的處境隻字未提，以致讓她有了忽略。但她還是感到了一股濃烈的火藥味瀰漫在她的周圍，並身不由己地裹挾著她，讓她壓抑得喘不過氣來，她提心吊膽地希望這一切僅僅是暫時的，一如彭延平所說的很快就能安然渡過，因為她問心無愧，自己與林彪家一點瓜葛都沒有，社會上流傳的那些傳說，在她看來都是些不負責任的道聽塗說，可她亦知自己單槍匹馬的一人將有口難辯，唯有沉默了。

當有幾個陌生的軍人有一天出現在教室外，並隔著玻璃窗向教室裡探頭探腦地張望時，她的心臟還是激跳了一下，不知為什麼，直覺告訴她這些人的出現是與自己有關的。直覺的遽然襲來是因了什麼原因？她一時也說不太清楚，可她就是感到了暴雨將至的迫近。

果然，那幾個人詭異的目光最終落在了她的臉上，她並沒有看向他們，只是在用眼角的餘光觀察著，她隱隱地感覺到了臉上的一種被人窺視的燒灼感，這種感覺讓她渾身上下不自在，但她還是佯裝視而不見，只是看著正前方的黑板一動不動，但她也明顯地意識到了自己的心跳在加速。

那幾個人離開了窗口，來到了門邊，輕輕地敲打了著教室的門。正在講課的老師略微地愣了一下，像是不太相信地看向大門。顯然，敲門聲顯得那麼地不合時宜，它不該在上課的時間驟然響起。但敲門聲還在固執地響著，他走了過去。

接著老師及門外的人竊竊私語了幾句，又轉身返回，神色凝重，他向教室內掃視了一眼，又低下眼皮來思索了一下。那幾個陌生人手持公事包站在敞開的門邊，緊盯著老師的臉，面色陰沉。老師這時又抬起了臉來。

「王群。」他忽然喊了一聲。

王群的心臟彷彿在剎那間停止了跳動，一時間天昏地暗，她都忘了站起身來喊聲「到」了。

「王群。」老師又喊了一聲，這一次他略略地提高了聲調。

「到！」王群站起了身。她注意同學們的目光正齊刷刷地望向她，她的臉色一下子漲得青紫，恨不得當即找個地縫一頭扎進去，但她無處可逃，只能筆直地站立著等待命運的裁決。心臟又開始狂跳了起來，她甚至能聽到從胸腔傳出的「啌啌啌」的激跳聲，聲音大到了像要把她的耳鼓震裂。

後來是怎麼離開教室的，事後王群一點也想不起來了，她只記得出了教室的門，那幾個人只是簡單地問了一句：「你就是王群吧？請跟我們走，有些事我們需要問問你。」

接著，她被帶上了一輛停在外面的北京吉普的後座上。一路上來人始終繃著一張冷漠的臉，沒人跟她說話。

王群心想，哦，他們還是找上我了！想到這，也不知為什麼，心境反而異乎尋常地平靜了下來。

她被拉到了郊外的一家軍區招待所，安排入住了一個單人間。一直到此時，那幾個帶她來的人也沒跟她說上幾句話，走時，只是當王群問到找她有什麼事時，其中的一人撂下了一句：「你先待著，休息休息，到時會有人找你談話的。」。

招待所靜悄悄地，感覺沒住什麼人。直到被人帶著步入餐廳時，這才發現還有五六個女兵也在食堂吃飯。她們與她的年齡相仿，都長得眉清目秀、亭亭玉立，每個人都被安排在一張獨立的桌上，有一個幹部模樣的軍人陪著，規定她們不允許相互交流。

頭幾天只是沒完沒了地學習中央文件，以及瞭解所謂的林彪反黨集團的滔天罪行，其中還有林立果為其政變計畫所制定的「五七一工程紀要」——王群在醫科大時就已然從中央下達的文件中知道了這個駭人的計畫。在此其間，她們又一次被明令禁止打探其他人的情況。於是她們幾個人只能偶爾地用目光默默地交流一下，但不敢彼此交談。

一天，王群被單獨叫進了一個寬敞的會議室，裡面坐著幾個人物，見她進來也沒起身，先是讓她坐下，還有人給她倒了一杯熱水，氣氛倒是沒那麼壓抑，但王群心裡知道盤問終於開始了。

「你就是王群？」坐在她對面的一位中年模樣的軍人客氣地問。

王群點了點頭。她又開始感到了緊張，雖然在坐的人從表情上看還算是友善的。

那天是她住進了招呼所的幾日後，密集學習中央文件的活動突然停止了，她渡過了入住以來最無所事事的一天，但也只能在屋子裡待著，不讓出門，但那天她來到這個招待所後唯一感到放鬆的一天，她預感到接下來會問她一些事情了，而且這些事情一定與傳說中的她與林立果的關係有關。

果然，吃完午餐，就有人過來通知她要找她單獨談話。

「我們找你來是想瞭解一下你與林立果的關係……」

「你們可能搞錯了，我跟這個人一點關係也沒有，我也從來沒見過這個人。」王群說，說出這一番話後，她忽然覺得自己輕鬆了。

「這正是我們要瞭解的。」

「瞭解什麼？我已經說過了，我跟這個人一點關係都沒有。」王群感到了委屈，一些無稽之談的流言，就把她逼進了一個彷彿是別人事先設計好的陷阱中，讓她一時間無從辯解，那個叫林立果的人已經死在蒙古的溫都爾汗了，這就意味著無人可以挺身而出地為她辯護，她覺出了自己的孤立無援，一想到這，一股無名火就冒了上來，足以壓倒在她內心鬱積的所有的壓抑與緊張，她的回答亦開始變得理直氣壯了。她也不知道為什麼會出現這麼強硬的態度，且振振有詞，而在來到這裡之前，她還感到懼怕呢。

「你不是葉群、林立果選中的妃子嗎？」中年人說，表情亦嚴肅了起來。

「組織上不是從來就講究事實求嗎？我不會撒謊，我說的都是事實，我也不知道林立果選妃跟我有什麼關係。」

「那你認為什麼跟你有關係呢？」中年人突然問，口氣中透著揶揄。

「我不知道。」

「那彭延平呢，他跟你也沒關係嗎？」

「這是我和他的事，我們之間的事扯得到林立果身上去嗎？」

「據說是葉群先選中了你，然後……哦，你與彭延平是後來才好上的。」

「那就能證明我與林立果有了關係？你們是這個意思嗎？」王群反問道。

「哦。」那人愣了愣，支吾了幾下，「你別急，我們嘛只是想先瞭解一些情況，你看到招待所來的其他幾個女兵嗎？跟你的情況類似，只是組織上想瞭解一下，黨的政策從來是實事求是，有就是有，沒有就是沒有，我們不會將沒有東西強加在你的身上。」

「那我再告訴你，林彪家選妃的事跟我一點關係也沒有，我也是這一段通過傳說中的大字報才知道這件事的，我沒法再向你們說我所不知道的事，這是我的實事求是。」

「那你有沒有發現彭楚元與林彪之間有沒有什麼關係？」中年人問。

「沒發現。你們為什麼要來問我這個？」王群冷靜地說。

「哦，沒什麼，只是隨便問問，你別太介意，那彭延平也沒對你說過林彪家的什麼事嗎？」

「沒有，如果我知道什麼我會主動告訴你們的，可我再說一遍，關於林彪的事，我什麼也不知道。」

「哦，是這樣！」那人目光閃爍，像是在思考著什麼。「那你知道彭延平現在在哪裡嗎？」

王群一驚。怎麼，延平不在榕州了嗎？那他會去哪兒呢？是不是發生什麼事了？她開始心跳不已。是的，自從入住招待所後，她就被迫與外界斷絕了一切聯繫，無論外面發生了什麼她都無法獲到得一星半點的訊息，她自然也不瞭解在彭延平身上究竟出現了什麼狀況。她開始著急了。

「他怎麼了？」她悠悠地問，剛問完，又開始後悔了。她知道，從這些人的嘴裡她不可能得到自己想要知道的結果，他們是不可能說的，但她能判斷出這些人肯定也不知道彭延平的下落。

「你不必擔心，是你們榕州軍區託我們向你打聽彭延平的，他的下落和我們所要瞭解的情況無關，所以你放心，我們只是隨便問問。」

延平現在會在哪兒呢？從那間屋子出來後，王群憂心忡忡地想，她擔心彭延平會出事，心臟像揣了一個調皮搗蛋的小鹿似地怦怦直跳。

她很快接到通知，對她的審查宣告結束，她沒事了，可以回學校繼續讀書了。這讓她多少感到了意外，她記得走時，另外的幾個女兵還住在招待所裡，當她從她們的窗前走過時，那些人還紛紛打開了窗戶看著她，目光充滿了羨慕，還夾雜著一絲對自己處境的無奈。她微笑地向她們招了招手，算是告別，心裡升起了一絲悲涼的感嘆，心想，她們也算是我的難友了，但我們在那些天裡，除了目光的交流，居然彼此間沒能說上一句話，這是多麼奇怪的一種感覺呵。想著想著，心裡又湧起了一陣酸楚。

她返回學校的第一件事就是奔向傳達室，看看有沒有彭延平的來信。可她失望了，只有延平好些天前的來信，詢問她的近況，對自己的狀況避而不談。這封信顯然是她被隔離審查期間發出的，再往後就沒了音訊，按道理沒接到她的回信，他還會來信催問的。家裡也寄來了一封信，可裡面什麼也沒說，只說家裡一切都很好，讓她安心讀書。於是她給家裡寫下了一封長信，問父母知不知道彭延平的下落。她知道自己的信，是不能再發往彭延平所在的榕州軍區作戰部了。他一定已經離開了那裡，她想。可問題是現在的延平會在哪裡呢？他會出事嗎？他不可能無緣無故地離開單位。她感到了恐懼。

二

那是一個沒有星光的凌晨，深夜一點來鐘有人急促地敲響了彭延平的房門，當從死一般寂靜中傳來的敲門聲把彭延平喚醒時，他驀然一驚，預感到該發生的事終於要發生了。

他其實並沒有酣然入夢。連日來的緊張氣氛讓他的神經系統處在了難耐的焦慮中，他失眠了，連續幾天的失眠讓他心力交瘁，苦不堪言。

他從床上翻身坐起，穩定了一下情緒，心裡還在琢磨著門外站著的會是什麼人？他無從推斷，他知道這個特殊時期無論發生什麼事都是不必大驚小怪的，畢竟他經歷過恐怖的六六、六七年，他只是覺得這一切來得太快了。

就在昨天，他還與遠在西北軍區的父親通了一個電話，他將榕州軍區正在發生的情況說了一遍：

「這究竟是怎麼回事？」他不解地問父親，「中央到底想幹什麼？爸爸，您這才調走了沒多久就開始有人喊著要打倒您，憑什麼他們要這麼做？我不理解！」

「你們那邊的情況我也聽說了一些，可中央沒人找我談過呀，據說我過去用過的幾個祕書也分別被隔離審查了，他們找你談過話嗎？」彭司令在電話中問。

「沒有。」彭延平說。「只是我覺得不大對頭，目前還沒人來找我談過話，但大家似乎都在躲著我，不敢和我說話，揭發批判您的大字報現在鋪天蓋地。」

「說我什麼？」

「林彪反黨集團的死黨，當地最大的孔老二。」

「可笑。」彭司令不屑地說，「他們把我們這些在戰爭年代出生入死的老傢伙通通打倒算了，好讓他們這些野心家可以為所欲為。毛主席不會允許他們這樣幹的。」

「爸爸，我怎麼覺得這一切都是得到主席同意的呢？」彭延平說。

「孩子，你先不要這麼想，電話裡不能說太多，我也注意到我的一些老部下接你媽媽的電話時都開始吞吞吐吐，我感覺到了。」

「那您那邊的情況如何？」

「還在當我的司令，還在領導軍區的批林批孔運動，沒人將鬥爭矛頭直接對準我，中央也沒人找我談過話，所以我也搞不懂上面有些人到底想幹什麼。」

「這也太奇怪了，您還在西北軍區當您的司令員，一切照常，而這裡，已將您視為林彪的死黨，一個要被清算的人，爸爸，您知道嗎，這邊的人都誤以為您已經被打翻在地了，您在那的消息一點也傳不過來，說了別人也不會信。我真的糊塗了，爸爸。」

父親在電話裡沉默了很久，最後說：「這顯然是一個陰謀，有人想要趁機整垮我，藉著批林批孔運動興風作浪，你別管這些了，照顧好自己，爸爸南征北戰都過來了，這點事怕什麼？天塌不下來。孩子，你自己要多保重，凡事要小心謹慎，不要讓他們這些人抓住你什麼把柄，他們整不到我，肯定要找你的麻煩，這是報復，所以你要有一定的思想準備。」

「他們連我和王群的事都拿出來胡說了。」

「說什麼了？」

「還不是那些事！說她是葉群為林立果原來選定的妃子，後來被我看中搶了過來，又安排她走後門上了大學。」

「他們只是為了搞臭我。小丫頭現在還好嗎？」

「不知道，我們之間的聯繫突然中斷了，去信也不回，我也在擔心，她不會出什麼事吧？」

「你這一段先別給小丫頭寫信了，省得給她找麻煩，我看出不了什麼大不了的事，六六、六七年比這折騰得還厲害，最後怎麼了，我不是沒被打倒嗎？那些胡說八道的說法終歸會搞清楚的，難道他們還能翻了天不成？讓他們先折騰著，我倒想等著瞧瞧，這些傢伙到底還能怎樣！」

「爸爸，我天天待在這種氣氛裡非常不舒服，那些曾經跟我們家關係挺好的人都開始躲著我避而不見了……」

「很正常，這就是政治，一到關鍵時刻都怕引火焚身，你要理解他們。」

「我不想在這裡待下去了，我想走。」

「孩子。」彭司令沉重地說，「爸爸也覺得對不起你，把你一個人擱在榕州受這份罪，但你是一名軍人，不能想走就走，要挺住，遇事還要三思而後行。」

彭延平當時確實動過一走了之的念頭，這種亂哄哄的壓抑氣氛讓他心灰意冷，也讓他感到了自身難保，但父親的叮囑又讓他猶豫了。我還是再堅持一段時間吧，看看情況再說？他在心裡問自己，但仍委決不下。

他裹上厚厚的棉服下了床，拉開了門。一怔——站在門外的人竟然是他久未見到的好朋友鄧東進。

「你怎麼這麼晚還來？」彭延平詫異地問。

「讓我進去再說。」鄧東進裹著一身寒氣閃進了屋，將房門迅速掩上，神色緊張地說，「延平，你必須馬上離開這裡，馬上。」

「為什麼，出什麼事了？」彭延平問，儘管他心裡多少有些明白了。

「你先別問，我家的車就停在門外，我們這就走，我送你去火車站，路上你再想想究竟想去哪。」

在駛往火車站的路上，鄧東進告訴彭延平，這一段時間他一直在供職的野戰部隊待著，榕州市區內掀起的打倒彭司令的喧囂他也只是略有耳聞，但身處海防前線的他，還沒有感覺到火藥味那麼地濃烈，但他始終有一種不祥的預感，而且一直在擔心彭延平的現狀。直到頭天上午，他忽然接到父親的電話，說是身體不好，讓他馬上回榕州一趟。他當時就感到了蹊蹺，覺得父親這次告病的狀態異乎尋常。通常父親身體抱恙都由母親或祕書通知他，而且從電話的語氣判斷，父親的身體並無大礙。他也就沒再多問，匆忙請了一個假，當天坐上火車，深夜才到家。

一進家門，他發現父親一人仰坐在客廳的沙發上，還沒入睡，悶頭抽著煙，見他進了門，父親站了起來，一臉的嚴肅。「孩子，你現在就去找延平，讓他趕緊離開這裡，先避避風頭。」父親說時口氣中透著一絲焦慮。「他爸媽遠在大西北，我們要關心他的安全，你快點去！」

「出什麼事了吧？」鄧東進的預感被證實了，他來前隱約覺得父親讓他回家是為了別的什麼事，果然如此。

「那您電話中說您的的身體……」

「我沒事，我只是找個託詞從這些無聊的紛爭中脫身出來，省得那些混蛋成天纏著我讓我揭發老彭，我們是老戰友，我太瞭解他了，他怎麼可能反黨呢，一派胡言，你快去。」

同時鄧副司令還告訴鄧東進，他之所以親自打電話喚他回來，是因了身邊的人都變得不可靠了。「這次動靜很大，不知上面有什麼人想整老彭，想把他搞倒搞臭，祕書們也被人找去談過話了，我暫時還不能信任他們，由我出面通知延平又動靜太大，容易被他們注意到，所以趕緊讓你回來，你是唯一合適的人選，而且你倆是好朋友，延平也會信任你。」

鄧東進還說，父親告訴他，他聽說榕州軍區有人計畫將彭延平先拘押起來，倒逼彭延平的母親回來領人，然後再將他母親也扣下，交代所謂與林彪反黨集團的問題。

「有什麼鳥問題？毛主席都定了林彪是他的接班人，還寫進了黨章，軍隊也歸他管，彭司令能不聽他的話嗎？再說，彭司令在四野時是林彪的部下，林彪一向欣賞他，因為他一生就沒打過敗仗，現在林彪一出事，彭司令就成了林彪反黨集團的人吶？這不是扯蛋嗎！」鄧副司令當時對鄧東進忿忿不平地說。

「他們不敢派專人去西北軍區抓延平他媽，因為彭司令還是那裡的司令，他們沒法下手，只好出了這麼一個混蛋的招數。」鄧副司令氣憤地對鄧東進說。「你快去找趙延平，開我的車去，不要聲張，也別找家裡的司機，這麼晚了不會有人注意你，快去吧。」

就這樣，鄧東進匆匆地敲響了彭延平的房門。

三

「你準備去哪？」說完，鄧東進關切地問。

「還沒想好。」彭延平鎮定地說。此時的彭延平其實心裡在翻江倒海，有些迷茫。雖然他也預感到了會有這麼一天，但當這一天真的來臨時，他還是感到了茫然無措。能去哪呢？他心中不禁喟然長嘆了。

「最好離開榕州軍區，這裡是他們的勢力範圍，離開這一帶他們就無計可施了。」鄧東進說。

彭延平沒說話，心裡卻在緊張地思索究竟該去哪。「王群不知道怎麼樣了，我好長時間沒接到她的來信了，我很擔心。」彭延平憂心忡忡地說。

「都什麼時候了，延平，這種時候了你還顧著去想別人？先把自己保護好了再說吧，我估計王群那裡也出不了什麼太大的事，畢竟她人不在榕州軍區了，現在想想，好在她當年上了醫科大，否則，留下軍區還不知會遇到什麼事呢。」鄧東進說。

蘇式吉斯轎車在深夜的狂風中急馳著，兩人都不再說話了，靜默中多了一份沉重。

「想好去哪了嗎？」鄧東進後來問。

「到了火車站再說吧，沒想好。」彭延平說。

「先回西北吧，去你爸哪，在那，沒人敢動你，你爸還是司令。」鄧東進勸說。

「把王群一家人扔下，就我一人出走？」

「怎麼，你還想著去王群家？太危險了！」鄧東進聞之一驚，「那裡可還是榕州軍區的勢力範圍，你可真要想好了！」鄧東進不放心地說。

彭延平又沉默了，心裡已拿定主意，先去高安縣的王群家，避開風頭再說，畢竟那是一個偏遠的縣城，遠離榕州，那些想抓他的人恐怕也鞭長莫及，到了那兒，看看情況再做下一步的打算。但他還是感到了迷茫。躲過了此劫，不知將來還會發生什麼事？這時他忽覺這個世界真是太荒謬太詭異了，命運瞬息之間就會發生出乎意料的逆轉，讓人猝不及防。

他們在火車站下了車，將車停靠在了路邊上。街道上幾乎沒人，四周靜悄悄的，只有狂風在嘶吼，捲起了大地上的塵土與一些紙屑碎片。他們將身上的大衣裹得更嚴實了一些，嘴裡哈出了一股白煙般的霧氣。

「你走吧，就送這了，謝謝你東進。」彭延平說，臉上透出一絲淒冷，就像這陰沉漆黑、狂風嘶鳴的夜空。

「我送你進車站，我要看著你走。」鄧東進說。

彭延平感激地看了他一眼，沒再言聲，拎上自帶的一些簡單行李，向車站口大步走去。鄧東進沉默地跟在他的身後。

進了空曠的大廳，幾排寂寥的長椅上能見到零零落的幾個乘客，大多數人四仰八叉地橫躺在長椅上睡著了，有人還發出響亮的鼾聲，如同室外嘶吼的風聲。

他們先去了售票處。

「去南昌的火車是幾點的？」彭延平喊醒了正趴在桌上昏睡的售票員，問。

「明早九點二十三分。」售票員伸了一個長長的懶腰，睜開惺忪的睡眼，顯得不耐煩地說，那感覺，就像在責怪這麼晚了還來打擾了她的睡眠一般。

鄧東進見狀火了，推開彭延平想對售票員怒吼一聲，但被彭延平拉開了。

「不必計較。」彭延平低聲地說了一句。「那一會兒還有去哪的火車？」彭延平耐心地問。

售票員報復似地報了一串地名。

「我知道了，那你給我買張到鷹壇的車票吧。」彭延平冷靜地說。

他知道鷹壇是一個中轉大站，他心想，到了那裡再說下一步吧，當務之急是先儘快地離開榕州再說。他知道自己只要不走，鄧東進就不會一個人獨自離開，他知道這個老朋友的性格，心裡委實有些過意不去了。

彭延平將售票員從窗口遞過來的車票揣進兜裡，轉過身來；「東進，你可以走了，快回去吧，替我謝謝鄧叔叔。」

「我送你進月臺吧，我必須看著你離開。」鄧東進堅定地說。

「沒事了，車票都到手了，還能有什麼事？」彭延平強作歡笑地說。

「那也不行，我必須看著你上火車，離開榕州。」鄧東進又強調了一句。

彭延平心裡湧起了一股熱淚，為了掩飾，他趕緊從兜裡摸出一盒煙，低頭抽出一支，裝著默默地看著煙頭，拚命抑制著心中的傷感和感動，他居然忘了遞給鄧東進一支。直到鄧東進噗地一聲劃亮了火柴，照亮了他的臉時，他這才抽搐了一下，反應了過來。

「哦，對不起……」

「沒什麼。」鄧東進笑了笑，從彭延平的手中接過那盒大前門香煙，從中抽出一支，自個兒點著了。煙霧在他的臉上盤旋上升著，他的臉罩在了淡淡的煙霧中，看上去有些朦朧。彭延平知道，是自己的眼睛濕潤了。

兩人默默地向月臺走去。月臺稀稀拉拉地站著一溜兒無精打采的旅人，在昏暗的燈影下顯出了一派淒涼。風，仍在鬼哭狼嚎地嘶鳴著，聽上去猶如嬰兒的大聲啼哭。

遠處隱約可聞火車進站的聲音了，轟隆隆的，腳下的大地在顫抖，接著是一聲長長的嗚咽般的鳴笛聲。

「不知什麼時候還能見了？」彭延平說，聽上去竟像在自言自語。

「會再見著的，不會太長。」鄧東進說。

「不知道。」彭延平搖了搖頭說，神色黯然。

他們繼續沉默著，在風中抽著煙。嘴裡哈出的白煙與煙霧混雜在了一起，在寒風中迅速地飄散著，裊裊上升。

火車緩緩進站了，挾帶著叮哐叮哐撞擊鐵軌的巨大轟鳴，然後噴出一股股濃烈的冒著熱氣的煙霧。他們暫態裹在了煙霧中，彼此看不清對方的面孔了。就在煙霧散去的剎那間，鄧東進依稀見到了從彭延平的臉上飄過的一絲深深的哀傷。他嘴唇蠕動了一下，想說些什麼，但沒能說出來，這才感到自己的心情亦變得分外悲傷，他萬萬沒想到，與自己生死之交的朋友，竟有亡命天涯的一天，此時一別竟如生離死別，前途渺茫，彷彿看不見盡頭。但他什麼也不能說，他知道此時能說的只有寬慰的話，但那聲寬慰，亦如剛才將他們籠罩的煙霧，顯得那麼地縹緲，失去了重量。他也只能沉默了。

也不知沉默了多久，他們聽到了幾聲長長汽笛聲，然後是站在車廂旁的服務員在大聲吆喝：「火車要開了，快進車廂，嘿，你們倆，到底走還是不走？別磨蹭了。」

「我得走了，東進。」彭延平甩掉手中的煙蒂，笑了笑說。微笑從彭延平的臉上掠過時，鄧東進看到了他隱含在笑中的苦澀。

「快去吧！」鄧東進說，「你回來的那天，我還會來接你。」

彭延平忽然感到心裡一陣難過，這番情境是他過去沒有經歷過的，父親為共和國的誕生立下了汗馬功勞，居功厥偉，而自己卻因為父親之故而成了一個被迫逃亡的人，他感到了荒誕，亦感到了悲涼。

「真走了，謝謝你，東進。」

「我們之間不言謝，保重！」鄧東進重重地說了一聲。

彭延平似乎還想說些什麼，但沒說，只是與鄧東進重重地握了握手。一絲淚光在兩人的眼中閃過。他掉頭踏上了火車。

火車啟動了，先是緩緩地移動著、哐噹哐噹之聲又一次刺耳的傳來，鄧東進見彭延平拉開了車窗，向他大喊了一聲：「東進，我們還會再見的。」

「會的，一定會的。」東進突然有些激動，熱血在沸騰，但他發出的聲音迅速被喧囂的汽笛聲吞沒了，他也不知道彭延平聽到了沒有，他只是眼看著彭延平探出車窗的腦袋變得越來越小。列車在加速奔馳。他看到了彭延平在遠處向他招手告別。他也抬起了手臂，在呼嘯的狂風中，高高地舉起。

「再見！」鄧東進大聲地說，他知道彭延平聽不見了，淚水抑制不住地湧流了下來——他們是一起長大的朋友、同學，有過無數次的告別，但唯有這一次是另一番感受。命運會把他帶向何方？他感到了人世的無常。

四

這一段日子若若失眠了。

這是若若沒有想到了。他只知道內心充滿了恐懼，一種連他自己都梳理不清的力量在他的體內騷動著，讓他寢食難安，而一旦進入夜晚，他會在床上輾轉反側地睡不著，腦海深處盡是些紛至遝來的可怕的雜念纏繞著他，讓他心緒不寧。

幾天前，他硬著頭皮找過教導員，詢問他為什麼不讓自己上崗了？教導員故意用拖延的方式怠慢著他，然後才說是接到了來自上面的指示。當教導員這麼說時，若若明顯地感覺到他嘴角浮現出一絲快意，就像一人看著別人倒楣而在享受他被折磨的模樣。他本來還想追問一句究竟是為了什麼的，畢竟他向組織上寫過了自檢材料，但他終於沒說，只是默默地承受了下來。他呆立了很久，思緒有些溜號，甚至一時忘了轉身離去。

「你還有什麼要說的嗎？」教導員的目光狡黠地閃爍著，接著，突然發出一道光，亢奮地問：「是不是你還有什麼事忘了檢舉揭發？沒關係，現在說還來得及。」

「唔。」他一怔，回過神來了。「沒有，我沒什麼要說的了。該說的我都在材料上說過了。」他說。

「哦。」教導員的臉上明顯地劃過了一道失望。

「這段時間你正好可以認真地反思一下，再想想還有什麼事可以檢舉揭發，要讓組織信任重在表現。」教導員微笑地說。可在若若看來，那微笑中含著一絲惡意的譏諷和戲弄。

「好吧。」若若心中湧出一絲愴然，呆了一下，轉身走了。

從那天起，若若的腦海裡總是充滿了亂七八糟的念頭，感到了前途未卜，戰友們投射在他臉上的目光變得更加怪異了，就像他成了一個被眾人唾棄的異類分子，這就更加深了他內心的掙扎與痛苦。只有蕭向華一人還保持著對他持之以恆的關懷，他成了他在這個荒無人煙的孤島上的唯一的溫暖了。

「向華，我該怎麼辦？」

那是一個漆黑的看不見月亮的夜晚，他對蕭向華說。

「你讓我又想起了一九六六年時的情景。」

若若望向蕭向華，見他臉上浮現出他過去難以見到的深深的哀傷，但很快，目光又變得深沉了。

「那時候我突然意識到我曾經多麼的荒唐，打倒一切，砸爛一切，就連對父母也要大義滅親了，還以為那是在進行著一場偉大的靈魂革命，但最終被傷害的還是我自己。」

「向華……」若若心動了一下，轉而想去安慰蕭向華幾句。

「那時我離開了所有的人，從殘酷的血腥紛爭中獨自走了出來，是我主動離開造反派的，但也因此而失去了方向，當時我也很彷徨，很痛苦，甚至一度陷入了絕望，一個人四處漂泊。我在河岸邊上的羊腸小路上當過縴夫，在碼頭上當過一名搬運工，只要有口飯吃，我就會沒命地投入我的體力，有時真的想就這麼累死拉倒，那就可以澈底解脫了，反而一身輕。但我時不時地會想起我那慈祥的老父親。母親離開了我，他老人家還好嗎？我心裡存著一絲掛念，它成了我在苦難的人生中支撐下去的唯一的動力。我那時還沒有來得及向他老人家道聲歉呢！我只想有一天，當著父親面向他深深地鞠一躬，然後轉身離去，我只想告訴老人家，爸爸，我錯了。我並不奢望能得到父親的寬恕。」

「但你父親還是原諒了你。」若若說。

「是的，他重新點燃了我對生命的熱愛，讓我更加懂得了珍惜，同時，我也知道了，人生其實就是一場殘酷的搏擊，人不怕有錯，怕的是你墜入其間而不再清醒。還好，我終於醒過來了。」

「那我能醒過來嗎？」若若迷惘地問。

「你經歷的事情還太少，若若，所以作為一個旁觀者，我一直覺得你過去活得太輕飄飄了，順利時還有些忘乎所以，或許，這也是別人會疏離你的原因，有些事情當它發生時，一定不要輕易地先認定都是別人的錯，其實別人有時就是你的一面鏡子，就看你有沒有這個心，看得到鏡中所映照出來的那個真實的你。」

「向華，那你的意思是我的錯嗎？」

「也不盡然，但在我們這些幹部子弟身上，確實存在著讓人厭惡的東西，比如特殊化，比如莫名其妙的驕狂，還有經不起人生挫折的脆弱和驕氣。」

「我是這種人嗎？」

「我知道，這一次你遇到的事情，並非單純地來自於你個人的緣故，它夾雜著許多我們無法預知的政治背景，所以顯得撲朔迷離，讓人不解，我也一直在看，在想。」

「接下來還會發生什麼？彭司令真會是林彪反黨集團的成員嗎？那麼他們又將會怎樣處理我。」

「自從經歷了六六年以後，國家無論發生什麼事，我都不會再感到奇怪了，我們誰都無法左右自己的命運，當它來臨時，只能勇敢面對。若若，不要灰心喪氣，無論發生什麼都終將成為過去，就像今晚的夜空，月亮有時會從天上飄過，有時又會隱沒在雲層中，它不會總是一個模樣，這也是我這麼多年來總結出的一條人生經驗，只是永遠不盲從，不氣餒，保持清醒，有自己的思考和判斷，你才不會迷失方向。」

若若沒能完全聽懂，只能說似懂非懂。自從林彪事件之後，曾經在腦海中根深柢固、顛撲不破的信仰，傾刻之間搖搖欲墜。過去「最高指示」無論說什麼，他都會堅定不移地相信，一如信仰的至高無上，可當一個已寫入黨章，並作為接班人的大人物，一夜之間就成了叛黨叛國、罪大惡極的反黨分子時，他不能不開始懷疑自己曾經相信過的一切。那種萌發於心的懷疑，僅在若若的腦海中悄然滋生著，一時還模模糊糊地不知所蹤。他不敢往下細想了。他很想就這麼稀哩糊塗地活著，可眼下的遭遇讓他進入了一個晦暗的時光，他擺脫不了思緒的困擾，處在了一種自我矛盾的漩流中，掙扎著，但還是無法從中獲得解脫。

姐姐始終沒消息，而父母的來信，亦只是對他片言隻語的安慰，信中的卻內容也越來越少了，關於彭司令的近況，隻字未提。

有一天，若若還意外地收到了賀苗苗的來信。拿到信時，若若心中還悠然一顫，掠過一絲欣悅之光，但很快就熄滅了。他猶豫了一下，沒有馬上拆封，心裡卻在琢磨著，賀苗苗將會對他說些什麼？她又該如何向他解釋她的揭發行為？

可當若若將信拆開時，霎時愣了。那是一封無字的空白信。若若的腦海亦飄過暫態的空白。他呆呆地看著一字未留的信紙，心中翻江倒海般地很不是滋味，他悵然地想，從此以後與這個女孩分道揚鑣了，純真的友誼就以這樣一種方式宣告結束，心中不免泛起了一絲感傷的苦澀。

五

夜深人靜時，若若借助於手電筒的光芒，躲在被窩裡一遍遍地重讀那本《牛虻》——他一直悄悄地在身邊珍藏著它，沒交出去。也就是因了這本書，他與賀苗苗有了最初的那次相識與交流，留下了美好的回憶，如今想來，就如同經歷了一場夢境。物是人非了，書猶在，但人，不再是當年的那個人了，他也不可能兌現他的承諾，將這本書親手還給賀苗苗了，因為他沒有機會再見她了。《牛虻》，居然成了他對一段往事的紀念與見證。一想起，若若心裡便有了一種愴然的憂傷，甚至感到了心痛。曾經熟悉的一切都在漸漸地離他遠去，變得模糊和陌生了起來，就如同他眼下的處境。儘管若若知道，這在當是一本禁書，一本大毒草，甚至也知道一旦被人發現會給他帶來的嚴重後果，尤其是在這種時候，但他還是冒著天下之大不韙將它翻開了，因為不僅僅是為了這本書，還有與這本書連接在一起的溫馨回憶——雖然已成往昔。他百感交集了。

不管我活著
還是死了
我都是一隻
快樂的大蒼蠅。

小說中的這首詩——牛虻勉勵自己的詩句，若若不知讀過多少遍了，並且在心中不斷地默誦著。過去讀時，也只是匆匆的一瞥帶過，沒留下太深印象，而此時，他突然覺得，這首小詩對於他的人生有了一種特殊的感悟。

那晚，若若看書看累了，迷迷糊糊似睡非睡了過去，凌晨前突然醒了，彷彿被一種聲音喊醒了似的。懵懂中他感到了納悶，就這麼直挺挺地仰天躺著，望著天花板。其實他什麼也看不見，唯有室外的風嘯一陣陣嘶吼地傳來。

他忽然覺到胸口憋悶，讓他感到了難耐的窒息。他翻身坐了起來，鎮定了一下自己，然後穿好衣服，躡手躡腳地起了床，生怕驚動了還在熟睡中的戰友——那位小組長。

他在伸手不見五指的漆黑的屋裡站了一會兒，鬼使神差般地又裹上了一件厚厚的軍大衣，戴上了棉帽，悄然地拉開了房門。一股狂風肆無忌憚地吹了進來，他趕緊閃身出了門，回手將房門掩上。他抬眼望去，高遠的夜空中透出一縷微光。一個閃電般的念頭就在這時遽然降臨了，讓他麻木的心靈為之一震。我要去眺望初日的朝陽，他想。他感到了隱隱的興奮和激動，彷彿那輪火紅色的旭日，在他的眼前冉冉升起，他那顆冰冷的心，也隨之被點燃了。

他開始大步地向山頂上的那條羊腸小路走去。

他快步走著，有一種沸騰著的衝動在激勵著他，這時他聽到背後傳來急促的腳步聲。「若若，是你嗎？」他聽出是蕭向華的聲音，停下了步伐，轉過身。

「一大早你去哪？」黑暗中，蕭向華的聲音在風中顯得空曠而悠遠。漸漸地他走近了。若若知道，在這個漆黑的夜晚，輪到蕭向華夜間巡崗了，自己突然從黑夜中冒出來，讓他受驚了。他懷有了一絲愧疚。

「我想去山頂看日出。」若若說。

「看日出？」蕭向華的臉，在夜空下迷惑地閃爍了一下。

「旭日東升的朝陽，我想看著它從海上升起。」若若這時一點也沒感到冷，他在激動中。

蕭向華沒再說話了，凝神望著若若，目光中亦隱著一絲激動。末了他說：「去吧，若若，我知道你為什麼要看，我們也都知道那一暫態的輝煌。」說完，又鼓勵地看了他一眼，把若若身上的大衣又掩了掩，再把他頭上的棉帽護耳，繫了繫緊，然後拍拍若若的肩膀，「別著涼了。」說完，大步離去了。

若若還站在原地，呆呆望著蕭向華隱去的背影，看著他漸漸地消失在墨藍色的夜幕下，湧出了一絲淚光。他又一次地轉過身來，向著山頂，大踏步地走去。

山頂上的狂風吹得更猛烈了，不遠處，就是他平時經常值班的偵聽站——那個隱藏在山岩下的石砌小屋，彼時，他進入這座石屋時並沒有太大的感覺，只是第一次進時會懷有一絲好奇和激動，覺得偵聽這個職業顯得神祕，又是那麼地神聖，天長日久就漸漸地麻木了，一切都變得習以為常；可今天他發現對這個靜臥在山巖下的石屋，已然存有一種割捨不掉的情感了，它伴隨過自己渡過了一段難忘的歲月，可現在，它磐石般的存在，已然與他無關了，他被要求暫時停止上崗值班，何時再能重返崗位還遙遙無期，這也就意味著，他失去了當一名偵聽員的權利，他只有感嘆了。

他面朝大海盤腳坐下了，任憑強勁的海風吹向他。他沒有感到冷，相反，內心激盪的那股熱流在沸騰。遠處，隱隱地傳來海浪撞擊礁石發出的劈啪聲，一波接著一波，前赴後繼。

他記得剛來這座海島時立下的誓言：有一天，要專門登頂眺望日出。彼時，他只是出自一種新鮮感，還有一絲強烈的好奇，他這一生還沒有看過海上日出呢，這個願望一直在延宕著，始終沒有實現，但今天——在這個海風呼嘯寒冷的清晨，他終於來了，心中竟湧動著一股悲愴般的蒼涼之感。

晨光微露，遙遠的海平線上透出了濃淡不一的魚肚白，大海仍像在沉睡，那一波波撲上岸邊的海浪，聽上去，竟似大海發出的喘息。遼闊無邊的海面，還沉浸在與夜色相融的墨藍之中，但夜色正在悄然淡去，他忽然覺得心境出奇地寧靜，平靜得讓他都感到了一絲驚愕，好像所有的煩惱和痛苦都在暫態消失了。

太長時間沒有過平靜如水的心情了，以致讓他感到了陌生和奇異，好像什麼痛苦的事情都沒在他身邊發生過，生活一切如常，就像這平靜的浩淼無垠的海平線。

夜色宛若沉沉的帷幕，正一點點地被漸亮的白晝撕開，就像有一隻無形的巨手，在天幕的幕後，操控著這一壯懷激烈的時刻，一如神蹟。與此同時，剛才還在晨曦中模模糊糊的沉靜的大海，亦盡在若若的眼前無限遼闊地鋪展了開來。海平線這時看上去平滑如鏡，浩瀚而深遠。海風吹來，他越發呼吸到了那股熟悉的海腥味了，可如今嗅來，竟讓若若感到了別樣的親切和感慨。

突然，大海彷彿神啟般開始了不安的躁動，極目的遠方，平靜的海面似乎被什麼東西意外地驚擾了，在無聲地翻捲、蒸騰。若若激靈了一下，預感他期盼中的那一輝煌時刻即將來臨了。他還來不及多想時，遙遠的海平線宛若炸開了一般，一道道巨大的翻滾的漣漪，一波波瀰散了開來，他也不知道此時此刻是不是處在了一種恍惚的幻覺中，海平線迅疾濡染了一片耀眼奪目的緋紅，火紅色朝陽的弧形曲線，驟然浮現在了海平線上，先試探般地露出一張可愛的臉蛋，做一短暫的駐留。大海這時聞「光」起舞了，環繞著冉冉升起的旭日，掀起沸騰激盪的浪花，宛若無數朵鮮花，簇擁著太陽之神的莊嚴駕臨。

壯麗的日出景觀就這樣展現在了若若的眼前，光芒萬丈，沉睡的大海甦醒了，在東升的旭日中顯露出不屈的姿容，那麼地壯懷激烈，血熱衷腸，若若覺得此時此刻融入了霞光萬道的光芒中，沐浴著初升朝陽的普照與撫慰，沉浸在巨大的無以言表的感動中。他感到了自己的卑微和渺小。他心情激盪、熱血沸騰，竟然不知不覺中淌下了兩行熱淚，他甚至覺得自己心中的那份無盡的悲涼，亦被晨光驅散了。烈焰般的陽光他體內熊熊燃燒著，一如那沸騰的在陽光激勵下翩然起舞的海洋。他激動地眺望著海平線上的點點帆影，還有閃電般從天際線上快速掠過的海鷗。

若若淚流滿面了，他突然大聲地嗚咽了起來，渾身顫抖，他也不知道為什麼會放聲大哭，心中似有太多的委屈要一古腦地宣洩出來，讓燦爛的陽光洗刷掉淤積在他身上的污垢。

這時他站起了身，海風吹拂著他瘦弱的身軀，他絲毫沒有感到海風的凜冽，昂然佇立在山巔之上，衝著那仍在冉冉升騰、變得越來越大的奇蹟般的朝陽和遼闊的海洋，大聲地撕心裂肺地高喊了一聲：

「太——陽！」

那聲長長的呼喚，很快湮沒在了呼嘯的風中。

六

彭延平乘坐的那趟列車的中轉站是鷹壇。凌晨時分沒有直達南昌的列車，為了安全起見，他只能先坐上這趟可以中轉的列車，匆匆離開榕州再說，然後在鷹壇下車，換乘另一趟直達南昌的列車。

鷹潭下車後，他在月臺上等了很久，等待中的列車才緩緩進站。他提著行李向列車走去，驀然驚見車身張貼著長長的一溜醒目的大標語，上書：堅決打倒林彪的死黨彭楚元。類似的標語在榕州已然司空見慣，所以也就見怪不怪了，讓他震驚的是，緊跟在這條標語的下條，還貼著一長條同樣醒目的標語——揪出隱藏的林立果、彭楚元家的妃子王群。他不禁苦笑了。要打倒我父親也就算了，為什麼還非要扯上一個無辜的王群？他想。他覺得太荒誕了。

幾小時後列車抵達了南昌，他又趕往長途車站，換乘長途汽車，又一路顛簸地奔了高安縣。

當彭延平冷不丁地出現在了王群母親的面前時，著實把她嚇了一大跳。

彼時已是黃昏時分，淡淡的雨霧，悄然覆蓋著這座寂靜的小城，天氣陰冷，有一種砭入肌骨的寒冽，彭延平在長途車上已然凍得夠嗆了，所以下了長途車就一路小跑地進了武裝部的小院，然後直奔王群家。

進入王群家住的那幢小洋樓前，他見到了在那幢靜悄悄的小樓的牆上，張貼的橫幅標語：打倒高安縣最大的孔老二王樹玉，把他批倒批臭，再踏上一隻腳。他也只是草草掃了一眼，匆匆上了樓。

「你怎麼來了？」王群的母親一人在家，見他突然出現了，驚愕地大張著嘴，沒回了神來。過了一會才急問，語氣透著緊張不安。

「媽媽，看來我要在您這歇一段日子了。」彭延平喘著氣說。一路小跑，身上熱乎乎的了，臉上還淌下幾滴汗粒。「我能先洗個臉嗎。」他笑問。

王群的母親這時才反應過來了。「喲，瞧我，我來幫你弄熱水。」她從屋角的旮旯裡拎出了一個熱水瓶，把彭延平引入客廳角落擱置的一個臉盆架邊上，先將熱水倒入臉盆，然後又從臉盆架下的一個鐵桶裡倒了一些涼水兌了兌，將手伸進水裡試了試溫度。
「我自己來。」彭延平說。
「等等，水太燙。」王群母親說。「再兌點涼水。」
一條凍得僵硬的毛巾放進了熱氣騰騰的臉盆裡，在熱水中漸漸地化開了。彭延平將冰涼的雙手擱進了熱水，按在盆底浸了浸。他閉上了眼睛，身上湧起了一股融融的暖流，這才感到了疲憊後的放鬆。他雙手在熱水中靜靜地待了一會兒，起手搓了搓浸在熱水裡的毛巾，然後從水中拎出，擰了擰，開始抹臉。他的臉罩在了氤氳的熱氣中，看上去竟有些朦朧。
進屋時身上的那些小汗，已被屋裡陰冷的寒氣驅散了，陰濕的內衣貼著身子讓他感到了不舒服，他把臉埋在了熱毛巾裡，緩過了一點神來，紛亂的思緒這時亦變得凝定而沉著了。
我不能跟王群家人說出我的真實遭遇，這會給她們帶來壓力的。他暗暗地告誡自己說。
「你在榕州那邊是不是出什麼事啦？」母親終於問了，臉上浮現出一絲擔憂。
彭延平強作微笑地搖了搖頭。
「沒有。」他說，「沒什麼事，我只是出了一趟差，順路想來家裡休息幾天。」他在臉盆裡搓著毛巾，掩飾地說。
「我有點擔心，這次批林批孔運動好像有些來頭，有人好像又要整人了。你爸爸他還好嗎？」母親擔心地問。
「他沒事，我爸爸還在西北軍區好好地當他的司令，沒人敢動他。」
「那我們這裡是怎麼回事，動靜弄得這麼大？」
「肯定是爸爸走後，那些平時對他有意見的人想伺機報復唄，當然，還有上面的一些別有用心的人，沒什麼大不了的，咱們也別管那些事了，國家向來願意搞點運動，我們不都習慣了嗎，六六、六七年折騰得翻天覆地，還動槍動炮了，不也都過來了嗎？那時也說要打倒我爸爸，逼著老頭兒都準備帶兵上山打游擊了，最後還不是繼續當他的司令還兼任了省委第一書記？」

「可這一次好像不大一樣，六六、六七年是造反派嚷嚷著要打到彭司令，中央似乎沒那個意思，但這次，說你爸爸是林彪死黨，性質可就不一樣了。」母親不無憂慮地說。「你爸爸真的和林彪的關係很密切嗎？」

「爸爸是四野的，他會打仗，林彪向來欣賞爸爸，我們兩家平時也走得比較近，這就能說是他的死黨？再說了，林彪還是黨章確立的黨的接班人、副主席，爸爸接受他的領導很正常呵，不過是一種工作關係，我也問過父親，林彪和林立果在背後搞的那套政變計畫他一點也不知道，更談不上參與，他怎麼可能會是林彪死黨呢？」

「我也搞不懂了，彭司令還繼續當他的西北軍區司令，可這一邊卻鬧翻天了要打倒他，不瞭解情況的人還真以為彭司令已經被中央抓起來了呢。」母親感嘆了一聲說。

「爸爸呢？」彭延平問。

「哦……他……？」母親的表情有些為難，欲言又止。

「出什麼事了？」母親表情的驟然變化，讓彭延平敏感地捕捉到了點什麼，他追問道。

「呃，也沒什麼，我再去燒點熱水，你先洗個澡，解解乏，坐了一宿的火車也累了。」

「告訴我，爸爸他到底怎麼了？」

母親躲避不過去了，向彭延平一一地如實道來。

王群的父親在批林批運動開始後不久，就被勒令停職審查，理由是他不但與彭楚元是準親家關係，而且女兒王群還是當初林立果選中的妃子，所以屬於不但買了林彪賊船的船票，而且是死心踏地上了賊船的人，所以是高安縣最大的孔老二，因此這一段時間以來，不斷地在縣委、縣政府以及當地群眾中接受批判，要他檢舉揭發彭楚元的滔天罪行，但父親大義凜然，磊磊落落，堅持說自己什麼都不知道，而且對黨問心無愧。

「難為爸爸了，如果不是因為我們家的緣故，爸爸也不會遭受這份罪受！」彭延平黯然地說。

「還好，起碼武裝部和縣委內部有一部分人在保護他，也沒受什麼大的傷害，只是讓人心煩，成天價不是這個單位抓他的去批判，就是換了那個單位接著批，沒完沒了了。」母親哀怨地說。「唉，什麼時候才是個頭哦，也不知道中央究竟想幹什麼？想不明白，過去是黨說什麼我們信什麼，結果到頭來連黨的副主席，接班人都出問題了，你說我們還能相信誰？」

彭延平沒再說話，由此想到了自己的處境。這次出逃，他沒跟單位打聲招呼，就倉促地離開了，他想起了鄧東進的那副焦灼的表情，他知道如果不是萬分緊急，鄧叔叔絕不可能輕易地讓鄧東進來通知他趕緊離開榕州，顯然，事態發展到了非常嚴重的程度，鄧伯伯一定是聽到了什麼不好的消息，所以才會這麼做的。可是他們究竟想對我做什麼？真和想把我關起來嗎？彭延平想。

七

彭延平待在高安那些天，百無聊賴，盡在家裡窩著了。他也懶得出門走走，一來沒心情，對什麼都了無興趣，二來他心裡一直存有一種隱隱的不祥的預感，覺得遲早會有人找上門來。他不知道這場聲勢浩大的「批林批孔」運動還要持續多久，看勢頭，似乎一時還看不到盡頭。林彪折戟沉沙有幾年了，父親當時並沒有受到波及。他記得林彪事件後有一次與父親閒聊，父親那天情緒頗好，剛從北京回到榕州，父親說，這次上北京是毛主席要接見幾位大軍區司令，會見時主席談笑風生，興致勃勃，一見他還開玩笑說：「彭司令你很會打仗麼，你們榕州是個好地方嘛，我退休了到你們那裡去養老，趙雲不是賣過年高嗎？我這也是老賣（邁）年糕（高）呵。」說完主席爽朗地大笑。那一天毛主席還向在場的八大軍區司令保證：「大家都要放心，安心工作，繼續在當地當你們的司令，我信任你們，所以你們不要有什麼顧慮麼。」

可是事後沒隔幾年，幾大司令又被喚到北京，毛主席親自接見，事先沒有任何預兆地通知八大軍區司令必須在短時間內完成中央安排的對調。父親是與西北軍區司令——也就是曾經與他共事過的他原先的副司令對調，命令同時規定，除了帶上少量的貼身祕書與警衛，一律不准多帶人。

那一天，父親回到了榕州，吃飯時始終沉著臉不說話，一反常態，讓彭延平感到了納悶。他瞭解父親，他一向豁達而樂觀，那是他在戰爭年代鑄就的性格，天塌下來都不怕，敢打敢衝，故而在軍中威名遠揚——那一生中指揮過的幾次重大戰役從沒打過敗戰，被譽為旋風司令。

「爸爸，出什麼事了嗎？」

父親沒有回答，只是在悶著吃著飯，彭延平見狀也就不再問了，但他知道父親的心裡一定有事，而且這事兒還不會太小。

果然，待到父親吃完了，並沒有像往常那樣馬上起身離開飯桌，而是略有所思地點上了一支煙，微微有些出神。

「爸爸要離開榕州軍區了。」過了一會兒，父親說，語氣中夾帶著一絲憂傷與感嘆。

「離開？」彭延平心中咯噔一下，「為什麼要離開？」

「不知道，這次去北京，就是給我們打招呼的。」父親說。

「去哪？」

「西北軍區。」

「就您一人？」

「八個大軍區司令同時互調，動靜很大呵！」父親說。

「為什麼這麼突然？」

「也許待久了，是該動動了！能理解。」父親沉吟了一會兒，說。「只是我在榕州軍區待了這麼多年，還真是有感情了，有點捨不得呵！不管怎樣，作為軍人還得執行主席的命令。」

就這樣，父親只帶著少數幾名祕書與警衛，一個月內離開了榕州軍區走馬上任了。那時彭延平就有一種預感，覺得還會有什麼事發生。果然，預感被證實了。批林批孔運動風生水起，運動的浪潮迅速地波及到了他的父親，在榕州軍區所屬的範圍內響起了一片揭發父親的聲音，但暫時還沒人來動他，直到鄧東進匆匆敲響他的門，他才被告知可能會有人來抓他了。

他無法與父親通話。高安雖是一座小縣城，但武裝部歸屬榕州軍區管轄，如果在這裡與遠在西北的父親通話，要通過好幾個總機轉接，在這麼嚴峻的形勢下，電話肯定會有人監聽，以致暴露自己的行蹤，他只能謹慎從事，悄然地隱身在這裡，誰也不告訴，看看風向再做下一步的打算。他感到了世事的渺茫與不測。

所以這幾天，他在王群的家待著不動，哪也沒去。

這座安靜的小城自有其獨特的風物人情，他上次來時，對小城橫跨南北的那座江上的浮橋印象深刻，他喜歡這座用一艘艘木板船並排銜接而形成的古老的浮橋，從而能想像出它在靜默中所經歷過的滄桑歲月，顯示出一派獨特的歷史韻味。滔滔不絕地江水流經船體，發出嘩嘩啪啪的一陣喧響，急速穿過，流向看不到盡頭的遠方。江水清澈見底，散發出一股淡淡的水腥味，與大自然的清新空氣融為一體，靜靜的小城，亦因了這份韻味，而有了獨特的風情。清澈的江水之下能見到魚翔水底，優游自在地擺尾遊弋。

他到的當天，王群的父親很晚才從批鬥會上回到家，見了他也吃了一驚：

「你怎麼來了？」

「哦，回來歇幾天。」他淡然地說。

「不是他們要對你採取什麼行動吧？」父親擔憂地問，觀察著他的反應。

「沒有。」他笑笑，一副無所謂的樣子，「能把我怎麼樣？我這不好好的嗎？」

「那就好！」父親說，但還是不放心地將目光在他臉上逗留了一會兒。

「我真的沒事。」彭延平安慰地他說，「聽媽媽說你遇到了些麻煩？」

父親對他說，運動開始沒多久，批判的火焰就延燒到了彭司令身上，他在縣裡也首當其衝地成了當地最大的「孔老二」——全是因了他與彭家的這層所謂的「親家」關係，幾乎隔上幾天就會有縣裡的某個單位把他揪出去批鬥，讓他老老實實交代問題。父親笑說他現在是債多不愁，快成運動中的老油條了。他說時，王群母親在一旁還調侃說：「人家告訴我說，我們老王在批鬥會上還打上呼嚕了呢，那麼鬧，他也能睡得著，還真有本事。」

父親聽後大笑。「是有那麼回事。」他說，「你不覺得這事太荒唐嗎？人家彭司令待在西北軍區一點事沒有，這邊卻在聲嘶力竭地喊打倒，太滑稽了。要找交代問題？有什麼好交代的，我什麼也不知道，至於多次問到我女兒，那她也是在正常戀愛呵，我這個當父親的能管得了女兒跟誰談戀愛嗎？非要說女兒是林立果的選的妃子，可事實是她是延平的對象。所以這幫人無論問什麼，我都充耳不聞，有時太睏了，就趁機睡上一覺，這也不是六六年六七年的那個瞎折騰的年代了，他們還不敢對我動手動腳，我還是這裡的武裝部政委、縣委書記，他們能拿我怎麼辦？」

「我怎麼覺得爸爸像在跟這些人玩遊戲呢？」彭延平笑說。

「那是，你真不能跟他們認真了，這些人糊塗，中央今天『說東』，明天又可能會『道西』，你怎麼搞得清楚究竟想幹些啥？自文革發動以來不是向來如此嗎，誰知道上面這次又是誰在搞名堂？不能太認真，相信自己就好了。」父親樂呵呵地說。

八

彭延平成天跟王群母親在家下軍棋，打發著無聊的時光，幾下下來倒也相安無事。直到一天下午，王群的父親忽然興沖沖地回到了家。

「你怎麼沒下班就回來了？」母親納悶地問。

「呃，有人打來電話了。」王群父親興奮地說。

「電話？誰的電話讓你這麼高興。」母親一邊下著棋，一邊漫不經心地問。

「我這不正要轉告延平嘛。」父親輕鬆地說，然後轉向彭延平說，「你爸爸派人打來了電話，讓你在家裡好好休息，你爸爸挺惦記你的。」

正在琢磨棋盤的彭延平聽了一怔，抬眼望向王群的父親，眉心皺緊了。他這時還坐著沒動，凝神思索了一會兒，隱隱地覺得這其中似乎有詐，直覺提醒他好像不太對勁。他站起了身。

「誰打的電話？」彭延平問。

「他只說是省軍區政治部的。」父親說。

「他說了他是誰嗎？」

「說是姓蕭。」

「姓蕭？」彭延平的眉心皺得更緊了，「我怎麼不認識一個姓蕭的人！」

「怎麼了？」母親見彭延平面色有異，不放心地問。

「那人在電話還說什麼了？」彭延平繼續追問。

「他先是問你在不在，我說在家。」父親說。

「然後呢？」

「他說那就好，還擔心你跑哪去了呢。他說彭司令聽說你失蹤了，一直託人在找你，並專門讓你在高安好好休息一段，沒事不要到處亂跑，外面太亂。」

「壞了！」彭延平神色驟變，「他們這是要來抓我了。」

「會嗎？」父親大驚，緊張了起來。

「會！我父親不會這麼莽撞得讓一個陌生人來電話找我，這不是他做事的風格，再說，我也沒告訴任何人我在高安，顯然是有人向榕州軍區彙報了我的行蹤，他們要對我下手了，我得趕緊離開，馬上走。」說著，轉身回到了屋裡收拾行李。

王群的母親見狀也跟進了屋，擔心地問：「你這是準備去哪？你覺得他們真的是要來抓你嗎？」

「媽媽，我一直感覺他們不會輕易放過我的，情況不妙，我必須走。你們放心，我會去個他們找不到我的地方，不能讓這幫傢伙得逞了，你們也要保重，我可能給你們添麻煩了！」

「看你這孩子說什麼呀，我們只是在擔心你呵！」母親憂心忡忡地說。

「難道電話真的有詐？」父親也進了屋，困惑地問。

「來者不善。相信我，爸爸，這是他們要對我採取行動的前兆，先打聽到我的行蹤，然後下手，我們全家只有我一人還留在榕州軍區，所以只能對我實施報復，因為他們還不敢直接找我父親的麻煩，況且中央對我父親的態度也不明朗，這點他們清楚，他們只能先找到我。」

這時，彭延平已將隨身攜帶的行李匆匆整理好了，塞進了一個隨身攜帶的手提袋裡。

「唉，全怪我，我太大意了！」父親深深地嘆了一口長氣說。

「爸爸，沒事，你這樣反而能先麻痺他們一下，讓他們覺得我們毫無警覺，也好，我先走，讓他們撲個空，只是這樣一來給你們添麻煩了，爸爸，媽媽，對不起。」說完，彭延平向他們鞠了一躬。

「可別這麼說，孩子，只要你安全了就好，快走吧。」母親催促說。

「萬一他們還能找到你呢？」父親不放心地問。

「中國的事情向來就是這麼怪，我只要離開了榕州軍區的勢力範圍，就能安然無恙，他們還不敢跨軍區抓人。爸，媽，事不宜遲，我得先走了。」

彭延平的預感果然被證實了。當天晚上，兩輛北京吉普風馳電掣般地在王群父親家的樓下戛然而止，從車上匆匆下來幾個人，由武裝部的一位副部長領著衝進了王群父親家。

「彭延平呢？」來人中領頭的人問。

「不在了。」父親從容地說。當父親聽到汽車的轟鳴聲由遠及近時，已然猜到了這些人的來歷，心中暗自佩服彭延平的敏感，使他能及時地逃過了一劫。

「王政委，你不是下午說他人在家嗎？」來人一臉的迷惑，問。

「那是當時。」

「他現在去哪了？」

「不知道，他去哪沒必要向我彙報吧，那是他的自由，我管不著。」父親淡淡地說，悠然地點燃了一支煙，含在了嘴裡，泰然自若。

「哦，你就是來電話的那位蕭同志？」父親裝作若無其事地問。

「呃，是我。」那人尷尬地說。

沉默了一會兒，來人轉過臉來看了一眼領他們進來的武裝部副部長，他臉色煞白站在一邊，在一片陰冷的寒氣中居然淌下了幾滴汗珠，身子亦在瑟瑟發抖，居然嚇得尿了褲子——這也是王群父親後來聽人說的。顯然，彭延平的行蹤是他偷偷報告的。父親鄙視地瞥了他一眼。

「你們為什麼要找彭延平，他犯了什麼錯嗎？」

「他公然違紀，未經組織批准，擅自離開工作崗位，而且更嚴重的是，還隨身攜帶了一把手槍。」

「手槍？」王群的父親聽了心裡一沉，看了一眼站在邊上的王群母親。母親這時也看向父親，神態自若，嘴角甚至流露出一絲輕蔑的淺笑。父親明白了，這只是一次有預謀的栽贓陷害。

「造謠吧！」母親不以為然地說，「他來時就帶著一個小提包，裡面有幾件換洗的衣服，還是我幫他整理的，根本沒有你們說的什麼手槍。」

「有沒有只有見到人才知道。」來人強詞奪理地說，「我們也只是在執行命令，需要帶他回去。」

「我已經說過了，他人已經離開了。」

「他去哪了？」

「我好像剛才告訴你了，我們不知道，他也沒說。」父親斬釘截鐵地說。

「那好吧！」來人漲紅著臉說，「我們走。」

他們一行又急匆匆地離開了。一陣嗵嗵嗵的樓梯震響之後，樓下很快響起了汽車發動的聲音。

「他們會抓到延平嗎？」母親不無憂慮地問。

「就看這孩子的運氣了。看起來來頭不小，居然還編造出了攜帶武器的謊話，看來，他們真的是要動手了！」父親長嘆了一聲說。

九

彭延平匆匆離開王群家後，先奔了長途車站，發現沒有馬上開往省城的長途車，便靈機一動來到了路邊，沒過一會兒，一輛大貨車轟隆隆地途經此處，他微笑地招了招手，大貨駛到他跟前緩緩地停住了，排氣管噴吐出一股濃烈的黑煙，將他罩住。

「解放軍同志，要搭車嗎？」司機從駕駛艙探出了頭，大聲問。

「哦，對，得麻煩同志您了。」

「沒事，準備去哪？」

「省城。」

「呃，順道，上來吧，但我不進城，行嗎？」

「行。」彭延平說。他爬上了副駕駛艙，坐在了副座上。心想，當務之急是先離開此地，至於去哪已不再重要，關鍵是先離開。

「謝謝你！」彭延平說。

「不用謝，解放軍同志搭我的車是我的榮幸呀。」司機揮了揮手，豪爽地說。

汽車啟動了。一路上他與司機談笑風生，一點沒暴露自己的真實身分，只說要進省城執行一個任務，時間緊迫來不及等長途車了。司機也沒生疑，興高采烈的，或許，這一路上有個解放軍陪著他聊天讓他免除了寂寞。後來他在省城附近下了車，臨別時他送了司機一包大前門香煙以示感謝。「嘿，好菸。」司機嘻笑地說，從中抽出一根，叼在嘴上，向他招了招手，「再見了，解放軍同志。」

彭延平大步離去了，隨後，又在路邊攔了輛進城的卡車。

入城後，他想了想，盤算著是否先找一個父親的老部下家歇下，再觀察一下風向，可他很快做出了一個決定，省城也不能多待，必須馬上離開，刻不容緩，畢竟這裡還是榕州軍區的範圍，更何況眼下形勢如此複雜，也不知哪些人是可靠的，可以信任，萬一在政治壓力下出於無奈而出賣了自己呢？這在一場運動來臨時也太正常了，一九六六年不就是這樣嗎，一些平時在父親面前點頭哈腰的人，當文革運動撲天蓋地而來時，他們不是也來了一個反戈一擊嗎？還有這次批林批孔，按說榕州軍區的那些人，都是自己再熟悉不過的叔叔了，可在關鍵時刻卻沒人挺身站出來保護他，只有鄧伯伯一人逆風而行。

他知道不能乘坐火車了，那會很不安全，或許，那些準備抓他的人早在火車站張開了一張大網，等著他一不小心地自投羅網呢。

彭延平的直覺是準確的，火車站這時已被監控，那群在高安縣撲了空的人，確實直奔火車站而來，結果自然是一無所獲。彼時的彭延平，已然機智地先搭乘路上截到的便車直抵了九江市，然後轉乘水路的江輪奔了湖北武漢，那是他父親出生的省份，當地有他的一個表姐。第二天他就住進了表姐家，他知道自此安全了，因為這裡已然不再是榕州軍區的管轄範圍，沒人再會對他怎麼樣了。他覺得中國的事委實太荒誕了，各個地區在運動中好像可以自行其事，在榕州地區自己是一個準逃犯，而在武漢，又彷彿恢復了自由身；但亡命的身分還是讓他感到了屈辱，但他徒嘆奈何了。

在表姐家安頓好後，他又迅速去了電報大樓，給父親打了一個長途電話，告知他的近況，他怕父親找不到他而為他擔心。當他說出自己的處境時，父親在電話那頭勃然大怒了：「他們究竟想幹什麼？連我兒子都不放過，有本事來抓我呀！」父親問他是不是馬上來西北，「在我這，沒人敢再動你。」父親說。他告訴父親暫時還不想去西北，在武漢待一陣再說。父親沉默了一會兒，「那好吧！」父親說，並交代他就在武漢待著就別四處亂跑了，也少見人，包括他的戰友，「現在的人都不可信。」父親說，他說他相信這種沒完沒了瞎折騰的日子不會太長久了。

在武漢的這段日子，彭延平終於感到可以徹底放鬆了，但他強烈地思念遠在上海的王群。他也有太長時間沒有了她的消息，而奔波在亡命途中，也沒敢將自己的目下的境遇告訴她，一則怕她擔心，二來不願暴露自己的行止。

在表姐待了一段時間後，他大膽地做出了一個決定，悄悄地神不知鬼不覺地溜一趟上海，無論如何也要見上王群一面，他覺得自己快被濃濃的思念壓垮了。

他的決定受到了表姐的反對，她堅決要求她老老實實地在家裡待著，哪也不准去，說這是他父親專門交代給她的，不允許他東跑西顛地招惹是非。「萬一被人發現了呢？」表姐擔憂地說，「我對你的安全負有責任，這是我答應你爸爸的。」表姐語重心長地說。

他當時只是笑笑，沒再說什麼。第二天一大早，當表姐來到他的房間時，驀然驚現他的床鋪是空的，被子疊得整整齊齊，人卻不見了蹤影，她明白了，她的這位不安分的表弟一定獨自奔了上海，去見她日夜思念的戀人了。她苦笑地搖了搖頭，心裡祈禱著他不要發生什麼意外。

意外還是發生了。

十

彭延平抵達上海時是在一個週末的午後。這是他有意選擇的日子。他知道平時王群還要在學校上課，突然請假離校容易引起別人的注意，她那裡進行中的「運動」情況他還一無所知，只是直覺自己的行動依然要高度保密，這不僅涉及他的安全，而且也事關王群。他相信既然榕州軍區的人已然撲到高安捕捉到，那也一定會派人到王群的學校打探他的行蹤，甚至給她製造麻煩，但這裡是上海，不歸榕州軍區管轄，所以他們還不至於過於的有恃無恐，但在這種特殊時期，他的行動還須小心謹慎，避免打草驚蛇。

他先住進了東海艦隊的一位副司令家，這位叔叔戰爭年代跟隨父親多年，兩家素有往來，而且在批林批孔運動開始前，王群週末時沒事還會來他們家做做客，改善一下伙食。

彭延平沒跟叔叔阿姨多說什麼，只是謊稱出差途經上海，想順便見見王群。叔叔阿姨自然也不會多想，熱情地接待了他。顯然，他們對彭延平在榕州軍區發生的事情一概不知，畢竟東海艦隊歸屬於海軍系統，隔行如隔山。

「王群最近沒來叔叔阿姨家嗎？」閒聊了一會兒，彭延平故意漫不經心地問。

「沒呀，她沒告訴你嗎？我們倆還琢磨呢，這孩子這一段的學習該忙成啥樣了，家也不來了。」阿姨說。

「哦。」彭延平笑笑，沒接話。

彭延平電話叫來了副司令的兒子江濤，他們是好朋友，他在上海警備區任職。

「江濤，我是延平，你能儘快地回家一趟嗎？」

「喲，延平，有日子沒見了，怎麼搞突然襲擊呀？來了也不提前打個招呼。」

「你快回來吧，我有點事求你幫忙，咱們見了面再說。」

江濤對彭延平那麼神祕兮兮地委託他去找王群感到了奇怪，這在他看來，這是一件挺簡單的事，自己出面就好了，為什麼還要將他從部隊緊急召回？

「一言難盡。」彭延平苦笑了一下，說，「一兩句話說不清楚，她們學校的情況我一點也不瞭解，還是謹慎為妙，總歸你去學校把王群悄悄地叫出來，今天正好是週末，她應當可以出來。」

「好吧，你不願多說，我也不打聽了，想必這中間有什麼原因你不想多說，我義不容辭。」

「那就拜託你了，記住，儘量不要讓太多的人知道，先別告訴她我來上海了。」

「知道了，延平，你就放心吧，我也難得為你做件事，何況還是這麼小的一事。」江濤說。

江濤知道王群的宿舍。王群剛入學的那段時間，他受父親委託曾去學校找過她，帶著她來家裡吃飯，他父親覺得對老首長的家人負有一份責任。

他去時宿舍時還沒人，長長的樓道裡靜悄悄的，顯然，王群出門了。他下樓後坐進了自己開來的車裡，靜候著王群的出現。

五點左右的時辰，天色向晚了，他見有三三兩兩的女兵開始邊走邊聊地向宿舍走來，他知道，王群也快出現了。果然，沒一會工夫見她遠遠的向這裡緩步起來，身邊沒別人，就她一人踽踽獨行，從步態看，顯得有些落寞。

待王群快走近時，他從車裡閃了出來：「王群。」他輕喚了一聲。

這時的王群還顯得心事重重，突然聽到有一男人喊她的名字還驚嚇了一下，轉臉望去，居然是許久沒見的江濤，這讓她感到了意外的驚喜。

「咦，你怎麼來了？」

「別問，你跟我走，馬上。」

「什麼事這麼急？」

「我說了別問，你去了就知道了。」

「可我還沒請假呢。」王群說。

「來不及了，反正是週末，你消失一段時間不會有人注意的，請假反而容易引起別人的注意。」

「到底發生什麼事了，這麼神祕？」王群突然感到心臟的跳動，生怕又有什麼不測將要降臨到她的頭上了。自從她進了那個禁閉式的學習班後，她始終籠罩在一種心驚膽戰的惶恐中，而彭延平失去了消息也讓她擔驚受怕。

她跟著江濤離開了學校，心裡還是有點緊張。白從那次的學習班後，她再也沒邁出過校門。當她跟隨著江濤坐上了他的車，一路上看著窗外閃過的上海的街景，竟有恍如隔世的感覺。她揣著一份好奇和緊張，想從江濤的嘴中打聽找她出來到底是為了什麼，可他繃緊了臉堅持不說。她也只好不再問了。反正到了他家就知道了，她想，她只是希望不要再發生什麼不測，她覺得這麼長時間以來都快成驚弓之鳥了。

當江濤領著她敲響他家的門時，她還在心裡揣測接下來可能會發生的狀況，會不會彭延平出什麼事了？一想到這，心臟便咚咚地激跳了起來。就在這時，門開了，一張再熟悉不過的笑臉遽然間出現在了她的面前，她竟一時不敢相信自己的眼睛了，大腦霎時空白了一下，猶如夢中，大張的嘴巴，竟說不出一句話來。

「王群，是我。」彭延平微笑地說，神情激動。

她突然感到了暈眩，天旋地轉。「延平，真是你嗎？」她喃喃地說，眼淚忽喇喇不受控制地淌了下來。她發出了一聲號啕，一頭撲在了彭延平的懷裡：「這麼長時間你在哪裡？你為什麼不給我來信，不見我，你知道我都經歷了什麼嗎？」她委屈地拍打著彭延平，涕泗橫流，泣不成聲。

「好了，好了，別哭了，我這不來了嗎？」彭延平說，王群的悲傷還是感染了他，一時間眼眶竟也濕潤了。

吃完飯，叔叔阿姨出門散步去了，江濤也嘻笑地說自己部隊有事要先走，讓彭延平與王群安心在家裡待上一會兒，「你們這是久別重逢，我十點半會回來送王群回學校，你們還有時間好好聊。」他話裡藏話地說，一說完人就顛了。彭延平當然知道，這家人其實是為了讓他與王群能安靜地待上一段時間。

其實吃飯時，彭延平就注意到了王群臉上的深切憂傷，他注意到她並沒有吃太多，顯然食欲不佳，話也不多，顯得心事重重，一副楚楚可憐的樣子，她比過去更顯消瘦了，這讓他感到了心痛，他忽然到了一種衝動，想摟著她，好好地親親她，以這樣一種方式來好好地安慰一下她。他想，都是因了我們的家的緣故讓這個女孩受罪了，雖然直到現在他對王群經歷的事情還一無所知，但他能強烈地感覺到她為他一定吃了不少苦，受了不少委屈，否則她不可能這麼哀楚。

一進他們獨處的房間，王群就不管不顧地再次撲進彭延平的懷裡大哭了起來，壓抑太久的痛苦終於有了一次發洩的機會，她哭得昏天黑地，哭得彭延平的心裡也在默默地流著熱淚。他幫她揩著臉上淌滿的淚水，輕聲地安慰說：「王群，別哭了，好了，我們不哭了，我這不是來看你了嗎？」

「你為什麼現在才來？為什麼他們非說我是林彪家選的妃子？他們冤枉我！延平，你知道我只是在和你談戀愛，你是知道的，我想找個人說說，可你也不給我回信，你知道我心裡有多苦嗎？」王群泣不成聲地說。

「我知道，所以我來了，對嗎？」彭延平哄著她說，他將她摟得更緊了，他能感覺到她的身體在不停地發抖。他開始在她淌著淚水的臉上溫柔地吻了起來，一邊吻一邊悄聲地安慰她，想讓她儘快地平靜下來，雖然他也心如刀絞。

他就這麼不停地吻著她。她的哭聲變得小多了，只是在低聲地抽泣。他的熱吻也喚起了她的欲望，她開始回應他的熱吻。這是無聲地吻，舌頭糾纏在一起，先是遲疑地、緩慢地、試探式地，接著變得熱烈了起來，就像驀然間被點燃的一團火，在他們彼此的舌間火焰般地竄動著，燃燒著，漸漸地燃遍了全身。

王群感到了身體的躁熱，隱藏在心中的欲念被喚醒了，她停止了啼哭。她只是覺得此時此刻渴望進入一種忘我的瘋狂，讓自己在這種激情的瘋狂中忘掉這個世界，忘掉痛苦、委屈和悲傷。他太愛彭延平了，雖然心中對他這麼長時間沒了消息而充滿了怨尤。

最初見到彭延平時，她並沒有感到強烈的發自體內的躁動，彼時只是感到了哀怨，而現在，她想要他，想要他像個從戰場上歸來的勇士，征服她，或者像一頭野獸般地蹂躪她，踐踏她，她願意跟隨著這種感覺隨風飄蕩，讓自己的身體變成一條滔滔的河流，她在其中享受著河流的沖刷與蕩滌，只有這樣，她才能忘卻痛苦、忘卻煩惱，忘卻那一個個看向她時而令她感到心寒的目光，她知道只有彭延平的愛，才能讓她重獲生存的熱情和勇氣。

王群開始下意識地撕扯彭延平身上的衣服了，她變得那麼地迫不及待，這所有的動作都讓她感到了痛快，感到了一種強烈的命運歸宿感。

「我要你！」她說。

她覺得自己的臉在發燒發燙，燙得厲害，竟如被烈火炙紅的生鐵。

十一

意外就是這麼發生的。

王群也是在幾個月後才確認這個意外的。彼時的她太不懂事了，在最初的那幾個月裡，她竟然不肯相信她已然懷孕的事實。她沒敢告訴家人，也沒有寫信告訴彭延平，更沒敢向同學說起。

一開始，她只是發現每月如期而至的例假突然停止了，她有些慌張，但還以為那只是一個例外，是由於學習太緊張而造成的心理與生理的紊亂，以致影響了生理性規律，出不了什麼大事。雖然她惴惴不安，她仍心存僥倖，直到幾個月後發現自己的小腹在逐漸鼓脹，才感到了窒息一般的崩潰。但又不敢向人打聽如何採取應急措施，她羞於開口。

在那麼一個傳統而又壓抑的年代，未婚先孕是一件多麼令人感到羞恥的大事，在別人的眼中，從此你就成了一個不要臉的蕩婦，讓人不齒。她開始變得六神無主，心裡清楚地知道一旦被發現，有可能會帶給她帶來的嚴重後果。

她平時還是堅持每天晨起後出早操，洗澡時儘量避免與同學們一同進入洗浴室，難以避免時就乾脆放棄洗浴。她是一個多麼愛整潔乾淨的人，幾天沒洗澡會讓她渾身不舒服，可又有什麼辦法呢？她已然沒有了更好的選擇。她經常會想嘔吐，這時她便假裝身體不適，而請假放棄上課；有時她會吐得天翻地覆，覺得自己真的快挺不過去了。

但她還是咬牙堅持了下來。她也不知道從哪來的這麼一股毅力與意志。但最終還是東窗事發。隨著時間的推移，她漸漸隆起的肚子還是被人覺察了。當學校領導找她談話時，還沒等領導開口，她自己就先崩潰了，如實坦白了她懷上了彭延平的孩子，並且抑制不住渾身發抖，臉色蒼白而泣不成聲。領導見狀亦動了惻隱之心，讓她先回去，告她經研究後會做出一個最後的決定。

幾天後她被告知，已被決定勸退。當她接到正式通知時，又一次流下了熱淚。她熱愛學校的生活，熱愛自己所學的醫科專業，但命運卻冷不防地和她開了一個讓她始料不及的玩笑，事已至此，她也只能告別校園生活了。

她心中還依依不捨，但已然無可奈何了。就在這時，她忽然有了一種輕鬆感，對肚子裡的那個尚未降生於世的孩子，有了一種特別的溫柔的母愛——那是她與彭延平愛情的結晶，再過上幾個月，她就會成為一名正式的母親了，雖然這個「身分」對於她這個年齡的人來說，還顯得有些殘酷、陌生和迷茫，況且她還沒有足夠的精神準備，但當命運之神，讓她不得已地必須去面對人生逆境時，無形之中卻給予了她一種自己都無法理解的膽略和勇氣。

為了我們的共同孩子，我做出的任何犧牲都是值得的，她告慰自己說。

半年之後，當若若解甲歸田地回到家裡時，讓他沒能想到的是，當天晚上，迎接他的是姐姐女兒的降生於世。

當姐姐從護士手中接過孩子時，孩子發出了悅耳的啼哭聲。姐姐疲憊地笑了。見若若進了病房，招呼他說：「來，若若，看看你的外甥女。」

若若一時間有些緊張，不知所措，他湊過臉去看了孩子一眼。孩子還在嗚哇嗚哇地大聲啼哭著，聲音尖細而嘹亮，鮮嫩的粉紅色的小臉蛋皺成一團，眼睛眯細成了一條長長的直線，看得出來，這孩子的眼睛將來會大得驚人。

「若若，你現在當舅舅啦。」姐姐幸福地說。

「呃。」若若木訥地站著，一時間竟不知說什麼好了，他心情激動，雖然他暫時還沒有做好當舅舅的心理準備。

「來，你這個當舅舅的，先學著抱抱你的外甥女。」說著，姐姐從床頭抱起了孩子，托送到了若若的手中。若若慌了一下。他這一生還從未抱過一個嬰兒呢。他小心地想從姐姐手裡接過孩子，生怕不小心有了一個閃失。孩子還在姐姐懷裡肆無忌憚地號哭著，他慌了一下神，手足無措，張惶地看向姐姐。

「沒事的若若，學著抱一下吧，會習慣的。」姐姐微笑地說。

若若的情緒穩定了一些，俯下身，在外甥女嫩嫩的臉蛋上親了一嘴，驀然覺得有一股暖流清泉般從他心中悄然滑過。他哄了哄孩子。奇蹟發生了，孩子忽然停止了啼哭，睜開了她的那雙靈動可愛的大眼睛，目不轉睛地看著他，似乎目光中還透著一絲探詢，然後滴溜溜地四下裡轉悠了起來，那眼神竟似初次來到了人間的人，以好奇的眼神打量起了這個陌生的世界，接著咧嘴一樂。

站在邊上的父母興奮地喊了起來：「喲，這孩子樂了！這孩子還是和她舅舅親吶！」

若若笑了。長久以來籠罩在他心頭的陰鬱和壓抑，隨著孩子來到人間發出的第一個微笑而煙消雲散了。

「若若，孩子還沒有名字呢，你這個當舅的，給她起個名字吧。」母親微笑地說。

「我……呃，我不會起名。」若若囁嚅地說，就在這時，一個名字如同一道閃電，暫態出現在了他的腦海中，他脫口而出：「呵，那就叫蕾蕾吧，叫蕾蕾，這孩子就是我們家的一朵含苞待放的花蕾。」

當天，若若去了電報大樓，給遠在外地的彭延平打了一個長途電話。

電話那頭的彭延平先是急切地問孩子生了嗎？孩子的母親還好嗎？當聽到若若說：「生了，孩子和姐姐都很好」時，他在電話中沉默了很長時間，若若從聽筒中聽得到彭延平發出的低低地抽噎聲。

「你怎麼啦？。」

「哦，沒什麼，我這是高興，真的太高興了，我不知道該說什麼，我不在孩子和王群的身邊，她們母女倆就拜託你和爸爸、媽媽了。」說著說著，彭延平又抽泣了起來，「對不起，我暫時還不能動身去探望我的孩子，但我相信這一天不會太久了！」彭延平激動地說。

放下電話後，若若在電話廳內，站立了很久很久，心潮起伏，也不知迷惘還是喜悅。

尾聲

一

四下裡黑黢黢的，若若揹著他配發的步槍，孤零零的一人地在悄無聲息的營房四周巡視著，感到了內心深處的落寞。

自從被剝奪了偵聽工作的權利後，若若被要求每天在營房的四周巡邏。其實這是一個閒差。營房建造在小帽山光禿禿的山窪裡，附近一帶沒有寂寥的村落，最近的一個山村也在半山腰下，偶爾會有幾個年輕的村民偷偷出溜到山上來，趁人不備地潛入營區，拾掇點柴火，捎帶腳地還會偷點他們種下的蔬菜。

曾有一次，村民還溜進了一個戰友的宿舍，偷走了一床棉被和床單，事後，還給了那天負責巡邏的人一個口頭警告處分，因為東西竊走事小，無非再配發新的床上用品而已，但小分隊擔負的是敵情偵察與情報搜集，屬一級保密單位，對外從來是祕而不宣的，給人以神祕的印象，再加上小帽山駐紮在海邊的一座孤島上，經常會有馬祖列島的敵方派出的小股特務化裝成漁民，悄不溜地潛入大陸，探聽、搜集我方的軍事情報。顯然，小分隊擔負的特殊的偵察任務，便是敵方想要探知的重點目標，所以當陌生人貿然闖入時便須防備了。

從那以後，負責巡邏的人被要求高度警惕。所謂的巡邏，除了負責驅趕一不留神竄進營區的村民，還要盤查他們各自的身分與來歷，防止由敵島潛入大陸的敵特分子渾水摸魚地冒名頂替。

同時，負責巡邏的哨兵還有一個額外的職責，那就是白天須將小分隊飼養的圈在後山裡的一群山羊，從羊棚裡放出，讓牠們到山上去自由自在地吃草。本來這只是一個簡單的任務，一切都是舉手之勞，不足為怪，但問題出在小分隊為了夜間巡邏的安全，還養了一隻模樣兇悍的大黃狗，被取名為「大晃」。據說，此冠名是因了這條大狗走起道來晃晃悠悠，一跑起來屁股又肉顛顛地顫顫巍巍，也不知出自哪位好事者，有一日沒事時開玩笑地喚牠為大晃，自此後，這個名字便在小分隊四下傳開了，以致大黃狗因此而無意中被命名。戰友們也都覺得這個名字太適合這條大黃狗了，形象且可愛。

大晃亦是若若的「朋友」。若若愛牠。在那些寂寞孤單的日子裡，若若經常會有事沒事地去看望一下大晃。小分隊並沒有專為大晃安置一個溫暖的「家」，白天一般會將牠用一條粗粗的鐵鍊拴在井旁的一個木樁上。之所以白天將大晃拴起，這裡面還是一個故事呢。

若若愛大晃，是因了自己的膽小怕事，尤其懼怕伸手不見五指的夜間巡邏。

小分隊的十幾個人，除了教導員與炊事員之外，平日裡要輪流夜間上崗，在營區巡邏。營區雖說不大，也就彼此相隔幾十米的二排低矮的水泥平房，然後就是方圓幾公里的軍事禁區，轉一圈下來至幾十幾分鐘。但一入冬，寒風凜冽刺骨，風聲鬼哭狼嚎、呼呼的嘶吼會讓若若聽著心驚肉跳。

若若最怕輪到下半夜值班了，被人從迷糊的深度睡眠中被猛然喊醒的感覺在他看來是最殘忍的。交接班的戰友一般來時總是躡手躡腳進入房間，然後伸手搖醒他，一邊搖一邊輕喚著他的名字，生怕會驚醒了同屋的人。若若那時總會在夢中聽到一個遙遠聲音由遠及近，最後掙扎地睜開迷糊的雙眼，似醒非醒地打量著來人。那人見他醒了，也就不再多說什麼了，將步槍擱在他的床架邊，轉身離去。

若若記得，有一晚他醒來時怔怔地看著槍，心想，太睏了，再眯瞪一會兒吧，就這麼一個念頭從腦海中閃過，他以後什麼也不記得了。待到再睜開眼時，天光已然透亮，他最初還以為在夢中呢，稍一愣神，再看看床邊上的那枝默默無語的步槍，一時間慌了，翻身從床上蹦起，持槍急急地躥出了門。

沒人。戰友還沉浸在睡夢中。小分隊沒有他在支隊機關時出早操的習慣，一者因了人少，二者隔三差五地輪流上山值夜班或站崗把大家的生活規律全攪亂了，出早操亦變得不合時宜了。

若若呆呆地回到屋裡，心下驚恐萬狀。萬一被人發現了怎麼辦？他想，心臟蹦蹦直跳。哦，不，發現是肯定的，那幾位本應與他輪崗的戰友只要醒來發現沒接班上崗，必定會知曉這是他幹下的。

可讓若若萬萬沒料到的是，當大家都開始走出房門，來到井臺邊上洗臉刷牙時，那幾位本來應當接龍換崗的戰友，正在衝他擠眉弄眼。他一臉通紅地走了過去，想低聲對他們說聲對不起，說他感到了愧疚。可那幾個戰友還沒等他言聲，就湊上來拍拍他的肩膀，臉上卻是一副滑稽而又怪異的表情，彷彿在說：幹得好，讓我們睡了一個痛快覺。

若若後來才知道，這種事其實在他之前常發生，戰友已然見怪不怪了，那些晚上沒能輪班站崗的戰友，反而會由此感謝因睡糊塗了沒及時交班的人，大家對發生這種事從來是心照不宣的，誰也不會因此而向教導員密報，權當什麼事也沒發生就是了。只是有一次教導員也不知抽了什麼風，半夜爬起來查崗，結果趕上有一人正好睡過頭了沒去上崗，結果被教導員好一通臭擼（大家戲稱為刮鼻子），讓他垂頭喪氣了好幾天。這種事當然也不會常發生。所以大家偶爾一次偷懶亦在情理之中。當然，這種事沒被教導員發現算是運氣，若若那天就屬於有運氣的人。

二

自從那次睡過頭之後，若若心有餘悸，暗暗告誡自己這種事再也不要發生在他的身上了，他不要這個在他看來極不光彩的「運氣」。所以自此後，一旦半夜有人來交班，他不會再在床上賴上一會再起床，那樣一來，太容易一個小迷糊又昏睡了過去。

那天若若一骨碌翻身起床，穿好了衣服，裹上了棉大衣，躡手躡腳地出了門，生怕動靜大了會驚擾了同屋的戰友，他睡著正酣呢，還發出陣陣的呼嚕聲。

剛拉開門，寒風就呼呼地向他迎面撲來，臉上霎時一涼，跟著一抖嗦。真冷。他把步槍往身後一甩，挎在了肩上，快步地向漆黑一片的前方走去，一邊走，一邊小聲地叫著大晃。

沒過一會兒，大晃就出現在了他的視野中，顛顛地從暗處跑來，喘息著，先是慢悠悠地抬臉看了他一眼，然後往他身上憨憨地猛撲幾下。他嘴裡打了一聲呼哨，讓大晃跟著他一路小跑，先沿著營區轉了一圈。

有大晃伴在身邊，讓若若感到了踏實。黑燈瞎火的山上的確讓若若感到了害怕，四周悄然無聲，冬天的夜晚又難見星光，黑咕隆咚的，稍遠處什麼也看不清，這時只能依仗大晃的那個靈敏的鼻子了，一旦出現意外，大晃一定會提前報警，發出「汪汪汪」地嘶吼聲。若若聽老兵說過對岸的敵特從海上潛入大陸摸哨的故事，說得煞有介事、神乎其神，若若當時也就是聽一耳朵而已，亦沒太在意，可有一天輪到自己半夜站崗時，那個故事忽然在他腦子裡浮現了，而且還挾帶著清晰的畫面，讓他立刻萌生了莫名的驚恐之感，以致總會在幻覺中出現幾個可怕的人影，從沉沉的夜幕中無聲地躥出，將牠不由分說地擄走。

所以但凡夜間出崗，他做的第一件事就是及時地喚來大晃，讓牠搖頭擺尾地緊跟在自己身邊，當他的貼身保鏢，這樣他的心裡才會有些許的安全感。

一到天明，最後一班崗的戰友會將大晃重新帶回井臺邊，將牠用鐵鍊拴好。一開始若若並不明白為什麼要對大晃這麼地殘忍，非要讓牠在白天忍受鎖鍊之苦，彼時，每當若若從大晃的身邊經過時，都會忍不住地停留一會兒。大晃這時哀哀地望著他，發出一串嗚嗚的悲鳴之聲，無望般的眼神亦像在報怨。若若會心痛地摸摸大晃伸過來蹭他身子的大腦袋，心裡便覺得大晃太可憐了，他為大晃受到的不公平待遇而忿忿不平。

後來他明白了，之所以大白天要對大晃實施如此殘酷的「待遇」，是因了大晃有一個可怕的惡習，一旦見了白天放山吃草的羊群，牠就會立馬換上了一副窮凶極惡的樣子，神態大變，風馳電掣般地躥將過去，瘋了一般地追逐驚嚇得四散逃開的山羊，這時，牠會狡猾地照準了落在最後的那隻小羊羔窮追不捨，嘴裡還會發出一連串聲嘶力竭的咆哮，完全不像夜晚陪崗時伴著若若身邊的那隻老實巴交的忠誠的大晃。

如果哪位戰友黎明時分一不留神沒將大晃栓牢，待白天接崗的哨兵，例行性地將羊廄裡圈著的羊群放山吃草時，大晃彷彿會從空氣中嗅到羊群發出的羶味，這時牠會一激靈，從蜷著的地上一骨碌爬起，警覺地嗅聞著，耳朵高高地豎起，立刻變得亢奮起來，然後開始狂躁地拉扯著拴在牠身上的鎖鍊，不斷地上躥下跳，嘴中發出可怕的山呼海嘯般的嗚嗚聲。

一旦掙脫了鎖鍊，大晃便會利箭般地向羊群所在的方向一路狂奔。彼時的羊群中在一隻老山羊（老兵曾告訴若若，那是一隻頭羊）的保護下，正優哉游哉地在山坡上慢悠悠地撒著歡，吃著野草呢，完全沒有意識到危險的驟降。

當大晃惡魔般的形像出其不意地突然出現在了羊群中時，牠們完全措手不及，只有那隻領頭的老山羊先是一怔，站住，昂起臉來，然後率先從羊群中奮勇衝出，低下頭，用牠腦袋上的那一對堅硬的犄角，頑強抗擊著大晃驀然襲來的攻擊。但牠阻擋不了大晃靈活機智的身體——大晃總會機警地避開老山羊的凌厲攻勢，瞅準一個空檔，向無力招架的羊群惡狠狠地撲將上去；那隻頭羊平時看上去老態龍鍾、但此刻，變得像隻憤怒的雄獅般的頭羊，亦會適時地掉轉身子與大晃鬥智鬥勇，但終究還是力所不逮，不得不敗下陣來，領著驚恐萬狀的屬下落荒而逃；這時的大晃，便會得意地從鼠竄的羊群中尋摸一隻落伍的小羊，撲將上去，將牠撕扯得遍體鱗傷，奄奄一息，最後一命嗚呼。

於是當天的晚餐，戰友們就能吃上香噴噴鮮美無比的嫩羊肉了，感覺就跟過年似的，個個狼吞虎嚥，歡天喜地。

通常一旦發生這類情況，最後拴鎖大晃的那個人和白天巡邏的戰友會受到教導員的口頭批評，因了他們的失職，致使大晃襲擊了羊群。一般的情況下，能讓大夥吃上羊肉的日子必是逢年過節，否則就算違反了小帽山制定的紀律。

三

那一天清晨，當若若來到大晃的身邊時，大晃老遠就聞出了從他身上發出的氣味。本來牠還趴伏在水井旁，腦袋蜷縮在彎曲的腳上，懶洋洋地曬著太陽，眼睛半眯，一副似睡非睡的樣子，聽到他的腳步聲，大晃突然一個激靈地仰起了腦袋，看向他，耳朵機靈地聳起，輕微地搧動著，然後笨拙地站了起來，嘴裡隨即發出了若若所熟悉的咕嚕聲。若若蹲下身來，親暱地撫摸著他的腦袋，於是大晃像在表演似地做出了一個非常舒服的姿勢——前蹬後撐地曲起了身，伸了一個懶腰，腦袋討好地蹭向若若。

若若樂了。一段時間以來，籠罩在心中的那道濃重的陰霾迅疾散開了，他感到了一絲溫暖，是大晃給予他的溫暖。大晃這時在用眼神與他交流，流露出見到他時的喜悅，身子緊跟著抖動了一下，拴在牠身上的鐵鍊發出了一連串金屬的噹啷聲。

若若的心，不知為什麼被撞擊了一下，他感到了納悶，尋思著這究竟是怎麼回事？就在這時他忽然明白了。

他拍了拍大晃，嘴裡小聲地嘀咕了一句：「等著，我就來，別急。」

若若一路小跑，向山壁下的另一處凹口跑去——那裡是小分隊圈羊的羊廄，一到天明，負責營房巡邏的人就要將牠們集體放出，好讓牠們上山吃草。

若若先將羊群驅趕到了山裡後，快速地回到了大晃的身邊，得意地拍拍牠，大晃懂事地擺擺牠肥大的屁股，以示回應。若若四下裡看了看，沒人，周圍悄無聲息，他兀自抿嘴樂了，開始激動，然後將拴在大晃脖子上的鐵鍊動手解開。這時的大晃已然開始興奮了，嘴裡發出一串迫不及待的低吼聲。

「別嚷嚷，大晃，你一叫就讓人瞧見了，我可要跟著倒楣啦，明白嗎？」

大晃果然不再咕嚕了，仰起了腦袋，目光亦變得咄咄逼人，一副隨時聞警出動的架式。

「快衝，大晃，衝過去！」若若解開了大晃的鐵鍊後，吼了一聲。大晃一出溜地向前躥去，撒丫子狂顛，瘋了一樣。若若在風中點燃了一支煙，心中小有得意。他故意原地待了一會兒，看著大晃躍進的身子一蹦一跳地消失在了山脊的背面，這才將手中的香煙狠狠地抽了幾口，猛地扔在了地上，身子一躬，也快步地向前激跑了起來。

剛轉過山，若若遠遠地聽到了大晃狂噪的嘶吼，以及羊群發出的此起彼伏的咩咩聲。他加快了步伐。

若若睜目望去，由領頭的黑山羊率領的羊群，在大晃肆無忌憚地攻擊下已然潰不成軍，頭羊節節敗退，在做著徒勞地頑強抵抗，忙亂地顧得了頭又顧不了尾，大晃攻勢凌厲不依不饒，但就是逮不著機會撲向羊群。若若看著著急，大吼一聲：「大晃，衝，衝上去。」一喊完，心裡洋溢著惡意的快感，他覺得這段日子鬱積在心中的憋屈，隨著這聲吼叫煙消雲散了，他感到了高度的刺激。

大晃果然不負所望，覷準了頭羊忙前顧後的一個空檔，矮身躥將上去，生生地將一隻來不及躲避的幼羊撲倒在地，然後是張牙舞爪地撕扯。頭羊見勢不妙，想衝上來營救，被大晃揚臉的一通狂吠愣給嚇回去了，只好帶著餘下的殘兵敗將迅速逃竄了。

若若坐在了荒草地上。剛才的場面驚心動魄，讓他心生快意，他覺得太有意思了，這時的他，心中充滿了報復般的愉悅，生死廝殺的場面彷彿幫他紓解了內心的鬱悶和痛楚。

他就這麼不懷好意地坐著，又點了一支煙，不急不躁地欣賞著大晃在一邊撕咬著那隻可憐的幼羊——牠一開始還能發出淒切的咩咩聲，繼而聲音漸弱，變得有氣無力，最後乾脆沒聲了。大晃騎在牠身上豪情滿懷地戰鬥不止。若若木然地瞅著，心裡遽然升起了一絲憐憫，頓覺眼前發生的這一幕委實太殘忍了。

他猛地站起了身，幾步衝了上去，將大晃死死地抱住，大吼一聲：「大晃，你給我停下！」

當天晚上戰友們聞聽可以吃上羊肉了，嘴角漾起了詭祕的微笑，個個美滋滋的，因為懷有心照不宣的默契——一定是若若膽大妄為的一次莽撞行動，讓戰友們可以飽嘗一頓美食。

若若木訥地坐在一張餐桌上，人顯得有些恍惚，他眼見著戰友們爭先恐後地衝上去搶勺香噴噴的羊肉，自己卻失去了食欲。他一點胃口也沒有了，相反，他還感到了噁心。飄蕩在食堂上空的濃烈的膻味，沒有刺激起他想吃的欲望，他腦子裡還充滿了大晃兇惡地撲向幼羊時的情景，當時是心生快意，可為什麼忽然又萌動了惻隱之心呢？他心中悄然地問著自己，有些迷惘。

「若若，你怎麼了？」

若若從迷惘中回過神來，抬起臉。是蕭向華。他坐在了他的身邊。「沒什麼。」若若說。

「沒關係，我懂你在想什麼，發洩一下也好。」蕭向華微笑地說，說完又站起來身離去了。沒過一會兒又坐回到他的身邊，這時若若的桌上擱上了一大碗散發著濃烈香味的羊肉。

「吃吧，別想了。」蕭向華安慰地說。

「我不餓，你吃吧。」若若說，他又一次地感到了對自己的失望。

這時有幾個戰友從若若眼前走過，衝著他眨巴了一下眼睛，然後悄悄地伸出了一個大拇指示意了一下。若若臉上還是沒有出現任何表情，他只是覺得難受。

自從被停職以來，戰友對他的態度出現了一些微妙的變化，多少顯得有點兒幸災樂禍的意思。他是一個高度敏感的人，從他們的一張張臉上看到了世態炎涼。過去戰友雖然也對他也不夠友好，但他知道那只是一種複雜的嫉妒心在作祟，內心則掖著一份豔羨，他能感受到，為此，他也就不再計較什麼了。可自從停職以後，除了蕭向華，戰友彷彿都離他遠去，沒人來關心他，安慰他，就像在他身上發生的不幸都是由他自找的似地，他有苦難言，可今天的晚餐卻一反常態，好像皆因有了這頓由他製造的羊肉大餐，他才能重返戰友的中間，受到他們的鼓勵與讚賞，他覺得這一切都顯得太滑稽了。

「是你故意將大晃放出去的吧？」蕭向華悄聲問。

「嗯。」若若承認了。他覺得沒必要在蕭向華面前撒謊，他信任他。「我只是想釋放一下自己。」他咬著牙說。

「先把這碗羊肉吃了吧，現在啥也別想了。」

「我不想吃，我忽然覺得對不起那隻小羊，牠本該活得好好的，是因為我……」若若說。

「看你，經不住事，你想太多了，大家的胃口也素了這麼長時間了，適當改善一下伙食也在情理之中，你想得太多了，若若，你瞧他們看著你的目光，是在感激你呢。」蕭向華笑著安慰他說。

「我沒想到我會以這種方式博得了大家的好感，你不覺得這有點荒唐嗎？我當時只是想發洩，沒別的，我沒想到還會贏來讚揚的目光。」

「生活本來就是這樣的呀，時常會有一些你所料想不到的事情在你身邊發生，超出了你的想像和承受，你會感到困惑、茫然，但這就是人生，你必須學會適應，經歷多了，你自然會成熟起來，處變不驚了，誰都是這麼一步步走過來的，從來沒有摔過跤的人，一定不會真正懂得什麼叫人生。」

若若內心震盪了一下，凝神看向蕭向華，他看向他的目光充滿了對他的信任和鼓勵，他感到了溫暖。

「謝謝你，向華，有你在身邊，真好！我……」

他感到嗓子眼裡有些哽塞。

讓若若萬萬沒想到的是，他與蕭向華的這次談話，竟成永訣。

四

「你累嗎？」若若問。

他一直開著車窗，右臂閒散地倚在窗框上，望向窗外，任憑勁風呼呼地吹向他。沿途的風景他都認不得了。當年他沿著嶇崎而蜿蜒的小路去了小帽山，可如今，一丁點當年的走過的痕跡都見不著了，展現在眼前的是一條寬闊黝黑的柏油公路。

路兩旁的農舍，亦不再是當年那副凋蔽破敗的模樣了，一幢幢造型別致的農家小樓拔地而起，陽光下顯得分外醒目，快速行駛的車輛川流不息，但一路上還不算太擁擠。當年這只是一條狹窄的坑坑窪窪的土路，塵土飛揚，迷了他的雙眼，他沿著這條道路一路顛簸地上了小帽山，那天顛得他的屁股生痛，以致讓他想起了少年時在農村坐著拖拉機去趕集時的情景。

「不累。」崔永明說，「怎麼，你累了？」

「我？當然不累。」若若說。

他們沿著公路開了五個多小時了。

「你要有心理準備，我聽說，那裡已是一片荒山了。」崔永明說。

若若沉默著。他知道小帽山已成了杳無人煙的荒山了，當年的技偵小分隊在兩岸關係改善後就撤出了山頭，隨後連偵聽支隊的一二〇號都被取消了，一切已成歷史記憶。一晃三十多年過去了，時間如同白駒過隙，消失得如同一場春秋大夢，一旦懷想起時。彷彿又猶在昨天，那麼清晰而親切，讓人一時竟有些迷離和恍惚、亦真亦幻了，就像他現在沿著這條往昔走過的路奔向小帽山，已然面目全非，不復當年了，向華還在山上嗎？他自問。一想起向華，若若不由得泛起了錐心的疼痛和感懷。

五

颱風警報是提前發出的。

每當颱風來臨前，小分隊都會進入緊急狀態，這是例行性的應變措施。

小帽山臨海，只要是颱風在這一帶登陸，必然會勁猛地橫掃小帽山，以摧枯拉朽之勢，搖撼著這座孤零零兀立在海邊的小小山頭。每當此時，小分隊就會安排偵聽站的值班人員帶足乾糧，堅守偵聽站，因為即便是在如此惡劣的氣候下，敵方亦有可能會趁機派出小股特務登陸，搜集大陸的軍情與民情，這種情況曾經發生過。

若若剛來小帽山不久，趕上過一次大颱風，正好輪到他與蕭向華兩人當班，他們窩在偵聽站整整兩天，直到颱風過後才下山休息。那天能聞聽到屋外的山呼海嘯，襲來的颱風就像要摧毀這座小山一般，刮得昏天黑地。

「這麼大的風，敵人還能出海嗎？」若若從耳邊摘下了耳機，吊兒郎當地說，他開始站起身來伸胳膊伸腳了，在這間狹窄的值班室裡來回走動了起來。他覺得有點累了。過了一會兒，見蕭向華沒動靜，還趴在值班桌上凝神盯著偵聽機上的顯示幕，眼睛一眨不眨，一副高度警惕的樣子，他樂了。

「向華，歇歇吧，這麼大的風沒人敢出海，豈不找死嗎？你何必呢。」

蕭向華彷彿沒聽見，雙手還在搜索著敵軍可能出現的電臺信號。若若幾步躥過去拍了拍他的肩膀，「向華，我在說你呢，休息一下吧，我們聊聊天，悶死人了。」

蕭向華揚起了臉來，看了看他，然後將一隻耳機向耳輪邊緣移動了一下。

「你說什麼？」蕭向華問。

「別幹了，休息吧。」若若大聲說。

「哦。」蕭向華又低下了頭，順手將耳機重新戴好，又埋頭在偵聽機上搜索開了。

若若見狀，開玩笑般地湊過去，將蕭向華戴著的一對耳機猛地從耳朵上拿開。

這時的蕭向華正聚精會神地辨別耳朵裡的雜波，捕捉著可疑的無線電信號，忽然覺得耳朵虛了一下，雜波的噪音消失了，他抬起臉，見若若高高地舉著他的一對耳機，正一臉壞笑地瞅著他樂。

「你太調皮了，若若，進了偵聽站就如同進了戰場，開不得玩笑。」蕭向華嗔怪道，然後伸出手，向若若索取耳機。

若若強調說颱風這麼大，不可能會有敵情，主張歇下來聊會天。蕭向華嚴肅地站起了身，從若若的手中重新拿回他的偵聽耳機，又安然地坐回座椅，一動不動地再度搜索了起來。

「累了你就先歇著吧。你負責監控的敵臺我來幫你搜。」蕭向華頭也沒抬地盯著機器，小聲咕嚕了一句。

就在那天深夜，蕭向華給若若講述了一個曾經發生過的故事。

幾年前，也是一個颱風驟起的夜晚，也是由兩位值班員上山值班，他們因了颱風的緣故放鬆了警覺，居然午夜後打起了盹來——他們都以為這麼大的颱風下，敵特不可能出現呢。

黎明時分，他們醒來後搜索到了一個神祕的無線信波，是從步話機中，由一人口頭報出的一串電碼組成的信號，而且從耳機中可以明顯地辨別出海風的呼嘯聲，顯然，這是一個來自海上的步話機，這個信號源有規律地出現了三次重複密碼，話語簡短，只報數字，頗為蹊蹺。

當班的其中一人是老兵，憑著他以往的經驗感覺不對，立即向支隊部破譯股做了及時的彙報。很快有了回饋回來的消息，破譯股經過一番緊張的工作，破解了這個密碼，對方說的是：「登陸成功，正在深入。」

大軍區情報部接到這個情報後，立即通過作戰部下過了緊急通知，要求各地駐軍嚴陣以待，而且要出動兵力搜捕登陸的敵特，氣氛霎時變得異常緊張，因為此事非同小可。緊接著，當軍區情報部一部副部長受命趕赴海邊布置搜捕網絡，查明情況，並追究漏網情報的責任時，奇蹟出現了。

這位一臉愁雲的副部長抵達海邊，準備登上小帽山時，在快進拐進山裡的一條小道上，見到了兩個漁民打扮，走路有些慌裡慌張的人，肩上還分別扛著一個鼓鼓囊囊的包。

他職業性地掃了一眼這兩人的褲腳，發現沾滿了星星點點的泥濘，而且濕漉漉的，走路的步態亦像受過訓練。他心裡一亮，有點明白了。

他不動聲色，轉臉交代隨行人員先不要聲張。讓吉普車從他們身邊擦肩而過，而且不准減緩速度，保持正常，以免引起那兩人的警覺。當吉普車掠過了那兩人時，副部長從他們的臉上明顯地看到了驚恐不安。他心裡更有底了。

他們將吉普車隱藏在路邊的叢林裡，閃身躲在大樹後耐心等候。過了好一會兒，那兩人出現了，匆匆地埋頭趕路，一邊走還一邊東張西望，完全沒有意識到危險潛伏在了他們的身邊。

副部長有意讓他們從眼前走過，待他們走出了十幾米開外後，他拔出了槍，從樹後閃了出來，立在路中央，斷喝一聲：「立正！」

那兩人下意識地站住了，雙腳併攏地做出了一個軍人標準的立正姿勢。副部長揮著槍帶人衝了上去，迅速解除了他們的武裝——這果然是趁著颱風的襲擾，祕密潛入大陸的小股特務。

「所以不能放鬆警惕。」蕭向華嚴肅地說。

「那兩位當時值班的人後來怎樣了？」

「受到了嚴厲處分，並調離了偵聽支隊，下到野戰軍鍛鍊去了，當年就退出了現役。」

若若啞然了，為自己的大意和失職而感到了羞愧。

六

這一次刮起強烈颱風時若若卻待在了自己的屋裡，一場罕見的暴雨亦緊隨著颱風襲擊了這座孤島。

按照慣例，颱風襲來在躲進屋前時，一般由教導員先鳴槍示警，一旦聽到槍聲，山上的值班人員立即進入戰備狀態，而山下沒值班的戰友則必須迅速轉入房間待命。

若若一點也不知道，當天上山值班的人員中有蕭向華，因為偵聽工作與他基本隔絕了，他也就不再關心該輪到誰來值班了。他把大晃也喚進了自己的屋裡，讓牠安安靜靜地待著。沒過一會颱風登陸了，山搖地動，天昏地暗，就像進入了世界末日，那風吼聲如同巨型魔鬼在嘶聲吶喊，驚心動魄。

颱風是傍晚時分登陸的，一直延續到凌晨才漸漸地減弱下來，雨勢也不再像颱風來臨時嘩嘩啪啪地狂砸不止了。這時的若若正在夢中迷糊著呢。

他是被大晃的狂吠聲驚醒的。他睜開眼，先是隱約聽到外面有嘈雜聲，還有雜遝的腳步聲，像是有人從宿舍中衝出了室外。那時天光還沒有亮透，屋子裡仍漆黑一團，他躺在床上沿側耳諦聽了一會兒，感覺好像發生了什麼大事，有人在大聲地嘶喊著，但他一句也聽不清。一種不祥的預感讓他迅速地翻身坐起，趕緊地穿好衣服，緊急地奔出了門。

颱風還在呼呼地吹著，只是小了許多，宿舍外的樓道裡不見一個人影，只有對面那幢平房燈火通明，隱約有喧雜之聲順著風吹送了過來，能見到窗戶中透出的幢幢人影。天色微曛中，亦見有人正從四面八方向那幢平房快步跑去。大晃一個猛子躥了出去，一邊跑一邊在風中狂吼著。好像真出事了！若若想，亦跟在大晃的後面跑了向對面的平房快步過去。

當他趕到小分隊的閱覽室時，看到大家圍成了一圈，有低低的飲泣聲，更多的人繃著一張沉默而悲慟的臉，木然地呆立著，他把腳步放慢了些，心在狂跳不止，從人群中趴開了一條縫隙。

他的大腦隨即轟地一下炸開了，他萬萬沒想到，直挺挺躺在擔架上的人竟是蕭向華！

蕭向華一臉蒼白地躺在地上的擔架上，額頭上角還淌著幾行尚未乾涸的血跡。若若推開眾人撲了上去，拚命搖晃著一動不動的蕭向華，大喊了一聲：「肖華，你怎麼了，出什麼事了？為什麼會這樣？」他大聲地號啕了起來，眼淚控制不住地流淌了下來，哭得天旋地轉。也不知道哭了多久，他被戰友們強行拉開了，但他還是哭得稀哩嘩啦的，成了一淚人。耳邊有人在悄聲地安慰他，但他什麼都聽不見了，他無法想像一個好好端端的人，怎麼就這樣不明不白地走了？他拒絕相信，心中充滿了巨大的悲慟。

若若後來才知道，在這個可怕的颱風之夜，蕭向華是如何獻出了自己的寶貴生命。

颱風襲來時，蕭向華正與若若同室的戰友在山上的偵聽站值班，遭遇颱風的經歷他們也不是初次遇見，所以也就沒什麼大驚小怪的，一切都在按部就班地進行。蕭向華在工作上是一個特別認真甚至與自己較勁的人，上半夜他就一直趴在工作臺上，目不轉睛地盯著儀錶盤，後見戰友睏了，就讓他先趴在桌上休息一會兒，由他一人來承擔監聽任務，於是他的搜索範圍又擴大到了戰友的監聽區域。戰友臨睡前還說了一句：「向華，你聽外面，這次的颱風可非同尋常呵，好像比往常的颱風要大得多，你覺得呢。」

蕭向華雙手將耳機從耳輪邊挪開了一點，凝神地偏頭向外傾聽了一會兒，「哦，還真是，吼聲跟鬼哭似的。」他笑說，然後讓戰友抓緊時間眯瞪一覺，「有我呢，你睡吧。」

戰友真的就睡過去。

凌晨三點多鐘時，戰友被蕭向華搖醒了，睜開懵懂的雙眼，見蕭向華正一臉焦急地看著他：「糟糕，信號突然消失了。」說著，蕭向華曲下身在戰友的機器上快速搜索著，耳機裡只是傳來一片平滑的噪音，絲毫沒有雜波信號出現時的喀達聲。「不對，不是我機器的問題，你的機器也沒信號了。」

戰友澈底醒了。「怎麼會這樣？」他納悶地問。

「只有一種解釋，掛在外面的天線出問題了。」蕭向華想了一下，說。眉心緊蹙，表情嚴峻。「不行，我得出去看看。」

外面仍在狂風大作，暴雨傾盆，豆大的雨點劈劈啪啪地擊打著屋頂，清晰而瘆人。

「你不能去。」戰友急了，「這麼大的風雨，出去太危險了！」

「萬一海上出現敵情，我們坐在這不就成了睜眼瞎了嗎？不行，我得去看看。」蕭向華固執地說。

「你瘋了，這麼出去太不安全了，再說，這種鬼天，敵人還敢派小股特務來嗎？不可能，咱們就這麼待著吧，不會有事的，等天氣好點了再說。」戰友勸道。

蕭向華快步回到了自己的工作臺前，拿起單隻耳機擱在耳朵上，聽了聽，一隻手在機器轉盤上搜尋了一會兒，眉心皺得更緊了，一副憂心忡忡的樣子。這時他似乎凝神思索了一下，抄起了筆，低下頭匆匆地寫下了幾行字，完了，又沉思了一會兒，看了一圈四周，似有一絲不捨，然後又轉回到了戰友的身邊。

「你就在這待著，別動，注意機器裡的動靜，千萬不要掉以輕心，我去看一眼就回。」說完就要衝出門。

「向華，你一定要小心呵！」戰友衝著他的背影大喊了一聲。他知道阻止不了他，只能提醒了。

七

「放心，我會小心的。」

蕭向華出門前還回頭向戰友望了一眼，微笑了一下，衝著他揮了揮手臂，拉開了門。風聲突然嘯聲大作，雨點也迅疾橫掃了進來，只是這麼一暫態，門又被重重地關上了。風聲、雨聲變戲法似地又低落了下來。

戰友這時重重地嘆了一口氣，心有擔憂。

約莫十幾分鐘後，信號恢復了正常。戰友當時還撇了撇嘴，心想，蕭向華還真行，看起來還真是天線的問題了，果然讓他折騰好了。他也沒再多想，只是一邊振作地盯緊了儀錶盤，傾聽著耳機裡重新傳出的信號，一邊在焦急地等待著蕭向華的安然歸來。

又是十幾分鐘過去了，仍不見蕭向華回來，戰友覺得不對勁了，心臟跳得厲害，他開始有了一種不祥的預感。這時的他，已然坐立不安了，他想衝出去找蕭向華，可又分身無術，監聽室不能沒人值班。他抄起電話，向山下彙報了情況。

教導員聽到報告後，馬上通知大家集合，並臨時進行了緊急動員。在發生這一切時，若若並不知道，他還在夢中，他這時是一個被遺忘的人，況且他眼下的特殊「待遇」，也不能讓他接近監聽室，所以沒人想起叫醒他。

狂風中根本不可能站住腳跟，戰友們手挽著手，側著身，在黑咕隆咚的夜色中頂風冒雨地向山頂進發了。走在最前面的戰友很快被狂風吹倒在地，後面的一人馬上頂上，拉起他繼續前進。

好不容易抵達了山上的監聽室，大家還不敢貿然登上山頂。他們在室內商量了一下策略，決定俯身爬著攀上山頂。

黑黢黢的山頂上搜尋了一圈不見人影，暴風雨沖去了一切可能留下的痕跡，只有一排排燈籠式的天線懸掛在山頂上，顯然被人重新加固過了，在戰友們看來，這更像是一個奇蹟——一人在暴雨狂風中凜然站立，將被狂風刮倒在地的天線重新繫在鋼骨架上，再將它們一個個加固，這簡直是一件不可思議的事。

蕭向華一人，如何獨自地完全了這一系列的高難度動作？沒人可以想像得到，他們只在斜坡石頭下沿的一個縫隙中，發現了一個還沒來得及懸掛的天線，戰友猜測，或許就是因了繼續掛上這個最後的天線時，蕭向華終於體力不支地被巨風捲走了。

戰友迅速地分成了三個搜索小組，每組五人，爬行著去了附近的山崖與山底尋找蕭向華，但彼此心裡明白蕭向華凶多吉少。最終，有一搜索小組在山谷下發現了蕭向華的遺體，他癱軟地仰身躺在光禿禿的石岩上，失去了生命跡象。戰友圍在他的身邊，輕輕地抱著他，失聲痛哭。

風大雨急，戰友無法馬上揹上蕭向華回撤，只好原地等候。一直捱到凌晨風雨稍減時，才將蕭向華的遺體輪換地揹在肩上，一步步地返回了營地。

若若醒來後聽到的嘈雜之聲，就是彼時傳來的。

蕭向華的遺體躺在閱覽室的正中央，一身透濕，眼瞼還沒有完全閉合，像是對自己未完成的任務心有不甘。若若與戰友從宿舍裡取來了蕭向華平時沒捨得穿的一身嶄新的軍裝，給他重新換上，若若高喊了一聲：「向華！」又一次撲到他身上泣不成聲。

他哭得死去活來。戰友把他拽到了一邊，他還是衝了上去，嘶聲地熱淚長流，戰友陪在一旁亦哭成一片。

不知過了多久，若若恍惚中聽到有人在說：「幫向華閉上眼吧，他需要安靜，他一定不希望看到我們這麼悲傷！」若若漸漸地停止了飲泣，顫抖地伸出一隻手，在蕭向華的臉上上輕輕地抹了一下。蕭向華眼睛終於閉上了，神色安詳，這時的他，竟像熟睡了一般。若若趴在蕭向華的耳邊悄聲地說了一句：「向華，你走好，戰友們為你送行了！」

大家集體肅立、默哀，向蕭向華的遺體鞠了三鞠躬，教導員含著熱淚，宣讀了蕭向華的生平事蹟，然後，又唸了一遍蕭向華在衝進暴風雨前，匆匆寫下的那份感人的遺囑：

或許此行我將會一去不復還，麻煩戰友們幫我完成我的三個心願：

一、轉告我的老父親，告訴他，他的兒子一直在用實際行動為自己的曾經犯下的罪錯虔心贖罪，今天，我終於可以對您老人家說一句：爸爸，兒子沒有讓您失望，沒有辜負了您對我期望，我不能在您的晚年侍奉在您的身邊了，請原諒我，您一定要照顧好自己的身體。爸爸，兒子先行一步了，您多保重！

二、我熱愛小帽山，在這裡我渡過了我最寶貴的青春歲月，請將我的遺體埋在這片土地上，讓我長眠於此，以示我在用生命誓死捍衛著祖國的壯美河山。再見了，戰友們，我會懷念你們，與你們同在，不要為我難過，我只是在盡一個戰士的職責，我希望我能夠對你們自豪地說，蕭向華圓滿地完成了他的神聖使命。

三、請在我的墓碑上，為我寫下這樣一句話：這個人用他的生命，證明了他在這片土地上的青春無悔！

八

崔永明從迷糊中忽然驚醒了，他掃了一眼若若，見他仍在鎮定自若地掌握著方向盤，沿著盤山路行駛著，月色下的山崖、峭壁黑黝黝的，直插夜空，顯出一派森然的嚴峻。

「快到了。」若若見他醒來了，說，目光直視著前方，神色凝重。

「其實我們應該歇會兒再上山。」崔永明揉了揉迷糊的眼睛說。

若若側過臉掃了他一眼，沒說話。

他們是午夜時分抵達山腳下的，崔永明當時主張先找一家小旅館住下，休息一會兒，待天光大亮後再進山，若若沒有答應，他只是要求換到了司機位，讓崔永明先在車上睡上一會兒。

「我來開吧！」若若說，「我想在天亮之前趕到小帽山。」

抵達小帽山時，依然暮色沉沉，若若將車停在了一片開闊的空地上，這是山路的盡頭，他熄了火，然後鑽出了車門。這時的崔永明已站在車門外了，正在仰望夜空。

「星星真美！」他感嘆地說。

若若沉默著。

山上空氣清新，有些許的微涼，寶石藍般的天穹上繁星滿天，一鉤彎彎的月牙在雲隙間緩慢地遊弋，像極了一個調皮的玩捉迷藏遊戲的天真的孩子，四周出奇地寂靜，恍若置身在一個虛幻的空間中，月光靜靜地潑灑在山上，閃爍著碎銀似的光斑。

「你們當年的營房呢？」崔永明深深地吸了一口清新的空氣，問。

「不在了！」若若說，彷彿是一聲嘆息。「走，我們到山頂上去。」

「現在嗎？」

「現在。」

說著，若若已開始大步地向著山頂走去。崔永明望著他的背影，微微地搖了搖頭，他知道此時若若的心情一定非常複雜，雖然往昔已成歷史，已成遙遠的記憶，但畢竟這裡是他曾經戰鬥過的地方，留下了他永生難忘的青春記憶，時光飛逝，一眨眼三十多年如夢如幻的歲月就這麼無聲無息地消逝了，重返故地，胸中定然會有萬般感慨。

當年的那條曲曲彎彎的上山小路已然不在了，被一叢叢茂盛的長長的青草所覆蓋，若若只能憑藉著記憶，沿著那條看不見的小道一步步地向山頂走去。他確實沉浸在襲上心來的感慨中——那些消逝的歲月，如煙的往事，就這樣，如同電影畫面一幀幀地從他的腦海中閃過，心中燃起了一團烈火。

終於登上了山頂，那塊光禿禿如同巨大石龜般的岩石，還一如當年，唯有它的存在，可以復現出當年的情景。若若在石岩上盤腳坐下了，面朝大海，深深地吸了一口氣，那個他熟悉的海腥味又一次伴隨著海風，吹送了過來，他貪婪地呼吸著，彷彿那瀰漫在空氣中的味道，迎送著他重返了當年。

海風在耳邊呼嘯著，但若若沒有感到絲毫的涼意，他還沉浸在遙遠的記憶中，就如同蒼茫的歲月並沒有隨著時間的流逝而消亡，猶在眼前，他亦如當年，在極端壓抑與苦悶的日子裡，一個人在黎明前夕登上了山頂，盤腳坐下，等待著那一個輝煌時刻的降臨。

「向華在哪？我們先去看看他吧。」崔永明沒有坐下，站在山頂，眺望著遠方，說。

「等天亮了再說吧！」若若說，「讓他多睡會兒，別現在去驚擾他。」

崔永明坐下了，緊挨著若若，他本來還想對他再說點什麼的，但當他轉過臉來，看向若若時，見浸染在月色中的他，神情莊嚴肅穆，他就沒再說什麼了，他知道這時的若若也不願意讓人打擾，他在緬懷他的過去，那個如夢如詩般消逝的歲月。

東方微露一縷魚肚白，漸次地瀰漫、擴散開來，就像一臺大戲的帷幕在緩緩拉開。

「它快要來了！」若若呢喃般地說。

「你說什麼？」

崔永明覺得若若似乎自言自語地嘀咕了點什麼，但他沒聽清，呼嘯的海風將若若發出的聲音迅速捲走了。

又過了一會兒。

「快看，永明，它終於要出現了！」若若興奮地指向東方說。

崔永明覺得天色突然被燃亮了，就像有團烈火照亮了天際。他一怔，順著若若的手勢，定睛看去。

一輪火紅的旭日正在遙遠的海平線上冉冉升起，先是露出一點恍若羞澀的輪廓，然後像是受到了什麼力量的鼓舞，跳躍般地漸漸展露出它光芒萬丈的姿容，整個大海被染成了一片金燦燦的緋紅，海面霎時波光瀲灩，流霞溢彩，沉睡了一夜的大海，猶如被初升的朝陽所召喚，從夢中驚醒，開始翩翩起舞了，泛起了萬頃波濤，極目處，點點帆影映染在海面上，遠遠望去，竟似駛向初升朝陽的懷抱中。

若若站了起來，張開了他的雙臂，像在擁抱海上躍躍欲出的太陽，他的身影在那樣一個時刻，宛若融化在了耀眼的光線中。

「看到了嗎，永明，你看，那就是初升的朝陽，那麼燦爛奪目，光芒萬丈，從我第一次見到了海上的日出之後，它就成為了我人生的一個象徵，無論遇到什麼艱難險阻，太陽都會照常升起！」

「看到了，若若，太陽，初升的太陽，每天都是新的。」

若若忽然屈膝跪在了地上，保持著他張開雙臂姿勢，大聲地仰天長嘯了一聲，在崔永明看來，他的身影籠罩在了一片火紅火紅的光照之下，如同一個凝固的雕像。

太陽越升越高了，若若站了起來：「永明，在那些晦暗的日子裡，它是我力量與勇氣的源泉，多少年了，我時常會在夢中見到它，熱淚盈眶，今天，我終於回來了，是它，讓我感悟到了生命的意義。」

「我知道你為什麼要凌晨趕到山上來了！」崔永明動情地說。「可是若若，你為什麼不提前告訴我可以上山看日出呢？」

「或許只有在未知的前提下，你才能感受它的輝煌，和它之於我們心靈的價值和意義，如同天賜的聖禮。」

「是的，我沒想到它會給予我這麼大的心靈震撼，它好像也照亮了我的人生。」

「呵，永明，你再回頭看一眼，你快看呵！」若若忽然大叫道。

崔永明納悶地回過身來，一片片耀眼的紅色映入了他的眼簾，不可思議的粉紅色——那是盛開著的漫山遍野的映山紅，整個山野宛如被映山紅包裹著，像一團燃燒著的地火，無窮無盡地沿著一座座荒蕪的山峰，延伸至目力所及的遠方。

「真沒想到！」崔永明感嘆地說。

「我也沒想到，記憶中的映山紅沒有這麼多，這麼絢爛。」

「就像在歡迎你的到來，故地重遊。」

「不，它們更像是從不失約的主人，在默默地守護著這座我們曾經戰鬥過地方，不離不棄，同時，也在為我們祭奠著向華長眠地下的英靈。」

「若若，向華在哪？我們該去看望他了。」

「向華一定陪著我們看完了日出。」若若沉思地說。

若若領著崔永明，沿著起伏的山脊向鄰近的一座高聳的山峰走去。

若若駐足在了山峰上，先是向大海的方向目測了一下，然後低下頭來，仔細地尋找著。山上的土地被蓬蓬勃勃瘋長的野草和映山紅覆蓋了。若若屈身蹲下，小心地用手撥拉開茂盛的野草與映山紅，又遲疑地打量了一眼，再望了望遠處的湛藍色的大海，重新將目光掉回，堅定地說：「就在這裡，沒錯，向華就長眠在這裡。」

崔永明也蹲下了身，與若若一道將周邊的野草拔除。土地裸露了出來。若若輕輕拂去表面的土層，沒過一會兒，一塊橫躺在土層裡的石碑赫然出現了：若若用衣袖在石碑上輕輕地擦拭著，一行清晰的石刻的字跡出現了：

——這個人用他的生命，證明了他在這片土地上的青春無愧。

九

「若若，你後來是怎麼離開小帽山的？當我們得知你退伍時，已是半年後了，你好像沒跟任何人打聲招呼就悄悄地走了，從那時起，我們就一直在尋找你，如果不是後來在電視上見到你，我們這些戰友都以為你失蹤了呢，還好，還好，還是找到你了，在電視上，隨後我向電視臺打聽你的聯繫方式，這才有了我們的這次會面。」

他們盤腳坐在蕭向華的墓前，沐浴在明媚的陽光下，大地被東升的旭日映照得亮堂堂的，遠方的大海，平靜而溫柔，一望無際的海平線上的蔚藍，與飄著朵朵白雲的藍天相映成趣。海風，似乎變小了，四下裡寂靜無聲。

適才，他們將蕭向華墓地周圍的野草清除乾淨了，讓那塊橫躺在地上的墓碑裸露了出來，他們小心地用衣袖將墓碑表層的塵土一點點地拂去，讓刻了字的墓誌銘清晰地顯露了出來，然後他們採來了映山紅，揪下花瓣，一點點地灑落在墓碑的四周，讓墓碑被粉紅色的鮮花所簇擁、環繞，映山紅散發出的陣陣清香瀰漫在空氣中，沁人心脾。他們就這麼靜靜地坐在蕭向華的墓前，閒聊著。

「那個記憶很遙遠了。」若若說，「回想起來就像一場虛幻的夢。我熱愛小帽山，我從未想過有一天會離開它，因為向華還長眠在這裡，我得守護著他，繼續與他風雨同舟；可是，當有一天真的要走時，我如遭雷擊。離開了小帽山後，我想從此從戰友們的視野中消失，就像你們從來沒見過我這個人，我覺得我沒臉再見你們，就想一人待在一個沒人能找到我的地方，從頭再來，那時我對人生充滿了絕望。」

「我也感到奇怪，那一年我還專門向政治部打聽過你的消息，生怕他們會因為彭司令的事情而讓你受到牽連，當時我被告知你不在退伍人員的名單中，我這才放心了，可沒想到……」

「我也沒想到，所以當讓我退役的消息傳來時，我感到了天塌地陷，我沒誇張，一點也沒誇張，我甚至在衝動之下萌生了一個可怕的念頭，如今想來仍心有餘悸。」若若勉強地笑了笑，搖了搖頭說。

「什麼可怕的念頭？」崔永明從若若突然變化的神情中感覺到了一點什麼，驀然一驚。

「這件事我過去從沒有對任何人說起過，它僅僅發生在我的內心深處，懸浮在一念之間，當時一觸即發，但我最終還是放棄了，否則我也不可能再和你一道重返小帽山，坐在向華的墓前。」若若說。

「到底怎麼了？」

若若低下頭沉默了一會兒，然後伸出手來，輕輕地撫摸著蕭向華的墓碑，沉思著。

「哦，我當時想用我的槍，幹掉我們的教導員，我真蠢！」若若揚起了臉來，苦笑地說。

「發生什麼了？」崔永明大驚失色。

「你說得對，那一年退伍人員名單宣布時並沒有我的名字，在此之前我還一直提心吊膽，名單宣布後我如釋重負，還專門託通訊員從山下買了兩本很好看的筆記本，準備寫下我對退伍戰友的臨別贈言，作為我們分別的禮物。我當時心裡有一種依依惜別之感，雖然他們平時對我並不友好，但隨著我獲知他們就要從此離開小帽山時，我忽然覺得我已經原諒了他們。」

「可是你還是被退伍了！」

若若神色一凜，長久地看著崔永明。

「是的。」若若說，「沒想到還是輪到我了！」

十

那天是一個晴空萬里的好天，豔陽高照，潔白的雲朵自由地浮游在藍天之上。若若習慣了黎明前夕來到山頂上，坐著，靜候日出日分。他會坐上很久很久，看著夜幕漸漸散盡，然後默默地觀賞日出，他覺得那一刻的輝煌，能暫態照亮他晦暗孤獨的內心。他坐的位置就是埋葬蕭向華遺體的地方。每次登頂後，他

會先將墓碑上的塵土打掃一遍，跟蕭向華說上幾句悄悄話，然後坐下，等待著日出時分，以及被日出映紅了的碧波萬頃的海平線，

若若從大衣裡掏出了事先備好的筆記本，翻開扉頁，分別在筆記本上寫上了退伍的戰友的名字。他停下了笑，凝神思索了一會兒，不知該寫下怎樣的臨別贈言，那一刻他心情複雜，覺得一言難盡，有許多話想說，但一時又無從下筆。

平時戰友們對他的態度微妙且疏離，可一想到兩位戰友真要離開了，從此有可能再也見不著了時，還是讓若若感到了難以言表的悵惘。畢竟在這座孤島上風雨同舟了這麼長的時間，所有的怨艾，都會隨著戰友的離去而煙消雲散，他覺得已然原諒了以往戰友對他的冷漠，他甚至覺得自己會懷念他們。

他又想了一會兒，匆匆地寫下了兩行字：我會想念你們，會記住我們共同戰鬥的崢嶸歲月。他簽上了自己的名字，然後起身，向蕭向華的墓碑鞠了一躬。這是他每次登頂後必須要履行的一個儀式，唯有如此，他才會覺得蕭向華從未真正離開過自己，他的英魂還在，與他同行。

他下了山。這個鐘點他該去接手營區巡邏的早班了。自從他被剝奪了偵聽資格之後，白天營區的巡邏任務就基本落在了他的肩上，這種無聊的彷彿沒有盡頭的的工作他已然習以為常了。他心中還隱藏著一個堅定不移的信念，終歸有一天，他還能再度重返偵聽崗位，目前的發生的這一切都將是過眼雲煙，現在他能做的只是隱忍和等待。

下山途中，若若可以從高處俯瞰整個營區。

營區沐浴在燦爛的陽光下，安詳而寂寥，井臺邊上已有幾位早起的戰友在洗漱了，周圍靜悄悄的。他不經意地又將目光掉向了遠方，驀然驚見有幾個人影在緩慢地移動，那裡是營區的邊緣地帶，有一片稀稀落落的松樹林，與營房的間隔還相距甚遠，但依然屬於營區的範圍。他警覺了，心裡不禁咯噔了一下。是些什麼人？他下山的腳步也跟著加快了。

快接近那些人影時，他才發現，那不過是一群山下的村民，跑到山上砍柴、扒草來了。若若知道當地

人要升火做飯，只能依靠大自然慷慨賜予的原料。他在農村生活過，那時他要升火做飯也只能依靠上山砍柴扒草，否則無以為計，他當然知道這種日子的苦澀和艱辛，但按照紀律，是不能允許鄉親接近營區的，更別說越過鐵絲網、擅自闖入營區了。

他猶豫著，思忖著該如何處理，後來他做出了一個大膽的斷然的決定。只要這些闖入營區的鄉親，只在營區的邊緣一帶活動，不再靠攏營房，他就權當視而不見，一旦發現他們開始接近營房了，他再實施驅趕措施。他們生活得太難了，若若想，他覺得他對這些度日如年的鄉親心生憐憫。

他還記得有一次他們小分隊為了修築道路，來到了附近的一個村子裡，午餐時，一群面黃肌瘦的孩子一直站在不遠處，眼巴巴地看著他們吃飯，目光中充滿了羨慕與渴望，甚至能讓人感到他們的飢腸轆轆。若若扒拉了幾口飯後，忽然覺得心裡難受，便端起碗，走到他們中間，一聲不吭將碗遞給了孩子。他們一開始還不敢拿，怯生生地盯著他看，目光充滿了疑問。若若感到了心酸，對他們笑了笑，輕聲說：「吃吧，是給你們的。」

一個膽子大點的孩子湊了過來，稍稍遲疑了一下，見若若站著不動，友善望著他們，便從他手中一把搶過碗來，大口大口地從碗裡扒起了飯來，狼吞虎嚥一般，就像這一輩子沒吃過米飯。還沒扒上幾口，另一個孩子從他手裡將碗奪了過去，也扒了起來，然後更多的孩子一擁而上。這時若若身邊出現了許多戰友，他們也像他一樣，紛紛將手中的米飯送給了孩子。

那一幕讓若若印象深刻，他始終記得那些飢餓的孩子，還有他們髒兮兮的面孔。每當想起他們，若若就會感到心痛。

他先去廚房吃了早餐，匆匆扒了幾口後，一抹嘴又出了食堂的門，心裡還惦記著自己的職責。他出門時駐足觀望了一下進入營區的那些鄉親，他們顯然沒有接近營房的企圖，只是在邊緣的小樹林裡緊張地忙活著。他放心了，計畫再到別處轉轉，順便去看一眼他的「好朋友」大晃，牠一定又被人鎖在井臺邊了。

正走著，他聽到背後傳來的一聲高喊：「王若若。」

他站住了腳，回過身，見是教導員正怒氣沖沖地瞪望看著他：「你沒看到小樹林裡闖進來的人嗎？」

若若裝出一臉驚詫，聳聳肩。「沒見呀，怎麼啦？」

「沒見？你這是失職，嚴重失職。」教導員咆哮了起來，臉漲得通紅，「你，現在就你給我把他們通通地綁起來，沒收他們東西，給我關禁閉，好好地教訓教訓他們。」

若若腦門上有股無名火驀地竄了上來。他覺得教導員太過分了，他們只是一些可憐的村民，迫於生計無奈地跑到營區邊緣來砍柴扒草，並不會影響什麼，也無關營區內的安全，為什麼要這麼粗暴野蠻地對待他們？沒必要嘛！

「對不起，我不能執行。」若若脫口而出，說時亦沒多想後果。說完，他轉過身大步離去，心中卻充滿了一種莫名的快感，他覺得自己壓抑的時間太長了，終於可以發洩一下了。

「王若若，你給我站住！」

若若聽到背後傳來教導員氣急敗壞的吼聲。

他沒有回頭。

「這是命令。」

他還是沒有回頭。

走了幾步，若若昂著頭，亮起嗓門高叫了一聲：「我拒絕執行。三大紀律八項注意中有一條：關心群眾的利益。」

若若依然沒有回頭。

十一

若若沒想到的是，他的命運也因此而改變。

當小組長正式通知他退伍時，若若從他的臉上看出了為難之色，「是教導員讓我來通知你的。」小組長說。若若的臉呆了一下，大腦先是出現片刻的空白，接踵而至的，是腦海掀起的天塌地陷的暈眩。

「為什麼？」若若問，臉色蒼白，身子亦在憤怒地顫抖不已。

「呃，我也不知道，我只是負責通知。」小組長沒敢正眼瞧他，低下了頭。

「要走的人不是早已宣布了嗎？為什麼突然又輪上了我？」若若不甘心地繼續追問。

「若若，我也覺得突然，但這不是我能決定的，你知道……」小組長尷尬地說，「說實話，我也沒想到……」

若若不再往下問了。問也是徒勞的。他的身體一直在發抖，他只能盡力控制住自己的情緒。他忽然覺得想要砸碎什麼東西，心裡堵得慌，又無處宣洩。

當天晚上，狂風又起了，嗚咽般地嘶吼著，就像一頭怪獸發出的驚心動魄的聲音，山搖地動。若若默默地從牆上取下他的那枝五九式步槍，反覆拆卸，擦拭、組裝，來來回回地進行了好多回，他自己都不知道究竟為什麼要強迫症似地這麼做，那一聲聲鏗鏘的金屬碰撞聲在他聽來就像是一種潛在的誘惑，又像是一個神祕的暗示。當他最後一次將拆卸下來的步槍零件組裝在一起，並嘎達一聲拉上槍栓時，那個遊走在內心深處的，朦朦朧朧的念頭，忽然變得清晰了起來，他一驚，但很快又鎮定了下來。

他冷靜地從抽屜裡取出彈盒，將子彈一顆顆地壓上膛，再推上槍栓，坐著，又猶豫了一會兒，靜靜地點燃了一支煙，狠狠地抽了幾口，升騰的煙霧罩住了他的那張陰森晦暗的臉。他將煙蒂丟到了地上，發狠地跺了一腳。

他站起了身，環視了一下他熟悉的宿舍，那目光，就像在做最後的告別，可心裡還是有那麼多的戀戀不捨，但他胸中的一股怒火在熊熊燃燒著，彷彿要將他化為灰燼。他端起桌上的那杯白開水，一仰脖子咕嘟咕嘟地一口氣喝乾了，然後一抹嘴角，義無反顧地抄起了那枝步槍，出了門。

剛一開門，狂風就吹得他打了一個冷顫，他穩穩身子。屋外漆黑一片，伸手不見五指，他將步槍隨手一甩地斜挎在了肩上，就在這時，他聽到了大晃的狂吠聲，心一動，想過去向大晃做一個告別。牠一直是他最忠實的朋友。他向大晃所在的方向走去了，但沒走幾步，又轉過身向另一個處走去，他怕見了大晃後自己的堅定的意志會因此而發生動搖。

當天的黃昏時，他一個人又去了山頂，天空烏雲翻滾，陰氣沉沉，見不著落日夕照了，他有些失落，他本來是想見見蕭向華，然後坐看夕陽墜入海平線時壯懷激烈的景象，可是天公不作美，讓他的這個願望終究化為了泡影。

他在蕭向華的墓前深深地鞠了三鞠躬，說了一句：「向華，我今晚會來與你作伴了，你要等著我。」然後莊嚴地行了一個軍禮，轉身下山了。

若若快步向對面的那排營房跑去，就像一個在夜色的掩護下悄然出行的幽靈，他注意到教導員的房間燃著燈火，顯然還沒睡下，他能想像接下來會發生的情景——他一腳踹開教導員宿舍的大門，衝進去，然後拿槍對準教導員的腦袋。這時的他定然臉色大變，或者還會向他跪地求饒，讓他饒了他一命，放他一條生路，他那副一向趾高氣揚、高高在上的面孔，一定會失魂落魄，像一喪家之犬，失去他往日不可一世的威風，這就是若若需要的效果。然後呢？然後他會扣動扳機，一槍解決了這個毀了他前途的人，這是他就得的報償，他死有餘辜。

他來到了教導員的門外了，將斜挎著的步槍重新抄在了手中，擰開了保險栓。就在這時，又是一陣狂風吹了過來，他猝不及防地被狂風吹得踉蹌了一下，差一點跌倒在地，當他重新站穩身子時，忽然覺得大腦一亮，腦海中盤旋的那些幻景被寒風一吹，暫態就消隱了，替代這些幻景的竟是他父母關切和慈祥的面容。

他身子一癱，一屁股坐在了地上，手中的步槍也跟著滑落在了地上，胸中激盪著那股沸騰的熱血倏地悄然冷卻了，他覺得自己的腦子開始變得冷靜了起來。

這時的風，也像是在做短暫的歇息。風聲隱去了，四下裡一片寂靜。這只是一個片刻的停頓，很快，風聲又起。

我這時要幹嘛？他不禁自問。我到底做了什麼呀？他突然感到了恐懼，極端地恐懼，身體像打擺子似地顫慄了起來，如同飄在風中的一枚落葉。他雙手捂著臉，輕聲地抽泣了起來。

呼嘯的風，吞沒了他的哭泣聲。吹在臉上猶如刀割一般生疼，把他的淚痕很快就吹乾了，他一個激靈地澈底清醒了過來。

他想到了遠方時刻牽掛著他的父母，想到了將他撫養成人的白髮蒼蒼的姥姥。如果我真的做下了這個令人不齒的事，成為了一個罪人，他們該多傷心呵？在我的身上寄託了他們對未來的全部希望，我能就這麼毀了他們的希望嗎？我不能這樣做，不能！他想。

他從地上重新站了起來，拍了拍身上的塵土，突然覺得一下子變得輕鬆多了，心中沉重的陰霾亦像被大風驅散了一般，如釋重負。他自嘲地搖了搖頭，就像在嘲笑自己的愚蠢和無知。向華一定不會允許我這樣做的，他想，我真渾，命若琴弦，生死亦在這一念之間了！他覺得自己的手心裡捏出了一把汗，好險！他不禁感慨地想。

他從地上重新撿起槍，轉身向自己的宿舍走去，就在這一時刻，他知道自己已然領受了他的天命，他知道了，對於他來說，未來的路還會很長很長，他還必須堅定頑強地走下去，義無反顧。

他又遠遠地聽到了大晃的狂吼聲了，就像在呼喚他。他心一熱，一下子變得澄澈明亮了起來，他朝著大晃所在的方向大步流星地奔去。

狂風再次嘯起，山搖地動地滾過了這座寂寥的孤島，飛沙走石，若若的身影，也漸漸湮沒在了這片鋪天蓋地的風沙之中……

二〇一三年三月六日一稿
二〇一三年七月九日修改
二〇一六年元月二十五日再改

後記　往事如煙

當寫完《歲月》的最後一筆時，我竟驀然一驚：

寫完了？

多麼奇怪的一種感受！

我的這部小說《海平線》——這部在我的小說的中最讓我感到迷惘的一次寫作，居然會在某個陽光普照的上午，戛然而止了。

此前，我甚至一直處在一種巨大的懷疑中：我能持續地寫完它嗎？

不是因了它的長（其實它並不太長），而是因了我對小說所敘述的那段前塵往事的失憶，我好像暫態成了一個無根的浮萍，隨風飄蕩，但卻不知何處是我停泊的港灣。

但我還是最終抵達了彼岸，我甚至沒想到竟會在那麼一個奇怪的節點上，為它劃上了一個結束字元。

這亦是一種命運的安排和暗示？

我是在百感交集嗎？好像也不是，只是有一種百味雜陳的感慨——這其中，有對歲月流逝的感傷，有對自己失憶的沮喪，有對這部小說寫作過程中的困惑；以及對它——《海平線》，在我的整個創作生涯中位置的審視。

一切都是那麼地未知，但我依然對它有一份審慎的樂觀。

當寫完了《六六年》與《浮橋少年》後，我就在醞釀著下一步的寫作題材，我在心裡告知自己，這是一個我必須完成的系列性的「文革」三部曲。

但最後一部究竟是什麼呢？

我一直心中沒數，雖然隱約覺得應該寫寫我的軍旅生涯了——那段崢嶸歲月與我的人生啟蒙至關重要，可一旦準備起筆時，竟發覺我處在了一種可怕的失憶中，也就是說，除了對彼時的經歷，有些絲絲縷縷的朦朧感覺，一些人生軌跡的印象，我好像忘了當時發生過的軍旅生活中的具體細節了，而細節，對於一部長篇小說的創作而言，又是多麼地至關重要。

所以我躊躇、猶豫、躑躅，最後還是試著動起了筆，小心翼翼一步步地摸索，寫得困惑而又艱難，彷彿是一次漫長的幾乎一眼望不見盡頭的創作長旅，甚至有一天絕望地停下了我的筆，另起鍋灶地寫出了一部話劇，然後又掉回頭來繼續它的寫作，這種頑強的毅力連我自己都感到了吃驚。

寫作過程中我一直在詢問自己，為什麼竟會失憶呢？一個人的人生，總會遭遇幾次重大的時刻或機遇，它是發生在你人生中的不可知的轉捩點，而我的軍旅生涯之於我，就是這麼一個經歷。可我意外地發現，我幾乎完全想不起我曾經親歷過的那些本該歷歷在目的生活細節了，這對於小說創作而言，幾近是致命的冒險——因了創作素材在失憶中迷失了。雖然我亦知小說的創作法則終歸是虛構的，但我們又無法否認，任何一部好的小說創作，必然隱藏著作家曾經歷過的人生密碼，他只不過在此轉換成了一種藝術的表現形式而已，所以真實的人生歷練，總歸是一部小說堅實的創作基石；而我，卻在痛苦的失憶中飄搖。

但我還是頑強地寫了下去，依照著我經歷過的人生軌跡，我對蒼茫歲月的感知、感悟和緬懷，並將它盡可能地提升至一種命運的與人性的高度，而在此過程中，一如我過往的創作那般，從中探索和發現一個真實的自己。

寫作於我，從來就是一種自我救贖，我亦在此過程中得到了精神的拯救。

在此，我要特別感謝我的好友藝術家李向陽，沒有他始終如一的鼓勵，我很可能會將《海平線》中途放棄，感謝他對這部小說從始至終所給予的至高評價，我慚愧，但我會努力，他始終是我行走在人生路上的一個難得的知音。

二〇一四年一月十一日於北京

釀小說105　PG2000

幽暗的歲月三部曲之三

海平線

作　　者	王　斌
責任編輯	徐佑驊
圖文排版	周妤靜
書法提字	李野夫（李明年攝影）
封面設計	楊廣榕

出版策劃	釀出版
製作發行	秀威資訊科技股份有限公司 114 台北市內湖區瑞光路76巷65號1樓 電話：+886-2-2796-3638　傳真：+886-2-2796-1377 服務信箱：service@showwe.com.tw http://www.showwe.com.tw
郵政劃撥	19563868　戶名：秀威資訊科技股份有限公司
展售門市	國家書店【松江門市】 104 台北市中山區松江路209號1樓 電話：+886-2-2518-0207　傳真：+886-2-2518-0778
網路訂購	秀威網路書店：https://store.showwe.tw 國家網路書店：https://www.govbooks.com.tw
法律顧問	毛國樑　律師
總 經 銷	聯合發行股份有限公司 231新北市新店區寶橋路235巷6弄6號4F 電話：+886-2-2917-8022　傳真：+886-2-2915-6275

出版日期	2019年01月　BOD一版
定　　價	320元

國家圖書館出版品預行編目

幽暗的歲月三部曲之三：海平線 / 王斌著. -- 一版.
-- 臺北市 : 釀出版, 2019.01
面； 公分. -- (釀小說 ; 105)
BOD版
ISBN 978-986-445-265-1(平裝)

857.7 107010893

讀者回函卡

感謝您購買本書，為提升服務品質，請填妥以下資料，將讀者回函卡直接寄回或傳真本公司，收到您的寶貴意見後，我們會收藏記錄及檢討，謝謝！

如您需要了解本公司最新出版書目、購書優惠或企劃活動，歡迎您上網查詢或下載相關資料：http:// www.showwe.com.tw

您購買的書名：____________________

出生日期：________年________月________日

學歷：□高中（含）以下　□大專　□研究所（含）以上

職業：□製造業　□金融業　□資訊業　□軍警　□傳播業　□自由業

□服務業　□公務員　□教職　□學生　□家管　□其它______

購書地點：□網路書店　□實體書店　□書展　□郵購　□贈閱　□其他

您從何得知本書的消息？

□網路書店　□實體書店　□網路搜尋　□電子報　□書訊　□雜誌

□傳播媒體　□親友推薦　□網站推薦　□部落格　□其他________

您對本書的評價：（請填代號　1.非常滿意　2.滿意　3.尚可　4.再改進）

封面設計____　版面編排____　內容____　文／譯筆____　價格____

讀完書後您覺得：

□很有收穫　□有收穫　□收穫不多　□沒收穫

對我們的建議：____________________

____

____

____

請貼
郵票

11466
台北市內湖區瑞光路 76 巷 65 號 1 樓
秀威資訊科技股份有限公司 收
BOD 數位出版事業部

(請沿線對折寄回，謝謝！)

姓　　名：__________ 年齡：______ 性別：□女　□男

郵遞區號：□□□□□

地　　址：____________________

聯絡電話：(日)__________ (夜)__________

E-mail：____________________